Astrid Paprotta
Die Höhle der Löwin

SERIE PIPER

Zu diesem Buch

Ein Jahr ist es her, daß Kommissarin Ina Henkel Denise Berninger festgenommen hat, die ihren Lebensgefährten brutal umgebracht hatte. Seit jener Nacht hat Ina Henkel den »blonden Racheengel«, wie alle sie nannten, nicht mehr wiedergesehen. Dann jedoch tauchen Beamte der Kriminalpolizei bei ihr auf: Die Verurteilte ist aus der Haft geflohen. »Bukarest«, sagen sie, »die Höhle der Löwin, da gehen Sie jetzt rein.« Was aber will Berninger dort? Bukarest, das ist keine Stadt, in der man länger bleibt als nötig. Und Ina Henkel muß feststellen, daß die Dinge schwieriger sind, als sie geahnt hätte. Ja, sie weiß nicht einmal, ob sie der Mörderin nicht helfen sollte bei dem, was sie vorhat … Astrid Paprotta stellt ihre Kommissarin Ina Henkel auf eine harte Probe und läßt sie vor dem Hintergrund einer fremden Stadt mehr und mehr an dem Sinn ihrer außergewöhnlichen Aufgabe zweifeln.

Astrid Paprotta studierte Psychologie und lebt als freie Journalistin und Autorin in Frankfurt am Main. Nach »Mimikry«, »Sterntaucher« und »Die ungeschminkte Wahrheit«, wofür sie 2005 mit dem Deutschen Krimipreis ausgezeichnet wurde, ist »Die Höhle der Löwin« der vierte Roman um die Kommissarin Ina Henkel, für den die Autorin 2006 den Friedrich-Glauser-Preis erhielt.

Astrid Paprotta

Die Höhle der Löwin

Ein Ina-Henkel-Kriminalroman

Piper München Zürich

Von Astrid Paprotta liegen in der Serie Piper vor:
Die ungeschminkte Wahrheit (4448, Piper Original 7077)
Die Höhle der Löwin (4795, Piper Original 7096)

Dieses Taschenbuch wurde auf FSC-zertifiziertem Papier gedruckt. FSC (Forest Stewardship Council) ist eine nichtstaatliche, gemeinnützige Organisation, die sich für eine ökologische und sozialverantwortliche Nutzung der Wälder unserer Erde einsetzt (vgl. Logo auf der Umschlagrückseite).

Ungekürzte Taschenbuchausgabe
September 2006

Umschlag/Bildredaktion: Büro Hamburg
Heike Dehning, Charlotte Wippermann,
Alke Bücking, Daniel Barthmann
Foto Umschlagvorderseite: Jean Pascal Zahn
Foto Umschlagrückseite: Harald H. Schröder
Satz: Uhl + Massopust, Aalen
Papier: Munken Print von Arctic Paper Munkedals AB, Schweden
Druck und Bindung: Clausen & Bosse, Leck
Printed in Germany
ISBN-13: 978-3-492-24795-5
ISBN-10: 3-492-24795-4

www.piper.de

1

Es ist bereits nach Mitternacht, als die beiden Streifenwagen in den Hof des Polizeipräsidiums fahren. Die Beleuchtung wird ausgeschaltet, nur am Eingang brennt ein trübes Licht. Die Polizistin und die Festgenommene steigen aus dem zweiten Wagen und gehen zur Tür, ohne Handschellen und ohne einander zu berühren. Sie sehen wie Kinder aus, die sich verlaufen haben, Kinder im Dunkeln ohne Schutz.

Sie gehen einen langen, kahlen Flur entlang, und ihre Schritte sind das einzige Geräusch. Über diesen Boden stolpert das Verbrecherpack, wenn es sich erwischen läßt, Diebe, Schläger, Mörder, jene, die sich fangen lassen, längst nicht alle, und längst nicht allen schaut man dabei zu. Doch jetzt stehen die Kollegen herum, Polizisten halten Kaffeebecher in den Händen und starren ihnen entgegen wie Gaffer auf der Autobahn. Die Festgenommene beachtet sie nicht. Sie hat den Blick gesenkt, und auch die Polizistin fixiert einen Punkt, den nur sie alleine sieht.

Als sie aus dem Streifenwagen stiegen, schwebte über der Skyline der Stadt ein leuchtender Mond. Die Frauen hatten die Augen geschlossen, als kämen sie aus dem Dunkel in viel zu grelles Licht.

Das tanzende Licht in den Augen der Gesetzlosen, der dicke Anwalt in dem Film mit Marlene Dietrich, der sich so hinsetzt, daß der Lichtstrahl seines Monokels Verdächtige quält – wenn sie das aushalten, scheint alles gut zu sein.

Im Vernehmungszimmer lehnt die Polizistin sich gegen die Wand, kommt mit ihrer Schulter an den Lichtschalter. Es ist ein hektisch aufflackerndes Licht, weißer und heller als die Tischlampen, und die Festgenommene senkt den Kopf, bis es richtig brennt.

Großes Personal in dem kleinen Raum, Staatsanwalt und Kriminaldirektoren, die ebenfalls wie Gaffer wirken und sich jetzt vermutlich daran erinnern, daß sie die Festgenommene einmal zur Ehrenkommissarin ernannt haben. Der Chef der Mordkommission, der gewöhnlich so nah an die Leute herangeht, daß er sie fast berührt, hält einen Meter Abstand. Er muß sie nicht schonen; »die männliche Leiche«, sagt er, »die in einem Gebüsch im Park gefunden wurde, ist als Ihr Lebensgefährte identifiziert worden.«

»Ja«, sagt sie.

»Wann haben Sie ihn zuletzt gesehen?«

»Als ich ihn getötet habe.«

»Das ist Ihre Aussage?«

»Ja«, sagt sie wieder. Sie streicht sich die langen blonden Locken zurück, ihre Augen sind gerötet, aber nicht von Tränen. »Weil er schuldig war.«

»Das entscheiden Sie?«

Die Festgenommene holt einmal tief Luft wie Leute, denen eine Situation auf die Nerven geht, bevor sie sagt: »Wir brauchen jetzt keine Grundsatzdiskussion.«

»Über was?«

»Über Selbstjustiz.« Als sie ihn kaum merklich anlächelt, weicht er noch weiter zurück.

»Können Sie sich an den Tathergang erinnern?« fragt er schließlich.

»Wir waren im Park«, sagt sie langsam. »Er sollte mir sagen, warum er das getan hat. Warum er die Versuche mit den armen Leuten gemacht hat. Ich habe zehn Jahre mit ihm gelebt, er sollte mir sagen, wer er ist.«

»Und dann?«

»War er tot«, murmelt sie. »Er lag da, es war wie ein Blackout.« Ihre Stimme wird lauter. »Ich sage das nicht, um mich zu verteidigen.«

»So«, sagt der Chef der Mordkommission. »Aha.«

»Ich bin geblieben«, sagt die Festgenommene, »die ganze Nacht bis zum Morgen, da waren Sterne, nur ein paar.« Sie senkt den Kopf, betrachtet ihre Fingernägel. »Morgens war das Blut trokken. An ihm, an mir.«

»So«, sagt er erneut, dann schweigt er eine Weile, während sie die Hände in den Schoß legt und ihn so ruhig ansieht, als wäre alles gar nicht wahr. Schließlich fragt er nach der Tatwaffe, die sie bereits gefunden haben, finden mußten, weil sie quer über dem Hals des Toten lag, und sie sagt: »Ein Messer.« Sie schließt die Augen. »Ein großes, scharfes, bestialisches Messer.«

Die stummen Kriminaldirektoren sehen immer noch so aus, als zeige man ihnen zum ersten Mal den Zoo, das Haus für nachtaktive Tiere mitsamt seinen Kuriositäten, und der Chef der Mordkommission spreizt zwei Finger in Richtung seiner Kommissarin, machen Sie weiter, doch Ina Henkel schüttelt den Kopf. Die Geschichte ist zu Ende, das hat man ihr deutlich gesagt. Sie haben eine Serie von Auftragsmorden geklärt und ein weiteres Tötungsdelikt gleich mit. Sie haben einen lebenden Auftragskiller und einen toten Drahtzieher, getötet von dieser Verrückten hier, diesem Engel mit seiner eigenen Gerechtigkeit. Alle Polizisten haben Denise Berninger den blonden Racheengel genannt, wenn sie im Fernsehen ihr Kriminalmagazin moderierte, *Fadenkreuz*, und den Zuschauern ungeklärte Verbrechen präsentierte. Jetzt hat man sie selbst festgenommen.

Die Kriminaldirektoren finden es pikant, daß sie in ihrer Sendung den Killer suchte, ohne zu wissen, wer der Auftraggeber war, und sie finden es delikat, daß die Frau, die so oft vom Abgrund des Bösen sprach, es nicht ertragen konnte, das Böse plötzlich vor der Haustür zu haben, im eigenen Bett.

Keine Fragen. Abgeschlossene Ermittlung. In der Morgendämmerung, man kann ihre Schatten sehen, haben die ersten Reporter sich schon versammelt.

Minuten später gehen sie erneut den langen, kahlen Flur entlang, zu einem Seitenausgang, den die Reporter nicht sehen können. Denise bleibt stehen, als sie den wartenden Wagen sieht und die Uniformierten davor, die Hände der Polizisten an der Hüfte, an der Waffe. »Gut«, sagt sie, »das war es dann wohl.«

Ina sieht an ihr vorbei. »Ich weiß nicht«, sagt sie.

Dann kommen die Träume, Fieberträume, Ina fällt aus großer Höhe und landet im Dreck. Ganz nah liegen die Bündel in den Gebüschen, erschossene Obdachlose mit vergifteten Körpern, und sie kann sie berühren, Menschenbündel, alle kaputt und entsorgt. Ein Killer, ein Auftraggeber, doch sie weiß, daß sie nicht alles getan hat; es ist zu Ende, hat man gesagt. Erst die Träume, dann der Haß und dann eine lähmende Gleichgültigkeit, es ist egal. Fieberträume, dann nichts mehr, noch dreißig Jahre bis zur Pension.

»*Das Wort Vollzugsanstalt ist schon korrekt*«, schreibt die Gefangene ihr aus der Haft, »*sie vollziehen ihre Regeln, oben und unten, Wärter und Gefangene, aber ich werde sie wohl nicht lernen, man wird so müde, wenn man nichts tut.*« Zeilen, denen man die Unruhe ansieht, ein hingeschmiertes Chaos. »*Was ich Dir noch sagen will: Es gibt hier Gefangene, die tatsächlich alle sogenannten Bullen auf der anderen Seite sehen, auch das ist so eine Regel, doch bei uns ist es dieselbe Seite gewesen, oder? Du wolltest andere festnehmen und hattest nur mich, der übliche Fall letztlich, eine durchgeknallte Frau. Wir standen auf einer Seite, und wir haben beide verloren.*«

Und die Polizistin schreibt ihr zurück, aber nur in Gedanken; warum hast du dich festnehmen lassen? Hast wie ein Lämmchen gewartet, das man zur Schlachtbank führt, du dämliche Kuh.

Ein Jahr lang schreibt sie der Gefangenen Briefe, die sie alle wieder zerreißt. Die Schlußszene in dem Film mit Marlene Dietrich, kannst du dich erinnern, die Szene nach dem Prozeß. Als Zeugin der Anklage hat sie gegen ihren Mann ausgesagt, eine schlaue Finte, um ihn zu retten, doch als sie begreift, daß er sie nur benutzt und hintergangen hat, nimmt sie ein Messer oder irgend etwas, das herumliegt, einen Brieföffner wohl, und tötet ihn. Sie hat ihn ermordet, schreit jemand; nein, sagt der dicke Anwalt, sie hat ihn gerichtet.

Ein Jahr lang Leere, bis die höheren Beamten kommen und die Polizistin glaubt, man versetze sie jetzt aufs Land, weil sie schlecht gearbeitet hat. Sie hat nicht mehr viel getan, Dienst nach Vorschrift. Doch sie sagen: Rumänien. Bukarest, sagen sie, die Höhle der Löwin, da gehen Sie jetzt rein, Ina Henkel.

2

Denise Berninger kann dich töten, hatte der Kollege zur Begrüßung gesagt. Er fragte nicht, wie der Flug gewesen war, sondern erwähnte lieber gleich, was mißlingen könnte: alles.

Die Frage nach dem Flug beantwortete sie sich selbst, als sie ins Freie traten: ruhig, ein Atemholen fast ohne Erinnerung. Sie hatte so lange vor sich hingestarrt, bis die Frau neben ihr wissen wollte, ob es ihr nicht gut ginge – etwa Flugangst? Doch, klar, hatte sie gesagt, das heißt nein, keine Flugangst, und sich in ihr Wörterbuch vertieft, weil sie keine Lust auf eine Unterhaltung hatte. Es schien ihr aber bald hoffnungslos, sich mit der rumänischen Sprache zu beschäftigen, weil sie über jedem zweiten Wort ein Häkchen sah, das wohl Auswirkungen auf die Aussprache hatte. Bei der Landung hatte die freundliche Mitreisende ihr noch viel Vergnügen gewünscht und hinzugefügt, Bukarest müsse man mögen, dann gefiele es einem auch.

Bukarest spielte auf, mit schrillem Hupen und hellen Rufen. Vor dem Flughafengebäude riefen die Taxifahrer ihre Preise durcheinander, untermalt vom Händeklatschen, mit dem Busfahrer ihre Passagiere zur Eile antrieben. Über allem lag das hohe Sirren, mit dem ein heftiger Wind über den Platz fegte. Ina sah zu, wie der Kollege ihren Koffer zwischen die Füße klemmte und fuchtelnd mit einem Taxifahrer verhandelte. Sie kannte ihn kaum, Hauptkommissar Robert Reich von der Fahndung, den sie einmal beim Schießtraining getroffen hatte, und der Mühe zu haben schien, sich an diese Begegnung zu erinnern. Die Kollegin von der Mordkommission, die bei jeder Übung schneller war als du, was du nicht so recht ertragen konntest, kannst du dich erinnern? Oberkommissarin Ina Henkel, für die Fahndung nur ausgeliehen, noch nie bei der Fahndung gewesen und schon gar nicht in Rumänien, weder weltmännisch noch polyglott, jetzt aber nach Bukarest entsandt, wobei die Abschiedsworte ihrer Vorgesetzten ähnlich aufbauend gewesen waren wie die Begrüßung des Kollegen Reich: »Das kann auch fehlschlagen, bedenken Sie das.« Aber ein Scheitern würde sie ja nicht mehr mitbekommen, da gab es also auch nichts zu bedenken – »Denise Berninger kann dich töten«, hatte Robert Reich gesagt, da hatte sie ihm noch nicht einmal die Hand gegeben, »das macht sie mit links.«

Als er sie heranwinkte, weil er sich mit dem Taxifahrer geeinigt hatte, hüllte der plötzlich auffrischende Wind ihn in eine Wolke aus Staub, und sekundenlang nahm sie seine Handbewegung wie das hämische Fingerausstrecken eines Fabelwesens wahr, das ihr befahl, wieder zu gehen. Ina setzte sich neben ihn auf die Rückbank und sagte: »Sie ist Rechtshänderin. Wenn, dann macht sie es mit rechts.«

Daß sie es nicht zu leicht nehmen sollte, sagte Robert Reich im Hotel, hier in einer fremden Stadt, ohne Befugnisse und weitgehend ohne Sicherung, daß es eng werden könnte und sie dann sehen müßte, wo sie bliebe.

Eng war es schon, das Zimmer war klein, das Hotel war klein, doch unten auf der Straße stand ein bemalter Jaguar. Im Taxi hatte Robert den Reiseführer gespielt, der alles tat, der Reisenden die Stadt zu verleiden; »alles dem Volk abgepreßt«, sagte er, als sie durch die breitesten Boulevards, die sie je gesehen hatte, an den Monumentalbauten Ceausescus vorbeifuhren, »dieser ganze Krempel.« Doch dann rasten sie durch Hochhaussiedlungen und triste Straßen, in denen die grauen Häuser aussahen, als hätte man schon einmal damit begonnen, sie abzureißen, es sich dann aber wieder anders überlegt, weil man für die Menschen darin woanders keinen Platz gefunden hatte. Verkehrsschilder schienen keine Bedeutung zu haben, und aus jedem Wagen drang eine andere laute Musik. Bukarest sei ein versmogtes Chaos, hatte Robert gesagt, worauf Ina erwiderte, es sei doch sehr schön, weil sie das Gefühl hatte, daß der Taxifahrer jedes Wort verstand.

»Nein«, sagte Ina und lehnte sich gegen die Fensterbank.

»Manchmal funktioniert das warme Wasser nicht.« Robert pustete Staub von der Scheibe. »Sie verstehen Englisch, sie sprechen es nur nicht besonders gern. Was meinst du mit nein?«

»Ich nehme es nicht zu leicht.«

»Das sagt sich so.« Er prüfte seine gepflegten Fingernägel. Alles an ihm war gepflegt. Mit seinem weißen Hemd und der rotweißen Krawatte, mit schwarzer Hose und blankgeputzten, weichen Lederschuhen sah er nicht so aus, wie Inas Freundinnen sich einen Zielfahnder vorstellten, den stellten sie sich zumindest mit Jeansjacke, Ohrring und Dreitagebart vor. Robert Reich hätte ein emsiger Student sein können, sechstes Semester Betriebswirtschaft ohne Bafög, weil Papi gut verdient.

»Warm heißt auf rumänisch übrigens *kald*«, sagte er. »Aber, wie gesagt, sie verstehen Englisch. Kaffee?«

Ina schüttelte den Kopf. »Wann hast du die Berninger zuletzt gesehen?«

»Gestern. Ganz in der Nähe, am Gara de Nord, das ist der Hauptbahnhof.« Er zupfte an seinem Hemdkragen herum. Es war warm, und er hätte die Krawatte abnehmen können, doch so etwas tat er wohl nicht. »Sie hat noch nichts flüssig, das ist sicher, verschwindet in einer ziemlich miesen Straße.«

»Wie sieht sie aus?« Ina sah zu, wie Robert sich ausdauernd die Nasenflügel rieb. Sie hatte plötzlich das Gefühl, er könnte es sich mit ihr verscherzen, wenn er jetzt fragen würde: Wie soll sie schon aussehen?

»Gut«, sagte er nach einer Weile. »Und schlecht.«

»Aha.«

»Bescheiden gekleidet«, sagte er, »wenn man bedenkt, was sie einmal gewesen ist. Haare immer noch schulterlang, nicht mehr so blond, etwas dunkler. Violetta.«

»Wer?«

»*La Traviata.*« Er sah nicht aus, als wollte er witzig sein. »Die Oper, auch bekannt als Film mit Greta Garbo, *Die Kameliendame*. Wie lungenleidende Frauen halt aussehen, sie üben einen gewissen Reiz aus.« Er zog ein Foto aus seiner Brusttasche und reichte es ihr.

»Die Garbo mag ich nicht«, murmelte Ina. »Ich fand Marlene immer besser.« Sie hielt das Foto nach unten. *La Traviata* hatte sie sogar gesehen, weil sie einen Mann geliebt hatte, der sie in jede Oper geschleppt und nach drei Jahren für hoffnungslos proletenhaft erklärte hatte, weil ihr keine gefiel. Traviata, was für ein feierlicher Akt fürs Abkratzen, nicht? Sie fand das komisch, er nicht. Sie liebte Rockmusik, Kino und Mode, das sei ihm zu doof, hatte er gesagt.

Aber sie wußte nicht immer, was sie wollte; ein anderes Leben, das schon. Sie wollte weg von der Mordkommission, zur Fahndung, jetzt war sie hier und wollte nicht bleiben.

Schließlich sah sie hin. Ein beliebiges Foto, aus größerer Entfernung aufgenommen. Die Zielperson stand an einer Bushaltestelle und blickte in den Himmel, als prüfe sie, ob es anfing zu regnen.

Hallo, Denise. Ina ließ das Bild wieder sinken. Du Miststück. Du Engel.

»Ja«, sagte sie nur.

Robert sagte ruhig: »Ich habe ein mieses Gefühl.«

Daß es eine ungute Geschichte sei, sagte er beim Abendessen, als sehe man von einem Gebäude nur die Hälfte und wußte nicht, ob die andere schon eingestürzt war. Sie sah ihn lange an bei diesen Worten und grübelte ihrem Sinn hinterher, doch fragte sie ihn nicht, sie redete überhaupt nicht sehr viel. In dem kleinen Restaurant am Ende der Straße hingen zwei Poster von Brad Pitt; vielleicht war er hier Gast gewesen, oder die alte Wirtin, die mit einer Hand servierte, weil sie die andere für einen Stock brauchte, liebte ihn einfach. Ina hatte Moussaka bestellt, außer Pasta das einzige Gericht auf der Karte, das sie entziffern konnte. Zwar hatte Robert vage erklärt, was *Pilaf de berbecc* sei, etwas mit Hammelfleisch, doch klang das, als müsse man hinterher ein paar Schnäpse trinken.

Ungut. Die ehemalige TV-Moderatorin Denise Berninger, die ihren Lebensgefährten mit elf Messerstichen getötet hatte, war wegen Totschlags zu sieben Jahren verurteilt worden, erkrankte nach einem Jahr Haft an Lungentuberkulose und konnte mit Hilfe eines Pflegers aus der Klinik fliehen. Das war nur ein Teil der Geschichte, die Robert Reich eine ungute nannte, doch die Boulevardblätter hatten den Schnelldurchlauf geschafft: Racheengel, Todesengel, gefallener Engel, Deutschlands meistgesuchte Frau – zumindest das war geschenkt, denn so viele Frauen suchte man gerade nicht.

Zur Geschichte gehörte aber auch, daß es für Ina Henkel keinen Zeitraffer mehr gab, alles lief in Zeitlupe, und sie sah sich einzelne Szenen wie eine Schauspielerin an, die bei der Premiere merkt, daß das Drehbuch nichts taugt. Der Morgen nach der Festnahme, tratschende Polizisten im ganzen Haus, die einander die Anzahl der Messerstiche zurufen, als wären es schwer begreifliche Lottozahlen, neun, zehn, elf! Die Berninger war doch ihre große, ferne Liebe gewesen, ihre Eisfrau, die bei der Präsentation ungelöster Kriminalfälle so durchdringend in die Kamera zu starren pflegte, daß die Presse sie zur Crime-Königin ernannt hatte – zur schönen Crime-Königin – und manche Zuschauer glaubten, sie sei tatsächlich eine strafende Instanz; bitte kümmern Sie sich mal um meinen Nachbarn, schrieben sie ihr, mit dem stimmt etwas nicht. Doch sie kümmerte sich um ihren Mann.

Der erste Prozeßtag, es brennt, als die Angeklagte in den Gerichtssaal geführt wird, die Luft brennt von den Blitzen der Fotografen und den Blicken der Zuschauer. Sie hat zwei Anwälte, renommierte Anwälte natürlich, einen älteren, der Manager,

Anarchisten und Politiker verteidigte und vor Gericht das große Wort führt, und einen jüngeren, der ständig mit ihr tuschelt, ohne daß sie zurücktuschelt, und es scheint so, als höre sie ihm gar nicht zu. Als der Wortführer sagt, sie habe den Boden verloren, weil der Mann, mit dem sie lange lebte, die Liebe ihres Lebens, Drahtzieher eines abscheulichen Verbrechens war, starrt sie die Decke an und dann ihre Hände. Die Zuschauer haben Operngläser gezogen und sich bald um die Plätze geprügelt, doch die Angeklagte bleibt stumm, tränenlos stumm.

Der Anwalt erzählt, wie sie und ihr Mann beide Karriere machten, sie stieg von der gelernten Maskenbildnerin zur Fernsehmoderatorin auf, der Mann zum leitenden Angestellten eines Pharmaunternehmens. Zehn friedliche Jahre, bis etwas schiefging in seiner Firma und er einem Killer befahl, sechs Obdachlose zu töten, die durch einen illegalen Medikamententest schwer geschädigt worden waren, Zeugen mit zerstörten Körpern. »Wir haben über dieses Verbrechen in den Zeitungen gelesen«, sagt der Anwalt, dann nimmt er seine Brille ab. »Kurz darauf haben wir gelesen, daß die Angeklagte ihren Mann getötet hat, und die Schlagzeilen wurden noch größer, falls das möglich ist.«

Ein Seufzen im Saal, das nach Zustimmung klingt, sie hat ihn gerichtet. Viele Seufzer, weil die Angeklagte nichts sagt. Stille, als das Urteil verkündet wird, nur die gleichmütige Stimme des Richters, und Ina sieht zu, wie Denise sich nachdenklich die Nasenspitze reibt, als rechne sie aus, wie viele Tage in sieben Jahren stecken und wie viele Nächte, wieviel stillgelegtes Leben überhaupt.

Doch nach einem Jahr Haft war sie weg, entlaufen, entsprungen, abgängig, und das Geschrei ging von vorne los. Die zuständigen Behörden wirbelten, und man fahndete eine Weile ohne Erfolg, bis ein Frankfurter Geschäftsmann im Polizeipräsidium vorsprach und angab, die Berninger in Bukarest gesehen zu haben. Am Tag seiner Abreise habe sie in einer Espressobar neben ihm gestanden und, nun ja, Espresso bestellt. Selbst ihre Stimme habe er erkannt, erzählte er begeistert, diese etwas heisere Stimme, die im Fernsehen viel gefährlicher klang. Sie war auch nicht besonders groß gewesen, obwohl sie im Fernsehen immer so gewirkt hatte, und sie hatte eine Zigarette in der Hand gehalten, in der linken, falls das wichtig war.

Ja, das stimmte. Die Zigarette in der Linken, obwohl sie Rechtshänderin war, da hatte er genau hingesehen. In welcher Sprache, wurde der Mann gefragt, hat sie den Espresso denn bestellt? Darauf hatte er sich umständlich geräuspert und gemurmelt, sie hätte Espresso gesagt, das sage man in Rumänien nicht anders als in Deutschland oder in Italien. Auf dem ganzen Balkan sage man das so, selbst in Frankreich, obwohl diese Franzosen doch immer ihr eigenes Süppchen kochten, sprachlich gesehen. Sehr schön sah sie aus, hatte er rasch hinzugefügt, als er das eisige Schweigen bemerkte, das seiner Lektion folgte, aber etwas kränklich, so als sei sie nicht die stärkste und kippe einmal täglich um. Ja, sie war allein, zumindest hatte sie mit niemandem gesprochen. Oh nein, auch nicht mit ihm, denn sie anzusprechen, hatte er nun wirklich nicht gewagt, er las doch Zeitungen, nicht wahr, und guckte fern. Ging sie nicht etwas leichtfertig mit Stichwaffen um?

Wenn man es wüßte. Zustechen ging schnell, einmal, zweimal, sicher, konnte passieren. Elfmal war ein bißchen viel, übertötet hieß das unter Polizisten, Haß, rasende Wut sagten die normalen Leute.

»Ist was?« Der Kollege hier aß Spaghetti, noch so etwas, mit dem man im Ausland nichts falsch machen konnte. »Schmeckt es nicht?«

»Doch«, murmelte Ina. Es kam ihr so vor, als säße Robert Reich in einem anderen Land und sie wären nur durch eine Art Konferenzschaltung miteinander verbunden. »Nur ziemlich heiß.«

Er nickte ernst und sagte, es käme aus dem Ofen.

Für die Boulevardblätter war es die heißeste Geschichte, daß die Berninger als kranke Gefangene nicht nur aus der Klinik geflohen war, sondern dabei einen männlichen Helfer hatte, der mit ihr verschwunden war, einen jungen, ihr heillos verfallenen Krankenpfleger, der immer so nett zu ihr gewesen war, wie alle Patienten zu berichten wußten, immer höflich und sanft. Das Problem war nicht, daß der junge Pfleger mit vierunddreißig Jahren ein Jahr älter als die Berninger war, das Problem war auch nicht, daß viele der Patienten ihn nicht mochten, weil er sich ihnen gegenüber weder höflich noch sanft, sondern eher ruppig benahm, das Problem bestand darin, daß Paul Schiller ein mutmaßlicher Krimineller war. Daß gegen ihn bereits wegen schwerer Körperverletzung und räuberischer Erpressung ermittelt wurde, ohne daß es zu einer lückenlosen Überwachung gekommen war, machte die Panne komplett. Die Fernseh-Berninger hätte daraus einen großen Auftritt gezimmert und mit kaltem Pathos von dem Gewaltverbrecher berichtet, der seine harmlose Krankenpfleger-Existenz noch eine Weile aufrechterhält, bis er eine gefährliche Gefangene nachts durch die halbe Klinik schleust, den einzigen, der etwas merkt, den armen Pförtner nämlich, bewußtlos schlägt und mit der gefährlichen Gefangenen, die jetzt auch noch eine Komplizin geworden ist, in einem gestohlenen Wagen verschwindet.

»Was sagen Sie dazu?« hätte sie den Polizeibeamten im Studio gefragt, auf ihrem Stuhl postiert, einen Stift zwischen zwei Fingern, als müsse sie sich an etwas festhalten, worauf der Polizeibeamte versichert hätte: »Die Ermittlungen laufen auf Hochtouren.«

»Ich konnte sie nicht ausstehen im Fernsehen«, sagte Ina, nur um überhaupt etwas zu sagen, weil der verdeckte Fahnder sie mit schlecht verhohlenen Blicken beobachtete, als traue er ihr nicht. »Dieses hoheitsvolle Getue, als wär sie die Größte. Da hab ich sie noch nicht gekannt.«

»Kennst du sie jetzt?« fragte er streng.

»Mal sehen.« Sie sah zu, wie ihm eine Ladung Spaghetti von der Gabel rutschte. »Außerdem kam sie mir wie 'ne Bildungsbürgertussi vor, nur Opern, Klassik gehört, Gedichte gelesen, todschicke Wohnung natürlich, alles besser gewußt, dabei kommt sie aus ziemlich kleinen Verhältnissen.«

»Na und?« fragte er.

Sie nickte. »Wie ich auch. Bloß bin ich dabei geblieben. Bei den kleinen Verhältnissen, meine ich.«

Sie schob ihren Teller zurück, eine Geste, die der Etikette widersprach, wie sie kürzlich gelesen hatte, man schob seinen Teller nicht zurück, sondern wartete, bis er abgeräumt wurde. Denise hätte das sicher noch im Schlaf perfekt gemacht, Serviette falten, keinesfalls zerknüllt auf den Teller werfen, Besteck zusammenlegen, warten. Das Personal mußte natürlich mitspielen. Sie zog den Teller wieder heran. Nur nicht schwatzhaft werden, ihre Verhältnisse, welche auch immer, gingen den Kollegen Reich nichts an.

»Sie hat was Psychopathisches«, sagte er viel zu laut. »Das steht ja auch im Gutachten.«

»Nein«, sagte Ina, »das steht da nicht.« Sie nahm ihr Weinglas und ließ die rote Flüssigkeit kreisen. »Da steht Borderline, wie sie es halt schreiben, wenn sie es nicht so genau wissen.« Sie stellte das Glas zurück, ohne getrunken zu haben. »*Es besteht eine Neigung zu emotionalen Ausbrüchen und eine Unfähigkeit, impulshaftes Verhalten zu kontrollieren.*« Das psychologische Gutachten, das Denise auf ein paar Sätze reduzierte, hätte sie auswendig aufsagen können; »*diese Ausbrüche können zu explosivem, manchmal gewalttätigem Verhalten führen*«, tatsächlich, das hatten sie gemerkt.

»Schwarz-weiß, so müssen Sie sich das vorstellen«, referiert der Gutachter vor Gericht, während Denise verächtlich die Lippen verzieht, »in der Seele des Borderliners herrscht eine strikte Gut-Böse-Trennung, alles andere ist ein Vakuum, ein angsterzeugendes Nichts.«

Robert steckte sich einen Zahnstocher zwischen die Zähne und nuschelte, das sei der schäbige Ersatz für eine Zigarette. Sein Gesicht bekam einen leidenden Ausdruck, als er fragte: »Hast du je geraucht?«

Ina schüttelte den Kopf und hörte ihn jammern, wie qualvoll der Weg zum Nichtraucher war, aber das hatten ihr zwei Verflossene auch schon erzählt, denen sie in ihrer Wohnung das Rauchen verbieten wollte, und seine Stimme wurde zur dumpfen Begleitmusik ihrer flirrenden Gedanken. Nein, sie hatte nie geraucht, weil sie den Gestank nicht mochte und die vergilbten Wände in den Wohnungen der Raucher – zählten Joints?

»Das Gutachten hat wohl das Urteil beeinflußt.« Er winkte der Wirtin, die sich sofort in Bewegung setzte. »Totschlag, nicht Mord«, sagte er tadelnd, als die alte Frau mit großem Geschick ihre Teller in einer Hand balancierte und es auch noch fertigbrachte, ihm ein begeistertes Lächeln zu schenken. »Wenn du mich fragst –«

»Ich frag dich aber nicht.«

»Affektstau natürlich.« Mit seinem Zahnstocher piekste er sich in die Oberlippe. »Sie hat wohl eine Menge Affekte.«

»Ich weiß nicht. Kann sein.«

»Die lassen dich auflaufen.« Er stützte sich auf die Ellbogen und rutschte heran. »Die verheizen dich hier, und wenn du verbrennst, dann haben sie es halt versucht.«

»Kann sein«, sagte sie wieder. Vermutlich hatte er recht. Es war ihnen egal.

»Tu nicht so cool.«

»Tu ich nicht, bin ich nicht.« Sie lehnte sich zurück; so ein Bübchen, ein Glas Wein hatte seine Wangen gerötet.

Nie gewesen, wollte sie hinzufügen, das war ja der Mist.

Sie war Kriminaloberkommissarin bei der Mordkommission und mußte sich noch immer überwinden hinzusehen, weil der Anblick der Toten sie erschreckte. Ihre Kollegen nannten das den inneren Schweinehund, den es zu bezwingen galt, doch falls der tatsächlich in ihrem Innern hockte, war er ein flegelhaftes Vieh. Sie hatte ihn gejagt und täglich auf ihn eingeprügelt, ihre Überstunden-Liste war länger gewesen als die der Kollegen. Das hatte sie zwei Beziehungen gekostet, ihre erste große Liebe und die zweite, weil es manchmal unmöglich war, am Abend den Tag wegzupacken; du pennst mit deinen Leichen, hatte ihr Exfreund gesagt, weißt du das überhaupt? Natürlich wußte sie das, weil die Leichen sie hin und wieder weckten, dann zerrten sie an der Decke und glotzten sie an. Ihr derzeitiger Freund Ben hatte keinen Grund, sich zu beschweren, weil sie nur noch Überstunden machte, wenn sie angeordnet wurden. Sie lebten nicht zusammen und schworen einander nichts, also gab es keine Tränen.

Früher hatte sie sich für eine schlechte Polizistin gehalten, wegen der Leichen, weil sie so zimperlich war. Dann hatte sie gemerkt, daß sie eine gute Ermittlerin war, weil sie Kombinationen fand, dranblieb und sich verbiß. Sie hatte gedacht, es könnte tatsächlich etwas werden, bis diese Geschichte passiert war, die toten Obdachlosen, der tote Mann der Berninger und seine glatten, verschlagenen Pharmakollegen. Sie hatte nicht ermitteln können, ob er die Menschen im Auftrag seines Unternehmens hatte töten lassen, weil es über den illegalen Medikamententest keine Unterlagen gab und keinen Beweis; seien Sie nicht blöd, hatte man ihr gesagt, als kleine Beamtin können Sie kein ganzes Unternehmen vernichten. Sie hatte sie aber vernichten wollen, alle miteinander, und als die Akten schließlich geschlossen wurden, tat sie überhaupt nicht mehr viel. Daß sie sich nicht mehr verrückt mache, pflegte sie jetzt zu sagen, sie war doch nicht blöd. Es nutzte ja ohnehin nichts; für Politik hatte sie sich nie besonders interessiert, jetzt sah sie es so: Man suhlte sich im selben Dreck ringsum, und manchmal machten die einen hinter den anderen sauber. Jedem armen Schwein, das sie festnahm, wollte sie sagen, hau doch ab, mach's wie die anderen, die lassen sich gar nicht erst festnehmen, die sind zu clever.

Aber Denise hatte den Scheißkerl erstochen. Wenigstens einen. Übertötet, ja sicher, aufgrund welcher inneren Störung auch immer, falls sie überhaupt eine hatte. Ina kam nie los von dem Gedanken, Denise hat alles verloren, sie hat es getan. Als Kind hatte sie sich immer eine große Schwester gewünscht, keinen Bruder, weil sie Jungs damals nicht ausstehen konnte, doch hin und wieder passierte es ja, daß man die große Schwester, auch wenn sie nur ein oder zwei Jahre älter war, hinterrücks überfiel.

Die flüchtige Zielperson war einzukreisen, auszuforschen und dann festzunehmen.

Bukarest roch nach Blumen in der Nacht, nach Abgasen, gebratenem Fleisch und frisch gemähtem Gras. Keiner schlief. Aus den Häusern drang ein Summen, und wenn man genauer hinhörte, wurde ein vielstimmiger Chor daraus, Rufe und Gelächter, untermalt von Musik. Aber du schläfst, Denise, oder? Denkst du womöglich, die haben mich einmal gekriegt, weil ich es zugelassen habe, jetzt kriegen die mich nie wieder? Das stellst du dir so vor, ich weiß.

Ina blieb am Fenster stehen und guckte den Menschen zu, die unten auf der Straße schwatzten. Leichter Regen, den sie vor der Straßenlampe schräg fallen sah, als tanze er eine abschüssige Fläche entlang. Ein kleiner Junge sah zu ihr hoch und winkte, dann rief er etwas, bevor eine Frau ihn mit sich zog. Es hatte wie »Maifasch« geklungen und bedeutete vielleicht: Paß auf. Hau ab, fahr nach Hause, es ist besser so.

Sie telefonierte mit Benny und beruhigte ihn, alles gut, hier klaut mich keiner, nein, auch kein Zigeuner, ich hab ja noch gar keinen Zigeuner gesehen. Dann drehte sie die Dusche auf, aus der entgegen den Befürchtungen des Kollegen Reich wunderbar warmes Wasser kam, *kald* auf rumänisch, was man sich merken sollte. Im Flieger, als sie im Wörterbuch blätterte, hatte sie lange auf das Wort Verzeihung gestarrt, *skuzati* oder einfach nur *pardon*.

Sie wachte immer wieder auf, weil es so laut war, draußen auf der Straße und drinnen im Kopf. Am zweiten Prozeßtag, als sie aussagen muß, geht sie an der Anklagebank vorüber, ohne hinzusehen, und sie sagt: »Nein, überhaupt nicht«, als sie gefragt wird, ob die Angeklagte sich gegen ihre Festnahme gewehrt habe. Sie wiederholt es gleich noch einmal, sagt: »Absolut nicht«, und sucht nach Worten, um es noch deutlicher zu machen – sie hat auch nicht fliehen wollen, hätte sie hinzufügen können, ich hab's ihr nämlich indirekt angeboten, wissen Sie? Das müssen Sie verstehen, da muß ich wichtige Leute laufen lassen, Firmenbosse, denen man angeblich nichts beweisen kann, und sie hab ich festnehmen müssen.

Als der Richter sie entläßt, sieht sie hin; Denise lächelt ihr kaum merklich zu, mit einem Blick, als bewundere sie ihre Klamotten. Das war das vorletzte Mal, daß sie sie gesehen hatte. Das letzte Mal war am Tag des Urteils gewesen, als zwei Beamte die Gefangene zu dem Wagen mit den vergitterten Fenstern führten. Ina fragt, wie es ihr geht, weil sie nicht weiß, was sie sonst sagen soll.

Soviel Unausgesprochenes, soviel Mist, Denise fragt, kennst du diesen Knast, und Ina murmelt, ja, so leidlich.

»Das Besucherzimmer, kriegst du da Beklemmungen? Das ist ziemlich klein, und die schließen ja nun alles ab.«

Das war wohl ihre Art, zu sagen: Bitte besuch mich mal, doch Ina hatte es nicht getan, obwohl sie es sich ständig vornahm, jede Woche und manchmal jeden Tag. Dafür verfolgte sie, was mit der Gefangenen passierte in der Haft. Sie benahm sich höflich, wenn sie einmal etwas sagte, denn meistens redete sie nicht. Sie rastete auch wieder aus, aber nur gegen sich selbst, verbrannte sich mit glühenden Zigaretten, und Ina wollte sie fragen, warum sie das tat, doch sie ging ja nicht hin. Die Gefangene arbeitete nicht, weil sie zu unkonzentriert oder plötzlich zu blöde war, auch nur die simpelsten Handgriffe zu verrichten, sie träumte auch am Tag vor sich hin. Sie aß immer weniger, dann stellte sie den Hofgang ein, und die anderen Frauen lachten sie aus, nannten sie Majestät und forderten im Chor eine Sänfte. Sie bekam Hustenanfälle, und man gab ihr Erkältungsmittel. In einer Nacht spuckte sie Blut und fiel von der Pritsche. Man brachte sie in die Klinik, und da lag sie zwei Wochen, bevor sie verschwand.

Böhm, der Leiter der Fahndung, hatte eine zarte Stimme, die aus seinem riesigen Körper flog wie ein Vögelchen aus einem Löwenmaul. Das paßte nicht zusammen, nichts paßte bei ihm. Sie können das, hatte er gesagt, und Ina hatte den Kopf geschüttelt, aber so, daß er es nicht merkte.

»Ihr Mädels seid doch im gleichen Alter.« Ina hatte seine Stimme im Kopf, dieses Stimmchen des Zweimeter-Mannes, als sie am nächsten Morgen an einer Straßenecke stehenblieb, um ihr Kleingeld zu zählen, Kleingeld mit hohen Zahlen, es paßte einfach nichts. Vor einer Kirche standen alte Männer mit Blecheimern zu ihren Füßen, fünf alte Männer und dreißig Eimer voller Rosen. Einer hatte noch eine Kiste mit Äpfeln im Angebot, und weil er zu ihr herübersah, deutete sie darauf und hob einen Daumen. Er lachte sie an, nahm ein paar Äpfel heraus und jonglierte damit, bevor er sie in eine Tüte warf.

»No«, sagte sie, »one.«

»Ha, *unu.*« Er machte eine wegwerfende Handbewegung, drückte ihr die Tüte in die Hand und nannte feierlich den Preis, den sie nicht verstand.

»Ja«, sagte sie nur und wußte nicht, was sie ihm jetzt geben sollte. Vor allem brauchte sie keine sechs Äpfel.

»Euros?« fragte er.

Sie nickte.

»*Cinc.*« Feierlich streckte sich ihr eine Handfläche entgegen.

Fünf Euro? Im Leben nicht. Sie schüttelte den Kopf, doch er trug keine Schuhe. Die Eimer mit den Blumen waren auch noch voll, die Leute gingen vorbei. Sie wollte keine sechs Äpfel, sie wollte überhaupt keinen Apfel, sie zog den Fünf-Euro-Schein heraus und nahm die Tüte.

»*Salut!*« schrie er ihr hinterher, und sein fröhliches Lachen würde sie durch den Tag begleiten. So war es immer, manche Dinge schaffte sie nicht, sich durchzusetzen etwa, einfach nein zu sagen, ohne noch ewig zu grübeln. So hätte sie Böhm begegnen sollen, dem Bullen, der wie ein Bulle aussah und die Stimme einer kranken Katze besaß, sie hätte sagen sollen, ihr könnt mich mal, hätte zumindest nein sagen sollen, klar und deutlich: nein. Ja, sie hatte Angst vor Denise, doch nicht vor ihrer hochkochenden Gewalttätigkeit und nicht vor dieser Wut. Es war etwas anderes. Daß sie ihr zuviel durchgehen ließ. Daß sie sie einfach wieder laufenließ.

Ina blieb stehen, um noch einmal diese Münzen zu zählen, fünfzig, hundert, fünfhundert Lei. Man gab schnell mal fünfhunderttausend aus und zog nur einen Schein. Da stand sie mit den wurmstichigen Äpfeln, zählte Kleingeld mit hohen Zahlen zusammen und hörte die Stimme Böhms: »Schmuck im Wert von fast einer Million hat der Schiller jetzt. Das muß man sich mal vorstellen.«

Sie waren abends in ihr Zimmer im Präsidium gekommen, Oberfahnder Böhm, Stocker, ihr Chef bei der Mordkommission, und der stellvertretende Polizeipräsident. Der stellvertretende Polizeipräsident war noch nie in ihrem Zimmer gewesen, woraus sich aber weder schließen ließ, daß man sie zur Hauptkommissarin befördern würde, noch, daß man sie wegen nachlässiger Arbeit aufs Land zu versetzen gedachte, denn zu solchen Gelegenheiten erschien er auch nicht. Zu schließen war nur, daß sie etwas wollten, das wohl unangenehm war.

»Schiller ist gar nicht unsere Sache«, sagte sie, weil sie instinktiv alles abwehrte. Seit den Obdachlosenmorden hatte sie kein besonderes Interesse mehr an ihrer Arbeit, sie wurde faul und immer träger, und alles war egal. Nachts zog sie mit Benny durch Clubs und Kneipen, und bis sie dann morgens endlich aus dem Bett kam, war bald Abend und sie konnte wieder Schluß machen. Sie hörte den Namen Schiller und sagte: »Bin ich nicht zuständig.«

Böhm ignorierte das. »Haben Sie Lambert schon mal die Hand geschüttelt?« Ohne ihre Antwort abzuwarten, begann er noch einmal den Sachverhalt zu schildern, den Überfall auf den Stadtkämmerer Henning Lambert, der als lustiger Partygänger bekannt war und sich zwischen allem fotografieren ließ, das auch nur halbwegs prominent war. Natürlich hatte sie ihm noch nie die Hand geschüttelt.

»Unser Pfleger Schiller«, sagte Böhm, »hat eine Weile die Gattin des Lambert beglückt. Die war nun so dämlich, ihm zu stecken, daß der Lambert einen Hau hat, daß der nämlich fest an den großen Börsencrash glaubt und sozusagen in Schmuck investiert, auch mit ihrem Geld übrigens, sie kommt aus bestem Hause. Auserlesene Juwelen, will ich mal sagen, lagen da herum. Sie müssen sich das vorstellen, der Stadtkämmerer vertraut dem Gelde nicht.« Er schnippte mit den Fingern. »Freitags wiederum treibt die Holde Jazzgymnastik, und wie wir alle wissen, drang ein Maskierter an einem Freitagabend in die Villa des Lambert ein und zwang ihn, den Safe zu öffnen. Schmuck im Wert von fast einer Million hat er mitgenommen, der lag ja da herum.«

»Hatte der keinen Personenschutz?« Ina erinnerte sich, daß in der Presse nur von dem Überfall zu lesen war, nicht von der Beute, dabei wäre es doch eine hübsche Schlagzeile gewesen: Kämmerer ausgeraubt.

»Nicht vor der häuslichen Villa.« Böhm lächelte etwas angestrengt. »Der legt großen Wert auf sein Privatleben, Sie wissen ja, wie der immer und überall herumhüpft, weshalb wohl auch die Gattin häufig außer Haus ist. Sie haben ihn sogar steuerlich überprüft, soweit kann man ihm nichts. Tatsache ist, daß seine Altersvorsorge nun auf Reisen ist und er vom Täter mit einer Baseballkeule fast zum Krüppel geschlagen wurde. Tatsache ist, daß der Täter mit äußerster Brutalität vorgegangen ist, da werden Schäden bleiben. Daß es Schiller war, wurde schon eine Weile vermutet, aber es gab noch keine Beweise, bis die Gattin einen dezenten Hinweis gab. Die ist einfach nur doof, die haben sie bis zum Gehtnichtmehr vernommen, die steckt nicht mit drin. Jetzt ist Schiller weg, und der Schmuck ist natürlich immer noch nicht aufgetaucht.«

»Pech.« Ina verschränkte die Arme und sah an ihm vorbei.

»Da haben Sie recht.« Böhm setzte sich neben sie und rückte gleich noch mit seinem Stuhl näher an sie heran, als wolle er bekräftigen, daß es ernst wurde. »Schiller hat sein normales Leben zunächst weitergeführt, ganz umsichtig, wie ich finde. Dann kriegt er die Frau Berninger als Patientin oder wie das heißt – heißt das Patienten bei Pflegern? Pflegefall wäre ja falsch, rein vom Sinn her. Na egal, kriegt er sie vom Knast rüber mit ihrer TBC, und er hat sich aufopfernd um sie gekümmert, das ist wohl aufgefallen, weil Paulchen Schiller sich in der Regel nicht so große Mühe gab. Weiß der Teufel, da leidet sie unter TBC, hat aber noch soviel Elan, ihn kirre zu machen, oder wie soll ich mir das vorstellen?« Böhm sah sie ausdruckslos an. »Nun gut, sie war seit einem Jahr in Haft, nicht? Untersuchungshaft angerechnet, noch länger. Spielt dann auch die TBC keine Rolle, warum, zum Teufel, hatten die da keine Schwestern? Unsensibles Vorgehen, die steckt im Bau, und man teilt ihr auf der Isolierstation einen knackigen Pfleger zu.«

Ina fand das Gespräch unangenehm, und sie wußte noch immer nicht, warum er ihr das alles erzählte. Es war bekannt.

»Ansteckend ist sie gar nicht mehr gewesen«, trug der stellvertretende Polizeipräsident zur Unterhaltung bei. »Da frage ich mich, warum sie immer noch auf der Isolierstation lag.«

»Wohl weil's kein Schnupfen ist«, sagte sie. »An Lungen-TB sind sie früher haufenweise gestorben.« Lauter makellose Frauen, nicht wahr, die dann als Operndiven wieder auferstanden.

»Nachgerade krepiert«, sagte Böhm, »da haben Sie recht. Sie hier hat es allerdings geschafft, aus der Schwindsucht eine Verschwindsucht zu machen, nicht wahr? Der Doktor jammerte auch gleich herum, sie sei noch sehr krank gewesen und hätte ja nun gar keine Medikamente mit, aber offenbar war sie gesund genug, den Schiller kirre zu machen, nicht?«

»Keine Ahnung«, sagte Ina. »Ich war nicht dabei.«

»Keiner war dabei, das ist der Jammer.« Böhm rückte noch etwas näher an sie heran. Ina sah ihren stummen Chef an, doch Stocker schüttelte nur bedauernd den Kopf. Ich konnte nichts machen, sollte das wohl bedeuten, aber ich bin dagegen.

»Sie sind also weg«, sagte Böhm. »*Sie* hat man jetzt in Bukarest gesehen.«

»Ich weiß«, sagte sie.

»Ihn nicht.« Böhm sah sie an, als hätte er eine Pointe gesetzt. Dann sprang er wieder auf. »Nirgends hat man ihn gesehen, die Beschattung läuft schon eine Weile. Den rumänischen Behörden ist auch nichts bekannt, aber sie sind sehr großmütig, solange

Deutsche sich um Deutsche kümmern, niemand eigenmächtig eingreift und niemand herumballert, solange das also diskret geschieht. Eine Flucht nach Rumänien muß beiden gepaßt haben, kein EU-Land, Balkan, alles ein bißchen kreuz und quer da unten, so werden die sich das gedacht haben.«

»Kann sein«, sagte Ina. Paul Schiller hatte ihr einen Gefallen getan. Prominenten-Bonus vielleicht.

»Außerdem ist dem Schiller womöglich klar gewesen, daß wir schon an ihm dran waren«, sagte Böhm. »Nur: Wo ist er? Da tut sich nichts, sie ist da unten offenbar nicht mit ihm zusammen. Aber von was lebt die da, hm? Haben Sie sich das mal überlegt?«

»Nein«, sagte sie.

Böhm atmete tief durch. »Möglichkeit eins: Sie hat ihn getötet. Dann hat sie den Schmuck.« Langsam kam er näher und setzte sich wieder neben sie. »Möglichkeit zwei: Er hat noch andere Geschäfte zu erledigen, wo auch immer, was auch immer, den Schmuck versilbern etwa, und sie wartet auf ihn. Die hecken da was aus, und ich muß wissen, was das ist. Ich möchte überhaupt wissen, was da los ist, so oder so.«

»Möglichkeit drei«, sagte sie, »die haben überhaupt nichts miteinander zu tun. Er hat sie da rausgeholt, okay, dann haben sich ihre Wege wieder getrennt.«

»Ina«, sagte Böhm langsam, »das ist Quatsch. Die Frau Berninger ist eine attraktive Frau, da hilft nun alles nichts, und Schiller hat eine Menge riskiert, sie da herauszuholen, wie Sie das nennen. Da soll er sie einfach wieder ziehen lassen? Erzählen Sie mir nichts.«

Ina schüttelte nur den Kopf, das Schicksal des Paul Schiller interessierte sie nicht. Sie erinnerte sich an das Foto, das sie von ihm gesehen hatte, ein kurzhaariger Schönling, der ein wenig dem jungen Alain Delon glich, den ihre Mutter zum glanzvollsten Mann aller Zeiten erkoren hatte, wobei sie jedesmal hinzufügte: Also, der junge Delon, der junge. Nicht ihre Kragenweite, alle beide. Zu kurzhaarig, zu schön.

»Ich weiß es nicht«, murmelte sie.

Freundlich sagte Böhm: »Wir denken nun aber, daß Sie es herausfinden können.«

Die Höhle der Löwin, hatte er gesagt, da gehen Sie rein. Zwei Fliegen mit einer Klappe, hätte er auch noch sagen können, drei Fliegen, denn sie wollten Denise, sie wollten Schiller, und die Beute wollten sie natürlich auch, lieber Herr Kämmerer, da haben Sie Ihren schönen Schmuck wieder. Würden sie Denise jetzt festnehmen, kämen sie an Schiller nicht heran.

»Sie besuchen sie, Ina.« Böhm faltete die Pranken. »Wir haben ein schönes Profil erstellen lassen, daraus ergibt sich, daß es auf diese Weise besser funktioniert, als käme da eine Fremde an, die sich nun plötzlich an sie heranmacht. Bedenken Sie, was die Psychologen sagen, wie sie tickt, dieses Extremdenken, gut oder böse. Gegen Polizisten hat sie ohnehin nichts, so gut wie sie immer mit uns zusammengearbeitet hat, nicht? Gegen Sie hat sie am wenigsten, denn Sie sind auf ihrer Seite, so denkt sie, und Sie müssen das nur noch ein wenig forcieren. Sie haben doch eine gewisse Beziehung zu ihr aufbauen können, hatten länger mit ihr zu tun in dieser unseligen Obdachlosengeschichte.«

»Ein paar Vernehmungen und die Festnahme«, murmelte sie. Böhm hatte so dicke Finger, daß er den Ehering ohne Schmierseife wohl nicht herunterbekam. »Wenn Sie das eine gewisse Beziehung nennen, bitte.«

Die Höhle der Löwin. Sehr komisch. »Hören Sie mal«, sagte sie und hatte das Gefühl, jetzt etwas ganz Wichtiges sagen zu müssen, etwas Grundsätzliches, etwas, das ein für alle Mal klarstellte, daß es nicht funktionieren konnte.

»Ja?« Böhm sah sie erwartungsvoll an.

»Die ist doch nicht blöd«, sagte sie.

»Oh nein.«

»Na also.« Sie lehnte sich zurück.

»Sie kriegen nur eine kleine Legende«, sagte er, »sonst würde es in der Tat nicht funktionieren. Beachten Sie, was ich gesagt habe: Sie besuchen sie. Das ist alles. Was ist aus ihr geworden, das interessiert Sie doch, und weil Sie ja ohnehin denken, daß außer der Frau Berninger noch ganz andere für viel schlimmere Dinge zu brummen hätten, die man aber geschont hat, weil es einflußreiche Firmenvertreter sind, weil alles, was Sie tun und vor allem, was Sie lassen müssen, Sie so mächtig anwidert, machen Sie ihr klar, daß von Ihnen überhaupt keine Gefahr droht. Offiziell ist die Bukarester Spur zu den Akten gelegt. Verstehen Sie?«

Sie antwortete nicht.

»Sie sind nur hellhörig geworden, als dieser Mensch, der sie gesehen hat, irgendeine Kleinigkeit gefaselt hat, etwas, das niemand beachtet hat.« Böhm beugte sich vor. »Da gibt es doch was?«

»Das mit der Zigarette«, murmelte sie. »Die ist Rechtshänderin. Nur die Zigaretten hat sie immer links gehalten, ich meine, andere Raucher, die ich kenne, machen das nicht.« Sie seufzte. »Das hat er gesagt, ja, Zigarette links.«

»Sehen Sie?« Jetzt sah er aus, als würde er ihr gleich den Kopf tätscheln. »Also ab in die Walachei, Frau Henkel. Wußten Sie, daß Bukarest mitten in der Walachei liegt? Mir war das nicht geläufig.«

»Das weiß doch jedes Kind«, sagte sie, obwohl ihr das auch nicht geläufig war.

Seine Stimme wurde etwas kälter. »Betrachten Sie sich als Vorhut, mit dem endgültigen Zugriff haben Sie nichts zu tun, es sind Kollegen vor Ort, die das mit den Rumänen absprechen. Sie haben uns nur die Informationen zu liefern, so gut das geht, über den Verbleib der Beute und über Schiller, den lebenden oder den toten.« Er lächelte. »Sie sind eine berufsmüde, fast ausgebrannte Polizistin, die in letzter Zeit etwas geschlampt hat in ihren Ermittlungen, Sie haben gar nicht die Absicht, der Frau übel zu wollen. Das ist so Ihre Art, auszudrücken, wie angewidert Sie von Ihrem Job sind und von den Gesetzmäßigkeiten, denen Sie gehorchen müssen, und genau das wird die Frau Berninger zu schätzen wissen. Sie haben das Gefühl, sie müßten etwas an ihr gutmachen.«

Ina schüttelte den Kopf. Das war keine Legende, auch keine

kleine, auch keine schlechte. Es war die Wahrheit, und sie wußte, daß Böhm das wußte. Dieser Job ist Ihre einzige Möglichkeit, sich zu rehabilitieren, hätte er noch hinzufügen können, was Sie in letzter Zeit geliefert haben, ist ja nun armselig, und wenn Sie das jetzt nicht hinkriegen, wird nichts mehr aus Ihnen werden.

Sie schnappte nach Luft und sah in seine ausdruckslosen Augen.

»Paßt Ihnen der Schuh?« fragte er.

3

Im Morgenlicht schlenderte sie die graue Straße entlang, einer gelbroten Sonne entgegen, die wie ein Luftballon über den flachen Dächern schwebte. Zwei Frauen zogen müde Kinder über das rissige Pflaster, Zwerge mit gewaltigen Rucksäcken auf den schmalen Schultern, sonst war niemand unterwegs. Auch das Café, ein brüchiger, kleiner Bau, hatte keine Gäste. Es stand zwischen einem Friseurladen und einer Zeitschriftenbude, schräg dahinter ragte ein Wohnhaus wie ein Pfeiler in den Himmel. Unkraut wuchs am Straßenrand, und zwischen den Häuserlücken leuchtete der Gara de Nord wie ein Opernhaus. Hier, hatte Robert gesagt, manchmal morgens im Café oder nachmittags in der Espressobar am Piata Unirii, manchmal abends am Bahnhof, hier oder da, irgendwo, irgendwann.

Die verheizen dich, hatte er über ihre Kollegen gesagt, wenn du verbrennst, ist es egal. Er hatte allerhand Blödsinn erzählt, daß das heiße Wasser nicht funktioniere und das Frühstück nichts tauge, daß die Stadt ein Chaos sei und Denise sie töten könnte, wie sie es wohl mit Schiller getan hat, mach dir nichts vor.

Wie ein verkrachtes Touristenpaar waren sie auf verschiedenen Straßenseiten unterwegs gewesen, und es waren nicht die schönen Straßen, es waren die anderen, Straßen mit kaputten Hochhäusern, vor denen Leute Tapeziertische aufgebaut hatten, um alles mögliche zu verhökern, Zigaretten, Kaffeekannen, Armbanduhren. Kinder tanzten oder standen einfach nur herum, schienen nie zu schlafen, wie die ganze Stadt. Oder die Ecken der Straßenkinder, U-Bahn-Schächte und ungepflasterte Wege, auf denen dumpfe, kleine Gestalten sich aneinanderkauerten oder aufeinander einschlugen, die streunenden Hunde in Reichweite, mit denen sie manchmal den Inhalt der Mülltonnen teilten, Ecken, in denen man Tierschutzbesuch aus Deutschland sah, zappelige Frauen und Männer, die aufgewühlt über die Kinder kletterten, um die Hunde hier herauszuholen. Immer weiter, an der Bar vorbei und über den kleinen Markt, hin zu den Gassen hinterm Bahnhof, hier entlang, nirgendwo sonst, und der Tunnelblick der Schnüffler hatte alles aufgenommen, ohne zu begreifen. Sie hatte eine Erinnerung an Denise, daß sie in einem Café unter Bäumen anzutreffen war, nicht hier, und sie hatte sich einzureden versucht, sie hätte wirklich Urlaub und schlenderte so dahin. Hol dir ein Eis und lauf los, lauf diese riesigen Boulevards entlang und such dir Boutiquen, schreib Ben eine Karte, wie sich das gehört, Sonne am Himmel, Qualm in der Luft, Hütten und Paläste. Gestern einen Rolls mit verspiegelten Scheiben gesehen und daneben einen Pferdekarren. Sie kamen beide nicht durch den Verkehr.

»Kommt nicht«, hatte einer der anderen Kollegen gemeldet, der die Strada Solko beobachtete, eine kleine Straße, die als ihr Unterschlupf ausgemacht worden war. Bis auf Robert waren die Fahnder allesamt wortkarge Männer um die Vierzig, die so unscheinbar wirkten, daß Ina schon fünf Minuten nach der kurzen Begegnung zu grübeln anfing, wie sie eigentlich aussahen. Einer hieß Teschke, die anderen Namen hatte sie vergessen, blasse Männer in braunen Lederjacken. Ben, dunkelhaarig, groß, athletisch und noch immer keine Dreißig, nannte solche Männer Beamte; sie sei auch Beamtin, pflegte sie zu antworten, worauf er eine wegwerfende Handbewegung machte, ach du.

Die Zielperson ließ sich also Zeit; »die läuft nicht pausenlos herum«, hatte Robert gesagt, »bedenke, daß sie lungenkrank ist.«

Bedenke das. Sie wußte nicht, wie lange sie seinen belehrenden Tonfall noch ertragen konnte, weshalb sie an diesem Morgen alles darangesetzt hatte, ihm nicht zu begegnen. Ein blinzelnder Junge, der immer nur »Good Morning« sagte, hatte ihr in dem kleinen Frühstücksraum des Hotels ständig Kaffee nachschenken wollen, und als sie ihn fragte, ob sie am nächsten Morgen Tee haben könnte, fing er noch heftiger an zu blinzeln. Im Wörterbuch hatte sie das Wort für Tee zwar gelesen, *Ceai,* konnte es aber nicht aussprechen.

»Tschai«, murmelte er.

»Tschai«, wiederholte sie. War doch gar nicht so schwer.

»Okay«, hatte er mit heftigem Kopfnicken gesagt, als hätten sie gemeinsam Großes geplant, bevor er ihr feierlich die Hand gab und noch einmal sagte: »Tea. Tschai. Tomorrow.«

Morgen kannst du schon tot sein, pflegte ihre Freundin Nicki von der Schutzpolizei zu sagen, eine Weisheit, die Robert Reich sicher sofort in sein Repertoire aufnehmen würde.

Warten, ausharren, bloß nicht wanken. Vor dem winzigen Café polierte ein Mann ein Blechschild, das eine dampfende Kaffeetasse zeigte, aus einem Autoradio kam fröhliches Gebrüll, sicher war das Werbung. Sie wußte nicht, wie viele Stunden sie als Polizistin schon mit Warten verbracht hatte, doch es war anders, wenn man mit Colaflaschen in Autos herumhockte, da machte man sich weniger Gedanken. Ein Vogel sang, nur einer, dann fiel ihr das Licht vor die Füße, als die Sonne sich in die enge, graue Straße schob. Sieh es als Zeichen an, heute geht es los. Wie lange pflegten flüchtige Strafgefangene zu schlafen? Ein Kälteschauer, als sie eine blonde Frau am Ende der Straße sah, komm jetzt, stell dich nicht so an – aber die war ja ohnehin zu alt. Ein herrenloser Hund marschierte zielstrebig den Bordstein entlang und hob den Kopf wie zum Gruß. Langsam ging sie weiter.

Diese flirrenden Gedanken. Sie waren wie gejagte Vögel, die keinen Ruheplatz fanden, sie flogen immer wieder zurück. Vermutlich wußte Robert Reich nicht, daß die Zielperson, vor der er sie unablässig warnte, den Mann, den sie lange Jahre liebte und dann tötete, in einer psychiatrischen Klinik kennengelernt hatte. Er war dort Zivildienstleistender gewesen und sie Patientin, weil sie mit einem Messer auf ihre Eltern losgegangen war. Was würde er sagen, der Kollege, einmal, zweimal, immer wieder? Diese hochkochende Gewalttätigkeit habe nichts mit psychotischem Verhalten zu tun, erzählt der Gutachter vor Gericht, »sie ist nicht psychisch krank, vielmehr haben wir das Bild einer emotional instabilen Persönlichkeitsstörung.«

Dem Opfer habe diese Unterscheidung nicht geholfen, wirft der Staatsanwalt ein, und Ina möchte ihn fragen, wieso er ihn Opfer nennt. Der hat ein paar Leute auf dem Gewissen, wie kommen Sie auf das Wort? Seien Sie mal nicht so empfindlich, wissen Sie was? Zurückzuschlagen ist gar nicht verkehrt.

Weiter, immer geradeaus. Sie überquerte Straßen und Plätze und hörte einem Musiker zu, der auf einer Holzkiste saß mit seiner Geige. Sie hielt jede Geige für verstimmt; du hast keine Ahnung, hatte ihr Exfreund gesagt, keinen Sinn für das Schöne. Gegenüber hatte eine alte Frau Decken ausgebreitet, auf denen Zweige lagen und Kräuter, man guckte einmal hin und war verloren. In Deutschland ging sie einfach vorbei, hier traute sie sich das nicht. Die Frau griff sich ans Herz und schrie: »Drugs, drugs!« Ihre Kräuter sahen wie Grashalme aus, schnell ausgerupft und mit einem gemurmelten Segen versehen.

»Drugs. Good drugs.«

Ihre Koksparty-Bekannten hatten ausgesagt, daß Denise doch eigentlich wie im Fernsehen war, kühl und beherrscht, selbst wenn sie mal eine Nase nahm, nicht wahr, nur bei Diskussionen habe sie heftig werden können, da wollte sie ihre Meinung durchsetzen, ihre verqueren Ansichten, so stand sie politisch links, habe aber archaische Reaktionen gezeigt und sei für die Todesstrafe gewesen, was sage man denn dazu?

»Drugs!« Die Alte streckte ihr etwas entgegen, das nach Basilikum roch. Sie trug eine Strickjacke mit verschiedenen Knöpfen; »yes«, sagte Ina, »okay.« Als sie ihr schrill piepsendes Handy wie eine Waffe zog, sprang die Frau zurück und rief: »Jessesmaria!«

»Sorry«, murmelte Ina, während sie Roberts Stimme hörte: »Wann bist du denn aufgestanden?«

Genmanipuliertes Basilikum vielleicht, völlig aus den Fugen. Ina drückte der Frau ein paar Münzen in die Hand und nahm das Zeug entgegen.

»Sie ist hier«, sagte Robert. »Auf dem Gemüsemarkt, Nähe Piata Unirii, weißt du, wie du da hinkommst?«

»Piata Unirii«, wiederholte sie laut und sah, wie die alte Frau die Lippen bewegte, als müßte sie die beiden Worte korrekt wiederholen. Zehn Meter weiter blinkten Taxilichter.

»Vereinigungsplatz«, sagte Robert streng. »Ich habe ihn dir gezeigt.«

»Ich nehme ein Taxi.« Sie fing an zu rennen.

»God bless you!« schrie die Alte ihr hinterher, ja danke, ihre mißratenen Züchtungen brachten Glück, ob sie das wußte?

»Sie kauft Gemüse«, sagte Robert in vorwurfsvollem Ton.

Ja, das tat man auf Gemüsemärkten, auch Geflüchtete mußten sich ernähren. Ina steckte das Telefon weg und nannte dem Taxifahrer die Adresse. Er sah sie mißmutig an, was wohl bedeutete, daß ihm die Strecke zu kurz war, dennoch raste er auf alles zu, was zwei Beine hatte und sich anschickte, eine Straße zu überqueren. Ina schloß die Augen und sah sie auf dem Rücksitz des Streifenwagens sitzen in jener Nacht; »ich komm schon klar«, sagt Denise, als müsse sie die Polizistin, die sie gerade festgenommen hat, trösten.

Aber du bist doch nicht klargekommen, nie. Und jetzt bin ich hier und mach dich kaputt.

Robert Reich saß auf dem Rand eines Springbrunnens und schlenkerte mit den Beinen. Mister Zielfahndung: teure Hose, dampfgebügeltes Hemd, gegeltes Haar, das in der Sonne glänzte.

»So«, sagte er, ohne sie anzusehen, während etwas herüberwehte, das man dezenten Herrenduft nannte, »wenn es eng wird, kann ich dich nicht schützen.«

»Ja, und auch nicht nerven.«

»Was hast du fürs Taxi bezahlt?«

»Ein paar Tausend halt.«

»Die hauen dich übers Ohr.«

»Vielleicht.«

Er zog einen Zettel aus der Hosentasche und las vor: »*Mita, Drept, Spert, Spaga*. Was glaubst du, was das ist?«

»Schmerztabletten.«

»Rumänische Begriffe für Bestechung. Vier Stück, es soll fünf geben.«

»Bimbes«, sagte sie, »ist deutsch.« Sie lehnte sich gegen den Brunnen. Hier konnte man noch die Umrisse des pompösen Parlamentsgebäudes sehen, das früher Haus des Volkes hieß. Eine Stunde lief man an seiner Mauer entlang, die das Volk fernhalten sollte. Daß es Europas größtes Gebäude war, hatte sie nachts im Hotelzimmer gelesen, gebaut von zwanzigtausend Arbeitern, von denen Hunderte umkamen. Sie stellte sich vor, wie der Geist des irren Herrschers noch immer durch die über tausend Räume wandelte, verfolgt von all den armen Seelen, deren Häuschen man plattgewalzt hatte, um für das Monstrum Platz zu schaffen. Hier, zehn Meter vom Brunnen entfernt und gegenüber der Espressobar, in der Denise von diesem Frankfurter Geschäftsmann gesehen worden war, stand das Gegenteil, ein flaches, zerbrechlich wirkendes Blockhaus mit einem zeltähnlichen Dach.

»Die Markthalle«, sagte Robert. »Ausgang vorne links.«

Sie nickte. Der Witz von dem Bullen, der sich beschwert, daß die bösen Buben entkommen konnten, obwohl doch alle Ausgänge bewacht waren; sie sind vielleicht, sagt der andere Bulle, durch die Eingänge geflohen.

Neben ihr sagte Robert: »Da ist mir doch eben so ein kleiner, dreibeiniger Shiba Inu vor die Füße gelaufen.«

»Ein was?«

»Shiba Inu«, wiederholte er. »Eine japanische Rasse.«

Sie überlegte eine Weile, bevor sie fragte: »Du sprichst von Hunden?«

»Ja, was denn sonst?«

»Gibt es die mit drei Beinen?«

»Natürlich nicht.« Er klang beleidigt, wie so oft. »Hier natürlich schon.« Nach einer Weile sagte er: »Ich mache Hundesport.«

Sie unterdrückte ein Kichern.

»Aufgewachsen bin ich mit zwei Labradors, jetzt habe ich einen feinen belgischen Schäferhund. Zu dämlich, wenn man immer unterwegs ist. Meine Eltern nehmen ihn dann, der bewacht ihren Laden.«

»Gut«, murmelte sie. Jetzt spürte sie nichts mehr. Mit dem Zahnarzt war es genauso, da malte sie sich tagelang alles mögliche aus, bis sie auf dem Stuhl saß und sich fügte; gut, dann ging es eben los. Das Wetter war anständig, nicht wahr, warm und sonnig – genial, wie manche Leute blöderweise sagten, geniales Wetter. Alles summte um sie herum, heulende Motoren, Stimmen und Gelächter, und von irgendwoher kam der Klang einer Trompete.

»Wir sehen heute sexy aus«, sagte Robert, was sie veranlaßte, sich ihm ruckartig zuzuwenden. Sie trug Gap-Klamotten und namenlose Schuhe, gut für Gewaltmärsche; die Haare hatte sie hochgesteckt, weil sie frühmorgens zu faul gewesen war, sie zu waschen. Doch er sah an ihr vorbei. Sie folgte seinem Blick, was der Moment war, da sie die Zielperson sah.

Schwarzes Kleid und Sandalen, nichts Besonderes. Mit einem Rucksack auf der Schulter kam sie über die Straße und sah nirgendwohin, aufs Pflaster vielleicht, auf ein kurzes Stückchen Weg, was man nur tat, wenn man sich sicher fühlte. Denise Berninger, TV-Crime-Königin außer Diensten, von der moralischen Instanz zur Totschlägerin geworden, von der Jägerin zur Gejagten – wir standen auf einer Seite, hatte sie ihr aus dem Knast geschrieben, und wir haben beide verloren.

Ihre blonden Engelslocken waren tatsächlich dunkler, und Ina grübelte ernsthaft darüber nach, ob sie damals aufgehellt waren, damals, als sie den Obdachlosenmörder suchte und die Berninger nach einem der Opfer befragte, als sie Lust verspürte, ihr zuzusetzen, weil sie nicht herankam, weil Denise ihr das Gefühl vermittelte, beschränkt zu sein.

Gut, gehen wir. Sie spürte Roberts Blick im Rücken, was genauso war, als müßte sie im gut besuchten Schwimmbad elegant vom Zehnmeterbrett springen. Er sagte nichts; sie hatte gedacht, er würde ihr Glück wünschen, doch er blieb stumm.

Es ging durch eine langgestreckte Straße, da krochen sie hintereinander her, Frauen mit vollgepackten Taschen zwischen ihnen, rauchende Männer, rennende Kinder, Skateboard-Fahrer. Menschen sprangen wie Selbstmörder zwischen rasenden Autos umher und besaßen noch die Nerven, jenen, die sie erkannten, zuzuwinken, zwei Taxifahrer spielten Karten auf der Motorhaube eines Wagens. Nicht einfach anquatschen, möglichst in der Nähe ihres Verstecks, nicht auf allzu vollen Plätzen, aber alles war so fremd. Als stellten sich die Häuser wie Mauern in den Weg, als formten sich aus der fremden Sprache Wörter, die sie unbedingt verstehen mußte, als sagten die Blicke der Menschen, nicht hier, tu es zu Hause, was du da tust.

Denise ging sehr langsam, nein, sie schritt dahin, wirkte stolz und unverwundbar. Ina schüttelte den Kopf, weil etwas in ihrem Polizistenhirn das empörend fand, und konzentrierte sich auf die einfachen Dinge, was wog denn dieser Rucksack, den sie da trug? Wechsel doch mal, nimm ihn von einer Schulter auf die andere, oder noch besser, trag ihn auf dem Rücken, das sieht zwar weniger elegant aus, hilft aber ungemein.

Denise blieb unter eine Markise stehen und sah sich ein Schaufenster an. Sie schien zu zögern, ging weiter, hatte sich kein einziges Mal umgedreht. Ina schob die weißen Stecker ihres iPod in die Ohren und stellte die Lautstärke so ein, daß sie den Straßenlärm noch mitbekam. Es fiel ihr schwer, so langsam zu gehen, doch das Vertraute förderte die Konzentration, der Pulsschlag der Bässe, das Klicken und Zischen der Töne – Maschinenmusik, hatte ihr Exfreund gesagt, richtig, war ihre Antwort gewesen, und? Hochgezüchtet wie die Stimmen deiner Operndiven. Im Schaufenster, das Denise sich angesehen hatte, lag Schmuck, sieh an. Hast du noch nicht genug, oder hast du etwas zu verkaufen?

Immer weiter, geradeaus, bis zur Ecke da vorn, dann fragen Sie noch mal – an der Ecke sah Ina zuerst einen Teppich, der aus dem Fenster eines Wohnhauses hing, und dann das U-Bahn-Schild neben einer McDonald's-Filiale. Schneller jetzt, zwischen ihnen drei schwatzende Männer, von denen einer sich umdrehte und stehen blieb, mit leicht erhobenen Händen, wie der Zerberus einer Diskothek. Ina schob sich an ihm vorbei, und er rief ihr etwas hinterher, während Denise die Treppe zur U-Bahn herunterlief, als sei ihr Rucksack plötzlich federleicht.

Dumpfe Luft. In einer Ecke ein Grüppchen trauriger Musikanten, die ihre Gitarren schlecht behandelten, tausend Winkel, tausend Augen. Ina sah noch einen Schatten von Denise, das schwarze Kleid, und folgte ihr nach links, da standen Drehkreuze, die wohl etwas mit den Fahrscheinen zu tun hatten, ohne Fahrschein kam man nicht hindurch. In einer Art Glaskasten hockte eine alte Frau und verkaufte Strümpfe, keine Fahrscheine; als eingefleischte Autofahrerin hätte sie nicht einmal zu Hause gewußt, wie man an die verdammten Fahrscheine kam. Sie konnte hier nicht schwarzfahren, zu Hause mogelte man sich durch, wenn die Geier kamen, zog sie den Polizeiausweis, aber hier? Hier ging überhaupt nichts mehr, sie lief ein Stück zurück, ein Tabakladen, zwei schwankende Gestalten davor und ein paar magere Hunde, überall Hunde, selbst hier, im muffigen Schacht, bloß Denise war nicht da, die war ihr entwischt, ohne es zu wissen. Das war nun einfach Pech. Ina blieb stehen und zog die Ohrhörer heraus. Vor ihr auf dem Boden zerbeulte Dosen, gegen die sie treten wollte, sie wollte gegen alles treten und tänzelte hin und her. Dann drehte sie sich um und sah Denise mit dem Rücken an einem Pfeiler lehnen, zwei Meter entfernt. Sie sah ihr genau in die Augen.

Gut. Bleib stehen. Haufen Leute hier, wirst du dich benehmen? Zwei Ausländerinnen, die aufeinander losgehen im Bukarester U-Bahn-Schacht, machen keinen guten Eindruck, nicht? Ina holte Luft und ließ einen Mann vorbei, der einen Hund mit sich führte, was etwas Besonderes war, weil der Hund eine Leine hatte, an der das Herrchen hing, eine Leine und ein Heim, weil es der erste nicht streunende Hund war, den sie hier sah. Sie sagte: »Hallo«, sagte es mehr zu dem Hund als zu Denise, sie wollte die weißen Stecker wieder in die Ohren schieben und etwas Lautes hören. Sie wollte hier weg.

Denise ließ ihren Rucksack auf den Boden gleiten und stieß ihn mit der Fußspitze ein wenig nach vorn. Ihre Augen waren gerötet und von dunklen Schatten umrandet, als wäre sie ein Vampir, vom Tag überrascht, vom Licht.

»Warum immer du?« fragte sie.

Ina schüttelte den Kopf. Ein Schritt nur, bis sie einander hätten berühren können. »Ich tu dir nichts.«

Hatte sie das wirklich gesagt? Eine Weile sah sie auf den Rucksack, den Denise zu ihr hingeschoben hatte, dann hob sie ihn auf, er wog fast nichts, und reichte ihn ihr.

»Nichts drin«, sagte Denise. Ihre Bewegungen waren so träge, als dürfe sie die Polizistin nicht provozieren, und ihre Stimme war so ruhig wie damals, wie immer. »Nichts Verwertbares.«

All diese Menschen, die an ihnen vorübergingen wie Komparsen, denen man die Regieanweisung gegeben hatte, lauft herum, aber drängt euch nicht ins Bild. All die Geräusche, die immer dumpfer wurden, Stimmen, Getrampel, Gebell. Ina sagte: »Du hast es schon wieder gemacht.«

»Was?«

»Stehst da wie ein Lämmchen und wartest, daß dich jemand greift. Aber ich bin es nicht. Ich hab's dir gegönnt, daß du draußen bist. Ich gönn's dir noch immer.«

Denise sagte nichts, und Ina forschte in ihren Augen nach

einer Regung, einem Gefühl, doch sie konnte nichts sehen. »Es hat dich jemand erkannt«, sagte sie schließlich. »In der Espressobar am Markt. Nur bin ich die einzige, die ihn ernst genommen hat, die Leute sehen dich mal hier, mal da. Aber ich habe mich an seine Angaben gehalten. Ich will ein paar Tage bleiben, dann fahre ich wieder. Allein.« Ina sah auf den Boden, sagte: »Du kannst es Urlaub nennen«, sie wagte kaum eine Bewegung, um womöglich einen der Kollegen von der Fahndung zu sehen.

Denise stand da wie eine kaltblütige Lehrerin, der die dümmste Schülerin der Klasse ein Gedicht aufsagt. Sie stotterte, die Dümmste, sie haßte das Gedicht, und sie hatte die Lehrerin gerade geschlagen, ein Schlag, der im Innern schmerzte, nicht auf der Haut. »Wenn du Urlaub machen willst«, sagte sie endlich, »fahr an die Schwarzmeerküste.«

Ina machte noch einen Schritt auf sie zu. Gruß von Böhm, wollte sie sagen, kennst du Böhm? Hast sie doch alle gekannt, all die Arschkriecher, die sonst etwas angestellt haben, um in deine Sendung zu kommen. »Was heißt maifasch?« murmelte sie. »Ich meine, auf rumänisch, vielleicht verstehst du ja ein paar Brokken. Maifasch. So ein kleiner Junge vor dem Hotel hat das dauernd gerufen.«

»*Ce mai faci*«, sagte Denise ruhig.

»Ja, genau. Und was heißt das?«

»Wie geht's.«

»Du meinst, das heißt es?«

»Ja.«

»Vieles klingt wie italienisch, nicht? *Strada* für Straße oder so.« Ina schüttelte den Kopf; man müßte aufnehmen, was sie hier redeten, um es später auf Polizeifesten abzuspielen.

»War es das?« Denise starrte sie mit jenem durchdringenden Blick an, der in ihrer Fernsehsendung stets der Auftakt zu einem besonders scheußlichen Verbrechen war. Langsam drehte sie sich um die eigene Achse, doch wen sollte sie sehen? Hier gab es kein Polizeiaufgebot.

»Nein.« Ina wich einem Skateboardfahrer aus, der sie jubelnd umkurvte, hier, mitten im Gedränge. »Ich wollte weg, wenigstens für ein paar Tage, ich kann das alles nicht mehr ab. London wäre mir natürlich lieber gewesen. Oder Rom. Hier ist alles so chaotisch, findest du nicht?«

»Nein.«

»Diese Markthalle, die hatte so ein seltsames Dach. Wie ein Zelt.«

»Hungerzirkus«, sagte Denise. »So werden die genannt, sie stehen in jedem Stadtteil. Du hast einen Knall, oder?«

»Kann sein. Seit damals habe ich nicht mehr viel zustande gebracht. Mein Chef sagt, es wäre fehlende Motivation, na schön, aber er sagt mir halt nicht, woher ich sie wieder nehmen soll. In letzter Zeit muß ich Akten führen, das ist nichts als Büroarbeit, Innendienst. Ist mir auch ganz recht, da komme ich früher nach Hause. Mich kotzt das alles an. Ich wollte dir immer schon sagen, daß – na ja, daß das alles nicht so verkehrt war, was du gemacht hast.« Einen Moment lang meinte sie, nicht mehr atmen zu können. Lauter Wahrheiten. »Und du? Sag mir doch endlich, wie es dir geht.«

»Glaubst du, du kriegst die Motivation von mir?« Ein kalter Blick, der über sie hinwegglitt, ein kurzes Zucken der Mundwinkel, das hatte Denise immer schon gekonnt.

Ina wollte die Augen schließen beim Reden. »Du hast mir geschrieben, daß wir auf einer Seite stehen.«

»Und du hast nicht geantwortet.«

»Doch. Ich meine, ich wollte es immer. Aber ich bin nicht so gut im Schreiben. Meine Berichte waren auch immer scheiße.«

»Dann kannst du also besser reden«, sagte Denise, was sich spöttisch anhörte und ein bißchen traurig.

Ina schüttelte den Kopf. Sie war sich nicht mehr sicher, was sie konnte. Autofahren, das schon, möglicherweise sogar noch im Halbschlaf. Kampfsportarten, gleich zwei davon; seit sie von einer Verrückten angegriffen worden war, hatte sie wie unter einem Wahn trainiert und tausendmal zurückgeschlagen. Sie würde Denise in Schach halten können, falls sie wieder die Kontrolle verlor. Was noch? Sie vermochte mit geschlossenen Augen dreißig Parfums auseinanderzuhalten, wußte die Namen der Designer sämtlicher Modelabels und brauchte keine Hilfe, wenn ihr der Computer abstürzte. Sie konnte Männer kennenlernen, natürlich, und sonst?

»Ich nehme dich nicht mit«, sagte sie. »Ich habe hier keine Befugnisse, ich habe auch keinen Kontakt zur rumänischen Polizei. Wollen wir hier ewig in der Gegend rumstehen, wie kommt man denn an Fahrscheine?« Blinzelnd sah sie zu, wie Denise ein paar Schritte machte – wie schnell konnte sie rennen, wie weit, was sagte ihre kaputte Lunge dazu? Vorsichtig, als könnte etwas passieren, ging sie hinterher. Alles war unwirklich, als spiele man in einem Film, und sie rissen einem das Drehbuch aus der Hand, kaum daß man begonnen hatte, den Text zu lernen.

»Warum Rumänien?« fragte sie. »Weil du gedacht hast, darauf kommt keiner?«

»Ja«, sagte Denise, doch es schien, als habe sie gar nicht zugehört. Wer war sie jetzt? Die einst hoheitsvolle Crime-Königin, wohlsituiert, vergöttert und gefürchtet, kramte in der Seitentasche ihres Rucksacks nach ein paar Münzen. Wieviel Geld hatte Schiller ihr gelassen, wieviel Schmuck? Oder hatte sie alles? So sah sie eigentlich nicht aus, aber wie sah man denn aus, wenn man sich auf der Flucht den geraubten Schmuck des Komplizen im Wert von einer Million unter den Nagel gerissen hatte? Was stellte man da an? Gab es von Paul Schiller nur noch die sterblichen Überreste und die angeblich unsterbliche Seele?

Laß uns reden, wollte Ina sagen, nein, laß uns quatschen, über die einfachen Dinge, über alles und nichts, als würden wir in der Küche sitzen, während unsere Kerle nebenan tratschen, laß uns das annehmen und so tun, als sei alles normal. Vergiß dein Messer, deine Wut und all das, träum einfach, eine Weile geht es ganz leicht.

»Die sind aber billig«, sagte sie, als sie den Fahrschein in der Hand hielt, »dafür kommst du zu Hause noch nicht mal auf die Rolltreppe.« Doch wie es aussah, müßte sie alleine reden, vor sich hinquasseln wie ihr Friseur, wenn er alle Urlaubsreisen seines Lebens rekapitulierte, und als sie in der überfüllten U-Bahn standen, fiel ihr ohnehin nichts mehr ein. Sie wollte sie nicht wegdriften sehen in die eigene Dunkelheit, doch Denise, reglos an der Haltstange lehnend, sah vor sich hin, als wäre sie tatsächlich in einem Traum gefangen. Und sie war ja noch dünner geworden, Kunststück, wenn man nicht gesund ist, aber vielleicht lag es auch an diesem schwarzen Kleid. Schwarz macht schlank, sagt Benny immer, ein süßer Kerl, meiner, den du wohl nie kennenlernen wirst, denn so ist das nicht mit uns, weil wir noch immer auf zwei Seiten stehen, auch wenn du mir geschrieben hast, das sei nicht so, schwarz macht alt, sagt meine Mutter, schwarz kannst du immer noch tragen, wenn du sechzig bist.

Zwei Stationen, eine kurze Fahrt nur, doch beim ersten Halt wollte sie ihr zurufen, trau dich bloß nicht, im letzten Moment herauszuspringen. In tausend Krimis so gesehen, als sie noch Krimis guckte, und jedesmal den Kopf geschüttelt. Oder, was noch blöder war, das Ungeheuer sprang im letzten Moment in die Bahn herein, während der Bulle über den Bahnsteig rannte, als wollte er verzweifelt Abschied nehmen. Doch ihre Zielperson tat nichts dergleichen, sie zündete sich eine Zigarette an, kaum daß sie draußen waren.

»Das ist natürlich klasse für deine Lunge«, sagte Ina. »Wie geht's der denn – *ce mai* – wie hieß das jetzt?«

Schulterzucken. Auf der Treppe drehte sie sich weg und sagte: »Es ist nicht ansteckend.«

»Das meine ich nicht«, murmelte Ina, doch sah es nicht so aus, als würde sie eine Antwort bekommen. Da war die Straße wieder, und sie atmete durch, Fahnen mit Werbebildchen, bunte Plakate mit jungen Gesichtern auf alten Mauern. Als sie registrierte, wie friedlich sie durch die Sonne gingen, hörte sie auf, sich das gewaltige Schlachtermesser vorzustellen, das eine Zeitung zu der abgedrehten Überschrift inspiriert hatte: *Schöne TV-Moderatorin richtet den Teufel.* Die Schöne und das Biest, hatten sie im Präsidium gebrüllt, Mrs. Hyde kills Dr. Jekyll. Sie überlegte nicht länger, welche Handgriffe sie brauchte, falls die Schöne hier plötzlich durchdrehen sollte – nein, nein, hätte der Gutachter sie wohl korrigiert, falls sie abermals ihrer Unfähigkeit zum Opfer fiele, impulshaftes Verhalten zu kontrollieren. Borderline, Sie verstehen? Ja, sie verstand das, manche hatten einen Schatten, und den brauchten sie auch, um im Licht, das alles zeigte, nicht zu verbrennen. Eine Art schläfriger Wachzustand hatte die Anspannung verdrängt, und als sie langsam Straßen und Plätze überquerten, kleine Heldinnen im brüllenden Verkehr, wollte sie alles festhalten, die ganze Stadt, weil sie plötzlich spürte, daß es hier mehr gab als zu Hause, mehr Hunger, mehr Dunkel, mehr Licht, von allem etwas mehr, bloß diese Starre nicht, die dumpfe Mutlosigkeit auf deutschen Straßen, dieses Gefühl, gefangen zu sein in den ewig gleichen Tagen.

Ist das so, wollte sie Denise fragen, oder bilde ich mir das ein? Wo sind deine Lieblingsplätze, was kann man unternehmen in der Nacht? Doch sie sagte kein Wort, sie schlich wie ein Straßenköter hinter der Zielperson her. Eine Kirche zwischen zwei Wohnhäusern, drüben eine Bushaltestelle, die auf bröckligem Grund so leer und unwirklich aussah, als stünde sie im Wüstensand, und dann endlich das Straßenschild: Strada Solko. Angekommen. Die Höhle der Löwin, Herr Hauptkommissar Böhm.

Kleine, krumme Häuser in einer baumlosen Straße. Sie war nicht gepflastert, sie gingen über Splitter und Kies, Dreck geriet in die Schuhe. Es waren Zimmer zu vermieten, zumindest ließen die säuberlich an die Fensterscheiben geklebten Schilder darauf schließen. Das hatten die Kollegen vermutet, billige Absteigen in einer billigen Straße, hatte Robert Reich gesagt, für billige Leute, die woanders nicht unterkommen. Nirgends Schatten. Sperrmüll lag herum, ein Sessel ohne Lehne, zwei Tische ohne Beine. Blöde Bemerkungen könnte man machen, da bist du aber abgestiegen, Engelchen, hast doch in einer traumhaften Maisonette-Wohnung gewohnt. Euer schickes Schlafzimmer nahm die ganze obere Etage ein, das haben wir stundenlang durchsucht, wie die ganze Wohnung, die der Pharmamanager mit seiner TV-Moderatorin teilte, auf der Suche nach Unterlagen über einen mörderischen Medikamententest, die es längst nicht mehr gab. Doch zwischen Traumwohnung und Strada Solko war der Knast gewesen, was sollte man da sagen?

Denise hatte sie in den letzten Minuten kaum wahrgenommen, und wie damals ließ nichts darauf schließen, daß nach der Ruhe ein Sturm kommen konnte, weil ihr Atem so gleichmäßig war wie ihre Schritte. Erneut sah sie sich um, doch ihre Verfolger vertraten sich nicht die Beine, zehn Meter von ihr entfernt, und sie standen auch nicht mit Zeitungen an der Ecke, weil es nicht immer so simpel wie in den von Statisten bevölkerten Filmchen aus ihrer Sendung war. Das letzte Haus, ein zweistöckiges Gebäude, hatte kein Zimmer zu vermieten, wenigstens gab es kein Schild im Fenster. So flach und grau wie es war, hätte es auch eine Scheune sein können. Denise blieb stehen und fragte: »Bist du jetzt zufrieden?«

»Laß uns einfach reden«, sagte Ina und glaubte, ein verächtliches Schnaufen zu hören, doch als Denise die Tür aufschloß, vernahm sie ein ganz anderes Geräusch, eines, das den Herzschlag ein wenig erhöhte. Ein dröhnender Fernseher.

Schiller ist nicht hier, hatten die Kollegen versichert, wenigstens nicht lebend.

»Was ist?« fragte Denise. »Glaubst du, dir laufen gleich Ratten über die Füße?« Ihre Stimme bekam einen höhnischen Ton. »Sicher, in Rumänien herrschen Dracula und Waisenkinder. Und Zigeuner«, fügte sie hinzu, als ein verschlafen wirkender Mann ihnen entgegenkam.

Ina atmete tief ein, das war nicht Schiller, kein plastischer Chirurg hätte ihn so verändern können. Sie mochten zwar im gleichen Alter sein, aber der hier war nicht so dunkel, glatt und schön wie der Mann mit dem geraubten Schmuck und der Baseballkeule, der hier sah sie aus zusammengekniffenen Augen an, als nehme er Maß für irgendwas.

»Das ist Dan.« Denise knallte die Tür zu.

»She lost her way«, erzählte sie ihm. »Ich hab sie auf dem Markt getroffen. She's a tourist from Germany. Bine.«

Drei Sprachen, oder wollte sie Dan weismachen, ihr Name sei Bine? Gut, sie brachte eine hilflose Touristin mit, dafür schien er Verständnis zu haben. Als er zögernd lächelte, zeigte er eine Zahnlücke, und als er sprach, klang seine Stimme sehr sanft: »Dan Bancu. Guten Tag.«

»Hallo«, sagte Ina. Drei schnelle Gedanken: Jemand, der sie später irgendwo verscharren wollte, wie Paul Schiller möglicherweise, würde sich nicht erst förmlich vorstellen.

Amateurgewäsch.

Und sie hatten die gleichen Initialen, Denise und er.

»Sie vergißt wohl schon mal ihren Namen«, sagte Denise im Plauderton. »Sie ist etwas durch den Wind. Oder unhöflich, ich weiß nicht.«

Das schien er zum Glück nicht zu verstehen. »Was meintest du mit *Bine*?« murmelte Ina.

»Das heißt«, sagte Denise sehr langsam, »daß es in Ordnung ist.«

»Ach so«, sagte sie, nannte ihm ihren Namen und fühlte sich erbärmlich und klein.

»Okay«, sagte er und hob einen Finger. »You hungry? Essen.«

Sie nickte, hatte keinen Hunger. Er trug Jeans und ein weites Baumwollhemd, an dem Knöpfe fehlten. Sein dichtes, dunkelblondes Haar war ungekämmt, er war barfuß, unrasiert und schlief noch halb, und anscheinend hatte ihn keiner der Spitzenfahnder mit der Zielperson gesehen. Offenbar gehörte er auch zu jenen Männern, die Frauen, sobald sie zu zweit auftauchten, gern alleine ließen, weil er rasch wieder in dem Zimmer verschwand, in dem der Fernseher wohl eine rumänische Version von MTV abspielte. Benny war anders, der kam neugierig hinterher, wenn sie mit einer Freundin in die Küche ging, den mußte man sanft, aber bestimmt darauf hinweisen, daß er störte.

Niedrige Decken, enge Räume, Tapeten mit Blümchenmuster.

Als sie Denise in die Küche folgte, sah sie hinter einer halboffenen Tür ein schmales, zerwühltes Bett mit zwei Kopfkissen.

»Kann ich dir helfen? Wie hast du ihn kennengelernt?« Frauenfragen, die immer gingen, doch Denise antwortete nicht. Sie hatte ihr den Rücken zugedreht und stand eine Weile reglos da, bevor sie ihre Einkäufe auspackte und eine Pfanne auf den Herd stellte.

»Habt ihr das Haus für euch?«

»Hier unten sind zwei Zimmer und seine Werkstatt, in der Wohnung oben wohnen alte Frauen. Schwestern, glaube ich, drei Stück, sehen wie Drillinge aus.«

Ina war verblüfft über die Vollständigkeit der Antwort. »Werkstatt? Was macht er?«

Denise legte Tomaten und Zucchini zurecht und griff nach einem schönen, großen Messer. »Er war Schmied in seinem Dorf, hier repariert er Leuten die Möbel und ihren Haushaltskram. Man kauft keine neuen Sachen, man läßt die alten reparieren.«

»Schmied, das ist das mit den Pferden?«

Denise hielt inne. Als sie aufsah, schien für einen Moment alles anders, standen sie hier einfach plaudernd in der Küche herum und nichts war geschehen, kein Mord, kein Totschlag, keine Flucht; nie hatte es den Knast gegeben, nie einen Verdacht. »Ja, ja«, murmelte sie schließlich. »Das ist das mit den Pferden. Und das mit den Eisen im Feuer und das mit dem Glück.«

Ina lehnte sich gegen den Türrahmen. Sie wollte ihn festhalten, diesen Moment, doch er war vorbei. »Glück«, murmelte sie.

Denise sah sie schon nicht mehr an. »Daß jeder seines Glückes Schmied ist. Solcher Mist.«

»Weiß er es? Ich meine, daß du da raus bist.« Und warum du überhaupt reingekommen bist, wollte sie hinzufügen, ließ es aber.

Denise drehte ihr wieder den Rücken zu. »Ja«, sagte sie nur.

Zehn lange, treue Jahre mit einem Mann gelebt, bevor es jetzt anscheinend Schlag auf Schlag ging, Schiller und der Rumäne. Ina fragte: »Wo hast du ihn kennengelernt?«

»Auf einer Bank im Grünen.« Die leise Stimme wurde lauter, härter, leiernder, wuchs an zu ihrer Moderatorinnenstimme, während sie auf die Zucchini einhackte. »Übrigens hat Bukarest viele Grünanlagen, was man gar nicht glauben will, wenn man die Straßen sieht. In Herastrau kannst du Golf spielen oder um den See laufen. Der schönste Ort ist aber wohl der Cismigiu-Park am frühen Morgen, sehr gut fürs Schreien, wenn dich keiner hören soll, auch gut für schnellen Sex und Selbstmord.«

»Ja«, sagte Ina nur. War er auch gut für einen Mord, dieser Park?

»Im Knast kann man nicht schreien«, sagte Denise. »Man macht sich lächerlich.«

»Und du wolltest es.« Ina wartete auf eine Antwort, die nicht kommen würde, denn so eine war Denise ja nicht, sie sprach nicht über ihre Gefühle, bis sie in ihr explodierten, und dann konnte sie schon gar nicht mehr darüber reden. Eine Weile sah sie zu, wie sie mit dem Messer hantierte, *ein großes, scharfes, bestialisches Messer*, hatte sie bei der Vernehmung gesagt, als man sie nach der Tatwaffe fragte. Der Fernseher war jetzt kaum noch zu hören, bis auf das Hackgeräusch des Messers war es plötzlich sehr still. Ein Stück Himmel konnte man durch das kleine Fenster sehen, friedlich und blau.

»Eben dachte ich, dieser Schiller ist hier.« Ina blinzelte die Gardinen an, die aussahen, als wären sie seit dem Sturz Ceauşescus nicht mehr gewaschen worden.

Denise drehte sich zu ihr um und die Spitze des Messers zeigte in ihre Richtung. Dann ließ sie es fallen, nein, sie warf es auf den Boden und ließ es da liegen, setzte sich an den Eßtisch und zündete sich eine Zigarette an. Zeitlupe, wirre Gedanken – sie strich sich das Haar zurück und starrte auf die vergilbte Wand, sie paßte nicht in diese Küche, und sie paßte auch nicht wirklich in das schlichte, schwarze Trägerkleid, als hätte sie es vom Flohmarkt mitgenommen und später einfach angezogen, scheiß drauf, wie es sitzt. Oben war es ziemlich knapp, und sie hatte üppige Brüste darin, aber wahrscheinlich hatte sie die ohnehin, was man dem neugierigen Ben schreiben könnte, der sich beschwerte, daß sie von der Reise nichts erzählte. Ben mochte die Berninger nicht, hatte er behauptet, während er so gut wie jede Sendung sah, er stand nicht auf Blondinen, hatte er gesagt und beiläufig wissen wollen, ob sie wirklich so graue Augen hatte oder ob der Fernseher das verfälschte, weil: man müßte nachjustieren, wenn der Fernseher die Augenfarbe verfälscht. Und jetzt, schau her, Benny, hält sie die Zigarette in der rechten Hand, was ja ganz etwas Neues ist, und ich muß sie in den Griff kriegen, weil ich sonst draußen bin und die mich nie mehr befördern werden, schlimmer noch, weil sie mich dann abschieben irgendwohin.

»Ich dachte, ihr habt noch Kontakt«, sagte Ina schließlich. »Wenn ihr schon zusammen abhaut.«

»Du solltest nicht so viel denken.« Denise fuhr mit der Zigarette durch den Aschenbecher, als wollte sie ihn blankputzen.

»Weißt du was?« Ina nahm das Messer vom Boden und legte es in die Spüle, dann setzte sie sich zu Denise an den Tisch. Eine leere Vase erinnerte sie daran, daß die gesegneten Kräuter dieser alten Frau noch immer in ihrer Tasche lagen. »Jetzt hältst du deinen Giftstengel rechts. Der Typ, der dich hier gesehen hat, meinte, du hättest ihn links gehalten, machst du ja gewöhnlich, stimmt's? Alles rechts, nur rauchen mit links. So 'ne kleine Beobachtung, aber deswegen bin ich hier. Den Kollegen ist das nicht aufgefallen, man hat dich ja auch schon im Schwarzwald gesehen und auf Ibiza, die Leute sind ganz wild, wenn es jemanden zu jagen gibt. Da spielt es keine Rolle mehr, ob sie dich mit Fanpost zugemüllt haben, jetzt wollen sie dich nur noch leiden sehen.«

Denise blies die letzte dünne Rauchfahne aus. »Eigentlich bin ich Linkshänderin, aber das haben mir meine Eltern abgewöhnt.« Sie streckte die linke Hand vor. »Der Mittelfinger ist etwas verkrüppelt, weil sie mit allem möglichen geschlagen haben, wenn ich mit links geschrieben habe. Einmal ist ein Knochen gebrochen und nicht mehr richtig zusammengewachsen.«

Hatte sie ihre Eltern deswegen mit einem Messer angegriffen, bevor sie für ein Jahr in der Psychiatrie verschwand? Der Vater wurde schwer, die Mutter lebensgefährlich verletzt, aber da war sie zwanzig und wurde wohl längst nicht mehr zur Rechtshänderin getrimmt.

Ina murmelte: »Das ist ja zugegangen bei euch.«

»Ja, in der Tat«, sagte Denise, bevor sie schwerfällig aufstand, um die Zucchini in das zischende Olivenöl zu schieben. »Falls dich das interessiert, es war meine Idee mit der Flucht. Ich wollte standhalten, aber hab's nicht geschafft. Ich mußte da raus.«

»Tja«, sagte Ina, während die Stimme in ihrem Polizistenhirn geiferte: Raus wollt ihr alle. »Und dieser Typ hat sich gleich darauf eingelassen? Schiller meine ich.«

»Er wollte auch weg«, war die schlichte Antwort.

»Ja eben, der ist nicht ohne, es gibt wohl einen ordentlichen Verdacht gegen ihn.«

»Was willst du hören?« Denise starrte aus dem Fenster, während sie in der Pfanne rührte.

Ina schüttelte den Kopf. Ich will hören, wo er ist und ob er vielleicht irgendwo verfault, ich will wissen, ob du seine Beute hast und was du damit machst. Sie sagte nichts und hörte dem leisen Köcheln in der Pfanne zu.

Daß sie es in den Sand setzte, wollte sie dem Hauptkommissar Böhm schreiben, daß alles störte, dieser Kerl hier, von dem die Superfahnder keine Ahnung hatten, und die Zielperson selbst, an die sie nicht herankam. Immer wieder hatte sie es den Kollegen gesagt, die ist doch nicht blöd.

Beim Essen drehte Denise den Spieß um und stellte ihr lauter belanglose Fragen, die sie wohl selber nicht interessierten, wo hast du zuletzt Urlaub gemacht, warst du schon mal auf Mallorca, ach ja? Ina wußte nicht, wo ihre Stärken lagen; gut, als Moderatorin hatte sie einen gewissen Stil entwickelt, die Eisfrau, die Rachegöttin, und vielleicht gehörte Stil zu ihren Stärken, Bildung natürlich auch, aber Kochen gehörte nicht dazu. Dan schien es trotzdem zu schmecken, war er doch der einzige, der richtig zulangte. Tadelnd sah er Denise an, die sich mit einer vogelfuttergroßen Portion abmühte; »she must eat«, sagte er.

»Yes«, murmelte Ina. Wer nicht will, pflegte Benny zu sagen, der hat schon.

»Just smoking«, sagte Dan, der wohl selbst ein starker Raucher war, weil er gelbe Fingerspitzen hatte, »not eating.«

»Bist du solo?« fragte Denise plötzlich.

»Wer, ich?« Ina spürte, wie sie sich verkrampfte, weil sie wußte, was als nächstes kam. Lieber bei der Wahrheit bleiben. »Nein. Nicht direkt. Ich meine, wir leben nicht zusammen.«

»Und macht keinen Urlaub zusammen.«

»Doch, haben wir schon gemacht, aber er kann nicht, er ist selbständig und muß – na ja, er kommt nicht weg.«

»Was macht er?«

»Er hat einen Imbißwagen. Halbe Hähnchen.«

»Was?« Denise starrte sie an.

Ina seufzte. Gewiß, Engelchen, wenn man mit einem leitenden Angestellten liiert war, ist das eine fremde Welt. »Er hat so einen Wagen, vor dem die Kommissare im Tatort immer Würstchen essen, während sie ihre Fälle besprechen. Nur daß er sich auf Brathähnchen spezialisiert hat.«

Denise nickte nur und stopfte sich rasch den Rest ihrer spärlichen Portion in den Mund.

»Hannchen«, murmelte Dan. Er schien genau zuzuhören, ohne viel zu verstehen, und manchmal sah er sie mißtrauisch unter halbgeschlossenen Lidern an. Nach dem Essen sprang er auf, stellte feierlich drei Gläser auf den Tisch und holte eine Flasche ohne Etikett aus dem Schrank. »Das mußt du jetzt schon trinken«, sagte Denise mit einer gewissen Gehässigkeit in der Stimme. »Und zwar auf ex. Und sag bloß nicht *prost.*«

Dan lächelte. »*Prost* in rumänisch«, sagte er, »ist fool. Depp. Idiot.«

Gut zu wissen, wollte Ina sagen, doch da hatte sie schon getrunken, weshalb ihr die Stimme versagte. Selbstgebrannt? Erster Versuch? Feuer in der Nase, Tränen in den Augen, der Italiener zu Hause spendierte ihr gern ein Glas Grappa, aber das war ein Schluck Wasser gegen das hier.

»Shit«, flüsterte sie schließlich und rieb sich die Augen.

»Pflaumenschnaps«, sagte Denise, die mit dem Trinken weniger Schwierigkeiten hatte als mit dem Essen.

Sie vertrug ja ohnehin nichts. Ina lehnte sich zurück und spürte die Hitze in den Magen wandern. So hatten sie Schiller getötet, natürlich, das hatten sie zu zweit getan, erst eine Portion labberigen Reis mit Zucchini und Tomaten, anschließend ein Glas heimtückischen Pflaumenschnaps, da war er hin. Sie atmete tief ein und hörte sie ein paar leise Sätze wechseln, die sie nicht verstand, weil sie englisch, deutsch und rumänisch durcheinanderredeten.

»Is she gay?« fragte Dan.

Denise legte die Hände hinter den Kopf. »Don't know.«

»Na.« Ina schob das leere Glas hin und her. »No«, sagte sie in seine Richtung.

Er lächelte verlegen, gehörte wohl zu jenen, die sich einbildeten, ihren Englischkenntnissen sei kein anderer gewachsen.

»Das kommt darauf an.« Denise streckte die Beine aus. »Im Knast gibt es tatsächlich solche Angebote. Aufgeschwemmte Fixerinnen mit unreiner Haut und ausgehungerte Lebenslängliche um die Fünfzig, nein danke.« Freundlich lächelte sie Ina an. »Es wäre vielleicht anders gewesen, wenn du auch eingesessen hättest.«

»Wenn du meinst. In der Not frißt der Teufel Fliegen, nicht?«

»Ich weiß nicht, ob es Not ist.« Denise stand auf und begann den Tisch abzuräumen. »Eher Langeweile.«

»Du hast fast nichts geredet da.« Ina trug ihren Teller zur Spüle. »Und frag jetzt nicht, woher ich das habe, natürlich weiß ich so was. Du hast dir Zigaretten in die Haut gebrannt, warum?«

»Auf so eine Frage erwarte bitte keine schlüssige Antwort«, sagte Denise mit der ihr eigenen Hochnäsigkeit. »Es war ein Unfall.«

»Na ja.« Stocker, Inas Chef, hatte es eine Abwehrreaktion genannt, der wußte solche Dinge. Damit man den inneren Schmerz nicht spüre, füge man sich Verletzungen zu und erlebe den äußeren Schmerz als Erleichterung – logisch, nicht wahr? Sie hatte erwidert, dann hätte sie lieber den inneren.

Wasser lief, eine ganze Weile nur dieses Geräusch. Man müßte ein Foto heraussuchen von der Küche der schönen Maisonette-Wohnung, in der sie gelebt hatte, da standen zwei kleine Anta-Leuchten auf der Kaffeebar neben der riesigen Espressomaschine. Man müßte noch ein Foto ihrer Putzfrau dazulegen, zur Erinnerung, und sich dann selber ohrfeigen für die bescheuerten Gedanken.

»Was war das für ein Typ, der mich gesehen hat?« Denise drehte das Wasser ab, und das Bild flimmerte nur noch, die schicke Wohnung mit dem glänzenden Parkett.

Ina brauchte eine Weile, bis die Worte bei ihr angekommen waren. Sie sah sich nach Dan um, der rauchend am Tisch saß und vor sich hinstarrte. »Keine Ahnung«, sagte sie so leise wie möglich. »Ein Tourist oder einer, der hier zu tun hatte. Bilde dir bloß nicht ein, es erkennt dich keiner mehr, nur weil deine Haare jetzt etwas dunkler sind.«

»Ich war im Spartenprogramm.« Denise senkte die Stimme keineswegs. »So große Bekanntheitswerte hat man da nicht. Wie sah er aus?«

»Ich war nicht dabei.« Ina flüsterte nur noch. »Was habe ich mit dieser Sache schon zu tun, ich bin bei der Mordkommission, wie du weißt.«

»Weiß ich das?« Wieder dieser Blick aus Eis. Denise tauchte eine Hand ins Spülwasser und nahm sie gleich wieder heraus, um am Ausschnitt ihres Kleides zu zerren, eine schwarz gekleidete Sünderin vor dem Weihwasserbecken. Wieder diese Stille, auch die Stille war aus Eis, bis Dan plötzlich fragte: »Was ist Brat-Hannchen?«

»Her lover kills chicken«, sagte Denise.

Er nickte zögernd.

»Broiler.«

»Oh«, sagte er. »Yes.«

»Das macht er doch nicht selbst.« Ina verspürte den unsinnigen Drang, Benny zu verteidigen. Er killte keine Viecher. Fliegen vielleicht. Andere töteten mit elf Messerstichen eine große Liebe.

»Und wenn er es täte?« Denise warf die Teller ins Wasser, und ein paar Tropfen spritzten ihr ins Gesicht.

Frag nicht so viel, die Fragen stelle ich. Ina sagte: »Damit käme ich auch klar.«

»Es gibt keine besondere Tötungshemmung«, sagte Denise. »Bei manchen Tieren vielleicht, ausgelöst durch Demutsgesten. Nicht mehr bei Menschen, allenfalls durch die angedrohten Sanktionen.«

Ina wollte nach einem Handtuch greifen und sah zu, wie ihr Arm in der Luft hängenblieb. »Meinst du?« murmelte sie und wünschte, ihr würde etwas Besseres einfallen.

»Es war so logisch und leicht.« Behutsam legte Denise einen Teller auf das Abtropfbrett, dabei sah sie Ina an, als plauderten sie über Kino oder Mode. »Das ist die einzige Erinnerung an ihn. Daß ich nichts gespürt habe.«

»Erinnerung an wen?« Ina hörte Dan husten und wollte ihn hier weg haben, weg aus seiner eigenen Küche.

»Was soll das?« Denise pustete etwas Schaum von einem Glas. »Glaubst du, ich kann sie nicht mehr zählen?«

»Warum nennst du seinen Namen nicht?«

»Warum hörst du nicht auf?«

Ina sah sie an, sah die gespülte Gabel in ihrer Hand, die sie so sehr umklammert hielt, daß die Adern auf dem Handrücken hervortraten. Du hast angefangen, wollte sie sagen, wollte es herausjammern wie in Kindertagen. Du warst es.

»Und dann?« fragte Robert. Sein Mietwagen parkte in der Nähe des Gara de Nord. Vor ihnen eine öde Straße, von der spärlichen Beleuchtung wie in grauen Nebel getaucht, weiter weg die flirrenden Lichter des Bahnhofs, kalte, blaue Funken in der Dämmerung.

»Nichts weiter.« Ina sah aus dem Fenster. Vielleicht noch, daß die Fahnder Idioten waren, weil sie von Dan Bancu keine Ahnung hatten.

Lästig fallen, in die Enge treiben, das war die Devise Böhms, der sich der Kollege Reich wohl nicht mehr anschloß. »Jetzt ist vieles Makulatur«, sagte er. »Das ist gefährlich, den Kerl, diesen Rumänen hatten wir nicht auf der Rechnung.«

»Und wie kommt das? Superarbeit, muß ich schon sagen.«

Er seufzte, wand sich und murmelte schließlich: »Sie war immer allein unterwegs.«

»Er ist nur ein Kerlchen.« Sie wußte nicht, warum sie so leise sprach, niemand hätte lauschen können. »Er hat sie aufgenommen und läßt sich jetzt bekochen. Genügsam ist er auch, denn sie kann nicht kochen. Weißt du was? Die ist da nichts anderes als eine emsig waltende Hausfrau.«

»Sehr komisch«, sagte Robert.

Sie rutschte tiefer in den Sitz. »Weißt du, was ein Schmied macht?«

»Hier?«

»Überall.«

»Ja«, sagte Robert, »der sattelt Pferde.«

»Blödsinn, der besohlt sie. Also, macht ihre Hufe.«

»Die Hufe haben sie doch schon, du meinst, er beschlägt sie.«

»Ja, eben.«

»Wie kommst du darauf?« fragte er. »Glaubst du, sie flieht zu Pferde? Hufeisen bringen Glück.«

»Nein, bloß Staub. Ich hab tausend Stück in der Küche herumfliegen, die Leute schenken mir die immer zu Sylvester. Soviel Glück.« Ina schloß die Augen. Als Kind hatte sie ein Pferd haben wollen, weil ihre Freundin auch eines hatte, aber ihr Vater war Bäcker und der Vater der Freundin leitete einen Betrieb. Eine Weile hatte sie sich Reitturniere im Fernsehen angesehen, in der Hoffnung, daß die Reiter vom Pferd fielen.

»Wenn sie jetzt abhaut, gilt es.« Robert klopfte aufs Steuer. »Dann war es das, wir können sie nicht durch den halben Balkan begleiten.«

»Und wo soll sie hin? Das muß sie ihrem Obdachgeber ja auch erst mal erklären.«

»Ach«, sagte er. »Männer kann die immer haben. Und überall. Außer im Knast halt.«

Ina sagte nichts. Die Stille war wieder gefroren, nachdem sie das Geschirr gespült hatten, doch dann hatte Denise sie fast sehnsüchtig angesehen und gesagt: »Du hast doch vorhin Musik gehört, als du hinter mir her warst.«

Ina hatte ihr den iPod gegeben und zugesehen, wie sie durch die Musiklisten blätterte, kopfschüttelnd nach Titeln suchte, die sie kannte, nach Arien wohl, nach Sinfonien. Schließlich hatte sie sich ein, zwei Stücke angehört und gefragt: »Warum hast du da Straßenbauarbeiten drauf?« Als sie Dan einen der Stecker hinhielt, fing er an zu tänzeln zu den stampfenden Tönen, und wie sie da standen, lauschend, die Köpfe nah beieinander, hatte Ina Böhm anrufen wollen, um ihm mitzuteilen, daß man sie nicht trennen sollte.

Sentimentaler Kram, Ina war anfällig dafür. Ein hinkender Junge kam am Wagen vorbei, der ein Cape wie Jack the Ripper trug, und sie sah ihm hinterher, bis das Grau der Straße ihn verschluckte. Das Gefühl der Fremdheit wuchs, wenn die Nacht begann; ein Mann, den sie wegen Mordes an seinem Nachbar vernahm, hatte gesagt, die traurigste Zeit am Tag liege zwischen 19 und 22 Uhr und hinzugefügt, so gegen 20 Uhr 15 hätte er seinen Nachbarn erschlagen. Logisch und leicht, oder?

Robert wisperte in sein Handy, und erst als er ihr auf die Schulter tippte, merkte sie, daß er eine Reaktion erwartete.

»Haut sie ab?« fragte sie, nur um überhaupt etwas zu sagen, weil die Worte, die Denise so ruhig ausgesprochen hatte, in ihrem Kopf widerhallten, wie eine randalierende Alarmanlage in der Nacht: nichts gespürt beim Töten, logisch und leicht.

»Nein, es tut sich nichts.« Er steckte das Telefon weg. »Sie geht manchmal spätabends diese Straße hier entlang, wir blicken nicht durch, warum. Dann steht sie da wie eine Madonna, hat was Schwarzes an und 'ne Zigarette in der Hand.«

»Madonna mit Zigarette? Von welcher Kirche bist du denn?«

»Katholisch.« Er ließ den Motor an. »Die Heilige und die Hure sind Verwandte, denk an Maria Magdalena.«

»Gut, ich denke an sie. Was ist mit Schiller, was glaubst du?« Sie öffnete die Tür. »Wahrscheinlich steckt der in Südamerika mit seinen Juwelen. Weit weg, noch viel weiter weg.«

»Ich glaube, daß er nicht mehr lebt«, sagte Robert. »Jetzt könnte man auch spekulieren, warum sie sich diesen Kerl geangelt hat. Möglicherweise hat er den Schiller für sie fortgeschafft und irgendwo abgelegt, der kennt sich ja hier aus.«

»Ich laufe noch ein bißchen«, sagte sie.

»Hier? Das kann ich nicht zulassen.«

»Und ob du das zuläßt.« Sie stieg aus und sah ihm von oben ins Gesicht. »Cismigiu-Park. Da könnt ihr die rumänischen Kollegen mal nach einer nicht identifizierten Leiche fragen.«

»Du meinst –«

»Sie hat diesen Park erwähnt.« Sie knallte die Tür zu, sah ihn heftig nicken und hoffte, daß er beim Anfahren nicht noch hupte.

Langsam ging sie vorwärts, es war nur eine Straße in der Dämmerung, dennoch war es auch das Spiel aus der Kindheit, trau dich was. Hinter Mülltonnen und Gebüschen hatten sie gehockt, um sich in der Dunkelheit von aufgeregten Eltern suchen zu lassen, böse Wege waren sie entlanggeschlichen, die sie nie entlangschleichen durften, nur um hinterher zu sagen: Ich hab's getan.

Doch die Kinder, die hier saßen, spielten nicht. Sie sah sie als Schatten auf dem Asphalt, kleine, dunkel gekleidete Gestalten, deren Zigaretten im Halbdunkel wie Nebelkerzen glühten. Um sie herum ging alles seinen Gang, Menschen kamen aus Seitenstraßen, ohne sich umzusehen, ein Mann sprang aus einem Lieferwagen, und unter der einzigen Laterne, als müsse man ein Zeichen setzen, hielt sich ein Paar umklammert. Warum ging Denise in der Dunkelheit hier entlang? Möglich, daß den Fahndern das egal war, die erschnüffelten Fährten und hängten sich dran, doch daß es einen Anlaß gab für alles, was die Leute taten, hatte sie als

Ermittlerin gelernt, egal, wie dieser Anlaß auch beschaffen war, wie undurchsichtig und absonderlich auch immer.

Pfiffe ertönten, so ein Sirren, das sie zwischen den Zähnen hervorstießen, machten die kleinen Biester ja überall. Da war auch der Junge mit dem Cape wieder, der hinkend am Wagen vorbeigeschlichen war, er lag auf den Knien und lockte einen mageren Hund. Er ließ ihn schnüffeln, ließ ihn wedeln, dann warf er einen Stein, und der Hund machte einen Satz, knurrend, mit gesträubtem Fell. Der Junge warf weiter, hatte die Steine in einer Mütze gesammelt und warf nun alles, was er hatte, bis der Hund heulend und geduckt übers Pflaster kroch. Die anderen Kinder kümmerten sich nicht darum. Sie rauchten und schwatzten vor sich hin, bis einer kam, der sich zwischen den Hund und den Jungen stellte, ein Mann, der zwei Worte schrie, »Hey« und »*Nu*«. Da verstummten sie wie Theaterbesucher, wenn die Vorstellung beginnt, und jene, die weiter weg saßen, richteten sich auf, um besser zu sehen. Als der Mann den Hund bei den Ohren packte, war es still.

»*Nu*«, rief er wieder, nein, und fing an, auf den Hund einzusprechen wie ein betender Mönch, doch erst als er »Komm jetzt, komm jetzt«, sagte, merkte Ina, daß er deutsch sprach. Ein langer, dünner Kerl mit lichtem Haar, den sie gerade aus einem Lieferwagen hatte springen sehen, ein großes Kind fast, das vor den anderen Kindern herumstolperte, einem zerzausten, geprügelten Hund hinterher. »Auf jetzt«, rief er, da traf ihn ein faustgroßer Stein am Hals. Zwei, drei Sekunden, bis er registrierte, was geschehen war, bis er auf die Knie fiel und das Kinn mit den Händen stützte.

Ina sah zu den Kindern; hört doch auf, wollte sie sagen, hatte es die ganze Zeit sagen wollen und ging ein paar Schritte zurück. Der hinkende Junge kniete auf seinem Cape und sah sie ruhig an.

»Stop it«, sagte sie und sah ihn so bedächtig nicken, als sei das sonnenklar: Sie bat ihn aufzuhören, also hörte er auf. Als er lächelte, überfiel sie ein Kälteschauer, weiter hinten fing ein Kind an zu singen. Zögernd drehte sie sich um. Der Mann kniete noch da, Blut tropfte auf den Boden. Der Hund war verschwunden.

»Huch«, sagte er, als sie ihm ein Papiertaschentuch reichte, und dann packte er Schulenglisch aus, mehr hatte sie ja auch nicht drauf. »Thank you very much.«

»Sie können Deutsch sprechen.«

Er sah hoch, hatte helle Augen und eine zerfurchte Stirn. »Na so was.«

»Geht's?« fragte sie.

»Schon. So 'ne Bagage.« Mühsam stand er auf, wobei er ihr Zeichen machte und »auf jetzt, auf jetzt«, rief, wie er es eben zu dem Hund gesagt hatte, nur daß er sie nicht an den Ohren packte. Ein paar Kinder applaudierten und lachten hinter ihnen her.

Er machte so lange Schritte, daß sie kaum mithalten konnte, und sah über die Schulter zurück. »Haben Sie sich verlaufen?«

»Nein.« An seinem Wagen gab sie ihm noch ein Papiertaschentuch und ein Pflaster.

»Sie sind nett«, sagte er. »Die sind alle auf Drogen, die sind völlig verwahrlost und unanständig, die wollen sich nicht helfen lassen, dabei meine ich es doch nur gut. Was machen Sie hier?«

Sie hob die Schultern. »Ich gucke mir die Stadt an.«

»Na so was. Hier sind nicht so viele Touristen. Nicht in Bukarest.«

Sie nickte. Sein Wagen war ein bunter, beschrifteter Transporter. Sie sah das Kennzeichen und fragte: »Das ist Rheinhessen, nicht?« Er war ja fast ein Nachbar.

»Richtig«, sagte er. »Da arbeite ich. Eine sehr schöne Weingegend. Wohnen tu ich aber in Offenbach.«

»Oh je«, murmelte sie. Offenbach klebte an Frankfurt wie der verlachte und verlotterte Verwandte an der großkotzigen Sippschaft.

»Was heißt oh je?« fragte er. »Wo kommen Sie denn her?«

»Frankfurt«, sagte sie.

»Du lieber Himmel.« Er schloß den Wagen auf. Unter dem

Bild eines freundlich lächelnden Schäferhundes stand: *Den Tieren ein Heim.*

»Ah, Sie sind Tierschützer«, sagte sie.

»Ist da was dabei? Warum sagen Sie das so pampig?« Er knüllte das Tempo zusammen. »Ich hole Hunde hier raus, um die kümmert sich doch keiner. In Deutschland haben sie es besser, da werden sie vermittelt.«

»Ach, ich bin gar nicht pampig.« Plötzlich tat er ihr leid, ohne daß sie wußte, warum. »Ich hab doch selbst 'ne Katze.«

»Katzen liegen mir nicht.« Er zog die Schultern hoch und sah plötzlich aus, als sei ihm furchtbar kalt. »Soll ich Sie fahren? Wo wollen Sie denn hin?«

Sie sah sich um. »Zum Bahnhof?« Steige nie zu fremden Männern ins Auto. Ja schon, aber der ist ein Hänfling, und mein Training ist perfekt. Ein Offenbacher Hänfling.

Im Transporter roch es nach Lavendel, nicht nach Hund. »Ich heiße Ingo«, sagte er. »Auf der Tour hole ich Hunde, die kommen dann zu Hause in das Tierheim, für das ich arbeite. Dann warten sie auf Vermittlung. Was machen Sie?«

»Beamtin«, sagte sie nur und sah ihn nicken. Erstaunlicherweise reichte das meist aus.

Am Gara de Nord hielt er direkt hinter einem Taxi und gab ihr feierlich die Hand. »Ich bin oft hier. Am Bahnhof. Oder drüben oder so.«

»Ja«, sagte sie. »Viel Erfolg.«

»Die Hunde sind Opfer der Diktatur.« Er legte die Hände wieder aufs Steuer. »Dieser Ceausescu hat ganze Stadtviertel abreißen lassen, um die Hochhaussiedlungen zu bauen, und da hatten sie doch ihre Häuschen mit den Hofhunden. Die sind dann auf der Straße gelandet, die Bewohner übrigens auch. Man kommt nicht nach mit ihnen, die vermehren sich immer weiter. Die Hunde meine ich. Manchmal kommt die Verwaltung und schießt ein paar tot. Da gibt es Kopfgeld für jeden ermordeten Hund.«

»Ja«, sagte sie. »Gute Nacht.«

Ina schlief kaum, träumte von Kindern, die auf Hunden ritten und mit scharfen Krallen die Luft zerrissen. Sie hatten keine Augen. Schreiend trabten sie auf Denise zu, um sie in ein tiefes Loch zu schubsen, den Hunden zum Fraß. Keine Erleichterung, als sie aufwachte, weil das Gefühl sich einfach nicht einstellen wollte, daß es doch bloß ein Traum gewesen war.

Draußen schon das erste Hupkonzert. Flackernde Leuchtziffern vor den Augen, 5 Uhr 33. Böhm hatte sich noch nicht gemeldet, guten Morgen, Herr Hauptkommissar, ich schlafe hier nicht. Ja sicher, es ist zum Besten der Zielperson, wenn sie zurückkommt und versorgt wird in unseren wohnlichen Knästen, bis ins Letzte verstanden von beseelten Sozialpädagogen, bis in die Empfindungslosigkeit beim leichten, logischen Töten hinein, denn hier geht sie doch vor die Hunde mit ihrer kaputten Lunge, in dieser staubigen Stadt.

Mach einen Plan. Man könnte sich umschauen in der Strada Solko, wenn die Bewohner noch schliefen, nach Fluchtwegen oder Müllgruben, nach Abladeplätzen aller Art. Da sein, bevor sie das Haus verließ, jetzt wirst du aufhören, mir etwas vorzumachen. Denise hatte keinen Zweifel daran gelassen, daß sie sich wie eine richtige Touristin benehmen sollte, eine einsame Touristin ohne Begleitung; »lauf die Soseaua Kisseleff herunter«, hatte sie gesagt, »da kannst du den Triumphbogen sehen, die haben hier nämlich auch einen, schau dir die Bucuresti Mall an, schickes Shoppingcenter, auch mit comma-Klamotten, hast du mich nicht mal in comma-Klamotten vernommen? Dann gehst du zur Strada Lipscani, die Leipziger Straße, und speist zu Abend, da ißt man nämlich nicht, da speist man.«

Auf dem Weg zur Dusche schluckte sie Ritalin, es folgte das Ritual unzähliger Bereitschaftsdienste, Dusche bis zum Anschlag, heiß, kalt, Schrei unterdrücken. Kurze Konzentrationsübung, ich bin ruhig und gelassen, ja doch, Calvin-Klein-Flakon, Traubenzucker, Laufschuhe. Jedesmal, wenn sie Jeans und die verhaßten Laufschuhe anzog, sehnte sie sich nach ihrem schönsten Kostüm.

Der blinzelnde Junge vom Hotelpersonal servierte tatsächlich Tee, was sie so nett fand, daß sie ihm zweimal dankte, auch wenn Earl Grey die einzige Sorte war, die sie nicht mochte. Sie fand es auch nett, daß er so früh auf den Beinen war, aber vielleicht konnten sie beide nicht schlafen in dieser Stadt.

In einem kleinen Laden kaufte sie Brötchen, Käse und Trauben, ohne auch nur für eine einzige Sache die Worte zu wissen, deutete stumm auf alles und streckte bei den Brötchen erst die ganze Hand und dann noch einen Daumen in die Luft.

»*Tsche?*« fragte der Verkäufer und als sie nicht reagierte: »What?«

»Six«, murmelte sie.

»Ah.« Er schien ein Grinsen zu unterdrücken, warf die Brötchen einzeln in die Tüte zu den Trauben und dem Käse und gab Sprachunterricht: »*Unu, doi, trei, patru, cinci, sase.* Okay?«

»Okay.« Sie kam sich dämlich vor und wußte noch nicht einmal das Wort für Danke.

Die Straße roch nach Rauch. Sie wußte den Weg nicht mehr und nahm ein Taxi, ließ es ein paar Meter vor der Strada Solko halten und redete dem Fahrer aus, sie bis vor die Tür zu begleiten. Es war noch nicht richtig hell, was er gefährlich fand, »dogs«, flüsterte er, »and bears.«

»Bären?«

»Gypsies and bears.« Er nickte ernst. »Gypsies«, wiederholte er, »Roma, you know«, und strich mit der Handkante die Kehle entlang.

Tanzbären? Gern hätte Ina einen gesehen, aus der Ferne vielleicht, nur aus der Ferne. Hier waren sie nicht, keine Bären, keine Hunde, keine Menschen, alles war ruhig, und das einzige Geräusch war das ihrer Schritte auf dem Kies. Im dunstigen Licht sah das kleine Haus wie eine traurige Ruine aus, doch im oberen Stockwerk stand eine Frau am Fenster, die mit gleichförmigen Bewegungen über die Scheibe wischte. Unten schliefen sie wohl noch, die Rolläden waren halb heruntergelassen und die Fenster gekippt. Das war alles, das war das Ende der Straße hier und kein versteckter Weg führte weiter hinaus. Hier sitzt du in der Falle, Engelchen, hier gibt es kein Schlupfloch, wenn sie dich holen. Sackgasse, Ende, nur ein Schuppen hinter dem Haus.

Ina senkte den Kopf, als würde sie das unsichtbar machen, und zog vorsichtig an der Tür. Ein sachtes Quietschen, drinnen ein Fahrrad, Schläuche, Eimer, was man so in Schuppen verwahrte, eine Schaufel, Werkzeug, Holzkisten. Es roch nach Öl und nach Benzin, unangenehm, aber nicht so, daß sich der Magen hob, hier tanzte der Tod nicht, hier verfaulte kein Mensch. Irgendwo raschelte es, und sie zog die Schultern hoch, stand starr; lieber zwei Tanzbären als eine Ratte. Behutsam machte sie einen Schritt nach vorn. Ein Baseballschläger. Harmlos lag er in der Ecke, halb verdeckt von einer Kiste. Der Pfleger Paul Schiller liebte Baseballschläger, mit so einem Ding hatte er den Herrn Stadtkämmerer halb totgeschlagen. Mit diesem hier? Was jetzt?

Na, was schon, sie hatte keine Kriminaltechniker zur Hand, kommt mal gucken, wertet Spuren aus und sagt mir dann Bescheid. Niemand sagte ihr hier Bescheid und keiner half. Was für eine miese Stadt. Langsam ging sie zurück und setzte sich auf die Steine unter dem Fenster, sie war plötzlich so müde, als sei der Tag schon vorbei.

Hier mußte das Schlafzimmer sein, wie lange schliefen die? Ina streckte die Beine aus. Wenn Denise Schiller getötet hatte, war das auch wieder logisch und leicht gewesen, hatte sie auch da wieder nichts gespürt? Frag sie doch. Ja. Sie legte sich die Frage schon zurecht, als sie es hörte; es war wirklich das Schlafzimmer, denn sie hörte das knarrende Bett und dann ihr Aufstöhnen, als wär's ein blöder Film. Ein Seufzen, ein Stöhnen, das in die Luft stieg wie der Gesang eines Vogels, und vielleicht sagte sie seinen Namen dabei, vielleicht auch nicht, es schwoll an und ebbte wieder ab, na toll. Ina sah reflexhaft auf die Uhr. Das war natürlich besser als Knast.

Aber was ging sie das an, sie wollte aufstehen und gehen, ein bißchen herumlaufen, bis das vorbei war, aber vermutlich war es schon vorbei, und sie lehnte den Kopf gegen die Mauer und schloß die Augen. Warum war das so traurig, die sollten da drin doch machen, was sie wollten.

Weil du es bald wieder lassen mußt, deshalb vielleicht. Weil nichts bleibt.

Dieses bleierne Gefühl im Kopf. Ina preßte die Stirn auf die Knie und wünschte sich nach Hause zurück, wie vor vielen Jahren bei dieser Klassenfahrt ins Schullandheim, als sie ihren Vater anrief und sagte, bitte hole mich, es gefällt mir hier nicht. So eine öde Tour war es gewesen, mit linksgrünen, lahmen Lehrern, die sie ganze Tage lang durch historisches Gemäuer scheuchten und abends in einer spießigen Kneipe das Gesehene noch verarbeiten wollten, ein Ausdruck, der ihr seither Sodbrennen verursachte, das Gesehene verarbeiten! Und genau wie damals wollte sie ihren Vater anrufen, damit er ihr dieses Gefühl vertrieb, dieses Sirren im Kopf und all die schwarzen Gedanken, mach das weg, mach das tot!

Er war längst begraben. Stell dich nicht so an, hatte er damals gesagt, die Luft tut dir gut. An einem Herzinfarkt war er gestorben, gerade noch in den Arm genommen und dann weg für immer. Viel zu jung gestorben, wie die Leute sagten, oder: ist doch kein Alter. Lange Zeit hatte Ina es ihrer Mutter übelgenommen, daß sie sich nach Jahren wieder jemanden ins Haus geholt hatte, den sie ihren Bekannten nannte, und im Grunde nahm sie es ihr heute noch übel, denn sie redete nicht mit dem Mann. Sie grüßte ihn, das schon, aber mehr als zwei vollständige Sätze kamen selten zusammen, weil sie ihn dümmlich fand und häßlich und überhaupt. Ihre Mutter sagte, sie würde niemals erwachsen und wäre nachgerade unverschämt, ihre Mutter sagte, sie hätte ein Rad ab, wobei sie das leise und eindringlich sagte, mit einer merkwürdig sanften Stimme, die so wenig zu ihr paßte wie diese komischen Worte, denn sie tat doch immer so vornehm, so als käme sie aus allerbestem Hause, was nun wirklich eine Lebenslüge war, weil sie zu jenen gehörten, die so blöd waren, sich selber kleine Leute zu nennen. Und jetzt diese Worte – Ina schreckte hoch. Ihre Mutter trug einen viel zu weiten Bademantel und hatte sich in Denise verwandelt, die Zielperson, die vor ihr stand und ruhig sagte: »Du hast doch ein Rad ab.«

»Ja«, murmelte Ina. »Das Hotel ist so laut, ich kann da nicht schlafen. Ich hab eine Tablette geschluckt, aber die wirkt nicht.«

Rad ab. Das Fahrrad, das sie gerade im Schuppen gesehen hatte, erst jetzt fiel es ihr ein, war so klein gewesen, ein Kinderrad, nichts für einen Mann.

Sie rappelte sich hoch, kleine Funken vor den Augen, wie hysterische Mücken. »Ich wollte euch nicht stören – ähm, ja.« Na, das war jetzt auch verkehrt, aber Murphys erstes Gesetz, das ihre Freundin Nicki immer zitierte, besagte ja schließlich, daß alles, was schiefgehen kann, auch schiefgehen wird.

»Ich dachte, wir frühstücken zusammen.« Sie gab Denise die Tüte und sah ihr ins Gesicht. Denise sah durchsichtig aus, und ihre grauen Augen wirkten dunkler. Sie sah nicht so aus, als hätte sie gerade guten Sex gehabt, aber das war ja schließlich zu hören gewesen, das war Fakt, wie Hauptkommissar Böhm immer sagte, Fakt ist, Frau Henkel, daß die Zielperson im Hintertreffen ist –

Denise sah sie völlig ausdruckslos an. »Was willst du eigentlich?«

»Ich weiß nicht. In mein Leben zurück oder so.« Ina schüttelte den Kopf, das ging sie doch alles nichts an. Oder doch, gerade sie. »Das ist seit damals ein bißchen aus den Fugen, seit den Obdachlosenmorden. Ich meine, daß ich da an keinen rangekommen bin.« Sie räusperte sich. »An diese Bosse. Na ja, einen hätten wir gehabt, den hast du uns quasi weggenommen, was ja nicht das Verkehrteste war, und dann hatten wir nur noch dich. Blöd gelaufen, nicht?«

»Du bist nicht geeignet für den Polizeidienst«, sagte Denise nur, doch ihre Stimme klang dabei sehr weich. »Dein Kopf schon, deine Seele nicht. Oder was immer man da hat.« Sie sah an Ina vorbei, die Straße herunter, die triste, leere Straße. »Die Selbstmordrate unter Polizisten ist hoch.«

»Oh, vielen Dank für dein Taktgefühl.« Ina folgte ihr ins Haus.

»Ich konnte in dem Laden noch nicht einmal danke sagen, was heißt das?«

»*Multumesc.*« Denise spitzte die Lippen, als sie die Tüte öffnete. »Dan ißt keine Brötchen.«

»Gibt's das?«

»Seine Zähne wackeln.«

Ina biß sich auf die Lippen, und dann sah sie, daß sie beide kurz vorm Herausprusten waren, und alles war so wunderbar normal für diesen winzigen, flüchtigen Moment; hau ab, wollte sie sagen, bald werden sie kommen.

»Ich werde jetzt duschen.« Denise zerrte am Gürtel ihres Bademantels. »Und du wühlst hier nicht sämtliche Schubladen durch, du kriechst auch nicht auf dem Boden herum.«

»Warum sollte ich das tun?«

»Ja, warum solltest du das tun?« Sie drehte sich noch einmal um, doch dann schnappte sie plötzlich nach Luft und hielt sich mit einer Hand am Türrahmen fest.

Ina nahm ihren Arm. »Leg dich hin.«

»Nein.« Denise hustete ein wenig, es war nur ein Hüsteln, doch ihre Stirn war naß. »Ich brauche vielleicht was zum Sprühen.«

»Gut, wo ist es?«

»Ich weiß nicht, wo es ist. Irgendwo.« Sie hatte Schwierigkeiten zu atmen. »Aber es geht schon.«

»Du brauchst einen Arzt.«

»Ich habe einen.« Denise lächelte sie wie eine Schnäppchenjägerin an. »Gegen *Spaga* braucht der keine Papiere.«

»Das heißt Bestechung, oder?«

»Nenne es Entgegenkommen.«

»Hast du denn Geld?« Ina sah an ihr vorbei; da lag ein Baseballschläger im Schuppen, nicht wahr?

»Dafür reicht es. Läßt du mich jetzt duschen?«

»Hat Schiller dir was gelassen?«

Denise schnappte erneut nach Luft, doch diesmal sah es aus, als wollte sie schreien. Dann drehte sie sich wortlos um. Ina ging ein paar Schritte in den Flur und sah Dan mit tropfnassem Haar auf dem Boden seiner Werkstatt hocken. Vor ihm eine fleckige, völlig verbeulte Lampe – ob irgend jemand wollte, daß er die reparierte?

»*Buna*«, murmelte er und nickte ihr kurz zu, ein höchstens fünfunddreißigjähriger Mann, dessen Zähne es nicht mehr zuließen, daß er Brötchen aß.

Nebenan das Schlafzimmer. Die Decke war zurückgeschlagen und das Laken glattgestrichen. Auf dem Nachttisch, hinter der Lampe, lag eine Pistole, ein Miststück von einer Pistole, eine alte, russische Makarov. Du bist verrückt, du kommst nicht gegen sie an. Kannst doch nicht herumballern wie ein Flintenweib, kannst dich doch nicht so vollkommen lösen von der Welt. Das ist kein Film hier, das ist dein Scheißleben, so wie es geworden ist, wie du es dir eigenhändig versaut hast. Langsam ging sie in die Küche zurück, wo sie die Kaffeemaschine suchte, doch es gab nur einen Wasserkessel. Sie füllte ihn, stellte ihn auf den Herd und fand den Kaffee nicht. Man konnte sich noch nicht einmal nützlich machen, und Dan schien es ja nicht für nötig zu halten, wenn eine Frau im Haus war, hier einen Finger zu krümmen. Benny war ein erstklassiger Frühstückskoch, der schnitt alle Brötchen in zwei saubere Hälften, was sie nie gut hinbekam. Er war Frühaufsteher, und was das Tollste war, er schlug die Augen auf und konnte lächeln. Sie wollte sein Lächeln sehen.

Nach dem zweiten Klingeln war er dran und rief: »Wie lange dauert das?«

»Keine Ahnung. Nicht mehr lange.«

»Gefallen dir die Kerle da, die schönen, dunklen Rumänen?«

»Ach je.« Dan mit seinem dunkelblonden Haar sah deutscher aus als er. Mit einem Finger malte sie unsichtbare Männchen in die Luft, während sie ihm zuhörte und wünschte, er möge ewig weiterreden.

»Hörst du mir zu?« fragte er.

»Klar. Was macht du heute?«

»Ich grieble«, sagte er in seinem schlimmsten Sächsisch, »ob ich noch Guchn ins Programm nähm soll.«

»Was? Kuchen? Du weißt, ich mag das nicht.«

»Guchn?«

»Sprich anständig.«

»Nu«, murmelte er.

»*Nu* heißt nein«, sagte sie. »Auf rumänisch.«

»*Da, da.*«

»Was?«

»*Da* heißt ja«, sagte er. »Wie bei den Russkis, obwohl es keine slawische Sprache ist. Wenn du Italienisch kannst, verstehst du Rumänisch.«

Natürlich konnte sie kein Italienisch. Als Denise zurückkam, hielt Ina das Telefon noch in der Hand. Sie schüttelte nur den Kopf. »Ben«, sagte sie. »Der Hähnchenmann.«

Denise sagte nichts. Sie machte Rührei, vielleicht gelang ihr das ja, ihre Bewegungen waren ruhig und konzentriert. »Weißt du, was man wirklich herbeisehnt im Knast?« fragte sie nach einer Weile. »Die erste ungestörte Dusche. Oder Musik zu hören, ich meine richtige Musik, das steht immer noch aus.«

»Mozart natürlich.«

»Schumann, Mahler, Bach.« Sie drehte sich um. »Hast du überhaupt schon was von Mozart gehört?«

»Ich hab den Film gesehen.« Ina unterdrückte ein Seufzen, weil sie wußte, daß sie jetzt ins Hintertreffen geriet. »Amadeus, da war doch die Musik. Fand ich ganz hübsch.«

»Hübsch«, wiederholte Denise. »Guter Gott.«

»Ich weiß, daß du mich für blöd hältst«, sagte Ina. »Das war schon immer so.«

»Ach was«, sagte Denise. »Gerade so, daß es niedlich ist.«

»So. Du konntest also keine richtige Musik hören im Knast. Im Fernsehen hast du nie einen Zweifel daran gelassen, daß unsere Knäste zu lasch sind, nicht?« Ina nahm eine Schüssel für die Trauben aus dem Schrank und sah eine Schachtel mit 9-Millimeter-Patronen da liegen, das Futter für die Makarov. Mechanisch redete sie weiter. »Du hast auch nie Knast gesagt, natürlich nicht, noch nicht einmal Gefängnis, hast immer vornehm von der Vollzugsanstalt gesprochen.«

»Ich gehe trotzdem nicht mehr rein.«

»Und dann hast du noch wie eine sittenstrenge Tante in jedem mickrigen Taschendieb einen Gewaltverbrecher gesehen.«

»Ja«, sagte Denise kaum hörbar, »wenn er einer alten Frau die Handtasche klaut, ist er das auch.« Sie sah hoch, ihr Blick wanderte zum Schrank, und sie sagte: »Du willst etwas von mir. Ich weiß nicht, was.«

Gut, dann mit gesenktem Kopf nach vorne, wie ein Stier. »Nur, weil ich dich nach diesem Schiller gefragt habe?« Ina zog die Schultern hoch. »Meine Güte, der begeht in Frankfurt ein Verbrechen, dann holt er dich aus der Klinik, das ist strenggenommen das zweite, da interessiert es mich einfach, was mit dem ist.«

»Ja?«

»Ja. Ich meine, der hat etwas riskiert für dich, irgendeine Beziehung müßt ihr doch noch haben.«

»Er war da.« Denise wickelte eine Haarsträhne um den Finger. »Im Krankenhaus, nachdem ich diesen Tunnel gesehen habe. Einen Tunnel mit grellem Licht, er sagte, das wäre der Tod. Die erste Nacht war das so, ein Schwebezustand, nicht unangenehm. Und dann war das Leben wieder da, zumindest der Teil, der dich zittern und frieren läßt. Und Paul war da, die ganze Zeit. Hast du noch nie eine Beziehung zu einem Mann gehabt, die sehr tief ging, ohne daß es dir eingefallen wäre, mit ihm zu vögeln?«

Ina guckte sich die Wand an, die ziemlich vergilbte Wand, und das Kreuz, das da über der Tür hing; erst jetzt fiel ihr das Kreuz auf. »Nö«, sagte sie dann.

»Tja, dann geht das über deinen Horizont.«

»Wird wohl«, sagte Ina. »Willst du mir erzählen, Paul Schiller begeht nicht nur Raub und schwere Körperverletzung, sondern ist auch noch ein Frauenversteher?«

»Kennst du Lambert?« fragte Denise. »Das arme Opfer, dem die Kronjuwelen abhanden gekommen sind?«

»Nur aus der Zeitung.«

»Ich kenne ihn.« Denise wandte den Blick nicht von ihr. »Wir sind uns auf einigen Parties begegnet.«

»Sicher. Wo Promis sind, da ist auch der Kämmerer.«

»Er ist ein Stück Dreck. Lamberts Frau lag auf Schillers Station, so hat er sie kennengelernt, Lambert hat sie halb tot geprügelt. Das war natürlich ein Unfall.«

»Mit anderen Worten«, sagte Ina, »Schiller hat das ganz richtig gemacht, nicht? So denkst du doch.«

Denise sah aus, als suche sie nach Worten, das sah man selten bei ihr. »Schiller«, murmelte sie schließlich, »ist ein Engel. Und ein Teufel. Beides vielleicht.«

Erkläre mir das, wollte Ina sagen, erkläre mir das endlich, damit das alles ein Ende hat, doch sie hielt den Mund und spürte fast so etwas wie Dankbarkeit, als Dan hereingeschlurft kam, so träge, als sei er dreißig Jahre älter. Er trat hinter Denise, legte die Stirn auf ihre Schulter und umfaßte ihre Brüste, und sie hörte auf mit allem, was sie tat. Sie ließ es geschehen, stand so ruhig und gelassen da wie in diesen Tierfilmen das Muttertier, wenn das Kleine kommt und saugt. Ina senkte den Kopf, war ein, zwei Sekunden lang von diesem merkwürdigen Ermittlergefühl überfallen, daß sie etwas übersah.

Dan blinzelte sie an, als er zurücktrat, nahm sie vielleicht jetzt erst wahr. Er goß ihr Kaffee ein und sagte: »Zum Wohl.«

Das Rührei war versalzen, was ihn nicht störte, denn er aß das meiste davon. Den Käse sah er mißtrauisch an, die Trauben ignorierte er. Als er fertig war, schob er seinen Teller zurück und sah Ina so lange an, bis sie nervös wurde, bis sie fragte: »Ja?«

»You police«, sagte er, »Polizist.«

Sie umklammerte ihren Becher und sah zu Denise, die Zigarettenrauch gegen die Decke blies.

»Polizist«, wiederholte er.

Sie nickte nur. Nicht im Dienst, wollte sie sagen, aber vor allem wollte sie Denise fragen, warum sie ihm das erzählte.

»Okay.« Er stand auf, und sie beobachtete jede seiner Bewegungen, als er zum Schrank ging, etwas altes Geschirr herausräumte und schließlich eine Plastiktüte hervorzog. Er schloß die Tür, kam an den Tisch zurück und holte ein Stück Stoff aus der

Tüte. Er räumte ihren Teller beiseite, schnippte ein paar Krümel weg und breitete den Stoff vor ihr aus. Dann setzte er sich wieder hin.

Ein weißes T-Shirt mit blauem Keith-Haring-Männchen und roten Blutflecken. Ina preßte die Lippen zusammen, also doch. War es das, was von Paul Schiller übrig war? Sie guckte Denise an, doch die hatte den Blick zur Decke gerichtet. Asche tropfte von ihrer Zigarette auf den Boden.

Was habt ihr mit ihm gemacht, wollte sie fragen, als ihr etwas auffiel – das war doch viel zu klein. Das paßte Schiller nicht, das paßte überhaupt keinem Mann, das war ein Kinder-Shirt, so wie das Fahrrad im Schuppen eines für Kinder war. Ruckartig stieß sie ihren Stuhl zurück.

»Andrei.« Dan sah sie unverwandt an und murmelte etwas auf rumänisch, bevor er wieder anfing, Englisch zu sprechen, aber sie verstand nur die Hälfte und wartete, daß Denise ihr übersetzte.

»*Gara*, Bahnhof«, sagte Dan.

»Das T-Shirt haben sie ihm gebracht«, sagte Denise. »Ein paar Jungs haben es in einem Papierkorb am Gara de Nord gefunden. Andrei trug es oft.«

»Wer?« fragte Ina. »Wer ist Andrei?«

»*Fiu*«, murmelte Dan.

»Sein Sohn«, sagte Denise. »Er ist verschwunden. Vermißt.«

»Er hat –« Ina räusperte sich. »Wie alt ist er?«

»*Treis* –«, fing Dan an.

»Dreizehn«, sagte Denise. »Als er verschwand, war er zwölf.«

Dan sprang auf, lief hin und her, und Denise sagte, daß er glaube, die rumänische Polizei täte nichts, um seinen Sohn zu finden. Sie hätten nur die Straßenkinder befragt und seine Lehrer und ihm dann gesagt, er tauche schon wieder auf, doch war das Monate her.

»Nicht Aurolac«, rief Dan.

»Andrei gehört nicht zu den Aurolac-Junkies«, sagte Denise. »Das ist das Zeug, das die Straßenkinder schnüffeln, Lösungsmittel, Aluminiumlack. Dann frieren sie nicht und haben keinen Hunger.«

»Nicht gay.«

»Er ist auch kein Stricher, glaubt er.« Denise hatte sich eine weitere Zigarette angezündet. Mit einer Hand strich sie sich das Haar hinters Ohr, immer wieder, als hätte sie plötzlich einen Tick. »Sie haben seine« – sie hustete – »sie haben keine Leiche gefunden, sie sagen, er käme von selbst zurück. Sie tun nichts, sagt er, und er macht sich jetzt große Hoffnungen, daß du etwas tun kannst, er glaubt, die deutsche Polizei ist besser.«

»Hast du ihm gesagt«, murmelte Ina, »daß das nicht geht?«

»Er will es nicht glauben.«

»Was ist denn mit der Mutter?«

»Seine Oma hat ihn erzogen und die Familie.« Denise drückte die halb gerauchte Zigarette aus. »Sie sind durch die halbe Bukovina gezogen, immer dahin, wo es Arbeit gab. Vor drei oder vier Jahren ist er mit ihm nach Bukarest gekommen, weil er dachte, die Stadt biete ihm bessere Arbeitsmöglichkeiten, und weil es Streit in der Familie gab. Er wollte einen Mann aus ihm machen, sagt er. Natürlich gab es Krach zwischen ihnen, aber er sagt, daß Andrei gerne hier war, er hatte Freunde. Und in der Schule kam er auch sehr gut zurecht. Er trug das T-Shirt an dem Tag, an dem er verschwand. Es war sein Lieblingsshirt, hab ich das schon gesagt? Er hatte auch immer einen Glücksbringer in der Hosentasche, eine Schildkröte aus Silber.«

»Hat die Polizei das T-Shirt untersucht?«

»Dan hat es ihnen gegeben, dann hat es eine Weile gedauert, und sie sagten, es bringe nichts.«

»Deutschland«, murmelte Dan.

»Ein paar Kinder sagen, er sei nach Deutschland verschleppt worden.« Denise sprach zur Decke. »Aber sie sind ein bißchen verrückt, weißt du, nicht nur vom Aurolac umnebelt. Sie erzählen dir was von einem blauen Mann, der die Kinder holt, es sind wohl schon mehrere verschwunden. Einer der Jungen spricht etwas Deutsch, er behauptet von jedem, er sei in Deutschland.

Ein anderer, der halbwegs okay ist, sagte, daß Andrei nach Wien gewollt hätte, in einen bestimmten Bezirk da. Er war so überzeugend, daß Dan hingefahren ist, nach Wien, aber als er zurückkam, sagte der Junge, er hätte sich geirrt, es wäre ein anderer Andrei gewesen, der nach Wien wollte.«

Die verrückten Kinder. Der Junge mit dem Cape, der Hunde quälte und dann so betont höflich damit aufhörte, wenn man ihn darum bat, doch der war älter als dreizehn gewesen. Ina fragte: »War er noch da, als du hergekommen bist?«

»Nein. Ich kenne ihn nicht.«

Dan setzte sich wieder und schob einen Zettel über den Tisch, auf den er in großen Druckbuchstaben den Namen seines Sohnes geschrieben hatte, ANDREI CONSTANTIN BANCU.

»Es ist ja so.« Denise griff schon wieder nach ihrem Zigarettenpäckchen. »Als Polizistin hast du den Zugang. Wenn du zurück bist, könntest du dir theoretisch ein paar Listen ansehen, auf denen die Namen von minderjährigen Rumänen stehen, die sie in Deutschland geschnappt haben. Da mußt du doch nur in deinen Polizeicomputer gucken.«

Ina nickte. »Du meinst die Klau-Kids? Die zum Klauen eingeschleust werden?«

»Nur mal als Möglichkeit«, sagte Denise. »Ich weiß, daß sie freigelassen werden, wenn sie unter vierzehn sind oder das behaupten, aber ihre Namen stehen ja da. Ich weiß auch, daß sie einen Patron haben, dem sie die Beute abliefern müssen und daß der ihnen einbleut, falsche Namen zu benutzen, aber hin und wieder« – sie hob die Schultern, als wüßte sie nicht weiter – »wenn sie nach Hause möchten, sagen sie vielleicht doch ihren Namen, oder?«

»Müßte er dann nicht wieder hier sein? Die sind doch froh über jedes dieser Kinder, das sie wieder loswerden.«

»Aber die Listen sind da. Die Namen. Ob es eine Spur gibt.« Denise beugte sich vor. »Du könntest nachschauen, ja? Das könntest du tun. Da gibt es immer etwas, das du als Begründung heranziehen kannst.«

Was für ein umständlicher Satz, als säße sie immer noch im Fernsehstudio. Ina grübelte ihm hinterher. »Ja«, sagte sie dann.

Nein, sagte Robert Reich. Und daß dergleichen völlig irrelevant sei, ein trauriges Privatproblem. Er spuckte die Worte aus, als seien sie vergiftet: dergleichen, irrelevant. »Was«, fragte er, »interessiert uns ihr hiesiger Stecher?«

Ausgesperrt aus der lärmenden Stadt, saßen sie in einem Café mit Kronleuchtern an einer holzgetäfelten Decke. Es war ein Ort, an dem die Gäste nur murmelten, an dem noch nicht einmal Geschirr klapperte und die Kellnerinnen mit einem angedeuteten Lächeln heranhuschten, wie in Wien. Gedankenaustausch nannte Robert dieses Treffen der deutschen Fahnder mit dem rumänischen Kontaktbeamten, doch gab es nicht viel auszutauschen, denn der rumänische Beamte hörte nur zu.

»Nebenfiguren sind auch interessant«, sagte Ina. Sie verkniff es sich, hinzuzufügen, daß man dergleichen bei der Mordkommission lernte.

Robert verströmte das Aroma einer Herrenduftabteilung. Vermutlich hatte er den gleichen Tick wie sie, diese therapieresistente Duft-Macke, mit der sie sich den Leichengeruch vom Hals hielt, so gut das eben ging. »Selbst wenn er ihr geholfen haben sollte, den Schiller zu beseitigen«, sagte er, »ist er ein Fall für die rumänischen Kollegen. Hab ich recht?«

Der rumänische Kollege nickte. Er hieß Stefan Hudek, sah umwerfend aus und sprach fließend Deutsch. »Probieren Sie den Apfelkuchen«, sagte er.

Robert guckte irritiert. »Wenn der ohne Äpfel ist, dann nicht. Ich meine, ich habe Cappuccino bestellt, und der ist ohne Milch.«

»Sie trinken einen *Filtru*«, sagte Hudek. »Mit Sahne.«

»Äußerstenfalls«, sagte Robert, »ist das ein Sahnehäubchen.« Geziert hob er seine Tasse. »Das habe ich so kommen sehen. Man kann sie nicht anzapfen, das ist psychisch bedingt.«

Ina schob die Spitze ihres Teelöffels zwischen die Lippen. Man könnte meinen, er sprach von der Tasse.

Robert nickte zu den eigenen Worten. »Die war ja schon im Fernsehen so arrogant. Arroganz ist ein Schutz. Wenn sie dich zu nah an sich heranläßt, würde dieser Schutz, wie soll ich sagen –«

»Schlapp machen«, sagte sie.

»So ungefähr.« Robert lächelte versonnen. »Schade«, sagte er zu dem rumänischen Kollegen, »daß Sie die nie im Fernsehen gesehen haben, die hatte so was Alttestamentarisches. Ich meine, eine junge Frau, die sich das Gewicht der Hölle auf die schmalen Schultern lädt, das hatte was.« Er nickte vor sich hin. »Dabei haben sie im Sender gesagt, daß sie nur durch Zufall Moderatorin geworden ist, die werkelte ja in der Maske. Nur hat sie bei einem Betriebsfest mal die Moderatorin eines anderen Senders imitiert, die war auch so streng. Keiner hat gelacht, alle fanden es toll. Das alles dann noch kombiniert mit ihren Tiraden gegen das Böse, die sie so ab und zu losließ, fanden die Bosse umwerfend, also bekam sie eine eigene Sendung, so war das.«

Hudek nickte, ohne eine Miene zu verziehen. »Und nun ist sie selber böse?«

»Der Mann, den sie getötet hat, war böse«, murmelte Ina. »Er hat aus Geschäftsinteresse morden lassen.« Sie fuhr sich über die Stirn, als sie Roberts tadelnden Blick sah. »Böse ist kein Kriterium«, fügte sie steif hinzu.

»Aber die Rache! Ihr müßt das Alte Testament lesen.« Stefan Hudek strahlte sie an, als rissen sie hier um die Wette gute Witze. Er faltete die Hände. »Geht ihm nach durch die Stadt und schlagt drein. Eure Augen sollen ohne Mitleid blicken und keinen verschonen. Erschlagt Alte, Jünglinge, Jungfrauen, Kinder und Frauen, schlagt alle tot.«

Was die Leute so alles wußten. »Sie meinen«, fragte sie, »das steht in der Bibel?«

»Hesekiel, Kapitel neun.«

»Ach was.« Ihr Zahnarzt zitierte gern aus dem Psalm der Dentisten, wie er ihn nannte, *Oh Gott, zerbrich ihnen die Zähne im Mund!* Psalm 58, fügte er dann jedesmal dazu, die Zeiten wären hart. Sie mochte nicht darüber nachdenken, wie hart sie wirklich waren, sie hatte keinen Erfolg, das reichte erst einmal, sie brachte nichts mehr zustande und wollte hier weg.

»Woher können Sie so gut Deutsch?« fragte sie. »Ich weiß, das fragt wohl jeder Deutsche.«

»Ich kann es nicht gut«, sagte Hudek, »sondern perfekt. Ich stamme aus Transsilvanien, wie Dracula, da leben auch Sachsen. Sie nennen die Gegend Siebenbürgen. Meine Mutter ist Sächsin, ich bin zweisprachig aufgewachsen.«

Sollte sie ihm erzählen, daß ihr Freund Sachse aus Dresden war? Ebenfalls zweisprachig, Sächsisch und Deutsch, und manchmal, im Halbschlaf oder im Zorn, kam beides unglücklicherweise zusammen.

»Jeder darf mal«, nahm Robert den Faden wieder auf. »Jeder kommt ins Fernsehen, so sind die Zeiten.«

»Ich wollte gar nicht dürfen.« Ina sah zu, wie er seine Nasenflügel rieb, als müßte er ein Niesen unterdrücken. »Schiller hat ihr beigestanden, als sie so krank war. Wohl mehr als bei Pflegern üblich, auch wenn sie es so darstellt, als hätten sie keine Beziehung miteinander. Vielleicht ist es eine Art Freundschaft. Tötet sie ihn dann?«

»Sie hat ihren Mann geschlachtet«, sagte Robert hämisch. »Da wird es auch eine Art Freundschaft gegeben haben.«

»Sie hat eine Schußwaffe.«

»Oh, verdammt.«

»Makarov, sieht aus wie vom kalten Krieg übrig. Wahrscheinlich original DDR-Produktion.«

»Dann funktioniert sie«, sagte Hudek. Der rumänische Kollege zog ein schickes Notizbuch aus seinem schicken Jackett und setzte ein fröhliches Lächeln auf. »Wir haben keine anonyme Leiche im Cismigiu-Park. Allerdings ist es gut, daß Sie danach gefragt haben, weil wir jetzt feststellen konnten, daß sie beide in der Nähe waren. Man hört sich noch einmal um, Sie kennen das ja, es kommt doch immer wieder etwas zusammen.« Er schlug das Notizbuch auf und sah lächelnd auf die Seiten. »Eine Imbißverkäuferin in der Umgebung des Parks hat Herrn Schiller vor ungefähr vier Monaten als Kunden gehabt. Das heißt, so genaue Zeitangaben konnte sie nicht machen, sie sagte, es sei noch sehr kalt gewesen, und die Frau war viel zu dünn gekleidet. Herr Schiller war mit einer blonden Frau zusammen, zweifellos mit Ihrer Zielperson.«

»Natürlich.« Robert klopfte auf den Tisch, was in diesem stillen Café schon ein auffälliges Geräusch war. »Das war zu der Zeit, als sie gerade abgehauen sind. Sie sind also direkt hergekommen, und sie waren zusammen damals. Danach verliert sich seine Spur. Warum erinnert die sich so genau?«

»Weil Herr Schiller gut aussieht«, sagte Hudek ruhig, »und trotz einiger Bemühungen ihrerseits nicht mit ihr gesprochen hat. Allerdings hat er mit der blonden Frau Deutsch gesprochen, da war sie sicher. Ein Deutscher, hat sie sich gedacht, ach so. Sie haben in einem Stadtplan gelesen. Die blonde Frau hat für beide Kaffee bestellt und *Mititei*, das ist eine rumänische Spezialität, Hackfleischwürstchen. Die Verkäuferin hat keine Karte aushängen. Die blonde Frau hat sie direkt danach gefragt. Auf rumänisch.«

»Aha«, sagte Robert. Nach einer kurzen Denkpause legte er den Kopf schief. »Was?«

Hudek nickte. »Sprache, wenn man eine Beziehung zu dem Land hat, ist wie schwimmen. Verlernt man nicht.«

»Nein«, sagte Robert streng. »Nach der Flucht sind wir ihre Urlaubsländer durch, soweit wir sie rekonstruieren konnten. Von Rumänien hat kein Mensch etwas erzählt.«

Und Hudek hatte nichts von Urlaub erzählt. Ina wollte ihn danach fragen, doch ein Kind lenkte sie ab, das ins Café geschlichen kam, ein Mädchen in fleckiger Kleidung, mit kurzem, fast geschorenem Haar. Zielstrebig ging sie zu den verlassenen, noch nicht abgeräumten Tischen und schob die Kuchenreste auf den Tellern in eine mitgebrachte Plastiktüte. Dann ging sie wieder, und es hatte ausgesehen, als täte sie das jeden Tag.

»Deutsche Zeitschriften möchten immer Bilder von frisch verhungerten rumänischen Kindern«, sagte Hudek neben ihr. »Da bieten sie ihren Fotografen viel Geld. Aber die verhungern nicht, dazu sind sie zu schlau und zu böse.« Er lächelte. »Die Deutschen hassen die Bukarester wegen der obdachlosen Hunde, sie schreiben Petitionen an die Bürgermeister der einzelnen Sektoren und sammeln Unterschriften, damit es den Hunden besser geht. Übrigens haben wir eine Akte über Bancus Sohn, nicht wahr? Der vermißte Junge.« Er verzog die Lippen. »Sein Vater ist ein braver Mann. Und was den Jungen betrifft, da gibt es keine Leiche, keine Spur, keine Hinweise. Wir haben getan, was wir konnten in diesen Fällen, aber der kleine Teufel scheint ganz einfach ein Ausreißer zu sein. Ein paar kleinere Diebstähle hat er schon hinter sich. Der klaute wohl nur, um zu imponieren.«

»Was heißt denn braver Mann?« fragte Robert. »Dieser Bancu, ich meine, er hat immerhin eine flüchtige Strafgefangene bei sich aufgenommen.«

Hudek sah ihn schulterzuckend an. »Sehen Sie es so, wie es ist, er lebt allein und nimmt eine Frau bei sich auf, was weiß er schon von ihr?«

»Was weiß er nicht?« fragte Robert. »Weiß er, daß diese Frau mit einem anderen Mann ins Land gekommen ist und daß beide die Taschen voll hatten mit geraubtem Schmuck? Weiß er etwas über den Verbleib dieses Mannes?«

»Sie hat den deutschen Räuber wohl ziehen lassen, weil der rumänische Bauer ihr besser gefiel«, sagte Hudek. »In Frauen stecken wir nicht immer drin, auch wenn wir möchten.« Er lächelte verhalten und verkniff sich wohl ein Zwinkern, denn der strenge Robert lächelte nicht zurück. »Herr Schiller«, sagte er, »wird seine Beute in einem reicheren Land verprassen.«

»Das wollten wir alles herausfinden«, zischte Robert. Düster sah er Ina an. »Das konnte nicht funktionieren. Zwei Tage noch, dann Zugriff, Schluß.«

»Aha.«

»Das konnte nicht funktionieren«, wiederholte er. »Sie traut dir nicht, das ist ihr gutes Recht. Sie gibt dir weder Informationen über Schiller noch über die Beute, statt dessen kommst du mit Rührgeschichten von ihrem Stecher, der seine entlaufene Brut sucht.«

Ina warf den Teelöffel, den sie immer noch zwischen zwei Fingern gehalten hatte, auf den Teller. Zwei Gäste am Nebentisch lächelten ihr zu, dankbar vielleicht für ein Geräusch, das den stillen Fluß des allgemeinen Gemurmels durchbrach. Oft fiel sie durch Lärm auf, zu Hause, wenn sie die Anlage aufdrehte und Nachbarn darum baten, das, was sie da vielleicht als Musik bezeichnete, etwas leiser zu stellen, und im Präsidium, wenn sie Türen knallte und Kolleginnen brüllten, sie bekämen Migräne davon.

»Du bist ein Arsch«, sagte sie.

Robert nickte.

Als sie aufstand, hörte sie ihn erneut sagen: »Zugriff in zwei Tagen.«

Kaum noch Zeit. Als harmlose Touristin kehrte sie in die Strada Solko zurück, um Dan Bancus harmlose deutsche Freundin zu einem Stadtbummel abzuholen, und Dan brummte etwas, das wie »uch« klang. Doch kriegte er eine fast galante Handbewegung hin, als er sagte: »Sitz, sie macht Haushalt.«

Denise stand am Spülbecken. »Hier gibt es kein Gästezimmer«, sagte sie. »Wie bedauerlich, nicht?«

»Das Hotel ist okay. Bis auf den Lärm.« Ina griff nach einem Handtuch, aber Denise nahm es ihr weg und ließ den Haushalt liegen.

»Wir haben nicht geschlafen heute nacht«, sagte sie. »Es hätte ja sein können, daß so ein Kommando kommt. Ich hätte gehen können, aber ich wollte nicht, ich kann nicht. Es war wie eine Lähmung. Hätte ich gehen sollen?«

Ja. »Nein«, sagte Ina.

»Erst du, dann das Kommando. Erst die Vorhut.«

Ja. »Nein. Davon abgesehen, dürfen deutsche Polizisten dich nicht festnehmen, aber so was weißt du ja. Hattest du schon mit rumänischen Polizisten zu tun?« Zum Beispiel mit diesem großen Dunklen, wollte sie hinzufügen, Sohn sächsischer Rumänen oder rumänischer Sachsen, wie herum auch immer, ein Sohn Transsilvaniens, wie Dracula, nur schöner. Kennst du Stefan Hudek?

»In Dans Wagen haben sie uns mal angehalten«, murmelte Denise. »Sie sagten, das Rücklicht funktioniere nicht. Nach einer kleinen Zahlung war das erledigt, das Rücklicht funktionierte wieder. Sie verdienen sich auf diese Weise etwas dazu. Du mußt hier zehn Prozent des Haushaltseinkommens für *Spaga* veranschlagen.«

»Aha«, murmelte Ina. »Daher kennst du also rumänische Polizisten.«

»Hat man dir noch nie etwas angeboten?«

»Doch«, sagte Ina. »Ein Raubmörder wollte mir ein Kind machen, das dann seinen Namen tragen durfte, Adalbert. Ich sollte ihn deshalb laufen lassen, mir gefiel der Name aber nicht.« Sie ging zum Fenster. Vertrocknete Blumen in einem Wasserglas, hatte Dan ihr die geschenkt? »Hat Dan ein Bild von seinem Jungen? Ich könnte es brauchen.«

Denise drehte ihr Feuerzeug zwischen den Fingern. »Angeblich hat die rumänische Polizei beim BKA angefragt, weil ein paar Kinder sagen, er wäre in Deutschland. Das haben sie ihm jedenfalls erzählt. Kannst du das überprüfen?«

»Sicher.«

»Sie meinen, er sei auf Achse mit seinen dreizehn Jahren, so ein kleiner Kerl in einer großen Welt. Oder halt in Deutschland zum Klauen. Es sind schon ein paar Kinder verschwunden, sie bezeichnen sie als kleine Glücksucher.«

Sie guckten auf die leere, öde Straße, auf der ein gelangweilter Vogel sein Gefieder putzte, bevor er wieder in den Himmel flog. Sie wußten beide, daß es nur ein Strohhalm war, Deutschland und die Liste der Klaukinder, so wie man in einem dunklen Keller den Blick nur auf das gerichtet hielt, was man sehen wollte.

»Unter den Straßenkinder gibt es viele, die da gar nicht leben müßten«, sagte Denise. »Auf dem Asphalt und in den Kanälen und in den U-Bahnschächten. Sie setzen sich dazu und finden es spannend. Andrei wohl auch. Manchmal hat er die Schule geschwänzt. Die Kinder sagen, er prügelte sich gern und versöhnte sich auch wieder. Abends kam er nach Hause. Sie bezeichneten ihn als *inocent*, also leichtgläubig, naiv.« Sie schloß die Augen. »Immer, wenn wir in der Sendung von einem verschwundenen Kind berichtet haben, konnte ich nur denken, daß da wieder irgendwo so ein Schwein sitzt und hofft und hofft und hat es getan. Hofft, daß ihr ihm nicht draufkommt, hofft, davonzukommen. Und so ist es ja auch, sie kommen davon.«

»Nein«, sagte Ina. »Die meisten nicht.«

»Sie bleiben am Leben.« Denise fuhr herum und starrte sie an, als sei sie persönlich dafür verantwortlich. »Sie bleiben alle am Leben.« Sie lehnte sich gegen das Fensterbrett. »Damals, als sie Ceausescu hinrichteten, hast du das im Fernsehen gesehen? Ein älteres Ehepaar, Herr und Frau Ceausescu. Sie machten eine Handbewegung und ein Mensch existierte nicht mehr. Man hat Ausschnitte aus dem Tribunal gezeigt, bevor sie abgeknallt wurden, hast du das nicht gesehen?«

Ina schüttelte den Kopf.

»Es war sehr schön«, sagte Denise. »In der letzten Sequenz lagen sie wieder hübsch nebeneinander, ein totes, älteres Ehepaar. Schön war das, sehr schön.«

»Racheengel«, murmelte Ina, »blonder Racheengel, so haben wir dich genannt. Und dann machst du es wirklich. Hast du auch ein Tribunal mit ihm abgehalten? Ich meine, dein Anwalt hat vor Gericht hübsch verschwiegen, daß du eine ganze Weile mit ihm im Park warst, bevor du ihn erstochen hast.«

Denise sah sie an, ihr Blick war so trüb, als hätte sie getrunken. »So ein Bastard«, murmelte sie. »Den kannst du nicht brauchen.«

»Du hast ihn doch geliebt.« Das Gefühl, daß die Worte nicht ankamen, ohnehin falsch waren, das Gefühl, daß sie woanders war. Ina machte einen Schritt auf sie zu.

»Wen, Dr. Mengele?« Denise verschränkte die Arme, bleib, wo

du bist. »Sie könnten mich zwanzig Jahre lang in den Knast stecken, ohne daß ich irgend etwas bereue. Was wollen die eigentlich, mich resozialisieren? Ich war vorher sozialisiert und bin es auch jetzt noch. Findest du nicht?«

»Damals«, sagte Ina, »konnte ich dir folgen. Irgendwie. Und du weißt das. Nehmen wir an, du hättest Paul Schiller getötet, dann könnte ich dir nicht mehr folgen.«

Denise sagte nichts. Halbgeschlossene Augen, ihr Körper schien sich zu verkrampfen. Eine ganze Weile stand sie so da, und Ina beobachtete sie, fragte schließlich: »Lebt er noch?« Sie hielt es für eine simple Frage, angebracht an dieser Stelle, schließlich mußte sie ihren Job machen, nicht wahr, Herr Hauptkommissar Böhm? Doch die Antwort verstand sie nicht, sie spürte nur den Stoß, kaum daß sie gefragt hatte, sah Denise nur noch als Schatten, der auf sie zugeschossen war wie ein Kampfhund in der Nacht. Ein heftiger Stoß, bei dem Ina das Gleichgewicht verlor. Soviel Kraft noch. Merkwürdig, daß man noch überlegte, wenn auch nur für den sogenannten Bruchteil einer Sekunde, den doch kein Mensch empfinden konnte, daß man überlegte, sollen wir uns jetzt prügeln? Wie sieht das denn aus? Noch im Fallen packte sie Denise und zog ihr ein Bein weg, dann drückte sie ihr eine Hand auf die Kehle, als sie neben ihr auf dem Boden lag. Möglich, daß Jäger so etwas taten mit einem waidwunden Tier.

»Mach das nie wieder«, sagte sie. »Probier es gar nicht erst.«

Denise verzog das Gesicht, als hätte sie Schmerzen.

»Ja, recht so. Du solltest dich in den Griff kriegen.«

»Der Gutachter hat gesagt, ich kann nicht.« Denise schob ihre Hand weg, viel sanfter jetzt, dann fing sie an zu husten.

»Das kommt davon«, sagte Ina.

»Ganovenehre, verstehst du?« Denise hatte Schwierigkeiten zu atmen. »Ich verrate ihn nicht. Und jetzt, was tust du jetzt?«

»Was soll ich tun?« Ina sah, daß sie blaue Lippen hatte und bereute, sie auf diese Weise zu Fall gebracht zu haben. Sie wollte sie überhaupt nicht zu Fall bringen, weder auf die eine noch auf die andere Weise. »Ganovenehre ist ein falsches Wort für eine wie dich, ich meine, du müßtest das anders ausdrücken. Solidarisches Miteinander oder so.«

Denise rollte sich auf den Bauch und schnappte nach Luft, eine ungünstige Lage dafür, und Ina packte sie erneut an den Schultern und drehte sie herum. Als sie den Kopf hob, sah sie Dan. In der einen Hand hielt er einen Briefumschlag, in der anderen einen Schraubenzieher.

»You crazy?« rief er.

»No, no.« Sie räusperte sich umständlich und sah zu, wie Denise wieder auf die Beine kam. Alles klar, siehst du? Nichts passiert. Denise ging mit kleinen, vornehmen Schritten zum Spülbecken und füllte ein Glas mit Leitungswasser.

»Du Esel«, sagte Dan.

Denise pruste los und spuckte den Schluck Wasser, den sie im Mund hatte, wieder aus.

»So redet man nicht mit Frauen«, sagte Ina. Es war eine peinliche Situation, das schon, und doch war es auch wieder ein kleines Licht im Dunkel, so ein kurzer, heller Schein in der Nacht. Sie hatten ihren Spaß nach der kleinen Schlacht, zwei, drei Sekunden lang, länger nicht, länger nie, weil das unmöglich war. Überhaupt war es das erste Mal, daß sie sie hatte lachen sehen, was sie ihr gern gesagt hätte; ich dachte ja immer, du schließt dich zum Lachen in den Keller ein.

»Er ist wie diese Ausländer«, fing Ina an, als Denise sagte, er sei Inländer.

»Ja klar, ich meine zu Hause. Er täte sich da gut machen, die verstehen nix, nie was verstehen, nur die Beschimpfungen haben sie sofort parat, in allen Variationen.«

»Sie geht zu Bett«, sagte Dan in klarem Deutsch. »Die Nacht –« Er suchte nach Worten, bis er »sleepless« murmelte, »sleepless«, und Denise einen Arm um die Schulter legte, doch sie entwand sich ihm, setzte sich an den Tisch und griff nach ihrem Zigarettenpäckchen.

Dan schüttelte den Kopf. Er hatte schöne, lange Wimpern und brauchte vielleicht eine Brille, weil er die Augen so oft zusammenkniff, als blende ihn die Sonne. In dem Briefumschlag, den er in der Hand hielt, waren Fotos. Er nahm sie heraus, sah sie durch und steckte ein paar zurück. Die übrigen breitete er auf dem Tisch aus wie Spielkarten.

»Sitz«, sagte er und deutete auf ein Bild: »Andrei, five years old.« So ging es weiter, Andrei mit sieben, mit acht, mit elf, ein blonder Junge, etwas heller als sein Vater, Andrei mit Schulranzen und beim Holzhacken, Andrei im zerrissenen Hemd, in die Kamera lachend, oder mit einem Blumenstrauß inmitten alter Frauen, die ihre Kopftücher unterm Kinn gebunden hatten, Tiere im Hintergrund, Kühe, Pferde, Felder, ein rumänisches Dorf. Er wurde schöner mit jedem Bild, und Dan erzählte die Geschichten dazu, hier die Oma, der Onkel und ein Gaul, der Lupo hieß, da lebten sie noch in der Bukovina, und hier das Haus im vierten Sektor, in dem sie zuerst wohnten, sie hätten nie herkommen sollen; »Bucuresti«, murmelte er, »shit, Scheiß.« Er sprach weiter, englisch, deutsch, rumänisch, und Ina verstand nur die Hälfte davon, doch Denise übersetzte nicht, sie blies Rauch über die Fotos und starrte ins Leere. Irgendwann stand sie auf und drehte ihnen den Rücken zu. Geschirr klapperte in der Spüle, und Dan, ausgelaugt und trostlos, lehnte sich zurück und starrte die Decke an. Seine Fingerspitzen bewegten sich, sein Atem ging schwer, und Ina wollte ihm etwas sagen, das ihn erreichte, aber alles wäre falsch gewesen, denn es gab doch keinen Trost, nur eine verzweifelte Hoffnung, wenn ein Kind verschwunden war, nur Bilder und Erinnerungen. Sie zog den Umschlag heran und schob ihn auf dem Tisch hin und her, auf der Suche nach Worten, die sie nicht hatte. Schließlich nahm sie die restlichen Bilder heraus, alte Schwarzweißfotos, abgegriffen, immer wieder betrachtet, der ganz kleine Andrei, ein Säugling mit Mützchen und Schnuller, schlafend, gähnend, ruhig dösend in den Armen seiner Eltern, und im Hintergrund ein ähnlich karges Stückchen Land wie jenes, das sie schon kannte, Felder, ein Brunnen, ein Maultier. Der junge Dan hatte halblanges Haar und strahlend stolze Augen, und die Mutter, da gab es sie noch, bevor sie anscheinend für immer verschwand, war eine schöne Frau mit blonden Locken, die das Baby hielt, als müsse sie es wärmen, obwohl es dick eingemummelt war. Ernst sah sie in die Kamera, doch ihre grauen Augen lächelten auch.

Ina hob den Kopf. Sie hörte ihren eigenen Atem und meinte, daß es ein Keuchen war, das in die Welt drang und jeder wahrnehmen mußte, überall. Doch es hatte sich nichts verändert. Dan saß am Tisch und starrte vor sich hin, und Denise klapperte mit dem Geschirr in der Spüle. Nein. Das war alles unmöglich. Sie fing an zu rechnen, doch sie konnte zwei und zwei nicht mehr zusammenzählen und schob die Fotos behutsam in den Umschlag zurück. Sie legte die Hände in den Schoß und sah vor sich hin, sie glaubte, daß ein paar Jahre dabei vergingen.

»*Pitic*«, sagte Dan.

Sie sagte nichts, noch immer atemlos von den alten Fotos und dem Gedanken, daß es unwirklich war. Daß es nicht stimmen konnte, unmöglich.

Er nickte. »Baby. So gerufen das Baby. Pitic. It means – in Deutsch –« Er kniff die Augen zusammen.

»Däumling«, sagte Denise. Sie drehte sich um, Wasser tropfte von ihren Händen auf den Boden. »Nimm das letzte Bild mit.«

»Ja«, murmelte Ina. Auf dem letzten Bild, das auf dem Tisch lag, war Andrei Bancu zwölf Jahre alt und sah sehr schmächtig aus in seiner weiten Hose. Seine blonden Locken waren kurzgeschnitten, und er hielt einen Baseballschläger in die Kamera. Graue Augen, unglaublich grau.

»Und dann geh bitte«, sagte Denise. »Guck dir endlich die Stadt an, du bist doch Touristin. Komm nicht wieder.«

Zurück im Hotel, legte Ina sich aufs Bett, lauter Bilder im Kopf von einem Leben, das nicht so gnadenlos verworren war. Kleinigkeiten nur, klare Luft atmen, Hände überm Feuer wärmen, Hände in Händen wärmen, halt mich fest. Oder ins Wasser springen und wissen, man konnte nicht untergehen. Keine Verwicklungen, dieser Quatsch, keine Schmerzen, bloß ein Leben, das nicht aus dem Ruder lief. Nach einer Weile nahm sie das Foto, das Dan ihr gegeben hatte, und starrte es an, bis es vor ihren Augen verschwamm. Der blonde Junge mit den ungeheuer grauen Augen.

Vor dreizehn Jahren, was hatte sie selber da gemacht? Man dachte ja nicht immer zurück, man holte die Erinnerungen nur selten hervor, zumal wenn sie nichts taugten. Vor dreizehn Jahren hatte sie das Abitur hinter sich gebracht, mit Hängen und Würgen, wie ihre Mutter ihr gern unter die Nase rieb, einmal sitzengeblieben, wie Einstein. Dann ein halbes Jahr herumgereist, um sich von der Schule zu erholen, schließlich zwei Wünsche, wie sie glaubte, unter einen Hut bekommen, der Wunsch nach Abenteuern und jener nach Sicherheit. Also Verwaltungshochschule, Eintritt in den Polizeidienst, Betrugsdezernat, Sitte, Mordkommission, und alles war gut gewesen, bis sie ihre erste Leiche sah.

Sie haßte diesen Anblick, gewöhnte sich nicht daran. Doch sie funktionierte bis zum ersten Knick; Beförderungsstop, weil sie im Dienst einen Mann erschossen hatte, Sitzungen beim Polizeipsychologen, lange Zeit das Gefühl, sie packe es nicht mehr. Dann die Obdachlosenmorde und die Erkenntnis, daß es tatsächlich Leute gab, die davonkamen, hohe Tiere, wie man sie nannte, Firmenbosse, smarte Kerle, gedeckt von noch weiter oben. Denise, die einen der Bosse richtete und die sie zu ihrer privaten Rächerin aufgebaut hatte, sieh es doch so. Das war ihr Leben bislang, dazu der private Kram, das war alles. Vor dreizehn Jahren hatte Denise ihre Eltern mit einem Messer so schwer verletzt, daß sie für ein Jahr in der Psychiatrie landete, mehr wußte sie doch nicht. Mehr hatte sie auch nicht wissen müssen.

Kleine Risse in der Zimmerdecke, die nicht größer wurden, auch als sie minutenlang nach oben starrte. Zugriff in zwei Tagen.

Pitic wurde das Baby genannt, der Vater sagte es so, die Mutter sagte Däumling.

Dan, Jan, in einen Jan war sie einmal verliebt gewesen, das

mußte der Typ nach Gregor gewesen sein, Gregor mit der dunklen Brille, den sie in der Schule Pate nannten. Schicker Typ, aber mit fünfzehn schon Kettenraucher. Mit sechzehn Alkoholiker, da waren sie längst nicht mehr zusammen, und heute vielleicht schon tot. Sie hatten es bei seinen Eltern gemacht, weil es bei ihren nicht ging, weil sie vielmehr dachte, daß es nicht ging, weil sie diese Panik hatte, die kämen und klopften, und dann? Das waren ihre Sorgen gewesen, daß sie anklopften, so leicht konnte das Leben sein.

Nach einer Stunde verließ sie das Hotel. Grauer Himmel, graue Luft, die in den Augen brannte und kaum zu atmen war. In einer lärmenden Kneipe trank sie Tee und kam sich wie übriggeblieben vor auf einer dämlichen Single-Party. Da drüben ein alter, abgerissener Mann, auch ganz allein am Tisch, dem schoben andere Gäste ein paar Essensreste zu, die er mit geschlossenen Augen verschlang. Niemand außer ihr sah hin, es war viel Gelächter zu hören, und die Menschen gestikulierten so lebhaft beim Reden, als planten sie gerade ihr ganzes Leben neu. Vor ihr auf dem Tisch lag eine Zeitung. Sie buchstabierte die Titelzeile, »Evenimentul Zilei«, und sah sich die Bilder an, der süße Robbie Williams und Leute, die sie nicht kannte. Am Nebentisch tuschelten zwei Frauen, lachten und tuschelten weiter, ja, das war normal. Ina hatte ausschließlich Freundinnen, mit denen sie so herumsaß, tuschelnd und lachend. Es war keine dabei, von der sie dachte, daß sie zuhören könnte, wenn sie sagte, paß mal auf, in meinem Kopf ist so ein Durcheinander, wie soll ich das erklären –? Mit Männern war es manchmal leichter. Mark, die große Liebe Nummer eins, Opernfreund, Informatik-Student, ewiger Informatik-Student, dem sie zu doof gewesen war, was er nach fast vier Jahren gemerkt hatte. Dann Tom, die große Liebe Nummer zwei, hervorragend resozialisierter Ex-Knacki, der seinen Frieden wollte und dessen Lieblingswort Gemütlichkeit war. Ich bin aber nicht gemütlich, hatte sie gesagt, dafür habe ich gar keine Zeit. Viel zuwenig Zeit und auch zuwenig Worte; daß die Leichen sie manchmal atemlos machten vor Schreck, hatte er nicht hören wollen, weil ihm das zu ungemütlich war, und wenn sie nicht aufpaßte, heulte sie ihm noch heute hinterher. Wie wäre es, ihn wiederzusehen, irgendwann, vielleicht nach dreizehn Jahren? Sie erfuhr ja ohnehin dauernd etwas über Menschen, das sie überhaupt nicht wissen wollte.

Nachdem sie die Zeitung, die sie nicht lesen konnte, zum dritten Mal durchgeblättert hatte, zog sie die Visitenkarte heraus, die Stefan Hudek ihr gegeben hatte. Der rumänische Kontaktbeamte bestand auf Stil, selbst die Karte war elegant gemustert, und die dienstliche Telefonnummer hob sich ab in dezentem Blau. Vermutlich besaß er auch ein todschickes Handy. Hudek, der von Sprachkenntnissen gesprochen hatte, die man nicht vergaß, Robert Reich, der Superfahnder, dem das gar nicht aufgefallen war.

Hudek ging sofort zum Du über. »Geht es dir besser? Du bist so schnell gegangen.«

»Ich bin okay.« Was man so sagte. »Kann ich dich noch mal sprechen?« Sie schob die Zuckerdose auf dem Tisch hin und her. »Ich hätte da noch was.«

»Gerne«, sagte er. »In einer Stunde? Kommst du zu mir ins Büro oder soll ich dich –«

»Nein, ich komme zu dir.«

»Gerne«, sagte er wieder. »Ich werde Kaffee kochen.«

Immer dieser Kaffee. Sie stand auf und zählte ihre Münzen. Hinter dem Wirt, der mit seinem roten Tattoo auf der Glatze so gnadenlos cool aussah wie alle Gäste hier, eine alte Schultafel, auf der mit Kreide geschrieben die Wetteraussichten standen: *Bucuresti Weekend maxima: 20°C.*

Draußen ging sie durch die Straßen und glaubte, daß diese Stadt hier ihr Leben war, weil sie sich dauernd verlief, uralte Träume im Kopf, nie ausgeträumt. Doch dann stand sie wieder in der dunklen Straße, und die Kinder lagen da wie tot. Ein paar hielten leere Milchtüten umklammert, und ihre Köpfe zuckten hin zu den Dämpfen, bevor sie sich wieder fallen ließen, mit aufgerissenen Augen. Ein dürres Mädchen streckte ihr die Zunge heraus und fing heillos an zu kichern. Hinter ihr tauchte der Junge mit dem Cape auf, ein Aufpasser vielleicht, der kleine König hier. Er zog das Mädchen hoch und schrie sie an, und als er sie wieder fallen ließ, lachte sie weiter. Dann kam er auf sie zu, in seinen Augen die betonte Gleichgültigkeit einer lauernden Katze.

»*Buna*«, flüsterte er.

Ina nickte ihm zu. »*Scuze*«, sagte sie vorsichtig. »Can you help me?«

»Reporter?« Er spuckte aus. »*Nu, fuck off!*« Sein schwarzes Cape, das er mit viel Würde trug, war voller Sticker, Robbie Williams, Rammstein, Anastacia, und an seinen Nasenflügeln zählte sie drei Silberringe.

»*No*«, sagte sie und zog das Foto aus der Tasche, ging aber keinen Schritt auf ihn zu.

Behutsam kam er heran. »*Politie?*«

Das konnte wohl nur Polizei heißen. Mochte er sicher auch nicht; sie schüttelte den Kopf.

»*Austriac?*«

»*What?*« Sie zog die Schultern hoch.

»*Englez? Germana?*« Er schnippte gegen ihre Brust.

»*Ah, yes, germana.*«

Er brachte ein schönes Lächeln zustande und verbeugte sich. »Adrian Sorescu.« Dann spulte er ab, was er konnte: »Dankesehr. Verzeihung. Oh, keine Ursache.«

»*Nice*«, murmelte sie.

»Haben Sie Weißbier?« ging es weiter; er strahlte sie an. »Du Scheißzigeuner.«

Sie zeigte ihm erneut das Foto, und er sah hin. Sehr lange, fast zärtlich sah er hin, bevor er fragte: »Marius? Nicu? Andrei?«

»Andrei«, sagte sie, worauf er sie am Handgelenk packte und mit sich zog. Sie stolperten an schlafenden und wispernden Kindern vorbei, dann an zwei Mädchen, die sich so erbarmungslos prügelten, daß sie stehenblieb.

»*Nu*«, sagte er und zog sie weiter, bis sie zu einem dicken Jungen kamen, der bäuchlings auf einer Planke lag. Er trat ihn in den Hintern und schrie »*Germana*«, der Junge wälzte sich herum und gähnte.

Der Meister hob einen Finger. »Florin.«

»Florin?« Was ist das, wollte sie fragen, als der dicke Junge sehr behende aufstand und sagte: »Ich. Mein Name.«

»Du sprichst Deutsch?«

Er täte nur so, könnte er ja sagen, doch nickte er feierlich und sagte: »War da, bin weg, Hamburg, Berlin.«

Sie zeigte ihm das Foto.

»Da«, murmelte er. Seine Hosentaschen waren ausgebeult, und seine dicken Finger lagen stramm an den Schenkeln wie bei einem Soldaten, der Meldung macht.

Sie wollte sichergehen und fragte: »Wie heißt er?«

»Andrei.« Der Blick des Jungen, der Florin hieß, huschte über sie hinweg, seine Augen waren alt. »Andrei kommt nicht mehr. Blauer Mann hat ihn genommen.«

Hatte Denise ihr nicht gesagt, daß sie ein bißchen verrückt waren? »Was meinst du?« fragte sie. »Wer ist der blaue Mann?«

»Blauer Mann holt Kinder.« Der Junge kratzte sich am Kopf. »Andrei. Und Nicu. Und Marius. Alle weg. Deutschland, ja?«

»Woher weißt du das?«

»Blauer Mann holt alle.« Er breitete die Hände aus, als wollte er sagen, da könne man nichts machen.

Das war seine fixe Idee, oder? »Wie sieht er aus?« fragte Ina.

»Blau.« Florin kramte in seiner Hosentasche, bis er fand, was er suchte, einen blauen Filzstift, mit dem er Striche auf Handrücken und Unterarm malte. Geziert streckte er die Hand vor.

Farbenblind war er also nicht. Ina schüttelte den Kopf, als ihr etwas einfiel. »Hatte er etwas Blaues an? Blauer Anzug, blaue Jacke? Verstehst du? Hatte er blaue Sachen an?«

Wieder stand der dicke Junge so steif da, als würde er gleich die Hacken zusammenknallen. Seine Stimme war sanft und etwas überheblich, als er sagte: »Blau der Mann. Der Mann.«

»Sicher«, murmelte sie. »Also –«

»Bumm!« schrie er. »Andrei liegt.«
»Wo liegt er?«
»Gras. Gefallen, ja? Geboxt.« Er zeigte ihr seine Fäuste und deutete Schläge an.
»Er hat sich geprügelt?«
»Hä?«
»Du meinst«, fragte sie, »er hatte eine Schlägerei?«
»Uch.« Der dicke Junge zog die Schultern hoch. »Andrei boxt mit Victor, Victor geht weg. Nun liegt er, Andrei. Blutet. Aber gesund. Ist etwas blöd, ja? Weint wie Frau. Und jetzt« – er hob einen Finger – »kommt der blaue Mann und nimmt ihn weg. Niemand sieht das. Aber ich!« Mit dem Blick eines alten Mannes, der alles gesehen hatte, streckte er eine Hand vor, und als sie einschlug, blies er die Backen auf.
»Tussi«, sagte er tadelnd. »Zwo Euros.«
Ach so, kleiner Mistkerl. Sie gab ihm fünf, und jetzt knallte er die Hacken tatsächlich zusammen.
»Streich das mal aus deinem Wortschatz«, sagte sie.
»Hä?«
»Tussi. Das ist nicht deutsch, das ist gar nichts. Hat der blaue Mann ihn getragen? Ich meine, hast du gesehen, wohin er mit ihm gegangen ist?«
»Ah, nein.« Florin ruderte mit den Armen. »Renne weg, ja? Sonst ich auch –«
»Weißbier«, sagte Adrian, der Junge mit dem Cape neben ihr. Er hatte die ganze Zeit dabeigestanden, jetzt breitete er die Hände aus und wollte auch fünf Euro haben. Als er sie einsteckte, lächelte er sein sanftes Lächeln und sagte: »Andrei, hm? *Ce pacat.*«
»Was sagt er?«
Florin kratzte sich am Kinn. »Er sagt, wie schade.«

Es war sehr still in Hudeks Büro, ungewöhnlich still für eine Polizeistation. Kein Türenschlagen, keine Rufe, keine Schreie, wenn sie die Leute über die Flure führten, nur von gegenüber war gedämpftes Telefonklingeln zu hören. Ina sah zu, wie er einen

Stuhl freiräumte, auf dem Aktenbündel lagen; auch das geschah sehr leise. Aber manchmal konnte sie die Stille nicht ertragen, dann hatte sie das Gefühl, es würde etwas passieren, es sei schon kurz davor. Ein Unheil könnte kommen, welches, war nicht ausgemacht. Etwas Dummes. Reine Hysterie vermutlich, zu Hause drehte sie dann die Anlage auf.

Sie fing mit dem Jungen an. »Kann es sein, daß er verschleppt wurde? Nach Deutschland zum Beispiel?«

»Kann sein«, sagte Hudek unbestimmt. »Soweit das überhaupt möglich ist, wurde das überprüft. Es ist aber fast unmöglich, weil die Banden die Kinder abschotten und wir auf die Mithilfe der betreffenden Länder angewiesen sind.«

»Sein T-Shirt war eingerissen und voller Blutspuren«, sagte sie.

»Er hat sich kurz vor seinem Verschwinden mit einem anderen Jungen geprügelt, da gibt es genügend Aussagen.« Hudek sprang auf und holte eine Flasche Schnaps aus der Ablage. »Es ist schwierig, wir haben keine Leiche. Glaub mir, wir spulen dasselbe Programm ab wie ihr. Wir können das.«

»Natürlich«, murmelte sie. »Das habe ich nicht bezweifelt.«

»Und ob du das bezweifelst.« Hudek hatte ein fröhliches Lachen. Als er die Flasche hob, erstarb es so schnell, wie es gekommen war. »Du auch?«

Dans entsetzlicher Pflaumenschnaps fiel ihr ein, und diese Flasche hatte auch kein Etikett. Sie schüttelte den Kopf.

»Bancu, Andrei Constantin.« Er nahm eine schmale Mappe von seinem Schreibtisch. »Hielt sich gerne dort auf, wo die Asphaltkinder herumlungern. Kleiner Clown. Gelegentlicher Schulschwänzer, aber nicht schlecht in der Schule. Kein Junkie, kein Trinker, der wußte wohl, wie weit er gehen konnte. Am Abend wurde er auch wieder brav, da zog er nicht mit den Kindern in die Kanäle, denn er hatte ja ein Obdach.« Er zuckte mit den Schultern. »Ich sollte vielleicht nicht in der Vergangenheit von ihm sprechen.«

»Nein.« Sie sah zu, wie er trank. »Habt ihr von einem blauen Mann gehört?«

»Vom Mars?« Er lachte.

»Ein Junge erzählt, einer, den er blauer Mann nennt, hole die Kinder.«

»Aha«, sagte Hudek. »Na, die sind alle etwas gaga. Die schnüffeln sich ihr Hirn weg.«

»Wenn Sanitäter jemanden auflesen – ich meine, tragen Sanitäter bei euch blaue Kleidung?«

»Mitnichten.« Hudeks Lächeln wurde eine Spur breiter. »Blaue Männer kenne ich persönlich nur, wenn sie mir mit einem hohen Promillegrad begegnen.«

»Du kannst wirklich sehr gut Deutsch.« Ina lehnte sich zurück.

»Das ist doch meine Muttersprache«, sagte er. »Vatersprache Rumänisch, Schulsprache Französisch, Englisch, Abendkurssprache Italienisch. Italienisch ist aber einfach, weil diese Sprache ebenso romanischen Ursprungs ist wie Rumänisch. Die meisten Touristen glauben immer noch, sie kämen hier mit Russischkenntnissen weiter, aber Rumänisch ist nun mal keine slawische Sprache. Wenn du Latein kannst, verstehst du Rumänisch.«

»Schön«, sagte sie, hatte natürlich keinen Schimmer von Latein. »Und du glaubst ja, daß man Sprachkenntnisse nicht verliert.«

»Nicht, wenn man mit dem Land verbunden ist.« Hudek nickte.

»Weißt du, was ich glaube?« Ina legte die Fingerspitzen aneinander. »Oder sagen wir so: Ich erzähle dir mal, was ich tun würde, wenn die Sache umgekehrt wäre. Wenn also rumänische Kollegen nach Deutschland kämen, weil sie einen ihrer Staatsbürger suchen und uns um Mithilfe bitten, würde ich nachgucken, ob dieser gesuchte rumänische Staatsbürger eine Beziehung zu dem Land hat, in dem er sich jetzt aufhält. Ich würde in alten Akten wühlen, falls es welche gibt, ich würde mir, soweit das möglich wäre, einen Überblick verschaffen, wer das ist.«

»Ja«, sagte Hudek.

»Und das hast du im Fall Berninger auch getan.«

»Ja.«

»Aber du hast uns das Ergebnis nicht mitgeteilt.«

»Das Ergebnis ist eine Privatsache.« Er verzog die Lippen, als hätte er etwas Ungenießbares im Mund. »Diese winzige, alte, vergilbte Akte der Frau Berninger hat nichts mit eurer aktuellen Angelegenheit zu tun.«

»Sicher ist es für den Zugriff unbedeutend«, sagte Ina, »daß sie einen dreizehnjährigen Sohn hat. Andrei.«

»Den sie in Rumänien geboren hat«, ergänzte Hudek. »In der Bukovina, in einem Dorf im Bezirk Suceava.«

»Und wie kommt sie zu einer rumänischen Polizeiakte?«

Er ignorierte ihre Frage. »In diesem Dorf hat sie gelebt, bis sie fort mußte. Bukovina bedeutet übrigens Buchenland.« Er lehnte sich zurück und wippte auf seinem Stuhl hin und her. »Diesen Bancu hat sie in Deutschland kennengelernt. Er war Tourist, tingelte mit dem Rucksack durch die Jugendherbergen. Hier war das Ceausescu-Regime gestürzt, und er wollte die Welt sehen, zumindest das, was er für den Westen hielt. Er kam dann bis nach Frankfurt, da traf er sie und machte ihr – also, sie wurde schwanger.«

»Ja«, murmelte Ina.

Hudek lächelte sie an. »Ja, das sagst du so. Sie hatte drakonische Eltern, die bestanden auf Abtreibung, schließlich war es das Kind eines Hottentotten. Aber das hat sie nicht gemacht, sondern haute mit dem Bancu nach Rumänien ab. Hat in Deutschland alles abgebrochen und kam her, brachte das Kind zur Welt und lebte mit Bancus Familie in seliger Armut.« Erneut griff er nach der Schnapsflasche und goß einen Schluck in seinen Pappbecher. »Dann hat sie einen Fehler gemacht.« Er ließ die Flüssigkeit kreisen. »Sie hat auf einem Markt etwas gestohlen. Sie war Ausländerin, sie wurde festgenommen und im Gefängnis festgehalten. Man wollte sie nur gegen Zahlung wieder auf freien Fuß setzen, so kam sie übrigens zu ihrer Akte. Das tauchte alles im Rahmen einer internen Ermittlung gegen Korruption auf. In Rumänien ging es damals noch drunter und drüber, mußt du wissen. Chaos, Armut, Gewalt und frisch geschminkte alte Bonzen, das war keine so geschmeidige Wende wie in der DDR.« Hudek drückte den Pappbecher zusammen und warf ihn in den Papierkorb. »Ihr Fehler war nicht, daß sie gestohlen hat. Ihr Fehler war, daß sie ihren Eltern geschrieben und sie angefleht hat, sie aus dem Gefängnis herauszukaufen, damit sie wieder zu ihrem Kind kann. In Bancus Familie konnte oder wollte wohl niemand das Geld aufbringen. Und ihre Eltern kamen. Sie kamen an und machten Eindruck. Zuerst klärten sie das Problem mit dem Knast und zahlten, dann nahmen sie sich den Vorstand von Bancus Sippe zur Brust und zahlten ein zweites Mal. Das Oberhaupt hat das akzeptiert, der war nicht so sehr an der Deutschen interessiert, sondern nur an dem Kind. Der Deal, wenn man es so nennen will, war der, daß die ganze Sippe mit dem schönen Geld das Dorf verläßt. Sie sollte halt ihr Kind und den Mann nicht mehr finden, für den Fall, daß sie anfangen sollte, sie zu suchen. Bancu wiederum hat geglaubt, sie hätte es satt und habe da nicht mehr leben wollen, mit ihm und dem Jungen. Es ging glatt. Sie wurde von Polizisten zum nächsten Flughafen gefahren und flog mit ihren Eltern nach Deutschland zurück. Es gelang ihr nicht, aus dem Flugzeug zu springen, gewollt hat sie es.«

Doch sie konnte abrechnen. Damals fing das an, nicht? Schmerz, Wut, Haß, sie konnte ihre Eltern töten, mit dem Schlachtermesser, mit dem sie immer wieder auf sie einstach, doch sie überlebten. Zwangseinweisung, ein Jahr Psychiatrie, die Zeit lief weg. In der Klinik lernte sie einen Zivildienstleistenden kennen, mit dem sie dann zehn Jahre lang zusammenlebte, bevor sie ihn tötete. Ein guter Junge, der sie mit Medikamenten fütterte, wenn sie durchhing und nicht weiterwußte.

Ina hob den Kopf. »Das steht doch nicht alles in der Akte.«

»Nein.« Hudek stand auf. »Was ich mir nicht zusammenreimen konnte, hat sie mir erzählt. Ich hatte den Eindruck, daß sie es zum ersten Mal jemandem erzählt. Sie hat einen unbändigen Haß auf ihre Eltern, sie hat sie auch nie wiedergesehen.« Er lächelte auf sie herunter. »Ich kann gut zuhören.«

»Und wie hast du sie gefunden? Sie wird sich kaum bei euch vorgestellt haben.«

»Ich bin ein guter Polizist«, sagte er ruhig. »Mir entgeht nicht viel. Euch ist in Deutschland übrigens entgangen, daß Dan Bancu ihr ins Gefängnis geschrieben hat, habe ich recht? Er hat ihr Bild in einer Zeitung gesehen, nach all diesen Jahren, sie war ja jetzt so etwas wie eine Prominente. Er schrieb, daß er in der Hauptstadt lebe, das reichte ihr. Sie kam also her, als es möglich war. Manchmal haben Erkrankungen ihr Gutes.«

Ina sagte nichts. Wenn Dan ihr geschrieben hatte, mußten sie das beim Durchsehen für Fanpost gehalten haben, es war ja nicht so, daß diese Gefangene wenig Post bekam. Sie wollte all diese Briefe gar nicht haben, doch hatten die Justizbediensteten sie ihr noch in die Zelle hinterhergetragen, als seien sie eine besonders schwere Strafe. Wirres Zeug gewöhnlich, Heiratsanträge und Haßtiraden, Glückwünsche für die Tat, Spruchweisheiten, Rezepte und kleine Gedichte zur Aufmunterung. Priester erläuterten, was Sühne war, Frauen schrieben, sie hätten Medikamente der Firma ihres toten Lebensgefährten geschluckt und könnten deshalb alles so intensiv nachempfinden, halbwegs wache Jungs und Mädels baten nur um ein Autogramm. Laut Aussage einer Wärterin hatte Denise einmal ein Bündel Fanpost auf dem Zellenboden verstreut und gesagt: »Welche Mühe sich manche Kamele doch geben.« Die Wärterin hatte sich daran erinnert, weil sie, wie sie selber fand, die ausgefuchste Antwort gab: »Und du gibst dir jetzt Mühe mit dem Aufräumen.«

»Unterlassen Sie es bitte«, hatte Denise erwidert, »mich zu duzen.«

Die Wärterin meinte, das sei typisch gewesen, weil sie einem das Gefühl vermittelte, daß man selbst, der arbeitende Mensch, der letzte Dreck war und nicht etwa sie, eine Strafgefangene, die hier auf Kosten der Steuerzahler – nicht wahr?

Und Dan? Wie war das für ihn, als er ihr Foto in der Zeitung sah, er hatte sie doch gleich erkannt. Sah das Foto und schrieb und mußte nichts erklären, war es so gewesen?

»Ihren Jungen hat sie nicht gesehen«, sagte Hudek, »der war schon weg, als sie kam. Sie wird ihn wohl niemals wiedersehen.«

»Und Schiller?« Ina holte Luft. Paul Schiller als hilfsbereiter Chauffeur, der sie zum Vater ihres Sohnes fuhr? Das war ein bißchen wenig. »Was hat sie dir über Schiller gesagt, wo steckt der, was ist mit dem?«

»Das weiß ich nicht«, sagte Hudek. »Das ist ja nun eure Angelegenheit, das herauszufinden. Was mich betrifft – wenn ihr sie haben wollt, kommt sie hierher.« Er machte eine einladende Geste, die nicht paßte. »Auslieferungshaft ist nicht angenehm. Aber die kennt sie ja inzwischen.«

Robert rief an, als sie die Polizeistation verließ, und das schrille Winseln ihres Handys brachte so etwas wie ein Gefühl der Vertrautheit zurück. Es war ihr Winseln, ihr höchst persönliches, kreissägenartiges Geräusch, keiner dieser säuselnden Klingeltöne, bei denen ein Dutzend Leute gleichzeitig an sich herumfummelten, Panik im Blick, war das meins oder deins?

Robert fragte: »Wie weit bist du?«

»Sie weiß nicht, wo Schiller ist.«

»Und das glaubst du.«

Ina blieb stehen, kannte sich nicht mehr aus. »Wenn sie ihn getötet hätte –«

»Sie hat ihn getötet.«

»Dann würde sie mir etwas vormachen, irgendwelche Märchen erzählen, etwa daß er sich verabschiedet hat, um weit wegzufahren mit seiner Beute.«

»Wir haben nicht mehr viel Zeit«, sagte Robert.

»Ich weiß.«

Langsam ging Ina weiter, und die Straßen wurden ihr fremder mit jedem Schritt. Eine Katze trottete vorüber, aus ihrem Maul hing ein schlaffer Vogel, erwischt und gefangen für immer. Zugriff, was für ein dämliches Wort. Sie zog den iPod aus der Tasche, schob sich die Stecker in die Ohren und fummelte blind daran herum; spiel irgendwas, spiel es laut, und er spielte *No Sur-*

render von Bruce Springsteen, unter ferner liefen einsortiert und ewig nicht gehört.

Ewig nicht, dabei hatte sie dieses Lied einmal so geliebt, daß sie es Wort für Wort übersetzte, um hinterher ihren Englischlehrer zu fragen, ob das so stimme. In Englisch war sie nur Mittelmaß gewesen, wie eigentlich in allem. Noch heute könnte sie es mitsingen, Wort für Wort, *we learned more from a three minute record than we ever learned in school*; interessant, hatte der Englischlehrer gesagt, hübsches Bild.

Like soldiers in the winter's night with a vow to defend
No retreat, no surrender.

Hör doch. Gut, das ist kein Mozart oder so, kein gezuckertes Zeug, aber es ist wahr, verstehst du?

We made a promise, we swore we'd always remember
No retreat, no surrender.

Als sie ihn sah, nahm sie die Hörer wieder aus den Ohren: Der Offenbacher Tierschützer mit dem Namen Ingo marschierte auf der anderen Straßenseite und hatte gleich zwei Schützlinge eingefangen, von den einer auf vier Beinen erbärmlich hinkte, während der andere auf drei Beinen tadellos lief. Er schien sie zu erkennen, wußte aber wohl nicht, wie er sich verhalten sollte. Schließlich kam er über die Straße und sagte: »Das ist aber eine Überraschung.«

Die Hunde beschnüffelten sie begeistert, Ina ging einen Schritt zurück.

»Diesmal habe ich mich wirklich verlaufen. Wie komme ich denn zum Hotel Alexandru?«

»Ja –« Er ruderte mit beiden Armen, ohne die Leinen loszulassen, und die Hundeköpfe ruckten gefährlich nach oben. »Da müssen Sie – also, mein Wagen, wenn Ihnen das recht ist, steht um die Ecke.«

In seinem bunten Transporter waren die Hunde durch ein Gitter von ihnen getrennt, doch spürte Ina trotzdem ihren Atem im Nacken. Vielleicht mochten sie nicht nach Deutschland, wo sie doch hier all ihre Kumpels hatten, aber man fragte sie ja nicht.

Stimmen, als er den Zündschlüssel drehte, ein bekanntes Quaken und Rauschen.

»Wie kommen Sie denn an Polizeifunk?« fragte sie.

»Na, wegen der Hundemörder. Es ist nicht ganz legal, aber das haben viele. Es ist ja so, daß die Stadtverwaltung Hundemörder losschickt, und manchmal kann man es im Funk verfolgen.«

»Na schön«, murmelte sie.

»Wohnen Sie da öfter?« Er drehte den Kopf. »Im Hotel Alexandru.«

»Nein.«

»Ist das teuer?«

»Nein«, murmelte sie. »Eigentlich nicht.«

»Ich wohne immer in einer Pension.« Vorsichtig nahm er eine Kurve, alles, was er tat, schien von Vorsicht bestimmt. »Das ist halt billiger. Ich kriege Frühstück und muß mich dann selber versorgen.«

»Sie heißen Ingo, stimmt's?«

»Ja, ja«, sagte er mit Begeisterung in der Stimme, dankbar vielleicht, daß sich jemand erinnerte. »Und Sie haben mir Ihren Namen überhaupt nicht genannt. Mir ist das später eingefallen.«

»Ina.«

»Da können Sie froh sein, daß sie nicht blond sind.«

»Wirklich?«

»So wie ja eine Gudrun auch nicht dunkelhaarig sein darf. Oder eine Brunhilde.« Er blinzelte herüber, lang und dünn und ein bißchen traurig. »Hören Sie schlecht? Sie haben da was –«

Sie starrte ihn an, dann tastete sie nach den weißen Ohrhörern, die ihr noch um den Hals baumelten. »Oh nein, das ist ein mp3 – also, damit hört man Musik. Das ist kein Hörgerät.«

»Also strenggenommen doch, wenn Sie damit Musik hören.«

Sie nickte und dankte ihm im stillen; Ingo aus Offenbach am Main, du rettest mir ein bißchen den Tag, weißt du? Ingo. Lebenslang verstört von allem; Männer wie er saßen abends allein vor dem Fernseher und morgens allein am Frühstückstisch, Männer wie ihn hatte sie überdurchschnittlich häufig als Täter, wenn es um besonders brutale Tötungsdelikte ging, von denen die Nachbarn dann sagten, aber der doch nicht.

»Kriegen Sie den los?« Mit dem Daumen deutete sie nach hinten. »Wer will denn einen Kö – ich meine, einen Hund auf drei Beinen?«

»Es geht doch nicht ums Loskriegen«, sagte er. »Es geht darum, die Tiere hier herauszuholen, um sie in gute Hände abzugeben. Wem ein Tier am Herzen liegt, der kümmert sich nicht darum, wie viele Beine es hat.«

»Nein, wohl nicht.« Robert fiel ihr ein, der ihr doch auch von einem dreibeinigen Hund berichtet hatte, Robert, der Hundesportler, der mit Rassenamen um sich warf.

»Menschen«, sagte Ingo, »also, wenn Sie einen Mann kennenlernen, der im Rollstuhl sitzt, und wenn Sie ihn mögen, nicht?«

»Klar.«

»Ach, wir haben so viele Katzen.« Er seufzte. »Das Tierheim, für das ich tätig bin, läuft förmlich über, und haben Sie nicht gesagt, Sie mögen Katzen?«

»Mir reicht mein Kater«, sagte sie. »Außerdem ist der extrem zickig zu Artgenossen.«

»Hunde sind geselliger.« Ingo kümmerte sich nicht darum, daß es links und rechts hupte, weil er für hiesige Verhältnisse viel zu langsam fuhr. »Und intelligenter.«

»Finden Sie?« Ina blickte sich um und sah in abgeklärte Hundeaugen. »Sie sind doch öfters hier, haben Sie schon mal von einem blauen Mann gehört?«

»Einem blauen?« Er fragte das so ernsthaft, als gäbe es rote und grüne.

»Der blaue Mann. Sagt Ihnen das was?«

»Ist das eine Märchenfigur? Die Kinder freuen sich manchmal, wenn man ihnen ein Püppchen schenkt. Ich habe mal alte Püppchen von zu Hause mitgebracht, und die Kleinen waren sehr froh. Aber inzwischen mache ich einen großen Bogen um die Straßenkinder, weil die so unverschämt sind. Die sind einfach nur verdorben, sie stehlen und nehmen Rauschgift, und sie quälen die Hunde, und was das schlimmste ist, sie schlagen sich gegenseitig halb tot. Das habe ich selbst gesehen, die nehmen noch nicht einmal Rücksicht aufeinander.« Er räusperte sich. »Ja also, was wollten Sie wissen?«

»Nichts«, murmelte sie. »Schon gut.«

»In meiner Pension«, sagte er, »da wollten sich auch schon einmal Straßenkinder einschleichen, aber die haben was dagegen.«

Vor dem Hotel verabschiedete er sich so umständlich wie beim letzten Mal. »In zwei Tagen fahre ich zurück nach Deutschland«, sagte er. »Da sieht man sich vielleicht.«

Jawohl, man sieht sich vielleicht, was doch nur bedeutete, man sah sich hoffentlich nie wieder.

»Wo Sie doch fast in der Nähe wohnen«, sagte er.

Sie blieb noch eine Weile stehen. Man sollte sich die Stadt anschauen, das sollte man tatsächlich tun, denn soviel Stadt kannte sie zu Hause nicht. Wenn nur Zeit wäre. Übermorgen Zugriff.

Fahles Licht schob sich ins Zimmer und machte aus der Hose, die sie nachts über den Stuhl geworfen hatte, eine gekrümmte Gestalt. Morgengrauen. Nichts Halbes, nichts Ganzes, nichts Gutes. Zugriff morgen. Ina hatte Springsteens Lied wieder im Kopf, als sie das schwarze T-Shirt zur schwarzen Hose anzog, schwarz macht alt, mach deinen Job und bau keinen Mist. Hast viel zuviel Mist gebaut, sagen die Kollegen, und Denise fand sie ja für den Polizeidienst überhaupt nicht geeignet. Wie kam die eigentlich dazu, so etwas zu sagen?

Blood brothers in the stormy night with a vow to defend
No retreat, no surrender.

Einer der Fahnder saß telefonierend im Frühstücksraum. Ina beobachtete ihn, während das halbe Brötchen, das sie aß, ihr wie Knetmasse im Mund lag, sein leichtes Nicken bei jedem Satz und das Klopfen seiner Finger auf dem Tisch. Wie hieß er gleich? Sie wollte, daß er dasselbe dachte wie sie, daß Polizisten die Scherbenhaufen zusammenkehrten, die herumlagen, weil das Leben oft nur eine Folge unfaßbarer Ereignisse war. Ab und zu, hab ich recht, türmen Polizisten die Scherbenhaufen selber auf.

Der Fahnder steckte sein Telefon weg, drehte sich halb zu ihr um und begann in einer merkwürdigen Sprache zu reden. »Robert ist schon unterwegs. Sie bewegt sich gerade von diesem Vereinigungsplatz weg, hin, denken wir, zum Versteck zurück. Es waren wohl wieder Einkäufe fällig.«

»Piata Unirii?« fragte sie.

»Exakt den meine ich.« Er sah auf die Uhr.

»Dann sag es auch.«

»Schlecht geschlafen?« Er sah noch immer auf die Uhr.

Draußen wehte der Wind ihr bunte Werbebildchen vor die Füße. Ein bißchen Sonne, ein Kind vor einem Haus mit einem Kätzchen auf dem Arm, ein Mann mit einem Leiterwagen voller Ramsch. Obenauf, Schulter an Schulter, lagen kahle Puppen mit toten Augen, und sie fing an zu frieren, als sie das sah.

Robert rief an, als sie im Taxi saß. »Zwei Straßen hinter der Strada Solko sind ein paar Geschäfte, da könnt ihr euch begegnen. Warte da.«

»Ja.«

»Denk an ihre Waffe. Frag sie ganz eindeutig noch einmal nach Schiller. Mach jetzt Druck, es reicht.«

»Ja.«

»Da gibt's eine Bäckerei, die rumänischen Kollegen sagen, man kann da Pornos kaufen, die allerschlimmsten, unterm Tisch.«

»Ach was«, sagte sie. »Soll ich dir welche besorgen?« Doch er antwortete nicht, und als die Gegend um die Strada Solko in Sicht kam, bat sie den Fahrer zu halten. Er zuckte mit den Schultern, als wollte er sagen, Sie müssen es ja wissen.

Dunkle Enge hier, am Horizont die Lichter der flirrenden Welt. Hinter Bauzäunen kleine Läden und eine Spielhalle. Schwatzende Menschen standen um einen Lieferwagen herum, der wohl nicht mehr fahren wollte, die Leute deuteten auf die Reifen, auf Heck und Bug, auf alles. Schwarze Vögel, Dohlen, warteten auf Krümel, ein Bettler auch, der streckte eine Hand ins Leere, schlafende Hunde und Skateboardfahrer mitten auf dem Weg. Ina blieb einfach stehen, spürte den Wind. Die Sonne hatte schon aufgegeben, und als Denise hinter den Zäunen auftauchte, umschloß sie kaltes, graues Licht. Sie hielt eine Plastiktüte in der Hand, die sie behutsam auf den Boden stellte, bevor sie die Hände in die Jeanstaschen schob. Ihre dünne Lederjacke war zu groß, vielleicht gehörte sie Dan. Auf dem Zaun hinter ihr stand in tropfenden roten Lettern *Moarte Tigan.*

»Was heißt das?« fragte Ina.

Denise drehte sich um. »Tod den Zigeunern.«

»Aha.« Sie hielten Abstand, standen eine Weile herum, bis Denise sagte: »Schwarz steht dir wirklich.« Sie lehnte sich gegen den Zaun und starrte sie aus zusammengekniffenen Augen an. »Wahnsinnig undercover. Ganz toll.«

»Ich weiß, welche Leute sich damit befassen. Mit den Kindern.« Ina ging auf sie zu. »Ich kann Druck machen, ich werde – wenn er am Leben ist, dann –« Sie schwieg, weil sie nicht weiterwußte und Denise an ihr vorbei in den fahlen Himmel sah.

»Daß er dann wiederkommt«, sagte sie schließlich, »daß du ihn siehst«, und sie wünschte sich Worte, viel mehr, als sie hatte. Sie sah einen der schwarzen Vögel auf dem Boden landen, emsig pickte er zwischen ihnen im Staub herum. »Keiner spinnt völlig. Wenn dieser Junge sagt, er ist in Deutschland, fängt man da an. Es gibt einen Namen, ein Gesicht, ich meine, er ist ja bisher noch nicht richtig gesucht worden.«

Denise beobachtete den Vogel auch. Eine kleine Ewigkeit, wie es schien, sah sie zu, wie sein kurzer Schnabel über den Boden scharrte. »Ich kenne ihn nicht«, sagte sie endlich. »Die ganzen Jahre habe ich das nie aus dem Kopf gekriegt, daß er mir auf der Straße begegnen könnte, ohne daß ich weiß, wer er ist.« Der Vogel kam näher, und sie versuchte ihn fortzujagen, doch er blieb, wo er war. »Hier habe ich zum ersten Mal die Bilder gesehen«, sagte sie. »Dan hat jedes Jahr ein Foto gemacht, immer an seinem Geburtstag.«

Ina fing wieder an zu frieren. Sie wandte den Blick ab und sah sich um wie im Museum, wenn man die Bilder nicht versteht. Der Bettler hockte noch immer so starr und ergeben da wie eine Skulptur, und die Kerle vor dem Lieferwagen schwatzten auf den Fahrer ein, der mit den Fäusten auf die Motorhaube schlug.

Die Worte, die Ina hatte, waren wie ein abgetragenes Kleidungsstück, damit traute man sich doch nicht mehr nach draußen, er hat deine Augen! Das wußte Denise selbst. Drüben kam ein dicker Mann aus der Bäckerei mit einer unter den Arm geklemmten Aktentasche, einer Tasche voller Pornos vielleicht – hatte Robert nicht gesagt, die Bäckerei führte Pornos? Robert hielt sich gut verborgen, trommelte sicher mit den Händen auf den Knien herum, weil die Weiber nicht zu Potte kamen.

Ich will, daß du ihn siehst, wollte sie wieder sagen, eines Tages, irgendwo.

»Da stehst du jetzt mit deinem gesammelten Wissen«, sagte Denise. Ihre Stimme wurde beißend. »Und was fängst du damit an?«

»Ich habe die Fotos gesehen.« Ina sah sie immer noch nicht an. »Die alten, die Dan im Umschlag hatte.«

»Du hättest dich besser mit den Grundlagen deiner Ausbildung befaßt.«

»So?« Als sie den Kopf hob, sah Denise sie so harmlos an, als stünden sie hier auf einer Party zusammen, wie geht's dir, was machst du, hast du diesen wahnsinnig guten Film gesehen?

»Du bist hergekommen, um mich zu besuchen, so wie man das halt macht, wie du sagst. Und dann?« Sie trat ein paar Steine weg. »Du hast kaum mal eine dieser ganz gewöhnlichen Fragen gestellt, die man so stellt, wenn die Situation tatsächlich auch nur halbwegs gewöhnlich wäre. Du hast nicht gefragt, ob ich hier bleiben will, wie ich mir das Leben jetzt vorstelle, so ein Leben auf der Flucht, oder welche Gefühle ich für Dan habe. Das war ziemlich dumm von dir, du hättest so ein paar Harmlosigkeiten einstreuen müssen, aber du warst so auf Paul Schiller fixiert, daß alles, was du wissen wolltest, in diese Richtung ging. Warum solltest du fragen, wie ich mir das alles so vorstelle? Du wußtest ja die ganze Zeit, daß es hier endet.« Sie verzog die Lippen. »Haben sie dich da nicht richtig instruiert? Du hast es falsch gemacht. Das war Mist.«

»So«, murmelte Ina; das war jetzt typisch, die ehemalige Moderatorin eines Kriminalmagazins hielt der Ermittlerin ihre Fehler vor. Natürlich war sie im Fernsehen etwas höflicher gewesen, sonst hätten die männlichen Polizisten der unteren Ränge sie ja auch nicht so geliebt; »kann es sein«, hatte sie mit einem feinen Lächeln den pummeligen Bullen aus den oberen Rängen gefragt, »daß Sie da etwas übersehen haben?«

Denise sah sie ruhig an, doch es war die Ruhe eines Raubtiers, unergründlich, rätselhaft. »Und wann beschließt du, daß es zu Ende ist? Wann holst du deine Kollegen? Wenn du kapierst, daß du Schillers Aufenthaltsort nicht erfahren wirst? Was heißt Schiller – die Beute wollt ihr doch, Lamberts Kronjuwelen, mit denen er jetzt die Versicherung bescheißen kann.«

»Möglich«, sagte Ina. »Hast du Geld?«

»Du meinst die Klunker?«

»Ich meine Geld.«

»Nicht besonders viel. Sieht man mir das nicht an? Du möchtest in Erfahrung bringen, ob es aus der Beute stammt?«

»Ich möchte in Erfahrung bringen, wie lange du damit hinkommst. Ob es zum Beispiel für ein Zugticket reicht. Ich möchte in Erfahrung bringen, wie schnell du hier weg kannst. Es würde dir sehr helfen, wenn du das heute nacht noch erledigen könntest.«

»Was meinst du?«

Stellte sie sich jetzt dumm? Ina zog die Schultern hoch. »Das überlasse ich dir.«

Denise hatte sich noch keine Zigarette angezündet, was merkwürdig war. Vielleicht versuchte sie es gar nicht erst, weil ihre

Hände zitterten. »Es stimmt also«, sagte sie kaum hörbar. »Sie haben dich geschickt, und du hast das tatsächlich gemacht.«

»Das hast du doch gerade festgestellt.«

»Es war ein Versuchsballon.«

»Na schön.« Ina sah sich um. Die Leute kamen nicht zu Rande mit diesem Transporter, jetzt lagen zwei Männer darunter, während die anderen beiden es nicht lassen konnten, Ratschläge zu erteilen. Der Fahrer war beleidigt, der stand qualmend drei Meter von seinem Wagen entfernt und glotzte demonstrativ in die Wolken. »Würdest du heute nacht verschwinden«, sagte sie, »wäre das die letzte Möglichkeit. Vor Tagesanbruch, wie die Cowboys.«

»Wie viele sind hier?« Denise starrte den schwarzen Vogel an, der ungerührt zurückstarrte.

»Ein paar«, sagte Ina nur.

»Sie haben – ihr habt also Absprachen getroffen mit der rumänischen Polizei?«

Ina nickte. »So funktioniert das.«

Denise schien es nicht glauben zu wollen, dabei sollte sie sich doch daran erinnern, wie das so funktionierte, oder hatte sie ihren einträglichen Fernsehjob und die Welt, in der sie sich so mühelos bewegt hatte, schon vergessen?

»Ihr lügt doch alle«, murmelte sie. »Ihr seid doch alle –«

»Du hattest einen Deal mit Hudek, oder?« Ina verfluchte sich sofort für das dümmste aller Polizistenworte.

»Er hat mir versichert, daß ich seinen Schutz habe. Schutz vor euch.« Denise schickte ein verächtliches Schnaufen herüber. »Er ist auf mich zugekommen, wie man so sagt, als die ersten Anfragen aus Deutschland kamen, flüchtige Gefangene, Millionenraub, Verdacht auf dies und jenes. Die Deutschen würden nie an mich herankommen, hat er gesagt.«

»Was hat er dafür bekommen?«

»Eine Menge. Das, was er verlangt hat.«

»Was hat er denn bekommen von einer angeblich Mittellosen, den Schmuck etwa?«

»Ja.«

»Du meinst – er? Schillers Beute? Hudek?«

»Fast die Hälfte«, sagte Denise. »Ich fand, das reicht.«

»Dann hast du noch ein bißchen was von dieser Hälfte, stimmt das?« Ina sah sie nicht an. »Und Schiller hat den Rest. Oder du hattest alles, und Paul Schiller ist tot.«

»Nein«, murmelte Denise. »Der ist nicht tot. Und ich hatte nicht alles, nein. Und ich weiß nicht –« Sie grub sich die Fingernägel in die Handflächen, stand da wie erstarrt. Schließlich fragte sie: »Wie lange schon? Wie lange sind deine Kollegen schon hier?«

»Schon länger«, sagte Ina. »Sie sind sich sehr sicher, denn du hast dich berechenbar verhalten. Sie lassen dich nachts in Ruhe und übernehmen dich frühmorgens wieder. Mach dir das zunutze oder laß es bleiben. Grundsätzlich solltest du dir überlegen, ob du nicht auch die restlichen Jahre absitzen willst, um danach machen zu können, was du willst. Ein Leben auf der Flucht ist scheiße, sie werden dich wahrscheinlich wieder finden. Aber bis heute nacht solltest du dich entschieden haben.«

»Ich gehe da nicht mehr rein.« Für einen Moment sahen ihre grauen Augen, Andreis Augen, fast schwarz aus, und es war das erste Mal, daß Ina Angst in ihnen sah. »Ich weiß sehr wohl, daß ich jetzt keine Aussicht auf vorzeitige Entlassung mehr habe. Ich gehe nicht, ich kann das nicht.«

»Andere können es auch.« Ina spürte ihre Hände kaum, Finger aus Eis. »Weißt du, wo du hin kannst?«

Denise starrte an ihr vorbei. Statt einer Antwort sagte sie: »Dan kann nicht mitgehen. Wegen Andrei. Falls er zurückkommt.«

»Falls er zurückkommt«, sagte Ina, »hast du wohl im Knast die bessere Möglichkeit, ihn zu sehen.«

»Warum sollte er mich denn da besuchen? Er kennt mich nicht.« Denise verzog die Lippen. »Du bist so sentimental, meine süße Kriminaloberkommissarin, du glaubst beharrlich, alles wird gut?«

»Ich glaube eigentlich nichts.«

»Du wirst Ärger kriegen.«

Ina schüttelte den Kopf. »Ich beschatte dich ja nicht.«

»Du bist eine wunderliche Polizistin«, sagte Denise. »Die Lehrbücher haben dich nicht im Programm, du läßt dich von Gefühlen leiten. Auf dem Dienstweg verläufst du dich.«

»Ich weiß nicht. Normalerweise nicht. Ich beherrsche meinen Job, im Prinzip. Es ist nur« – Ina kickte ein paar Steine weg – »ich weiß nicht.«

»Ich habe Andrei verlassen, aber nicht freiwillig.«

Ina nickte nur.

»Schau irgendwo in euren Polizeiarchiven nach.« Denise hob die Hände und ließ sie gleich wieder sinken. »Ihr müßtet doch noch alte Anzeigen haben, ich bin doch zur Polizei, damit sie herausfinden, wo mein Kind ist, die Sippe ist ja weitergezogen. Aber die sagten nur, der Suchdienst ist beim Roten Kreuz, die kannten mich nämlich schon und brauchten nur in ihre Notizen zu gucken, denn er ist ja auch mal hingegangen und hat das klargestellt, kritische psychische Verfassung und so weiter, Psychiatrieaufenthalt, na, was wollen Sie, so ist das leider. Er war ja immer so lieb und hat mich beschützt, wo er konnte, und ich habe es zugelassen. Wir hatten ein angenehmes Leben, und ich mochte ihn ja auch.«

Denise nannte seinen Namen immer noch nicht, und sie schien zu vergessen, wie wenig Zeit noch blieb, sie redete immer weiter. »Phasenweise mußte ich sogar nachrechnen, wie alt Andrei gerade ist.« Sie war kaum zu verstehen. »Dann gab es wieder die Zeiten, da habe ich jeden Tag an ihn gedacht, dauernd. Bin sogar damit aufgewacht. Ich wollte kein Kind mehr, es hätte mir ja wieder jemand wegnehmen können. Er wollte auch keins, will mich mit niemandem teilen, hat er gesagt. In dieser Nacht im Park war er so ein ängstlicher Hund. Hat ein paar Leute auf dem Gewissen mit seinen Menschenversuchen und fleht um sein eigenes, wertloses Leben. Wir können neu anfangen, sagt er, wir gehen zusammen weg, dahin, wo uns niemand findet, wir hatten ein gutes Leben, das setzen wir fort. Geld ist da, sagt er, laß uns endlich ein Kind haben, das wird dir guttun. Ich frage ihn: ein Kind von Dr. Mengele? Ich habe ein Kind, und es tut mir nicht gut, daß es nicht bei mir ist. Du mit deinem Bastard, sagt er, immer wieder dein blöder Bastard.«

Ina nickte. »Das hat er nicht überlebt.«

»Der Staat hätte ihn doch geschont.« Denise blinzelte sie an, als wäre ihr etwas ins Auge geflogen. »Er hat mir auch meine Ehre genommen mit seinem Verbrechen. Meine Würde.«

»Ach komm, wir sind nicht in Sizilien.«

»Ich habe ihn nicht gekannt. Ich habe ihm geglaubt, daß es besser ist, meinen Sohn nicht zu sehen, er hat mir jahrelang einreden können, daß ich nicht richtig ticke und nur im Takt bleibe, wenn ich mich auf ihn verlasse.« Denise sah aus, als wäre sie gerade aufgewacht. Wie ein Mensch, der sich schüttelte und sich mühsam losriß von einem bösen Traum. Mach schon, der Wekker, die Arbeit, der ganze bleierne Tag, komm hoch, auch wenn du wankst. Sie schnappte nach Luft, dann stand sie so reglos da, als müßte sie noch lange mit diesem einen Atemzug auskommen.

»Du solltest in die Wärme.« Ina sagte es mehr zu sich selbst. »Dahin, wo es richtig warm ist. Immer.«

»Sagst du die Wahrheit?« fragte Denise. »Ich wollte die ganzen Tage schon glauben, daß du die Wahrheit sagst.«

»Ja. Aber du solltest es auch tun. Sag mir endlich, wo Schiller ist, und dann hau ab.«

»Er hat mir geholfen, Dan zu finden, dann ist er verschwunden. Wie wäre ich hergekommen ohne ihn? Er mochte Dan nicht. Er wollte wieder weg.« Sie sah auf den Boden, wo lauter Papierfetzen lagen und ein paar Scherben.

»Er wird es sich anders vorgestellt haben«, sagte Ina. »Mit dir.«

Denise hob den Kopf. Wieder war Angst in ihren Augen zu sehen, etwas, von dem Ina meinte, daß es nicht zu ihr paßte. »Kannst du dich an deinen Kollegen erinnern, der mich verfolgt hat, als ich noch im Fernsehen war?«

Ina nickte.

»Er war sogar sehr lieb, und später mochte ich ihn doch so, aber er ist von dieser fixen Idee nicht losgekommen, mich zu beherrschen, selbst als ich im Knast saß. Wie nennt man diese Leute, Stalker?«

»Was willst du sagen?« fragte Ina. »Mach keine Umwege, sag es einfach.«

»Paul hat das Foto gesehen, wie du auch, das von Dan und Andrei und mir, da ist er gegangen. Aber manchmal habe ich das Gefühl, er wäre noch hier.«

»Dann hätten wir ihn längst«, murmelte Ina. »Das gibt's doch nicht, er ist doch kein Phantom.«

»Man sieht einen Schatten«, sagte Denise, »dreht sich um und dann ist nichts gewesen. Kennst du das nicht?«

Ina wollte es glauben. Es mußte so sein, daß Schiller noch lebte, wo immer er auch war.

»Manchmal träume ich, daß ich jemanden berühre, und der löst sich dann auf.« Denise sah sie ausdruckslos an. »Manchmal ist es ein Kind. Es zerfällt zu Staub, dann wache ich auf.«

Ina sah in die Wolken, eine dunkelgraue Masse. »Weißt du, wo du hin kannst?« Sie hatte es schon einmal gefragt.

»Ja, ich glaube.«

»Dann geh endlich.«

Doch Denise schien nicht zu wissen, was sie wollte. »Wir hätten einander eher begegnen sollen«, sagte sie, »wen habe ich schon gekannt? Tausend Leute, das schon, Leute, die man auf die eine Wange küßt und dann auf die andere, wenn man ihnen begegnet. Solche Leute. Na gut.« Einen Moment lang sah sie aus, als würde sie träumen oder sich vielleicht noch einmal alles überlegen. Schließlich legte sie eine Hand auf Inas Schulter und zog mit der anderen ihre Jacke über der Brust zusammen, ein bißchen Wärme, weil sie so fror, doch Ina drehte sich weg, weil es ein Abschied war und sie Abschiede haßte. Sie drehte sich und sah, daß sie eingekreist waren.

Es war zu spät. Die beiden Kerle da drüben hatten aufgehört, dem Fahrer des liegengebliebenen LKW ihre Ratschläge zu erteilen, die kamen heran. Laufschritte, der eine hatte eine Waffe in der Hand, der andere nicht, und ein dritter hatte doch gerade noch mit dem Bettler geredet, der war auf leisen Sohlen gekommen, der packte Denise und riß ihre Arme nach hinten. Rumänen, Kollegen, wie Robert sie nannte, rumänische Kollegen, von denen er gesprochen hatte, doch hatte er nicht gesagt, daß sie hier waren, er hatte überhaupt nichts gesagt.

Zugriff morgen, das hatte er gesagt, das hatte er angedeutet, aber nicht jetzt und nicht hier.

Nein, wollte Ina sagen, nein, als würde das alles ungeschehen machen und sie könnten alle noch einmal von vorn beginnen, nein, das wußte ich nicht, doch dann sah Denise sie an, einen Moment nur, und Ina sah dieses grelle Licht aus Wut und aus Haß. Handschellen, man hörte das Klicken nicht, denn es war viel zu laut auf der Straße, und der Wind blies Staub in die Luft.

»Nein«, sagte sie nur, »nein.«

Nein, das siehst du falsch.

Der rumänische Handschellen-Bulle und der rumänische Pistolen-Greifer sahen Ina an, als erwarteten sie Dank. Dann nickten sie höflich, bevor sie die Festgenommene wegzerrten, und jetzt sah Denise niemanden mehr an, den Boden vielleicht mit seinen Glasscherben und seinem Dreck.

Wie schaulustige Gaffer verdichteten sich die Wolken immer mehr, ballten sich zusammen und sanken tiefer. Der Wind flaute ab, und mit dem einsetzenden Nieselregen kam Robert. Er blieb neben dem Bauzaun stehen wie ein Partygast, mit dem niemand sprach. Alle glotzten, der Fahrer des kaputten Transporters und seine übriggebliebenen Helfer, der Bettler und die Frau vor der Bäckerei, alle kommentierten sie lautstark, was geschehen war. Nur die schwarzen Vögel sahen nicht zu, weil sie verschwunden waren, um ihre bösen Schatten woandershin zu tragen, und als Ina zehn Minuten später zu Robert in den Wagen stieg, umschlossen sie Stille und Kälte wie ein Grab.

4

Das Licht, das den Kanal erhellt, dieser Typ aus dem Film *Der dritte Mann*, der den Freund, den er immer verteidigt hat, der Polizei ausliefert, in Wien, unter der Stadt, verraten in der kalten, dreckigen Kanalisation von Wien. Bis zum Ende wollte er an ihn glauben, bis er kapiert, daß er nur ein übler Schieber ist, der anderen den Tod bringt. Dann hat er ihn verraten.

Das schwebende Licht der Taschenlampen, als sie ihn stellen – Orson Welles, genau. Der Film mit der komischen Folklore.

Ina Henkel liebte alte Filme, weil die Polizisten darin gemütlicher und die Delinquenten höflicher waren. Manchmal guckten die Delinquenten die Polizisten sogar mit einem leichten Lächeln an, wenn sie schulterzuckend ihre Niederlage eingestanden: schlecht gelaufen. Gefaßte Leute, Blicke ohne Haß. Sie liebte alte Filme, doch sie mochte keine monströsen Worte, Verrat und all das. Was für ein Quatsch.

Regen, grau und launisch, Regen, der nicht wußte, was er wollte. Mal kam er in feinen, dünnen Fasern, kurz darauf als Flut. Bukarest im Regen, da ballte sich die staubige Luft zu einem modrigen Klumpen zusammen, und die Straßen wurden schwarz. Vor dem Fenster der kleinen Hotelbar standen die deutschen Fahnder wie Arbeiter nach der letzten Schicht, sie guckten aus dem warmen Haus in die kalte Welt. Ina versuchte erneut, sich an ihre Namen zu erinnern, doch es waren lauter Fremde.

Fremde, bis auf Robert, doch von dem wußte sie ja auch nicht viel. Ging er tanzen, sah er Filme, hatte er schon auf Menschen geschossen? Robert war mit sich zufrieden. Daß sie ihren Kollegen von der Mordkommission jetzt bloß nicht erzähle, es sei schiefgegangen, hatte er sie gewarnt. Im Gegenteil sei es überaus glattgegangen, zumal es ausgesehen habe, als greife die Zielperson sie an. Doch die Zielperson war unbewaffnet gewesen, wie sich herausstellte, die Makarov lag wohl noch immer auf dem Nachttisch, zu Hause bei Dan.

Zu Hause. Sag das nicht, es war ihre Höhle, ihr Versteck, und jetzt war halt Schluß damit, sagte Robert Reich. Und daß es mit dem Schiller bloß noch eine Frage der Zeit war, bis sie ihn fanden, ihn oder vielmehr seine Leiche.

Robert war der einzige, der redete. Sein erster Versuch, die Gefangene im Bukarester Polizeipräsidium zu vernehmen, war negativ verlaufen, zumal es auch einen kleinen Zwischenfall gegeben hatte. Er sagte: »Sie sagt nichts.« Sein Gesicht war gerötet, als er von dem kleinen Zwischenfall berichtete; ständig sah er auf die Uhr, weil er wollte, daß es weiterging. »Einer der rumänischen Kollegen hält sie am Arm«, sagte er, »aber sie fängt plötzlich an, sich zu wehren, und sie gehen richtig aufeinander los, sie tritt ihn, er stößt ihr die Faust in den Magen, eher zwischen Brust und Magen, und legt ihr die Handschellen wieder an. Die hatten sie ihr im Wagen abgenommen. Aber sie hat angefangen, das habe ich deutlich gesehen.«

»Tüchtig«, sagte einer der Kollegen und schnalzte mit der Zunge.

Robert nickte. »Später haben sie mich mit ihr reden lassen, aber wie gesagt, ich bin nicht weit gekommen. Mir ist dann aufgefallen, daß sie kaum Luft holen konnte, sie war kreidebleich und hatte Schwierigkeiten zu atmen, ich sage noch zu Hudek, was ist denn da los? Wenn die euch hier umfällt, haben wir ein Problem, ich sehe schon die Schlagzeilen, Berninger stirbt in rumänischer Auslieferungshaft unter den Augen deutscher Fahnder, ja, du lieber Himmel. Schließlich war die bis vor kurzem noch lungenkrank, und da haben sie einen Arzt kommen lassen, das heißt, es war eine Ärztin, und ich mußte gehen.« Schon wieder sah er auf die Uhr und sagte: »Überhaupt kannte ich die Berninger ja nur aus der Ferne, vom Fernsehen und von der Straße. Sie sieht etwas abgelebt aus, oder sie haben sie im Fernsehen gut geschminkt.«

»Geh zum Optiker.« Der älteste der Kollegen drehte sich um.

»Ich tät dem Herrn auf Knien danken, würd' meine Frau so aussehen.«

»Deine Frau ist ja auch älter«, sagte Robert. »Laß die Berninger mal vierzig werden, dann geht es rapide bergab.«

Der Kollege schüttelte den Kopf. »Vierzig wird die nicht. Die nicht.«

»Ach wo«, hatte Robert gesagt, bevor alle verstummt waren, als wären die Worte für diesen Tag verbraucht, »so schnell stirbt man nicht.« Es war still gewesen, bis auf das Geräusch des Regens, das durch das geschlossene Fenster drang.

Zwei Stunden später war der Anruf von Hudek gekommen; die Ärztin hatte die Gefangene für eine Infusion in ein Krankenhaus bringen lassen, aus dem man sie in Kürze wieder abholen werde, und Robert hatte sich feingemacht. In seinem dunklen Jackett hatte er vor ihr gestanden wie ein aufgekratztes Kind, das Geschenke erwartet. »Ach, Ina«, hatte er gesagt, »wünsch mir Glück. Das einzige, was die vorhin von sich gegeben hat, war übrigens die Frage, ob meine süße Kollegin jetzt wieder brav nach Hause darf.«

Dunkles Jackett, dezent gemusterte Krawatte und nach Moschus duftend: Robert Reich, der ganz und gar nicht so aussah, wie Inas Freundinnen sich einen Zielfahnder vorstellten. Seine Stimme war milde geworden, als er sagte: »Jetzt ist sie böse auf dich, jetzt haßt sie uns alle.«

Als es dunkel wurde, verließen die Fahnder die Bar, um etwas zu essen. Es regnete immer noch, schnurgerade fiel der Regen, bildete eine graue Gardine, und Ina meinte, sie würde überhaupt nicht mehr aufhören zu frieren. Ein Summen im Kopf wie von bösen Geistern. Robert kam nicht zurück.

In ihrem Zimmer legte sie sich aufs Bett. Lauter liebe Worte: Ben hatte eine SMS geschickt, doch bekam sie die Finger kaum auf die Tasten und wußte auch nicht, was sie antworten sollte. Es regnet, da riecht die Stadt noch etwas strenger, wie geht es dir? Bleib brav, nein, vergiß das, denn ich mag keine braven Männer.

»Es ist jetzt zu Ende«, schrieb sie schließlich. »Ich denk an dich.«

Gelogen, denn immer wieder ging sie alles durch, wie eine Manie war das, wie bei dieser Frau, die ihr bei einer Vernehmung von ihrem Luxusleiden berichtet hatte: Grübelzwang. Das kreist und kreist, hatte sie geklagt, da hocken Sie da, und die Gedanken gehen im Kreis, die kriegen Sie nicht los, die Gedanken, die drängen sich auf, immer dieselben, immer wieder von vorn: Sie hatte sich zu schnell umgedreht. Sieh es so, selber schuld. Sie hatte sich zu schnell umgedreht, weil sie keine blöde Abschiedszeremonie wollte, und das mußten sie mißverstanden haben. Oder auch nicht. Grübelzwang, du lieber Gott, mußte sie sich denn jeden Scheiß einfangen? Vielleicht war Robert von den Rumänen ja schlicht übertölpelt worden, vielleicht hätte sie als ordentliche Polizistin die Zivilbullen erkennen müssen, aber wie denn, wenn Robert sie nicht informierte?

Nach einer kalten Dusche ging sie wieder in die Bar. Die anderen hockten am Tresen wie ein trübsinniges Häuflein letzter Trinker.

»Jetzt quasselt sie aber«, sagte der ältere Kollege, dem die eigene Ehefrau nicht gefiel. »Weiß der Teufel –« Teschke hieß er, das hatte sie sich jetzt wenigstens gemerkt, Teschke, der sie etwas mitleidig ansah, als er wissen wollte: »War es gefährlich?«

»Was?«

»Na, die Angelegenheit. Dein Job. In ihrer Höhle da, im Versteck.«

»Nein.«

»Hattest du denn ihr Vertrauen?«

»Jetzt nicht mehr.« Ina sah an ihm vorbei.

»Nein, natürlich nicht. Nu ja, es war ein Versuch. Komm, trink einen Scotch.«

Nein, sie trank nichts, was sie irremachte. Da hockten sie und tranken alle ihren Scotch, eine freudlose Gesellschaft in einer fast leeren Bar. Der Junge vom Personal, der blinzelnde Junge, der nie schlief, schüttelte in einem Mixer etwas zusammen, das er selber trank.

Draußen immer noch Regen, wie ein feiner Schleier kam er jetzt herunter. Sie lief von Nebenstraße zu Nebenstraße, an Hauswänden entlang wie eine streunende Katze. Hier war kaum ein Mensch unterwegs, nur ein paar Jugendliche mit aufgemotzten Mofas rasten johlend durch die Pfützen. Die Häuser lauter finstere Fassaden, doch manchmal, wenn auf einem Balkon das glühende Licht einer Zigarette zu sehen war, blieb sie stehen und sah zu, wie es sich ruhelos bewegte, weil der Mensch, der die Zigarette hielt, etwas erzählte. Sie hätte gern zugehört und alles verstanden. Sonst keine Wünsche und kaum Gedanken, nichts, auch kein Grübelzwang mehr, nur das Gefühl, immer weiter laufen zu müssen, weiter, bis ans Ende von irgendwas. Sie würde abreisen und hatte die Stadt kaum kennengelernt, in der über zwei Millionen Menschen lebten; wann sah man überhaupt einmal eine richtige Stadt, wenn man aus Frankfurt kam?

Zwei Polizeiwagen rasten vorbei, doch statt Sirenen hörte sie das Klingeln ihres Telefons. Ein Mann schrie: »Ina? Wo bist du?«

Sie blieb stehen. In einer Pfütze schwammen Papierfetzen wie kleine, besoffene Fische, die es nicht mehr schafften, sich zu orientieren. Mit der Fußspitze half sie nach, aber das mochten sie nicht, blieben kleben. Das Regenwasser sah aus wie rußgeschwärzt.

»Robert?« fragte sie, obwohl sie hörte, daß es nicht Robert war.

»Ich, Teschke. Bist du draußen?«

Sie kickte einen Stein in die Pfütze. »Ich hab mich wohl wieder verlaufen.«

»Ina, komm von der Straße!« schrie Teschke. Entweder gehörte er zu denen, die in jedes Handy nur brüllen konnten oder er regte sich tatsächlich gerade auf. Ihr Chef war so einer, ein ruhiger Mann, der sofort zum Schreihals wurde, sobald er ein Mobiltelefon in der Hand hielt.

»Die ist wieder weg!« schrie Teschke.

Langsam ging sie weiter. Erzähl doch nichts.

»Hörst du? Die Berninger ist wieder weg, Amateure, Amateure! Komm von der Straße, verdammt noch mal!«

Sie nickte nur. Sollte sie fliehen, durch Wälder und durch Ozeane, sollten ihr Flügel wachsen, magische Kräfte. Es konnte nicht sein, er phantasierte.

Oder auch nicht. Hudek vielleicht, Hudek, der eine Abmachung mit ihr hatte, dieser handaufhaltende Schöne aus Transsilvanien. Kein Amateur, ganz sicher nicht.

Teschke schrie weiter. »Da ist etwas passiert, wir können Robert nicht erreichen. Ruf sofort ein Taxi, 9488, fahre zur Polizeistation. Strada Basarab, sage das dem Fahrer. Fahre nicht ins Hotel, bleib nicht auf der Straße!«

»Gut«, murmelte Ina und sah sich um, hier war kein Straßenschild. Überhaupt nichts war hier, das Pflaster glänzte vom letzten Regenguß, und sie blieb stehen, weil sie nicht wußte, was jetzt werden sollte. Dann sah sie das rote Licht einer Werbetafel und ging darauf zu, es war eine Kneipe, deren Tür die Zeichnung eines musizierenden Männleins schmückte. Sie kämpfte sich durch die Menge zum Tresen vor und versuchte dem Wirt begreiflich zu machen, daß sie sich verlaufen hatte – wie hieß diese Kneipe, wie hieß die Straße? Sie brauchte ein Taxi in die Strada Basarab. Musik dröhnte, eine rasende Blaskapelle.

»Strada Matei Basarab?« Mit einiger Erschütterung sah der Wirt sie an, bevor er ausholende Armbewegungen machte, was wohl bedeuten sollte, daß sie ganz weit weg war, die Strada Basarab. Schön, und wo befand sie sich hier?

»Meloman«, schrie ein Mann neben ihr. Er bückte sich, klatschte ihr aufs rechte Knie und sagte: »Basarab.« Dann kam er wieder hoch und legte ihr die Hand auf die linke Schulter. »Meloman.« Aha. Sie war hier im Meloman gelandet und die Strada Basarab war ganz woanders.

»*Nu!*« Links und rechts waren sie nicht einverstanden mit der Lagebeschreibung des Mannes; ein anderer Mann ortete die Strada Basarab auf ihrem Oberschenkel, noch ein anderer auf ihrer Hüfte, während sie wie erstarrt herumstand und immer wieder versuchte, die Musik niederzubrüllen, aber sie besaß keinen Atem fürs Brüllen.

»Meloman«, schrie der Wirt und tippte sich auf die Brust, *»le Bistro, this pub«*, während einem weiteren Kerl einfiel, daß die Strada Basarab sich ja in Wirklichkeit in ihrer Bauchgegend befand – patsch. Als sie ihn wegschubste, fing er in der Enge so elegant an zu tanzen, daß ihre Wut sofort verrauchte.

Der Wirt beugte sich zu ihr herunter. »Taxi?«

Ja, endlich. Als er zum Telefon griff, hätte sie ihn fast umarmt.

»Atentie!« schrie er ihr hinterher, was wohl Vorsicht heißen sollte.

Vorsicht, ja, sie wollte es dem Taxifahrer zurufen, der wie gehetzt über den schlammigen, buckligen Asphalt rutschte, zischend durch die Pfützen, und sie schloß die Augen, wenn dunkle Wesen wie aus dem Nichts auftauchten, um im letzten Moment zur Seite zu springen. Teschkes Worte dröhnten in ihrem Kopf, Teschkes verrücktes Gebrüll.

Teschke, dessen Vornamen sie nicht kannte, kam ihr auf dem Hof der Polizeistation entgegen. Er packte sie an der Schulter, seine Stimme war heiser. »Nun ist sie ja die Frau, die aus allen Kliniken verschwindet, nicht wahr? Ja, das ist sie. Diese Ärztin hat sie ins Krankenhaus gebracht, wegen der Scheißlunge, da kriegte sie eine Infusion, heißt es. Dann sollte sie zurückgebracht werden. Dann war sie aber verschwunden, das Infusionsgerät war noch da, aber –«

»Ja«, sagte Ina. »Wäre hinderlich, das mitzunehmen.«

Teschke schob sie die Treppen hoch. »Angeblich waren Polizisten in der Klinik. Angeblich auch davor. Warum keiner vor der Zimmertür stand, ist mir schleierhaft. Jedenfalls zieht sie sich die Nadel oder was man da hat bei einer Infusion« – zischend holte er Luft – »zieht sie sich die raus und macht den Abgang. Einfacher geht es nicht. Entweder haben die da unendlich geschlampt, ist ja nicht ihr Fall, geht sie ja nichts an –«

»Oder?« fragte Ina.

»Sie haben sie laufenlassen. Oder sie hat Flügel«, sagte Teschke.

»Sie behaupten –« Vor einem Zimmer am Ende des Flurs blieb er stehen und klopfte. Der Raum war voller Polizisten, in der Mitte Stefan Hudek. »Sie behaupten, sie können Robert nicht mehr erreichen«, nahm Teschke den Faden wieder auf. »Ich habe es auch versucht, der Anschluß ist tot, als hätte er die SIM-Karte rausgenommen, aber warum sollte er das tun?« Er ließ sich auf einen Stuhl in der Ecke fallen und lehnte den Kopf gegen die Wand, als hätte er alles gesagt und dürfe nun schlafen.

»Guten Abend«, sagte Hudek, und Ina starrte ihn an, als hätte er sie beschimpft. »Die Fahndung läuft.« Er raschelte mit Papieren. »Wir haben die Wohnung des Bancu unter Bewachung und die Bahnhöfe, wir haben Kollegen aus Grenzgebieten informiert. Ich habe die Ärztin vernommen, sie hätte bei ihr bleiben müssen.« Hudek wirkte wie ein Sprechautomat. »Wir suchen aber auch euren Kollegen Robert Reich. Er hat hier auf sie gewartet, dann hat er von dem Malheur erfahren und war sehr verärgert. Er ist einfach herausgestürmt, hat ein Taxi zur Klinik genommen. Es war hektisch hier, er wollte sich nicht begleiten lassen.«

»Hat er sich bei Ihnen gemeldet?« fragte Ina.

»Ja.« Mit hochgezogenen Brauen sah Hudek sie an; hatten wir uns nicht geduzt, sollte das wohl heißen. »Einmal haben wir telefoniert. Dann hat er einen Kollegen in der Zentrale angerufen, das heißt, die Zentrale hat mit einem Kollegen verbunden, der Deutsch spricht. Dann habe ich wieder versucht, ihn zu erreichen, aber das war nicht möglich. Ich war zu dieser Zeit noch in der Klinik, um die Ärztin zu vernehmen, wie gesagt, sie hätte während der Prozedur anwesend sein müssen.«

»Vielleicht war die Ärztin der verkleidete Schiller«, sagte Teschke. Er wirkte seltsam ruhig jetzt, als hätte er einen Schlag auf den Kopf bekommen und sortierte noch seine Gedanken.

»Die Ärztin ist vertrauenswürdig, sie ist nur etwas überarbeitet. Sie hat diese Infusion für eine Kaffeepause genutzt.« Hudek war unverwundbar.

»Von der Blamage einmal abgesehen«, sagte Teschke. »Die tickt in diesen Dingen nicht wie ein normaler Mensch.«

»Die Ärztin?« fragte Hudek.

Teschke errötete. »Fragen Sie mal nach der Leiche von Denise Berningers Ex, eine Hinrichtung war das, sie hat sich über ihn geärgert.« Er stützte den Kopf in die Hände, und Ina sah wieder das Aufblitzen von Haß in ihren Augen, als die Rumänen sie abführten, dieses grelle, verbrennende Licht. Bau keinen Scheiß, wollte sie ihr sagen. Bleib ruhig, egal wo du bist.

Ein weiterer Beamter kam herein, der Hudek einen Recorder in die Hand drückte. Hudek schloß das Kabel an, er ließ sich Zeit. »Das hier«, sagte er, »ist der Mitschnitt des Telefongesprächs mit der Zentrale. Robert ist vielleicht noch in der Umgebung der Klinik gewesen, wir wissen es aber nicht.« Er zögerte. »Ich werde das jetzt abspielen«, murmelte er schließlich, und als das Rauschen anfing, drehte er ihnen den Rücken zu.

Ein Rauschen, als suchte man im Radio einen Sender, dann eine fremde Stimme: »Yes? You may speak German if you want.«

»Was?« Die Stimme Roberts. »Wer sind Sie denn?«

»Bitte sprechen.«

»Wo seid ihr? Das gibt es doch nicht, eure Kollegen stehen vor der Klinik herum, aber weiter weg ist von denen nichts mehr zu sehen, das sind ja paradiesische Zustände für Flüchtende. Wo seid ihr denn, was macht ihr überhaupt?«

»Es läuft Verfolgung. Sie sprechen bitte mit –«

»Ja, ja, es läuft Verfolgung, ihr Penner. Hören Sie, was ich sage?«

»Jawohl.«

»Das Aufgebot ist viel zu klein, verdammt. Alles menschenleer. Wenn ihr euch mal bequemen könntet, ich meine, eine Flüchtende, so weit kann die noch nicht – da –«

»Hallo? Bitte sprechen.«

»Da ist –«

»Hallo? Sie sehen die Frau? Der Ort bitte, der Ort!«

»Moment, das will ich mir ansehen.« Man hörte Robert atmen, konnte sogar seine Schritte hören, er war wohl in einer einsamen Gegend. Dann sagte er: »Das gibt's –«

»Pardon? Bitte laut.«

»Der – Box – Boxer –« Roberts Stimme kippte wie bei einem, der rennen mußte, dann fing er an zu schreien. »Ich muß – warte, warte!« Dann nichts mehr, die Verbindung wurde getrennt.

»Hallo!« schrie der rumänische Beamte in der Zentrale. »Bitte sagen Sie! Hallo?«

»Was sagt er denn da?« Teschke sprang auf. »Wird er angegriffen? Verfolgt er jemanden? Wen meint er mit dem Boxer?«

»Er hat sich nicht mehr gemeldet, wir suchen ihn«, sagte Hudek. »Er war ziemlich außer sich, er ist einfach losgestürmt. Das war nicht gut.« Er sah Ina an. »Ist er so ein Typ?«

Sie zog die Schultern hoch. Sie hatte nicht die leiseste Ahnung, was für ein Typ Robert war.

Sie warteten die ganze Nacht, Robert kam nicht zurück. Teschke sagte, so ein Typ sei er immer gewesen, der zog alleine los, der machte viel zuviel auf eigene Faust. Er informierte die Kollegen nicht immer; im Grunde, sagte Teschke, hielt er alle für Penner.

Hin und wieder wagte sich einer der Fahnder an eine Theorie, die ein anderer sogleich verwarf. Es lief aber immer auf dasselbe hinaus, sie hat ihn, sie müssen einander geradewegs in die Arme gelaufen sein.

Aber warum sagte er nicht laut und deutlich, daß er sie sah? Er sprach doch mit dem Beamten in der Zentrale, der Beamte fragte, ob er die Frau sehe, warum sagte Robert nicht: Da ist sie?

Weil er überrascht war, in so einem Moment fehlen dir die Worte, er hat vielleicht tatsächlich nicht mit ihr gerechnet.

»Nein«, sagte Ina. »Wenn ich rausgehe, um gezielt jemanden zu suchen, bin ich doch nicht überrascht, wenn ich ihn finde. Oder sie. Und er war ja nicht nur überrascht, er war – ihr habt es doch gehört, er war – fassungslos.« Sie schüttelte den Kopf. »Er redet von einem Boxer, damit kann er keine Frau meinen. Meint er Schiller, hat er ihn erkannt?«

»Schiller? Schiller ist tot«, sagte Teschke und sah sie an mit leerem Blick. »Den hat sie auch –«

»Nein«, murmelte Ina nur, »nein.«

Das will ich mir ansehen, hatte Robert gesagt, aber was? Wen? Einen Mann, der mit erhobenen Fäusten auf ihn zukam, den Boxer? Sprang die Angst einen an, weil man allein war, ohne Hilfe, ohne Schutz, überlegte man nicht mehr groß, was man sagte.

Das gibt's –, hatte er gesagt, *das gibt's nicht*, hatte er gemeint, oder nicht? Warum sollte er so überrascht gewesen sein, die Person zu sehen, nach der er suchte?

Weil es diese Person nicht war. Es war jemand anders.

Teschke sagte wieder und wieder: »Als nächste wäre die Kollegin an der Reihe, die darf alleine nicht mehr raus.«

»Hör auf«, sagte Ina. »Wenn ich wie Denise auf der Flucht bin, würde ich nicht anfangen, Polizisten zu suchen, um mich womöglich wieder einfangen zu lassen.«

»Ja, du. Du bist ja auch nicht bekloppt.«

»Sie auch nicht.«

»Nein, nein!« keifte Teschke. »Sie leidet an dieser Unfähigkeit, ihre Affekte zu kontrollieren, hat da dieses Borderline-Dingens, richtig, jawohl, ich habe das alles gelesen.«

Ina ging zum Fenster und sah das Interconti leuchten, den hohen, schwarzen Kasten in der Ferne. Robert meldete sich nicht. Immer wieder wählten sie seine Nummer, doch es gab keine Verbindung, und dann sagten sie, das Netz ist gestört, sein Handy ist hin, die Dinger gehen doch alle dauernd kaputt. Alles kann kaputtgehen, Computer, Waschmaschinen, Handys, Herzen, was du willst.

In den Morgenstunden legte sich Watte über alles, und Ina hörte nur noch das beständige Geräusch des Regens. Sie sah die Männer reden, doch ihre Worte erreichten sie nicht mehr, sie sah sie Kaffee trinken, aufstehen, ans Fenster gehen, und sie lehnte sich zurück und spürte nichts außer Angst. Wie Hunger war die Angst, sie nagte den Magen an. Zeit verstrich, das sagte ihre Uhr, aber sie spürte es nicht, denn die Zeit löste sich auf. Als der Polizist in der Tür stand, war es sieben Uhr zehn in einem fremden Land, in einer anderen Welt.

Der Polizist sagte nur: *»Please«*, bevor er sie zu seinem Streifenwagen führte, er verstand nicht, was sie ihn fragten, oder er wollte es nicht verstehen. Sie flogen durch den Regen, Calea Victoriei, Strada Orlando, dann nur noch Nebenstraßen. Häuser, unlesbare Straßenschilder, huschende Beine, von Menschen, von Hunden, alles flog vorbei, alles ersoff in dem Moment, da man es sah. Als der Wagen schließlich zum Stehen kam, in einer Gasse, in der es keine Wohnhäuser gab, nur eine verfallene Bude, die vielleicht einmal ein Laden gewesen war, drehte der Fahrer sich um und deutete auf die Absperrung.

Nicht hier. Zu Hause, da schon, da mußte sie durch solche Absperrungen gehen. Zu Hause kannte sie die Toten nicht. Ina spürte, wie sie jemand vorwärtsschob, ohne daß sie mitbekam, wer das war.

Hudeks heller Regenmantel leuchtete in der Gruppe der Polizisten. Als er sich umdrehte, hob er sekundenlang die Hände, nein, schau nicht hin. Hudeks heller Regenmantel über Roberts dunklem Jackett, Hudeks Füße neben Roberts Kopf, Roberts Kopf war so verdreht wie seine Beine, Dreck und Blut überall. »Wünsch mir Glück«, hatte er noch gesagt, »jetzt haßt sie uns alle.« Robert lag mit dem Gesicht in einer Pfütze wie ein Verdurstender, der trinken wollte.

Hudek fing wie ein Besessener an zu reden, vom Todeszeitpunkt, den man noch nicht kannte, von einer Schußwunde oder zwei, was man untersuchen mußte, von Abwehrverletzungen, Abschürfungen und Malen.

»Es gab einen Kampf«, sagte Hudek. »Dann ist er erschossen worden. Über diese Straße ist er geschleift worden, die paar Meter hier in die Ecke.« Er blieb über Roberts Leiche gebeugt stehen und stützte die Hände auf die Knie.

Ina murmelte: »Sein Ring.« Es war das erste, was ihr auffiel, neben Dreck und Blut und Roberts toten Augen. »Er trägt seinen Ring noch, der ist sehr schön. Ich meine – nach einem Raubüberfall, dann hätte er ihn doch nicht mehr.«

»Er war nicht verheiratet«, hörte sie Teschke sagen, nein, sie hatte überhaupt nichts von ihm gewußt, sie kannte nur sein

Ende, elend und kalt. Und sie hatte ihn nicht gemocht. Ina sah ihn an, als müßte sie ihn für alle Zeit im Gedächtnis behalten, und dann erinnerte sie sich an sein Lächeln. Man hatte es nicht so oft gesehen, und sicher hatte er auch nicht allzuviel gelächelt, weil er dabei immer ein wenig überrascht ausgesehen hatte, überrascht von sich selbst. Gewöhnlich waren ihre Toten lauter Fremde. Es waren für gewöhnlich keine Kollegen, hingerichtet von Polizistenmördern. Sie wollte ihn berühren, ein erstes und ein letztes Mal.

»Die Ermittlung führen die hiesigen Beamten«, murmelte Teschke. »Aber dann, die Überführung, das muß alles geregelt werden, man muß seine Eltern benachrichtigen, sie haben ein kleines Lebensmittelgeschäft. Ich weiß nicht, ob er eine Freundin hatte, er hatte mal eine, viele Jahre lang, die war älter, aber das ist ja auseinandergegangen.« Er schlug die Hände vors Gesicht.

»Nur das Telefon ist weg«, sagte Hudek. »Ein bißchen Geld und der Hotelschlüssel sind da.« Er richtete sich auf. »Ein Taxifahrer hat zur fraglichen Zeit einen Lieferwagen gesehen, sonst nichts. Ihm ist ein Transporter von einer Firma aufgefallen, der ihm die Vorfahrt genommen hat. Das ist nicht viel, hier ist kaum einer unterwegs.«

»Was heißt das?« fragte Teschke, »Transporter von einer Firma?«

»Mit Schriftzügen«, sagte Hudek. »Mehr hat er nicht gesehen.«

Ina schob die Hände in die Jackentasche und ging zurück, weg vom Tod. Ein Neuanfang, das hatte man ihr klargemacht, als sie losgegangen war. Sie hatte kaum daran glauben können, und jetzt war die Niederlage vollkommen. Die Angst, das Raubtier, sprang sie an, doch war es keine Angst um ihr Leben, weil der eigene Tod unvorstellbar war; selber starb man nicht, bloß die anderen starben. Es war die Angst, daß etwas außer Kontrolle geraten war, die Angst vor dem Abgrund. Was wußte man denn; »sie kann dich töten«, hatte Robert gesagt, da hatte sie ihn gerade erst kennengelernt. Er hatte auch so gedacht: daß immer nur die anderen starben.

»So schnell stirbt man nicht«, hatte er noch gesagt, das war doch erst vor ein paar Stunden gewesen?

»Es tut mir wirklich leid.« Hudeks Stimme hinter ihr, sein Atem, den sie im Nacken spürte.

»Sülz doch nicht«, murmelte sie. »Ein Ausländer, der hier getötet wird, ein Polizist noch dazu, das gibt Scherereien, das weiß ich doch von zu Hause.«

»Ja«, sagte er nur. »Trotzdem tut es mir leid. Jetzt hoffe ich wenigstens, daß die Deutschen das unter sich ausgemacht haben und daß es kein Rumäne war. Der Bancu war es schon mal nicht, der stand bereits unter Bewachung, als Robert dieses Telefongespräch geführt hat.«

Sie sah ihn an. »Wie ist sie rausgekommen?«

»Sie hatte nichts dabei«, sagte Hudek. »Noch nicht einmal eine Tasche. Wir haben sie durchsucht, sie war nicht bewaffnet. Ich weiß nicht, wie sie innerhalb von einer Stunde an eine Schußwaffe kommen kann.«

Aber an einen Helfer vielleicht, der so etwas hatte. »Wie ist sie rausgekommen?« fragte Ina erneut.

»Nun, sie mußte doch in die Klinik. Robert war ja der erste, der gemerkt hat, daß sie keine Luft bekam. Ihr war das egal, glaube ich. Aber wir können es uns nicht leisten, daß ausländische Gefangene uns wegsterben. Inländische übrigens auch nicht. Das war nicht simuliert.«

»Woher willst du das wissen?«

»Nun«, sagte er. »Die Ärztin hat das getestet.«

»So, das kann man testen?«

»Der Raum, in dem das Infusionsgerät steht, war nicht bewacht«, sagte er. »Die Ärztin –«

»Sicher, die Ärztin. *Warum* war der Raum nicht bewacht?«

»Sie war doch nicht in der Verfassung, sich da selbständig zu machen. Dachten wir. Und wie gesagt, die Ärztin hätte bleiben müssen.«

»Hat sie dir gedroht?« fragte Ina.

»Die Ärztin?«

»Hat Denise Berninger so etwas gesagt wie: Wir hatten doch eine Abmachung, meinen Anteil habe ich im Wortsinne dazugetan, und nun wird es aber Zeit, daß du endlich was für mich tust?«

»Ich duze diese Frau nicht«, sagte Hudek steif. »Ich habe überhaupt keine besondere Beziehung zu ihr.«

»Hat sie gesagt: Sie haben mich hängen lassen, Herr Hudek, Sie haben den deutschen Fahndern noch geholfen, und jetzt könnte ich den deutschen Fahndern etwas über Sie erzählen, wenn Sie mir nicht helfen, hat sie vielleicht so etwas gesagt?«

Ausdruckslos sah Hudek sie an. »Weißt du, wie Robert über dich gedacht hat?« Er streckte ihr einen Finger entgegen. »Die hat den Faden verloren, hat er gesagt, die packt es nicht mehr.«

»Schön.« Ina sah auf den Boden. »Aber du mußt mir nichts erklären«, sagte sie schließlich. »Manchmal gibt es Greifer, die ihren Zielpersonen den geordneten Rückzug anbieten. Ich meine das ganz allgemein. Warum auch immer. Manchmal gibt es solche –« Sie schloß die Augen, als ein Schauer sie überfiel, wie Schüttelfrost.

Doch Hudek lächelte nur. Es prallte alles an ihm ab. Hudek sagte: »Ich fahre dich ins Hotel zurück, ihr könnt hier nichts mehr tun.«

Dann kehrten die Träume zurück, Wachträume, Fieberträume, sie saß in Hudeks Wagen und sah die Straßen nicht, nur die schattenhaften Bilder. Sie sah eine Hand, die eine Waffe hielt, aber es war ein Phantom, das schoß, ein Gespenst ohne Gesicht. Die irre Wut gibt Kraft, wollte sie sagen, dann trat das Phantom aus dem Dunkel hervor. Wo kam die Waffe her, wollte sie fragen, die mußte man sich doch besorgen, das brauchte Zeit, dann wurde das Phantom wieder in Schwärze gehüllt. Wieder und wieder hörte sie seine Stimme, Robert sagte: *Moment, das will ich mir ansehen.*

Was? Was hatte er gesehen? Robert hätte sich hier kaum etwas ansehen dürfen, in einer Stadt, in der ihm die Befugnisse fehlten, aber so ein Typ war er nicht, hatten seine Kollegen gesagt, keiner, der sich darum scherte. *Das will ich mir ansehen – der – Box – Boxer*, und er hatte *das gibt's nicht* sagen wollen, warum? Immer wieder hörte sie seine Worte, seine letzten vielleicht, was wußte man denn. Sie wollte durch die Stadt laufen, Stunde um Stunde, Tag für Tag, jede Nacht, bis sie es wußte. Ermittlungen ohne Ende, damit man davonlaufen konnte vor den eigenen Gedanken, vor dieser Angst. Die eigenen Gedanken ohnehin ein Labyrinth, sie sah Bilder, Fotos, Dans alte Fotos, wie Denise das Baby hielt, sie sah den Mann im Park mit seinen elf Messerstichen, seinem angstverzerrten Gesicht.

Es ist nicht wahr, oder ist es wahr?

Robert, was hatte er gesehen?

»Ich möchte, daß du gleich da reingehst«, sagte Hudek neben ihr. Sie sah das Hotel und die Straße, und sie spürte seinen Blick. »Ihr könnt hier nichts mehr tun, es ist unsere Angelegenheit.«

»Ja sicher.« Es regnete immer noch. Oder schon wieder. Schönes Wetter war gewesen, bis Robert starb.

»Geh nicht mehr raus«, sagte er.

»Nein.«

Als er anfuhr, hob er die Hand, und Ina sah seinem Lada hinterher, bis der zähe, graue Regen ihn verschluckte. Im Rinnstein schwammen Streichhölzer, die sie ernsthaft zu zählen versuchte, drei, vier, drei – drei. Alle Gedanken versanken wie Steine in einem Fluß, denn die Niederlage war vollkommen. Schachmatt.

»Hallo«, sagte jemand hinter ihr, und sie brauchte eine Weile, bis sie reagieren, sich umdrehen konnte, und als sie es schließlich tat, wäre es im Ernstfall reichlich spät gewesen. Sie reckte eine Faust wie ein Boxer nach vorn – Roberts Stimme, die *Boxer* sagte.

»Huch«, sagte er, so ein Typ war er wohl, einer der *Huch* sagte. Ingo aus Offenbach, der Tierfreund, der auch dreibeinige Hunde mit nach Deutschland nahm, wich einen Schritt zurück. »Ich wollte Sie aber nicht erschrecken.«

Ina lehnte sich gegen eine Laterne und ließ die Arme baumeln. »Was wollen Sie denn?«

»Na, ich –« Er räusperte sich. »Es ist ja so, ich wollte Sie etwas fragen. Sie haben doch gesagt, daß Sie hier wohnen, und da habe ich gewartet. Was ich sagen will: Wir sind doch quasi Nachbarn zu Hause, also habe ich mir gedacht, wenn Sie möchten, weil ich doch jetzt nach Hause fahre, nehme ich Sie mit. Dann haben Sie Geld gespart, habe ich gedacht.«

»Das dachten Sie.« Denise fiel ihr ein, wie sie herablassend sagte: Du solltest nicht soviel denken. Ina sah an ihm vorbei. Auf der anderen Straßenseite stand sein Transporter, dieses bemalte Ungetüm mit dem Abbild eines grinsenden Schäferhundes.

Bemalt und beschriftet, *den Tieren ein Heim*. Einem Taxifahrer war ein Transporter aufgefallen, in der Gegend, in der Robert getötet worden war, ein Firmenwagen, hatte er gesagt, ein Wagen mit Schriftzügen, auf die er nicht geachtet hatte. Auch die Wagen der Tierschützer waren beschriftet und bemalt, wie dieser hier, Ingos buntes Ungetüm.

»Sie meinen«, sagte sie, »ich soll mich für Stunden in dieses Ding da setzen, und von hinten sabbern mir die Köter ins Genick?«

»Ach, ich mache doch immer Pausen.« Ingo sagte das ziemlich verzagt. »Zur Not könnten wir uns abwechseln am Steuer, Sie können das doch sicher, die Frauen aus dem Tierheim fahren diesen Wagen alle. Es ist ja nur so, dachte ich, wir haben doch den gleichen Weg.«

Sie schüttelte den Kopf. Den Blick auf den Transporter gerichtet, versuchte sie sich vorzustellen, achtzehn, zwanzig Stunden neben diesem Kerl zu sitzen, doch dann starrte sie nur noch das Bild des Schäferhundes an. Schäferhunde und Rottweiler erkannte sie ja blind, Dackel, Pitbulls, Boxer und Pudel, bei allen anderen hatte sie Schwierigkeiten, die Rasse zu erraten. Aber sie machte sich ja nicht viel aus Hunden. Robert schon, Robert war ein Hundefreund gewesen, der Rassen kannte, von denen sie noch nie etwas gehört hatte. Von japanischen Hunden hatte er doch berichtet und davon, daß er Hundesportler war, was auch immer man da trieb. Robert würde also niemals nur Hund sagen, wenn er einen sah, der kam gleich mit der Rasse rüber, etwas, von dem man sagte, daß es in Fleisch und Blut übergegangen war. Vielleicht hatte Robert selbst in Lebensgefahr noch *Boxer* gesagt, statt einfach nur *Hund*.

Aber in dieser Stadt hier hätte er einen streunenden Hund nicht für erwähnenswert gehalten. Und ein Hund, der ihn anfiel, gegen den er sich wehren mußte? Solche Verletzungen hatte er nicht.

»Also«, sagte Ingo, »wenn Sie nicht wollen, können Sie mir das ruhig sagen. Es war halt bloß ein Angebot.« Er seufzte schwer.

Ina lehnte noch immer am Laternenpfahl. »Sie sind doch viel hier unterwegs. Kann ich Sie was fragen?«

Er nickte. »Wollen wir nicht –« Er deutete auf seinen Transporter. »Wir werden ja ganz naß.«

Im Wagen sah sie sich um. Kein Hund, es roch wieder nach Lavendel. »Waren Sie letzte Nacht unterwegs?«

»Oh ja. Gestern habe ich drei Hunde gerettet – nein, halt, es waren vier. Die habe ich zur Auffangstation gebracht, die ist in Pantelimon, die kennen Sie vielleicht, die wird von Deutschen betrieben. Wenn ich heimfahre, nehme ich immer die Tiere mit, die es am dringendsten brauchen. Abends haben wir da alle zusammengegessen. War schön.« Er blinzelte. »Was wollen Sie denn jetzt eigentlich wissen?«

Die übliche Technik. Unterstelle ihm was. »Auf dem Heimweg waren Sie dann in der Gegend des Mateo-Hospitals.«

»Nein, wieso? Wo ist das? Das kenne ich nicht.«

»Gegen elf.«

»Wieso?« Ingo legte einen Arm aufs Steuer und traf die Hupe. »Ich war um halb elf wieder in der Pension und habe mich gleich hingelegt. Die Wirtin war unten, die wollte mir noch eine heiße Milch machen, sie ist sehr nett, hat mir noch gute Nacht gewünscht. Na so was. Das ist mir ja noch nie passiert.«

»Daß Ihnen jemand gute Nacht wünscht?« fragte sie.

»Nein, daß ich so ausgefragt werde. Man könnte ja meinen, Sie sind von der Polizei.«

»Ja«, sagte sie.

»Sind Sie?« Ingo schnappte nach Luft. »Sie sind von der *Polizei?*«

»Ja.«

»Das ist ja ein starkes Stück!«

»Ja«, sagte sie erneut.

»Ich dachte, Sie kommen aus Frankfurt.«

»Das ist richtig. Man kann aus Frankfurt kommen und trotzdem –«

»Das hätte ich jetzt nicht von Ihnen gedacht«, sagte er. »Das hätten Sie mir ruhig sagen können, wo wir uns doch die ganze Zeit so gut verstanden haben.«

Sie sah an ihm vorbei. Erzähl mir dein Leben, Ingo aus Offenbach, vermutlich werde ich anfangen zu heulen.

»Hat man mich geblitzt?« fragte er. »Ich fahre aber nie sehr schnell. Oder mein Polizeifunk? Den höre ich doch nur wegen der Hundemörder, weil –«

»Nein.« Sie holte Luft, sein Bild verschwamm vor ihren Augen. Keinen Schimmer, ob hier überhaupt je geblitzt wurde. »Sie kennen sich doch hier aus, sehen Leute.«

»Ja, schon.«

Aus dem letzten Fach ihrer Brieftasche, wo sie Fahndungsfotos aufbewahrte, holte sie das Bild von Denise. Es war ein Foto ihres ehemaligen Senders, auf dem sie in die Kamera blickte wie eine Henkerin. Ina spürte die Kälte wieder durch ihren Körper kriechen, als sie fragte: »Haben Sie diese Frau mal hier gesehen?«

»Die kenne ich.« Ingo kniff ein Auge zu. »Also irgendwie – ist die auch aus einem Tierheim?«

»Ich glaube nicht.«

»Ja, dann weiß ich nicht. Ich kenne nur Frauen aus Tierheimen.« Er sah weiter hin. »Die habe ich aber schon gesehen, ganz bestimmt. Hat die was verbrochen?« Dann schrie er plötzlich auf; »aaach«, schrie er so laut, daß ein vorübergehender Mann stehenblieb, um in den Wagen zu schauen, »oh Gott, das ist doch die Berninger aus dem Fernsehen.« Er schlug beide Hände gegen die Wangen. »Was wollen Sie denn jetzt von *mir*?«

Ina steckte das Bild wieder ein und zog das Fahndungsfoto von Paul Schiller hervor, Ingo war aber noch längst nicht soweit. »Die haben sie ja ins Gefängnis geworfen«, sagte er, »die hat doch seinerzeit – oh Gott, warum soll ich die kennen? Ich habe die Berichte gesehen, das war ein Ding, nicht? Gerade die, ich meine, die war doch seriös. Nicht freundlich, aber achtbar. Und dann geht sie hin und macht so Dinger, bringt den eigenen Mann um, das heißt, sie waren ja nicht verheiratet, aber das war doch furchtbar, wieso zeigen Sie mir das jetzt?«

»Ich suche eine Frau, die ihr ähnelt«, sagte Ina.

»Aha«, murmelte Ingo. »Ach so. Ja, nein, ich habe keine gesehen.« Vorsichtig nahm er Ina das Foto von Paul Schiller aus der Hand. »Das ist doch der mit dem Multivan.«

Einen Moment blieb es still. Ina legte den Kopf zurück. Regen schlug aufs Dach.

»Sehen Sie?« sagte Ingo neben ihr.

Langsam drehte sie den Kopf. »Ja?«

»Das habe ich doch gewußt. Ein unangenehmer Mensch.« Ingo tippte auf das Foto. »Er kommt aus der Schweiz. Wie gesagt, fährt er den Multivan, so 'ne Art Campingbus. Mit dem haben wir aber nichts zu tun, wir anderen sind doch irgendwie alle vernetzt, wissen Sie? Der hält sich aber abseits, und einmal habe ich gesehen, wie er mit den Tieren umgeht, das war nicht schön, wirklich nicht.«

»Mit den Tieren«, wiederholte Ina. Sie sah auf das Foto, das Ingo in der Hand hielt, auf Paul Schillers schmales, glattes, viel zu schönes Gesicht. »Wieso kommt der aus der Schweiz?«

»Sein Kennzeichen«, sagte Ingo. »Vorne CH, weiter weiß ich nicht. Wenn ich ihn gesehen habe, das war ja nicht so oft, trug er eine Kappe und diese schwarze Jacke.« Er guckte traurig vor sich hin. »Den Hund, den er da hatte, einen kranken Riesenschnauzer, den hat er regelrecht vorwärtsgetreten. So geht man nicht mit Tieren um, dann können sie ja gleich hierbleiben. Zuerst dachte ich ja, das ist ein offizieller Hundemörder, es ist nämlich so, daß die Stadtverwaltung hier Männer losschickt, die eine Prämie kriegen für jeden ermordeten Hund – das habe ich wohl schon erzählt? Das ist er aber nicht, weil sein Wagen wohl auch von so einem Verein ist.«

»Was ist mit dem Wagen?«

»Ja, da hat er doch diesen Schriftzug von einer Tierschutzorganisation, aber ich habe vergessen, was da genau steht. Ist ja, wie gesagt, die Schweiz. Und jetzt sind Sie hinter ihm her, nicht? Ach, das ist ja ein Ding.«

»Sind Bilder auf dem Wagen? So wie bei Ihnen, Sie haben diesen Schäferhund drauf.«

»Ich weiß nicht – ich hätte darauf achten sollen, nicht?«

»War er mit jemandem zusammen, haben Sie das mal gesehen?«

»Nein, wie gesagt, es war ja nicht so oft, ich habe ihn längst nicht auf jeder Tour gesehen, aber wenn, dann war er immer für sich.«

Sie nickte. Er war hiergeblieben, Tag für Tag war er da. Kein Hotelportier hatte sich erinnert, weil er in einem Wohnmobil kampierte, keinem Fahnder war er aufgefallen, weil er mit Hunden durch Bukarest zog wie diese unzähligen, harmlosen Tierschützer auch. Da guckte man doch gar nicht erst hin. Schweizer Kennzeichen, vermutlich war der Wagen geklaut.

Dann stimmte es, dann hatte Denise ihn nicht getötet. Ihn nicht, noch nicht. Was hatte sie kurz vor dem Zugriff behauptet? Ein Schatten, man dreht sich um, aber es ist nichts gewesen. Ein Spinner vielleicht, ein schlauer Spinner, ein abgewiesener Liebhaber, ein Möchtegern-Liebhaber, der sie nicht loslassen wollte, weil er sie nicht bekam, der vielleicht für sie tötete, der immer da war, wenn sie ihn brauchte.

Hatte sie ihn jetzt gebraucht? Aber wie hatte sie den Kontakt hergestellt, ohne Geld, ohne irgendwas?

Robert sagt: *Das will ich mir ansehen.* Was sieht er, einen Transporter und einen Mann, der aus dem Dunkel tritt, den er nicht mehr auf der Rechnung hat, weil er glaubt, daß er tot ist, den er jetzt erkennt, weil er darauf achtet. Jetzt ist es zu spät; vielleicht hat er ihn früher schon gesehen, einen Mann mit einem Hund, und da hat er sich um den Mann nicht weiter gekümmert. Jetzt erkennt er ihn, jetzt will er *das gibt's nicht* sagen, jetzt fragt er sich, warum der zum Teufel einen Hund mit sich führt. *Der – Box – Boxer –*

Aber der andere kommt direkt auf ihn zu.

Ich muß – warte, warte!

Der andere wußte, wer Robert war, das Phantom, das herumschlich und alles sah.

Und alles hörte. Polizeifunk, hatte Ingo gerade gesagt, sein kleines Vergehen, er hörte den Polizeifunk ab. Schiller auch, der war informiert, der hört einen Fahndungsaufruf, blond, deutsch, aus der Klinik geflohen, was immer sie da sagen, und macht sich auf den Weg.

»Mir geht das gar nicht aus dem Kopf«, sagte Ingo neben ihr, und Ina blinzelte ihn an, den langen, dünnen Kerl, der vor ihren Augen immer dünner wurde; gleich würde er sich auflösen.

»Ich meine, wie das alles so kommt«, fuhr er fort. »Ich war ja selber schon im Fernsehen, da habe ich sie aber nicht gesehen.«

»Wen?«

»Na, die Berninger. Die hatte das Studio nebenan, haben sie gesagt, aber sie war nicht drin.«

»Wieso waren Sie im Fernsehen?«

»Bei *Frauchen gesucht*«, sagte Ingo. »Das ist die Sendung, in der Tiere vermittelt werden. Da kommen die einzelnen Tierheime und stellen ihre Sorgenkinder vor. Ich war zweimal schon da. Ich bin da öfter.«

»Aha.« Sie kannte die Sendung, weil sie sich gerne Katzen anguckte, weil sie eigens auf den Moment wartete, da die Katzen gegen ihren Fernsehauftritt protestierten, indem sie fauchend nach ihren Betreuern schlugen.

Wie eine Katze, sacht und still. Schiller war hier. Schiller lief durch die Stadt und sah ihnen zu.

»Haben Sie mit dem Mann gesprochen?« fragte sie.

»Der!« Ingo schüttelte den Kopf. »So arrogant wie der ist. Ich hätte ihm ja sagen sollen, wie er die Tiere behandelt, aber ich habe einen Blick für solche. Ich meine, wenn ich da was sage, schnauzen die einen gleich an. Ich will ihm ja auch nichts unterstellen, aber gelegentlich dachte ich, der wäre hinter mir her.« Er hustete geziert.

»Wieso?«

»Na, Sie wissen doch. Er ist mal eine ganze Straße lang hinter mir hergekommen, dann ist er aber weiter, woandershin. Das war in Pantelimon. Ich dachte da halt bloß, was machst du jetzt? Ich selber bin nämlich nicht so.«

Er auch nicht, beruhige dich. »Pantelimon«, sagte Ina. War das sein Ruheplatz?

Ingo nickte. »Da habe ich ihn meistens gesehen. Wo das Auffanglager ist, wissen Sie? Nur hat er da kein einziges Tier hingebracht, macht alles auf eigene Rechnung, ist schon ein komischer Kerl.« Mutlos guckte er sie an. »Ich bin kein guter Helfer, wäre ich bloß meinen Ahnungen gefolgt, dann hätte ich genauer geguckt. Ich hatte recht, mit dem stimmt etwas nicht, oder?«

»Welche Farbe hat der Bus?«

»Hellgrau«, rief er, glücklich, wenigstens das zu wissen. »Silbergrau, will ich mal sagen. Metallic.« Abwartend sah er sie an, wie sie es alle taten; erzähl doch endlich, was los ist. Sie wollte ihm etwas Tröstendes sagen und wußte doch nicht, was.

»Ich brauche noch Ihre Adresse in Deutschland«, sagte sie. »Nur für den Fall, daß ich noch Fragen habe.«

»Wirklich?« Ingo schien sogar erfreut. »Ja, dann melden Sie doch mal, ich meine, wir könnten –«

»Ja«, sagte sie nur.

Seufzend sah er sie an. »Eine Polizeibeamtin, na, die fährt natürlich nicht mit mir im Wagen. Das wußte ich ja nicht.«

»Sie haben mir sehr geholfen.«

»Wirklich?« Als sie das Hotel betrat, drückte er auf die Hupe. Ein langsamer Fahrer, mit dem sie wohl zwei Tage unterwegs gewesen wäre, Tage, in denen er sein Leben erzählt hätte, das vielleicht nur aus Vorsicht und Furcht bestand, Furcht vor den Arroganten, die ihn gleich anschnauzten, wenn er denen mal etwas sagte, Leute wie Schiller, die mühelos weiterkamen, überall. Sie hatte etwas gegen Leute, die zum Abschied hupten.

In ihrem Zimmer rief sie Hudek an, der pfiff ein paarmal vor sich hin und sagte: »Hübsche Tarnung. Hunde, eine Kappe, eine Art Uniform, das ist nicht viel. Aber es hat gereicht.«

»Schweizer Kennzeichen. Er hört Polizeifunk.«

»Er wird das Land verlassen haben«, sagte Hudek. »Jetzt ist es ihm wirklich zu heiß. Ungarn, Österreich, vielleicht nach Deutschland zurück, internationale Fahndung. Ist er allein? Wenn man das wüßte.« Er sagte es so, als plauderten sie über das Wetter, ob es wohl einen kalten Winter gibt? Steckt man nicht drin.

»Du hast mich doch nach einem blauen Mann gefragt«, sagte er nach einer Weile. »Kein schwarzer Mann, warum eigentlich kein schwarzer?«

»Was ist mit ihm?«

»Bei einer Kollegin habe ich eine Notiz gefunden. Ein Junge hat ausgesagt, daß der blaue Mann seine Freunde gestohlen hätte, Nicu, Marius und Andrei. Nur das, der blaue Mann. Der hat kein Gesicht, scheint mir, der hat keinen Körper. Den Jungen haben sie gerade in den Drogenentzug gebracht, der ist am Ende.«

»Wie heißt er?« fragte sie.

»Florin.«

»Ja«, murmelte sie. »Mit dem hab ich gesprochen.«

»Siehst du?« Hudek schien zu lächeln, fast konnte man es hören.

»Was ist mit Dan Bancu?« fragte sie.

»Bancu.« Hudek lachte. »Ein trauriger Tropf ist er jetzt, er sagt, daß sie nie jemandem etwas tut. Das Haus ist unter Beobachtung, aber ich schließe es aus, daß sie zu ihm zurückkehrt, so dumm ist sie nicht.« Nach einer Pause sagte er: »Robert wird obduziert, ich warte auf das Ergebnis.«

Ina nickte nur, konnte nichts tun, hier durfte sie nicht ermitteln. Das alte Foto fiel ihr wieder ein, Denise hatte Andrei auf dem Bauch liegen, Andrei reckte ein Ärmchen in die Kamera. Neben ihr Dan. Möglich, daß sie den Jungen nie wiedersahen. Sie hatten beide so ausgesehen, als würde so ein Stück vom Glück ihnen jetzt reichen, ein Leben lang. Das Bild verschwamm und machte Platz für ein anderes, die Plastiktüte, die Denise an diesem Zaun abgestellt hatte, als sie ein letztes Mal miteinander redeten, zehn Minuten vor dem Zugriff. Die Fahnder hatten alles durchwühlt und den Inhalt auf den Boden gekippt, Obst, Gemüse, Traubensaft und Tütensuppen, Brot, Weißbrot, weil Dans Zähne wackelten, und Ina wollte ihnen sagen, ihnen allen hier, Teschke und seinen namenlosen Kollegen, daß nichts passiert wäre, hätte man sie in Ruhe gelassen. Sie könnte ihnen das sagen, weil alles gescheitert war, weil sie mit leeren Händen zurückkam, wie so oft in letzter Zeit, da kam es darauf nicht mehr an.

Ein kleiner Vogel sprang auf der Fensterbank herum, pochte mit dem Schnabel gegen die Scheibe als würde er um Einlaß bitten. Robert hatte Staub von der Scheibe gepustet, als sie hier gestanden hatten, am ersten Tag.

Sie stand auf und prallte mit Teschke zusammen, der polternd in ihr Zimmer kam.

»Wo steckst du denn?» Er atmete heftig. »Wir denken, du bist schon wieder allein unterwegs. Wir müssen raus, Befehl von Böhm, mach hin, du mußt packen.«

»Jetzt gleich?«

»Ja, gleich«, sagte Teschke. »Abzug, alle zurück, alle raus hier. Hier haben wir verloren.«

5

In der Nacht lauschte Ina auf die wenigen Geräusche, die so exotisch klangen, als wäre sie jahrelang fortgewesen. Einparkversuche, Schritte, Stimmen, das Gejammer der Katze von gegenüber, die zwischen geparkten Autos und Mülltonnen ihren Kater nicht fand, alles schon tausendmal gehört. Das schwache Licht der Straßenlampe, das sich durch die Jalousien schob, das Bett, das Zimmer, ihre Wohnung, ihr Haus, ihre Straße, Bennys Atem, alles wie immer, alles so fremd.

Es war halb vier, als sie aufstand und sich im Wohnzimmer auf ihren Lieblingsplatz setzte, den Barhocker neben Jerrys Körbchen. Irritiert guckte der schwarzweiße Kater sie an; er mochte sie nicht, das war sicher, dafür stürzte er sich mit provozierendem Enthusiasmus auf jeden Mann, der die Wohnung betrat. Hörst du zu? Sie wollte ihm von Teschke erzählen, dem blassen Fahnder, von den roten Flecken in seinem Gesicht, als er rief, das könne nicht sein mit dem Schiller, denn sie hatten das schließlich nicht zum ersten Mal gemacht.

Teschke hatte zuviel getrunken auf dem Flug, er hatte eineinhalb Stunden lang getrunken und immer wieder ihre Argumente hören wollen, nur um sie zurückzuweisen, immer wieder.

»Wie viele Tierschützer habt ihr gesehen?« hatte sie gefragt. »Da guckt man nicht mehr, da erwartet man nichts. Das hat er gewußt. Ihr habt sie mit dem Ziel beschattet, daß sie euch zu ihm führt, aber entweder sind sie beide zu raffiniert gewesen, oder er war tatsächlich nicht mehr mit ihr zusammen. Es könnte sogar sein, daß sie von euch und von ihm beschattet wurde. Daß er alles gesehen hat, alles und jeden.«

»Das ist scheiße!« hatte Teschke gebrüllt. »Er ist das Hündchen, er! Die führt ihn am Finger wie ein Hündchen. Kann ja sein, daß sie da noch diesen anderen Kerl hatte, haltlos, haltlos –« Sein Blick war trüb gewesen, seine Stimme heiser. »Ich sag dir was«, hatte er kurz vor der Landung gesagt, »Schiller ist ein Räuber. Der hat Schmuck geraubt und zugeschlagen, um seinen Vorsprung zu vergrößern. Hörst du? Zugeschlagen! Aber sie, sie hat den damals getötet, hörst du, weil sie töten wollte! Verstehst du? Weil – sie – es – wollte! Hörst du, was ich sage? Getötet. Kalt, eiskalt. Wie Robert.« Tränen rannen über sein Gesicht, und die Angst war eine Schlange, die sich um Inas Hals wand, als sie Teschke weinen sah.

Seinen Vornamen kannte sie noch immer nicht. Sie seufzte, als sie Benny hinter sich hörte, weil sie keine Lust hatte, etwas zu erklären. »So ist es«, kam sie ihm zuvor, »ich kann nicht schlafen. Das ist die Zeitumstellung, Bukarest ist weiter.«

»Na komm«, sagte er, »das Stündchen.« Er fuhr mit beiden Händen durch sein schönes, halblanges Haar, hockte sich auf den Boden und sah zu ihr hoch.

»Ich hatte Pech«, murmelte sie. »Nein, das war kein Pech, das war – ich kann das alles nicht mehr.«

»Was, deinen Job?«

»Ich will das auch nicht mehr.«

»Das erzählst du mir jetzt das ungefähr zehnte Mal, seit wir uns kennen.«

Sie zog die Kiste mit den Videos aus dem Regal, hinter ihr sprang Jerry aus dem Körbchen, um sich an Bennys Beine zu schmiegen.

»Ich glaube, du spinnst«, sagte er, aber das galt ihr, nicht dem Kater.

»Ich will diesen Film noch mal sehen«, sagte sie. »Der spielt in Wien, da will einer bis zum Schluß an seinen Freund glauben, obwohl ihm alle sagen, daß der Leute auf dem Gewissen hat.«

»Jetzt?« fragte Benny.

»Nein, nach dem Krieg. Da war das Penicillin knapp, das war ein Penicillin-Schieber, jedenfalls schwenkt der andere dann doch um und hilft, ihn zu jagen, und dann –« Sie stand mit hängenden Armen da, dann schob sie die Kiste zurück.

»Ich meine, das willst du jetzt gucken?« fragte er.

»*Der dritte Mann*«, sagte sie.

»Kenne ich nicht.«

»Was kennst du denn?«

Benny schnaufte genervt. »Dafür lese ich gern. Guck dich doch mal um, hier gibt es kein einziges richtiges Buch, bloß diesen Fachkram. Wann hast du eigentlich das letzte Buch in der Hand gehabt?«

»Das gerichtsmedizinische Lexikon«, sagte Ina.

»Eben. Aber um vier Uhr morgens willst du einen alten Schinken gucken?«

»Nein, ich gucke ihn nicht mehr.« Sie kniete sich vor ihn und umfaßte seine Schultern, hätte ewig so verharren können, damit die Angst verschwand.

Ina hatte ihn ins Bett gebracht wie ein Baby und war neben ihm sitzengeblieben, bis er wieder eingeschlafen war, sie wollte etwas gutmachen und wußte doch nicht, was. Dann hatte sie in der Küche auf die Sonne gewartet, aber die Sonne war schüchtern, traute sich kaum. Als sie das Haus verließ, kroch sie wie eine Spinne durch die Wolken und zog ein paar Fäden hinter sich her. Im Hof des Polizeipräsidiums standen zwei Streifenwagen, alles war ruhig, und der Pförtner döste noch halb, als er fragte: »Wo wollen Sie denn hin?«

»Guten Morgen«, sagte sie nur.

»Ach, Sie sind das.« Der Mann rückte seine Brille zurecht; eine Zeitung, drei Bananen und zwei Lottoscheine, die er noch ausfüllen mußte, halfen ihm durch den Tag.

Muffiger Geruch im Zimmer, es war noch niemand da. Ina riß die Fenster auf und suchte die Sonne, komm runter, komm her. Warten, es gab nichts zu tun, warten auf all diese Fragen, warten auf Böhm. Nach einer Weile schaltete sie den Computer ein und suchte nach Berichten über rumänische Kinder. Eine Bande hatte Kinder nach Deutschland geschleust, um sie auf den Klau-Strich zu schicken. Ihr Auftrag: in Fußgängerzonen Handtaschen stehlen, in Geschäften Zigaretten und Markenartikel. Brachten sie nicht genügend Ware, gab es Schläge, wurden sie geschnappt, waren sie unter vierzehn. Sie galten als vermißt, oder ihre Eltern hatten sie für ein paar hundert Euro verkauft. Sechzig Kinder waren erfaßt, doch Andreis Name tauchte nicht auf. Ina tippte ihn trotzdem in das Suchprogramm und erhielt die Fahndungsmitteilung des BKA:

»*In Rumänien wird Andrei Bancu vermißt, wohnhaft Bukarest, 13 Jahre, hellblondes Haar, blaugraue Augen, gerade Nase, vollständiges Gebiß. Verschwand beim Spielen in der Nähe des Bukarester Hauptbahnhofes (Gara de Nord). Hinweisen zufolge wird ein Bezug nach Deutschland nicht ausgeschlossen.*«

Dazu ein Foto des Jungen; er lächelte ein kleines, feines, überhebliches Lächeln, das er zweifellos von seiner Mutter geerbt hatte. Er hätte es aber auch von Hauptkommissar Ralf Stocker haben können, ihrem Chef bei der Mordkommission, der es für das Höchste an Haltung und Form hielt, keine Vertraulichkeiten zuzulassen und niemanden außerhalb seiner Familie zu duzen. Ein schicker Mann, der auf sein Äußeres achtete, für alle Eventualitäten des Lebens Listen anlegte und wie Denise gern mit seiner Bildung protzte. Selten sagte er dummes Zeug wie »Da sind Sie ja wieder«, doch jetzt, als die Tür hinter ihm zuschlug, tat er es. Er kippte die Fenster, rollte seinen Stuhl heran und sah Ina an.

Und sie wußte nicht, wie sie es ausdrücken sollte, sie suchte die Worte, immer suchte sie Worte. Die offiziellen Begriffe machten es leichter, Tötungsdelikt, verdächtige Person. Zwei verdächtige Personen. Eine Katastrophe, wollte sie sagen, ein Desaster, leere Hände. Ein toter Kollege.

Aber Stocker wußte es ja längst, er sagte: »Böhm ist auf dem Weg. Ich war von Anfang an dagegen. Man hätte sie sofort greifen sollen und Schluß.«

»Das sagen Sie jetzt.«

»Das habe ich von Anfang an gesagt. Aber ich will die Arbeit anderer Abteilungen nicht bewerten.« Stocker steckte eine Hand in die Hosentasche und klapperte mit dem Schlüssel darin. »Sie meinen jetzt, es gibt eine Spur von Schiller?«

»Spur kann man nicht sagen, er war halt die ganze Zeit da. Kleine Tarnung, große Wirkung.«

»Sie halten ihn für den Mörder von Reich?« Es war nicht sein Fall, ermitteln mußten die Rumänen.

»Das wäre möglich, ja.«

»Sagen wir so«, sagte Stocker, »möglich ist auch eine Zufallstat, ein ordinärer Raubmord. Möglich bis wahrscheinlich ist auch eine Täterschaft der Frau Berninger.«

Ina nickte, so redete nur er. Im ganzen Präsidium sprach keiner so gewählt wie Stocker und schon gar nicht Böhm. Sie erwartete, daß Böhm dieselben Fragen stellte, doch Minuten später, nach einem kurzen, kalten Händedruck, begann der Oberfahnder von der Waffe zu sprechen, mit der Robert Reich erschossen worden war.

»P 2000, neun Millimeter«, sagte Böhm. »Merken Sie was? Ja, Sie merken was, die haben Sie auch. Es war Roberts eigene Waffe, er hat sich entwaffnen lassen.« Er raschelte mit seinen Papieren, aber er sah kaum hin. »Bauchschuß. Ferner Abwehrverletzungen, es ist gekämpft worden, er hat sich trotzdem entwaffnen lassen. Kein stumpfer Gegenstand, also auch kein Baseballschläger. Keine Verletzungen, die Hunde herbeigeführt haben könnten. Ausweitung der Haftbefehle auf Mord, respektive Beihilfe zum Mord. Bei beiden, Schiller und Berninger.«

»Ja«, sagte Ina nur. Sie erwartete eine Regung von Böhm, daß er etwas über Robert sagte und sich an ihn erinnerte, daß Robert hier nicht einfach schon begraben wurde, hastig verscharrt ohne ein Wort.

»Woher sollte die Frau Berninger denn eine Waffe haben, werden Sie sich vielleicht gefragt haben, unmittelbar nach der zweiten erfolgreichen Flucht.« Böhm sah sie höhnisch an. »Haben Sie sich das gefragt? Jetzt wissen Sie es.«

»Das wäre möglich«, sagte sie. »Aber es spricht Schiller nicht von dem Verdacht frei.«

»Ihre Argumente sind mir vorgetragen worden«, sagte Böhm. »Sie glauben, daß Schiller noch unter uns weilt und stützen sich dabei auf die Aussage so eines Abgedrehten« – er nickte vor sich hin, kalte Wut ging von ihm aus – »eines hiesigen Tierschützers. Demnach hauste Paul Schiller, der eine Millionenbeute an sich brachte, in einem Wohnmobil und führte ein paar Tölen durch Bukarest spazieren.«

»Ja.«

»Glatt übersehen von einer Handvoll Fahnder.«

»Ja.«

Böhm verzog das Gesicht.

»Man achtet auf etwas, wovon man eine Vorstellung hat«, sagte sie. »Etwas, worauf man sich einstellt. Ein Gesuchter in dieser Aufmachung ist so jenseits – ich meine, gerade in Bukarest, da ist er dann einer von vielen, die man nicht weiter ernst nimmt. Mir wäre das auch passiert. Wahrscheinlich ist es mir sogar passiert, denn ich habe eine Menge dieser Tierschützer gesehen und auf keinen weiter geachtet.«

»Und warum haben Sie auf diesen einen geachtet? Der den Schiller gesehen haben will?«

»Wir sind ins Gespräch gekommen«, murmelte sie.

Böhm setzte sich und faltete die Hände über dem dicken Bauch. »Nun hatte die Frau Berninger dort unten eine Liebelei mit einem Rumänen. Sie war sich wohl zu schade, um zu Schiller in den Wohnwagen zu kriechen? Sie waren da unten, um sie auszuforschen.«

Wie verfehlt war das eigentlich, Länder mit *da unten* zu bezeichnen?

»Sie konnte mir glaubhaft versichern –«, fing Ina an, als ihr schon die Luft wegblieb. Polizeideutsch, es taugte allenfalls für Berichte. Kein Mensch hatte ihr glaubhaft etwas versichert, sie hatte keine Ahnung, nur Vermutungen, die nicht viel bedeuten mußten, sie kannte sich kaum aus. Schon dieser Scheiß mit Schillers Beute, die war Böhm und den anderen doch auch so wichtig gewesen, aber wie sollte sie beweisen, daß ein Teil der Juwelen an Hudek gegangen war, was war da zu tun? Genaugenommen gab es Wichtigeres, ganz genau genommen interessierte es sie nicht, ob der Stadtkämmerer seinen Pomp zurückbekam.

»Was?« fragte Böhm. »Was konnte sie Ihnen versichern?«

»Sie war nicht mit Schiller zusammen«, sagte sie. »Und nach der Aussage dieses Tierschützers, der ihn ja immerhin munter hat rumlaufen sehen, kann ich auch annehmen, daß sie ihn nicht getötet hat. Ich vermute –«

»Vermuten Sie oder wissen Sie?«

»Schiller sieht, daß sie bei diesem Rumänen bleiben will. Er verläßt die Stadt aber nicht, er schleicht weiter herum.«

»Das heißt dann umgekehrt«, sagte Böhm, »daß sowohl Robert Reich als auch Sie bei diesem Hase-und-Igel-Spiel dem Mistkerl ins Blickfeld gekommen sind.«

Sie nickte. So herum hatte sie es noch nicht gesehen – daß Schiller sie kannte.

»Wo ist die Beute?« fragte er.

»Sie hat nichts.«

»Ach was.«

Ina nickte, es stimmte. »Diese Wohnung, in der sie lebte, da gab es nichts, noch nicht mal eine Kaffeemaschine.«

»Vielleicht trinken die Tee.«

»Nein.«

»Weiter.«

»Schiller will wissen«, sagte sie, »wie sich die Dinge entwikkeln. Er hört den Polizeifunk, das ist auch eine Vermutung, er kriegt mit, daß sie wieder flüchtig ist. Er sucht sie jetzt auch, in der Gegend um die Klinik herum, wie Robert. Vermutlich hat er wieder einen Hund an der Leine, das ist ja ein harmloser Anblick, ein Mann, der einen Hund spazierenführt. Und dann begegnet er Robert. Und jetzt wird er erkannt.«

Böhm stand auf. »War es nicht vielmehr so, daß sie Kontakt mit ihm aufgenommen hat, komm her, Paul, ich bin schon wieder draußen, weil die Rumänen nicht aufgepaßt haben, jetzt schaff mir die Bullen vom Hals, insbesondere die deutschen?«

»Ich weiß es nicht.«

»Ist es nicht denkbar, daß sie ihn als willigen Gehilfen immer in der Hinterhand hat? Was ist mit diesem Rumänen, bei dem sie hauste?«

»Sie hat ihn vor Jahren in Deutschland kennengelernt. Er hat ihr ins Gefängnis geschrieben, das ist Ihnen entgangen. Er hat ihr Foto in der Zeitung gesehen.«

»Wieso kannte sie den?«

»Sie hat ein Kind mit ihm.«

»So«, murmelte Böhm. Drei Sekunden später rief er: »Die hat *was*?«

»Einen dreizehnjährigen Sohn. Er wuchs beim Vater auf.«

»Ein Rumäne?« Böhm plumpste auf seinen Stuhl zurück.

»Der Vater? Ja sicher, ich sagte doch –«

»Der Sohn!«

»Ja, auch.« Ina lehnte sich zurück. Depp.

»Und wo ist der?«

»Er ist verschwunden. Vermißt. Er war schon vor ihrer ersten Flucht vermißt. Das wird der Mann ihr geschrieben haben. Sie wollte wohl deshalb nach Bukarest.«

»Einen Sohn.« Böhm schlug mit einer Faust auf sein Knie. »Den hat sie ja allen hübsch verschwiegen, nicht nur uns, auch der Öffentlichkeit damals.«

»Das geht doch weder uns noch die Öffentlichkeit etwas an«, sagte Ina.

»Der ist ihr peinlich, was?«

»Nein.«

»Erzählen Sie mir nichts. Karriere, eigene Fernsehsendung, da störte so ein armes Balg.«

»Es war anders«, murmelte Ina, aber Böhm konnte man nichts erklären. Was ging es ihn auch an.

»Kümmert sich nicht um ihren armen Sohn, so ein Ausrutscher wäre eine schlechte Presse gewesen«, sagte er.

»Ich weiß es nicht.«

»Was wissen Sie denn?« Böhm beugte sich nach vorn. »Daß Sie die nächste sein können, wissen Sie das?«

»Nein.«

»Robert kam ihr vielleicht nur in die Quere. Sie schießt sich den Weg frei, wenn Sie mir diese Formulierung gestatten. Aber Sie, Ina, haben sie gelinkt. Weiß der Teufel, die schlägt sich bis nach Deutschland durch, Paul Schiller als Kuli im Gepäck, und dann kommt es nicht mehr darauf an. Rache ist *ihr* Ding, nicht seines. Verstehen Sie, was ich sage?«

»Ja«, sagte Ina und verstand es doch nicht. Mit Rache an Robert hatte es wohl nicht viel zu tun, wollte sie sagen, es hatte doch alles viel früher begonnen, mit der Trennung von dem Kind. Das Ausrasten danach und Denises Wunsch, ihre Eltern zu töten. Sie hatte doch über diese hingerichteten rumänischen Diktatoren gesprochen, Ceausescu und seine Frau; »es war sehr schön«, hatte Denise gesagt, »ein totes, älteres Ehepaar.« Diese gefühllose Domina, die im Fernsehen das Böse jagte, hatte vielleicht in jedem Täter die eigenen Eltern zur Strecke gebracht, immer und immer wieder. Das war der richtige Job gewesen, und der richtige Mann war auch dazugekommen, einer, der sie beschützte und ihr einredete, daß sie ein bißchen schräg drauf war, der immer Pillen für sie hatte, die sie zügelten und dämpften, auch die Sehnsucht nach Andrei, und der ihr den goldenen Käfig baute, in dem die teuersten Lämpchen in der Ecke standen, halb verborgen von der protzigen Espressomaschine. Aber dann war der Mann selbst zum Täter geworden, der aus Geschäftsinteresse morden ließ, und sie hatte ihn gerichtet.

Logisch, wollte sie zu Böhm sagen, das war logisch, finden Sie nicht? Da war der Käfig explodiert. Robert hatte ihr nichts getan, warum hätte sie ihn töten sollen?

»Wären Sie in meiner Abteilung«, sagte Böhm, »würde ich Sie von der Straße nehmen. Das ist ein furchtbares Debakel, verstehen Sie, was ich sage? Erfassen Sie das überhaupt?«

»Ja.«

So ging das Gespräch weiter und drehte sich im Kreis, Polizistenmörder, sie oder er oder beide. Er, wenn überhaupt, in ihrem Auftrag und zu ihrem Schutz, Schiller war doch bloß der Kuli, der die Waffe hatte, die sie brauchte. Wenn er denn lebte, auch das war nicht ausgemacht. Böhms Tiraden, seine Wut und seine ewig gleichen Fragen, Rede und Antwort und das Gefühl, daß jedem ihrer Worte mißtraut wurde. Irgendwann hatte Ina den aberwitzigen Gedanken, daß alles gut werden würde, wenn sie nur den Jungen fand. War der Junge da, kam Denise zurück und würde nicht vor die Hunde gehen, sie würde niemanden töten, keinen Scheiß bauen, nichts.

Doch wie sollte Ina ihn finden, es war nicht ihr Ressort. Sie hatte keine Mittel, keine Hilfe, sie konnte nichts tun. Nach einem weiteren kalten Händedruck, als Böhm sie endlich entließ, suchte sie sich ein verlassenes Zimmer und rief den Kollegen der Sonderkommission an, die sich mit den rumänischen Klaukindern befaßt hatte.

»Die meisten Namen sind doch falsch«, sagte der Kollege. »Ein paar sind zurück zu den Eltern, andere sind in ein rumänisches Kinderheim gekommen, aber viele sind untergetaucht. Natürlich alle unter vierzehn, alles Zwölf- und Dreizehnjährige mit den Namen Ion Petrescu oder Adrian Sorescu, also lauter Michael Schmidts.«

»Der Junge, den ich suche, ist wirklich dreizehn«, sagte Ina matt. »Genauer gesagt, ist er verschwunden, als er zwölf war, jetzt ist er dreizehn. Bancu, Andrei Constantin.«

»Nicht auf der Liste.«

»Bancu mit C.«

»Nein.«

»Er müßte aufgefallen sein, er ist blond. Nicht gerade groß und –«

»Und?« wiederholte er. »Wieso sollte er auffallen? Das sind nicht nur Zigeuner.«

Etwas Seltsames fiel ihr ein, Denise hatte gesagt, er trug einen Glücksbringer in der Hosentasche. »Also« – Ina räusperte sich – »er hat angeblich eine Schildkröte, das heißt, so ein kleines Tier in der Hosentasche.«

»Was hat der?«

»Nippes. Na, Sie wissen doch, was ich meine, natürlich keine lebende.«

»Tja, sehen Sie, *das* wäre einmal interessant gewesen«, sagte der Kollege von der Sonderkommission. »Aber nein, ich weiß nicht, was diese Kerle außer ihrer Beute in den Taschen haben.«

»Schauen Sie sich bitte das Foto an«, sagte sie. »In der BKA-Fahndung.«

Er tat es sogar. Sie wartete eine Weile, bis er hustend wieder den Hörer nahm und sagte: »Ich habe auf die Gesichter gar nicht geachtet.«

»Auf was denn?«

»Ein Dutzend schicken wir zurück«, sagte er, »drei Dutzend kommen.«

»Hat eines der Kinder vielleicht den Ausdruck blauer Mann benutzt? Der blaue Mann?«

»Wieso?«

»Ich frage nur.«

»Keine Ahnung, nie gehört.«

Nein, natürlich nicht. Der Junge, der diesen Ausdruck benutzt hatte, lag jetzt festgezurrt im Drogenentzug.

»Fragen Sie in den Jugendeinrichtungen nach«, sagte der Kollege noch. »Aber da müssen Sie erst mal die Stadt herausfinden, die sind beweglich. Jugendeinrichtungen sind eine prima Adresse, weil die Betreuer nichts kontrollieren können. Was die am Tag so treiben, entzieht sich deren Kenntnis.«

Überall konnte der Junge sein, falls er noch lebte. Ina blieb am Fenster stehen und spürte den kühlen Wind, in Bukarest war es wärmer gewesen. Einen Moment lang meinte sie ihn fast zu spüren, einen kleinen, dünnen Kerl in einer großen, flirrenden Welt. Er drehte sich und lief ein paar Schritte, lief vor und zurück und wußte nicht weiter, denn es gab keinen Ausgang, nur Lichter und Lärm.

Dann kamen Tage, an denen Ina Akten las und Spuren eines ungeklärten Mordfalles sortierte, Tage, an denen alles weiterging wie bisher. In der ersten Septemberwoche war ein Rainer Nowotny, Bediensteter des Bauamtes, mit einer Axt erschlagen worden. Seit Wochen wühlte die Mordkommission sich durch ein Netz aus Zuwendungen, in dem der Mann sich verfangen hatte, doch war Nowotny nicht nur korrupt gewesen, wie eine Menge städtischer Bediensteter und Regierungsbeamter, sondern hatte auch eine Menge Drohbriefe bekommen. Es zog sich hin, all die Bürger zu vernehmen, die mit ihm im Streit gelegen hatten, die Liste war lang. Stocker schickte Ina zu einem Tatverdächtigen Mitte Fünfzig, der seine Leidensgeschichte in der Zimmerecke stehend vortrug, er wollte sich doch selbständig machen mit einem Lädchen von 35 Quadratmetern, das er selber auf Vordermann gebracht hatte, nicht? Also ein winziges Lädchen, wo die Leute das Nötigste kaufen konnten, alles, was ihnen noch einfiel, wenn sie auf dem Weg vom Supermarkt nach Hause waren, weil man das Nötigste ja doch immer vergaß.

»Stimmt das nicht?« fragte er.

»Ja«, sagte sie, »das stimmt.«

Genau. Soviel Arbeit hatte er da reingesteckt, gehämmert, gestrichen und generalüberholt, und dann hatte er noch ein Brett draußen angeschraubt, vor dem Schaufenster, damit es bequemer für die Kunden war, wenn die mal schnell einen Kaffee trinken wollten oder ein Bier. Da war dann das Bauamt gekommen und hatte gesagt, das sei nun ein gastronomischer Betrieb, wegen dem Brett und weil er den Preis für einen Pott Kaffee draußen angeschrieben hatte, worauf dann alles den Bach runtergegangen war.

»Was sagen Sie dazu?« fragte er immer wieder.

Fragebögen hatte er nun auszufüllen, viele Fragebögen, und schließlich bekam er keine Genehmigung, weil für einen gastronomischen Betrieb alles fehlte. Aber er wollte doch gar keinen gastronomischen Betrieb, das hatte er denen auch gesagt, er wollte nur dieses winzige Lädchen führen. In einem Steh-Imbiß, hatten sie zurückgeschrieben, dürfe man nicht sitzen, doch könne man auf dem Brett vor dem Fenster sitzen, woraus zu folgern sei, daß es sich nicht um einen Steh-Imbiß handele und er für einen ordnungsgemäßen gastronomischen Betrieb auch ein Kundenklo brauche.

Er wolle doch keinen Steh-Imbiß, hatte der Mann geschrieben, bloß den kleinen Laden, und auch als das Brett längst wieder weg war, hatten sie ihm immer noch geschrieben, daß alles unzureichend war für einen gastronomischen Betrieb. Jetzt sah es so aus, als konnte er überhaupt nichts führen, auch seinen kleinen Laden nicht, und waren die nicht alle krank im Amt?

»Ein Nowotny«, sagte er, »hat immer alles unterschrieben.«

»Können Sie sich noch erinnern, wo Sie am dritten September waren?« Ina überlegte kurz, was passieren würde, wenn sie auf das Steh-Imbißbrett vor Bennys Brathähnchenwagen kletterte, brauchte Benny dann ein Klo?

»Wo soll ich denn da gewesen sein?« fragte der Mann.

»Sagen Sie es mir. Ziemlich früh, gegen sieben.«

»Gegen sieben bin ich doch nirgends. Da bin ich hier.«

»War jemand bei Ihnen?«

»Meine Frau? Oder meinen Sie wen anders?«

»Ich weiß es nicht.«

»Meine Frau natürlich. Wer soll denn sonst da sein um sieben?«

Als Ina schon an der Tür war, fragte sie: »Sind Sie dem Herrn Nowotny mal begegnet?«

»Dem?« Mit verschränkten Armen stand er vor ihr. »Der hat immer bloß unterschrieben. Ein beschissenes Phantom.«

Wie Schiller, hätte sie ihm sagen können, Paul Schiller, den Sie nicht kennen, ist auch so ein Phantom. Lebt oder lebt nicht, ist verschollen, wird gesehen, so ist das mit dem.

Es ging weiter mit einem Mann namens Blome, der von seinem Kiosk gelebt hatte, bis ihn das Bauamt abreißen ließ, weil er marode war – ein paarmal las er ihr die von Nowotny unterschriebene Verfügung vor, *marode*, ja richtig, marode seine ganze Existenz.

»Da kümmert sich kein Schwein drum«, sagte er schließlich. »Echt keine Sau.«

Als Ina in der Abenddämmerung das letzte Haus verließ, zählte sie die Geschichten zusammen; ihr halbes Leben lang hörte sie Geschichten. Penibel zählten sie alles auf, Kummer und Plagen, immer nur das, Kummer und Plagen. Sie hockten an Küchentischen oder auf den Kanten ihrer Sofas, als wären sie bei sich selbst zu Besuch, und sie grübeln und hadern zu sehen, machte es so eng manchmal, so klein. Unbegreiflich. Sie kämpften, um alles zu erklären, verstehen Sie doch, hören Sie doch zu. Manchmal nahm sie solche Leute fest, weil sie getötet hatten, und seit den Obdachlosenmorden, als eine Pharmafirma ihre Versuchskaninchen beseitigen ließ, wollte Ina jedem von ihnen sagen: Sieh zu, daß du Land gewinnst.

Sie rief Benny an und versuchte ein bißchen zu säuseln, wird spät, Süßer, nimm es nicht krumm, und er erzählte ihr von Jerry, wie er in die Einkaufstüte gekrochen war, um die Salatgurke zu zerfetzen, mit Zähnen und Klauen, so ein Strolch. Als sie den Wagen aufschloß, meinte sie etwas zu hören, da scharrte jemand mit den Füßen übers Pflaster. Einen Moment blieb sie stehen, mit dem Schlüssel im Schloß – zwei alte Frauen, Arm in Arm, sonst nichts. An der Ecke ein Bettler, der sie anstarrte, obwohl er doch offiziell blind war. *Bitte helfen Sie mir*, stand auf seinem Schild, *der Tag ist schön, doch ich kann ihn nicht sehen. Für mich ist immer Nacht.* Akkurate Schrift. Das war der große Hit unter den Bettlern derzeit, besonders im Frühling: *Es ist Frühling, und ich bin blind!*

Doch es wurde kälter. Sie streckte die Zunge heraus und sah ihn grinsen, bevor er sich in einen Hustenanfall flüchtete. Langsam ging sie auf ihn zu und fragte: »Die Bettelkinder, sind das quasi kleine Kollegen?«

»Quasi nicht. Bullerei?«

»Ja.«

»Ausweis bitte.«

»Den können Sie doch nicht lesen.«

Jetzt krümmte er sich wirklich in einem ordentlichen Hustenanfall zusammen. »Die grischn nix«, ächzte er schließlich. »Gönnen sich noch nich mal was goofen.«

»Sachse?«

»Rumänen sind's.«

»Ich meine Sie. Sie kommen aus Sachsen?«

»Und d's meegen Se nich.«

»Och«, murmelte sie. Wenn Benny so loslegte, hielt sie sich die Ohren zu.

»Müssen alles abgäb'n«, sagte er. »Die gleenen Rumänen.«

»Wem?«

»Mafia?« Er hob die Schultern, dann die Hände. »Will's gar nich wissn.« Wieder hustete er ausgiebig. »Hab schon gsehn«, keuchte er dann, »wie die wieder loofn und sitzen doch da mit abbn Bänen.«

»Mit was?«

»Na, abbe Bäne. Binden se eens nach hinten, wo's dann aussieht wie ab.«

»Das Bein?«

»Ja, ja, lernen se alles.«

Sie zeigte ihm das Foto von Andrei. »Und der hier?«

Zuerst sah er sich um, ob niemand gaffte, dann guckte er verstohlen hin. »Nee, der nich. Is doch geen Rumäne, oder? Nie gesehen.«

Als sie ging, sackte er nach vorn, um eine kleine Litanei zu murmeln, helfen Sie, helfen Sie mir! Auf dem Dach ihres Wagens landeten die ersten welken Blätter. Ina hob die Hand, um sie herunterzufegen und hielt inne. Ein Schmatzen, als kaute einer Kaugummi dicht vor ihrem Ohr, sie hörte Geräusche, die es nicht gab. Ein Schatten an der Ecke, der wieder verschwand, sie sah nur einen weiten Mantel, in dem eine kleine, dünne Frau steckte, sonst nichts. Mach dir nichts vor.

Sie fuhr ins Präsidium zurück und schrieb ihren Bericht über die beiden Männer, die einen Haß auf den erschlagenen Herrn Nowotny hatten, so waren ihre Tage. Sie kehrte Spuren zusammen und wollte mit Filzstift darunter schreiben: Ist doch egal.

Die Nächte waren kühl und klar, der Himmel zeigte ein paar Sterne. Sie lag ewig wach. Abends fing sie wieder an zu kochen, was eigentlich Bennys Leidenschaft war, stand ewig am Herd, hörte seine Ratschläge, nimm noch Basilikum, nicht soviel Öl, und hatte dann keinen Hunger mehr. Sie gingen nicht mehr so viel aus wie früher, hockten vor dem Fernseher und tranken Wein, und eines Abends sagte Benny: »Ich bin eh dauernd hier, wir könnten genausogut zusammenziehen.«

»Nein, dann geht es kaputt«, murmelte sie.

»Wieso?«

»Ich hab 'ne Freundin, die ist nach einer kleinen Ewigkeit mit ihrem Kerl zusammengezogen, und dann –«

»Ja und?« unterbrach Benny sie. »Du hast auch 'ne Freundin, die ist lesbisch.«

»Das ist was anderes.«

»Immer wenn's dir nicht paßt, ist es was anderes.«

Ina schüttelte den Kopf.

»Es ist bequemer«, sagte er, »wenn wir zusammenziehen.«

Sie sagte nichts und hoffte, daß er so schnell nicht wieder davon anfing. Manchmal vergaß sie ja sogar, daß er neben ihr saß, das waren die Momente, wenn sie in den Fernseher starrte, ohne etwas zu sehen, ohne überhaupt etwas zu denken. Die Sendung *Fadenkreuz*, die Denise moderiert hatte, war durch die Sendung *Täter und Opfer* abgelöst worden, in der ein blitzblanker Jüngling mit gemütskranker Miene versuchte, Quote zu machen, was ihm nicht gelang, wie Ina gelesen hatte. Er verströme Denise Berningers brennende Kälte nicht, hatte eine Zeitung im Kulturteil geschrieben, als sei das tatsächlich ein Fehler, nicht diesen Haß auf das Verbrechen. Der Mensch, der das im Kulturteil gedichtet hatte, mochte sein eigenes Wortspiel so gern, daß er nach der brennenden Kälte zwei Absätze darunter noch von Berningers kaltem Feuer schrieb, das der Jüngling auch nicht verströme.

Über die erneute Flucht und den Mordverdacht konnte das Fernsehen so wenig berichten wie die Zeitungen, denn die Polizeiführung hatte sich entschieden, das Desaster in Bukarest noch geheimzuhalten. Es war peinlich. Sie sagten, es sei zu früh, es störe die laufenden Ermittlungen, wenn jeder Hinz und Kunz sich wieder reinhänge, aber die Ermittlungen liefen nicht, es gab keine Spur.

Aus Bukarest waren zwei Faxe gekommen, wonach Paul Schiller oder ein Mann, der ihm ähnelte, vor Wochen in einem städtischen Bad gesehen worden war, das von Schwulen frequentiert wurde. Im anderen Bericht erinnerte sich eine Frau, Schiller oder einen Mann, der ihm ähnelte, vor Wochen für eine Nacht aufgenommen zu haben, doch hatte er sein Versprechen gebrochen und sei am nächsten Abend nicht wiedergekommen. Ein komischer Mann, hatte sie ausgesagt, in dessen großem Wagen zwei elend zusammengepferchte Hunde lagen. Das war alles, man suchte sie in ganz Europa und fand keine Spur, und wenn Benny abends ihre Hände zwischen seinen rieb, und wenn er murmelte, du bist ja wieder in Alaska, so weit biste weg, wollte Ina ihm sagen, es sind ja drei. In Wirklichkeit sind es drei Verschwundene, es kümmert sich bloß keiner um den Jungen.

Vielleicht sind alle drei schon tot, weißt du, sie und er und der Junge auch.

Manchmal, beim Spurensichten im Präsidium, legte sie die Aussagen all dieser Leute zur Seite, die sie verdächtigten, den Bauamtsbediensteten Nowotny mit einer Axt erschlagen zu haben, und rief Kinderheime und Jugendeinrichtungen im ganzen Land an, ein blonder Junge, dreizehn, Bancu, Andrei. Die Antwort war immer dieselbe: hier nicht, nein. Dann nahm sie sich wieder die mordverdächtigen Bürger vor, alles Ersparte in ein Häuschen im Grünen investiert, aber dann kam das Bauamt mit Bedenken, hatte der Nowotny dieses zu bemängeln und jenes, die Arbeiten stockten, das Bauamt rührte sich nicht, Rechnungen liefen auf, die Miete mußte weiter bezahlt werden, da stand das schöne Haus, und sie durften nicht rein, alles Geld floß dahin, alles, alles, alles. Das waren Tage, an denen sie zu Stein wurde in ihrem Zimmer der Mordkommission.

Nachts hörte Ina Schritte auf der stillen Straße, bilde dir bloß nichts ein. Sie stand auf und guckte aus dem Fenster. Nur ein wütender Heimkehrer, der seinen Schlüssel nicht zu fassen bekam, Herrgottsakra. Das Geräusch der Haustür, sie quietschte seit Wochen. Bennys ruhiger Atem. Er beschwerte sich, wenn sie miteinander schliefen, er sagte, du benutzt mich als Schlafpille, du pennst ja gleich ein. Durchschlafstörungen, sie schlief ein und wachte wieder auf, um mitten in der Nacht am Fenster zu stehen und ihr diesen Brief zu schreiben, wieder nur in Gedanken, wenn du glaubst, du müßtest mir etwas heimzahlen, hast du dich getäuscht.

Am nächsten Tag wieder ein Fax aus Bukarest. An der ungarischen Grenze hatten sie einen halb ausgebrannten Multivan ohne Kennzeichen entdeckt. Daß einmal Hunde in dem Wagen gewesen waren, hatte man bereits festgestellt, und bis auf das Feuer, hieß es, gäbe es keine Spuren der Gewalt. Böhm schickte Leute; denen da unten, sagte er, müsse man auf die Sprünge helfen.

Ina schrieb eine Notiz, wonach der Kioskbesitzer Blome für den Morgen, an dem der korrupte Bauamtsbedienstete erschlagen worden war, ein Alibi hatte, dann ließ sie ihre Arbeit liegen und fuhr in die Klinik, in der Paul Schiller gearbeitet hatte, bevor er mit Denise zum ersten Mal verschwand. Der Pfleger, der sie empfing, war so süß wie Benny, ein breitschultriger Kerl mit langen Haaren, nur ging die ganze erotische Ausstrahlung durch ein Haarnetz flöten.

Er sah ihren Blick und murmelte: »Man besteht darauf. Wegen der Hygiene.«

»Wirklich?«

»Sagt man.« Fester Händedruck, kalte Hand. »Mario Kasper. Ich werde bereits zum dritten Mal verhört, hat sich etwas Neues ergeben? Es ist ja nun schon eine Weile her, und ich weiß keine Daten mehr, ich meine, wann der Paul wo und wann –«

»Sie werden nicht verhört.« Ina überlegte, wo sie dieses dämliche Wort eigentlich alle her hatten, vermutlich aus Fernsehkrimis.

»Paul ist mir ein Rätsel«, sagte Mario Kasper. »Er war nie

gewalttätig, dann hieß es, er habe ein Verbrechen begangen. Er hat gerne gut gelebt, aber er mußte doch nichts klauen, und er mußte keine Frau hier herausschaffen, weil er sich nämlich kaum für Frauen interessiert.«

»Sie meinen, Schiller ist schwul?«

Pikiert sah Kasper sie an. »Wie kommen Sie darauf? Es geht hier nicht um das Geschlechtliche.«

»Nicht?«

»Paul vergöttert Frauen.«

»Ah ja.«

»Aber nicht unbedingt sexuell.«

»Schön.«

»Komisch, nicht?« Kasper zupfte an seinem Haarnetz herum. »Was ich sagen will: Paul legt auf pure Schönheit oder einen knackigen Körper keinen großen Wert.«

»Was müssen Frauen denn tun«, fragte Ina, »um von ihm vergöttert zu werden?«

»Leiden.« Kasper strahlte sie an. »Sie müssen ihm das Gefühl geben, daß er gebraucht wird.«

»Ja«, sagte Ina nur.

Kasper breitete die Arme aus und sagte mit Behagen in der Stimme: »In der Supervision hat man Paul gesagt, er hätte ein Helfersyndrom.«

So einer? Gelegentlich begegneten ihr diese ekelhaften Leute mit Sozialarbeitergesinnung, die selbstzufrieden berichteten, daß sie Menschen helfen wollten. Nicht irgendwem bestimmtem, einfach allen Armen, Kranken und Schwachen. Das waren die schlimmsten, sie konnten sehr ungehalten werden, wenn die armen Armen ihnen nicht vor Dankbarkeit die Füße küßten.

Der süße Pfleger hatte inzwischen ein Lehrbuch gezückt und deklamierte: »Vom Helfersyndrom Betroffene haben das Ideal verinnerlicht, nur dann gut zu sein, wenn sie Schwachen, Kranken und Bedürftigen helfen.«

»Ja, ja«, sagte Ina.

»So war das aber nun nicht mit dem Paul«, erklärte Mario Kasper. »Wie ich schon versucht habe anzudeuten: Paul wählte aus. Hier in der Klinik haben wir ja nicht nur Schwerkranke, es gibt halt Patienten, die liegen im Krankenhaus, aber es steht nicht besonders ernst um sie. Denen gegenüber verhielt er sich ziemlich grob und bisweilen sogar unverschämt. Allerdings wurde er sofort zum Engel, wenn er auf Patienten und vor allem auf Patientinnen traf, die ernsthaft leidend waren. Für sie legte er sich ins Zeug.«

»Tat alles für sie?« Ina sah ihn nicken. Stadtkämmerer Lamberts schwer verprügelte Ehefrau, die er rächte, indem er Lambert überfiel und schwer verprügelte? Denise, der er zur Freiheit verhalf, gleich zweimal? Was für ein Engel.

Mario Kasper las ein wenig in ihren Gedanken. »Der Frau Berninger ging es nun wirklich sauschlecht mit ihrer Tuberkulose damals, sie sah auch so aus, richtig ätherisch. Ich habe sie nur einmal gesehen, als Paul verhindert war. Zu ihr durfte ja sonst keiner, weil sie aus der Haftanstalt kam, das war heikel. Sie war höflich, aber ich hatte den Eindruck, sie erwartete Paul.«

»Warum wurde Schiller überhaupt für sie ausgewählt?« fragte Ina.

»Er war der einzige, der sich nicht freiwillig gemeldet hat. Er verstand den ganzen Zirkus nicht, und die Frau Berninger kannte er auch nicht, denn er hatte nie eine Sendung mit ihr gesehen. So einen Müll, sagte er, gucke er nicht. Ideal, dachte man, ideal.« Kasper schüttelte den Kopf. »Wie man es macht, ist es verkehrt, kennen Sie das? Die Klinikleitung wollte unter allen Umständen vermeiden, daß da irgendwelche Fans unter dem Personal sich dumm benehmen, ich meine, eine vom Fernsehen und dann noch aus der Haftanstalt, das war außerordentlich heikel. Aber wie ich bereits sagte und Sie ja nun auch wissen, hat Paul es mit der Hilfe ein wenig übertrieben.«

»Hatte er eine Freundin?« fragte Ina.

»Bestimmt keine feste«, erklärte Kasper mit Nachdruck. »Das hat man mich jetzt schon dreimal gefragt.«

»Wieso sind Sie so sicher?«

»Es war ihm doch keine gut genug. Alle Frauen, die seinen Idealen nicht entsprechen, und das sind nun mal die meisten, nennt er Mäuschen, aber das soll keine Koseform sein. Mäuschen halt, etwas Huschendes, das man beiseitewischt. Eher unangenehm.« Mario Kasper kratzte sich und sah aus, als sei er peinlich berührt. »Diese und jene hatte er an der Hand, aber das waren keine richtigen Beziehungen. Und wie er aussieht, könnte er sie alle haben. Das Leben ist halt ungerecht.«

»Geht er gerne spazieren?« fragte sie.

Kasper starrte sie an, als hätte sie etwas Unanständiges gefragt. »Ist das jetzt wichtig?«

»Er hat vielleicht mal erzählt, wo er am Wochenende war, an welchem Ort, an welchem Fluß, an welchem Platz –« Sie holte Luft. Dieser Satz würde sehr lang werden, wenn sie nicht aufhörte.

»Ja Gott –« Der Pfleger kratzte sich unterm Haarnetz. »Eigentlich nicht. Er ist eher ein Stadtmensch. Ich glaube, die Worte *spazieren* oder *Landschaft* sind ihm noch nie über die Lippen gekommen. Ich wüßte jetzt aber auch keine Stadt, von der er erzählt hat. Wenn Sie vielleicht darauf abzielen, wo er sich aufhält –«

»Schon gut.« Ina stand auf, und der Pfleger griff schnell nach seinem Haarnetz, als hätte er Angst, sie würde es ihm vom Kopf reißen. Sie hätte es gern getan, denn er hatte wunderschönes Haar.

»Das Ding juckt immer so«, murmelte er. »Ziemlich unangenehm.«

»Mag er Hunde?« fragte Ina an der Tür.

»Hunde?« schrie er. »Ja, du lieber Himmel!«

»Nein?«

»Nein, er hatte eine Katze. Mir fällt nur gerade ein, was ist denn mit der? Wenn die vergessen wurde damals, dann –«

»Dann ist sie hin«, sagte sie.

Kalter Wind kam auf, als sie die Klinik verließ. Wo versteckte man sich, wenn der Winter kam? Hinter der Stirn ein Druck, eine beharrliche Müdigkeit, und in der Bauchgegend ein Kribbeln, als würden hundert Insekten die Magenwände hochkriechen. Die Angst war wie ein Virus, den sie sich in Bukarest eingefangen hatte und nicht wieder los wurde, dieses merkwürdige Gefühl, daß etwas passieren würde und daß es lautlos kam, was immer es auch war, leise huschend wie ein böses Vieh.

Andrei trug doch keinerlei Schuld, was immer seine Mutter getan hatte, falls sie wieder etwas getan hatte. Der Junge war jedenfalls immer noch vermißt, was keinen Menschen interessierte. Ina klammerte sich an die Vorstellung, daß er noch am Leben war, und sie sprach mit ihm, wenn sie durch die Straßen ging, du bist noch am Leben, ich weiß. Warte, bis ich dich finde. Sie sah die Bettelkinder auf ihrem Weg durch die Straßen, sah sie im Halbdunkel kauern oder im Glanz der Neonreklamen, und wenn es regnete, sah sie immer mehr von ihnen, weil sie im Regen betteln mußten, Pappbecher vor den Füßen, weil das Eindruck machte, im Regen. Und manchmal, wenn sie so eine kleine Gestalt mit einer Kapuze im Regen hocken sah, senkte sie den Kopf, um sein Haar zu sehen und seine Augen, aber die Augen waren immer dunkel, fragend und stumpf. Nirgends ein blonder Junge, keiner mit grauen Augen.

Im Wagen, im Stau, die Erinnerung an die erste Zeit mit Benny und der Ärger darüber, daß ihr schon wieder andere Männer gefielen, wie dieser Pfleger Mario. Wie sie einander verschlungen hatten, Benny und sie, wie sie sich aus dem Leben gezittert hatten, weit weg in eine Art Himmel, und wie sie einander anstaunten jede Nacht. Wieder überlegte sie, was wäre, lägen dreizehn Jahre Trennung zwischen ihnen, und er war ein armer Mann, der sich so durchschlug, ein trauriger Mann, dem alles abhanden kam.

Zu Hause schob sie eine Pizza in den Ofen. Benny war fröhlich, hatte ein gutes Geschäft gemacht, Brathähnchen für einen kompletten Betriebsausflug und Lieferungen in die Altenheime.

»Hattest du schon mal Salmonellen?« fragte sie.

»Ich?«

»Deine Hähnchen.«

»Hör mal!«

»Ich meine ja nur. Man muß immer mit dem Schlimmsten rechnen.«

Sie nahmen die Rotweinflasche zum Fernseher mit, Benny zappte herum, hatte Jerry auf dem Schoß, und Ina fielen die Augen zu, bis sie eine Frau sagen hörte: »Na, du *bist* mir vielleicht einer.«

Vor der Frau stand ein Hund, der sie hektisch beschnupperte, auf der Suche nach einem verborgenen Leckerli, hinter dem Hund, die Leine fest umklammernd, ein langer, dünner Mann, Tierschützer Ingo aus Offenbach. Ina richtete sich auf und murmelte: »Da isser ja.«

»Wer?« fragte Benny. »Der Hund?«

»Den hab ich in Bukarest kennengelernt.«

Benny sah genauer hin. »Diesen Depp?«

Es war die Sendung für Tierheimtiere, *Frauchen gesucht.* Ingo hielt den hektischen Hund fest, ein schwarzes Riesenvieh, und sagte, daß man den aus Bauernhänden gerettet habe, weil der arme Teufel zwei Jahre lang bloß an der Kette dahinvegetiert hätte, auf dem Hof, in einer elenden Hütte bei Regen und Schnee.

»Er kommt aus ganz schlechter Haltung, er ist noch nicht richtig erzogen«, sagte Ingo. »Er braucht jetzt Geduld und eine liebe Hand.«

Die Moderatorin hatte viel Verständnis für die Hunde, auch dann noch, wenn ihr einer ans Bein pinkelte. Munter fragte sie den Hund: »Wie heißt du denn?«

»Das ist unser Enzo.« Ingo saß auf der Kante einer Bank und hatte seine liebe Mühe mit dem Hund. Einerseits mußte er ihn festhalten, andererseits dafür sorgen, daß er in die Kamera guckte, damit interessierte Zuschauer sehen konnten, was sie sich da ins Haus holten. »In Frage käme nur jemand – ruhig, Enzo, es ist gut –, jemand, der Geduld hat und sich auskennt. Er sollte nicht zu Kindern, dazu ist er zu übermütig.«

»Ja, das sehen wir«, rief die Moderatorin.

»Wieso kennst du den?« fragte Benny.

»Einer von den Tierschützern«, murmelte Ina. »Das hab ich dir doch erzählt, Hunde aus Bukarest zu retten, ist so ’ne Art deutscher Volkssport. Der Typ ist ganz nett, ein bißchen hilflos. Hat wohl in erster Linie Kontakt zu seinen Hunden.«

»Er muß dringend aus dem Tierheim raus. Er muß mal eine Erziehung kriegen.« Ingo keuchte vor Anstrengung, weil er den zerrenden Hund kaum halten konnte. »Bei so vielen Hunden können wir das überhaupt ja leider nicht leisten.« Als man ihm das Tier endlich abnahm, holte er tief Luft und schob die Ärmel seines Pullovers nach oben.

»Ach je«, murmelte Benny. »Jetzt guck dir das an.«

Ingos Unterarme waren tätowiert, bis zum Ellbogen zogen sich bläuliche Muster.

»Wenn er’s wenigstens richtig hätte«, sagte Benny. »Gescheite Farben, gescheites Muster. Was Fetziges. Aber doch nicht so’n ordinäres Knastblau.«

Ina stellte ihr Weinglas ab und beugte sich vor. Sie preßte die Lippen zusammen, wollte *blau* sagen, starrte zum Fernseher. Blaue Arme.

»Er kennt sich wohl nicht so aus«, sagte Benny, »hat was von Tattoos gehört und läßt sich dann so was machen. Dilettantisch.«

Florin ist ein Spinner, hatte Stefan Hudek behauptet, Florin lag jetzt festgezurrt im Drogenentzug. Aber Florin, der dicke Bukarester Straßenjunge, der so gut Deutsch sprach, hatte doch alles gesagt. Er kramt einen blauen Filzstift aus den Weiten seiner Hosentasche, mit dem er blaue Striche auf Handrücken und Unterarme malt. Sie fragt ihn, ob der blaue Mann blaue Sachen trage, worauf der Junge sagt: »Blau der Mann. Der *Mann.*«

Der blaue Mann.

Sie sah zu, wie Ingo seinen Auftritt beendete und sich verabschiedete, dann kam die nächste Sendung, oder Benny hatte weitergezappt, Ina kriegte es kaum mit. Sie wollte es nicht glauben; manchmal traute sie allen alles zu und manchmal keinem etwas. Florin sagt: »Der blaue Mann holt Kinder.«

Andrei hatte sich geprügelt, Andrei lag weinend im Gras. »Und jetzt«, sagt Florin, »kommt der blaue Mann und nimmt ihn weg. Niemand sieht das. Aber ich.«

Sein Transporter. Hinten auf der Ladefläche hatte sie eine Kiste mit Luftlöchern gesehen, für die cholerischsten Hunde vermutlich, damit sie nicht wie die Derwische umhersprangen während der Fahrt. Die Kiste war sehr groß gewesen, bot Platz für Hunde. Auch für Kinder. Als sie aufstand, wurde gerade mit Getöse eine Bank überfallen.

»Mach doch leiser«, murmelte sie. »Ich muß noch mal weg.«

Benny starrte zu ihr hoch. »Du spinnst doch.«

»Es ist noch was Dienstliches.« Das war es keineswegs, denn Ingo war kein Fall, noch nicht, und Befugnisse hatte sie schon gar keine. Es war wirklich besser, wenn sie nicht allabendlich zusammenhockten, dann mußte sie weniger erklären.

»Damit kommst du jetzt?« fragte Benny. »Hockst dich hin und sagst nichts.«

»Ich sag's dir doch.« Sie hörte ihn maulen, ein Gefühl im Leib, als platzten gleich Magen und Kopf. Sie sah in ihrem Notizbuch nach: Pawlik, Ingo, Offenbach. Draußen, am Ende der Straße, Scheinwerfer wie Katzenaugen. Sie sah hin, bis sie verschwunden waren.

Ingo Pawlik war nur der Mann, der angab, Paul Schiller in Bukarest gesehen zu haben, ansonsten war er niemals aufgefallen. Ingo Pawlik, als Tierfreund immer im Einsatz, ein Mann mit tätowierten Armen, groß, dünn, zimperlich und fast ein wenig mitleiderregend in seiner Unbeholfenheit: Polizeilich gesehen gab es ihn nicht. In Bukarest war es warm gewesen, bis auf den Tag, an dem Robert starb, und Ingo hatte Hemden getragen, gestreifte, langärmlige Hemden.

Ina fuhr langsamer als gewöhnlich, an Baumärkten vorbei, an leerstehenden Bürohäusern und Ramschläden, die eigens zu dem Zweck eröffnet wurden, Räumungen zu veranstalten, *alles muß raus.* Die Straße nach Offenbach führte durch eine Art Niemandsland, man konnte kaum sehen, wo die eine Stadt endete und die andere begann.

Sie vermochte sich nichts vorzustellen, bei der Kiste war Schluß. Sie kam bis zu den Luftlöchern, dann setzte etwas aus in ihrem Kopf, Hunde, klar, die passen da rein. Oder auch, unter Umständen, Kinder. Wenn man sie einzwängt, wenn man sie fesselt – nein, laß es. Warte ab.

Offenbach, Hafen, zweimal fuhr sie vorbei. Graue Häuser, alle gleich, ein Baum, ein Strauch und ein Quadratmeter Rasen, den man nicht betreten durfte. Kaputte Briefkästen, *I. Pawlik* zwischen *Xantopoulos* und *Öztürk*. Er war noch nicht zu Hause, aber weil sie sicher war, daß so einer nicht groß ausging, saß Ina eine Stunde lang regungslos im Wagen. Es passierte nichts, ein paar Blätter fielen vom Baum, die der Wind über die Straße schob. Als sie schließlich im Sender anrief, mußte sie dreimal nach der Redaktion *Frauchen gesucht* fragen, bis ein munterer Mann sagte: »Das bin ich, aber sonst erreichen Sie keinen mehr. Wenn Sie sich ein Tier ausgesucht haben –«

»Nein, ich möchte nur wissen, wann die Gäste das Gebäude verlassen haben.«

»Wir hatten keine Gäste«.

»Na, ich weiß nicht, wie Sie die nennen, ich meine die Leute aus den Tierheimen, die in der Sendung waren.«

»Wir hatten auch keine Sendung.«

»Und wie kommt es, daß ich sie gerade gesehen habe?«

»Das war eine Aufzeichnung«, sagte der Mann fröhlich. »Es wurden Interviews aus vergangenen Sendungen wiederholt, wir nennen das die letzte Hilfe für Spätzünder. Das waren lauter Tiere, die bei der ersten Ausstrahlung keinen Platz gefunden haben. Schwarze Tiere, ist Ihnen das aufgefallen?« Verhaltenes Gekicher. »Schwarze Hunde und Katzen haben immer Pech, die sind wie verhext.«

»Da war jemand mit einem großen, zappeligen Hund«, sagte sie. »Enzo hieß der. Also, der Hund. Aus welchem Tierheim stammt der?«

»Sehen Sie? Der Enzo ist schwarz. Kontaktieren Sie da bitte das Tierheim *Sanfte Pfote*. Den Enzo«, sagte der Mann mit Bedauern in der Stimme, »kriegen die einfach nicht los.«

Vielleicht pflegte Ingo Pawlik im Tierheim *Sanfte Pfote* zu übernachten, auf einem Haufen Stroh, neben Enzo. Oder er war schon wieder in Bukarest. Sie fing an, die Nummer des Tierheims zu wählen, als sie noch einmal nach oben sah. Jetzt brannte Licht im dritten Stock, zwischen Xantopoulos und Öztürk; sie sah einen Schatten am Fenster, dann ging das Licht wieder aus. Du Arsch. Versteckst du dich? Sie rannte auf das Haus zu und klingelte bei M. Kaminski, das mußte die Erdgeschoßwohnung sein. Eine alte Frau stand in der Tür, die fragte: »Kommen Sie von der Hausverwaltung?« Dabei sah sie auf die Uhr, empört über die späte Störung. Neben ihr stand zitternd ein Dackel, es wurde Herbst.

»Entschuldigen Sie«, sagte Ina. »Oben ist die Klingel kaputt, ich wollte nur –«

»Das ist das letzte, ich sag's nämlich immer wieder, dann kochen die und lüften nicht, und ich hab den ganzen Gestank in der Wohnung. Und was die kochen, bei dem Gestank wird einem ja anders, das essen die auch noch.«

»Ich bin nicht von der Hausverwaltung«, sagte Ina. »Danke, ich wollte nur ins Haus.«

»Muselmanisch«, rief die Frau hinter ihr her. »So was kochen die, so stinkt das auch. Wo wollen Sie denn jetzt hin?«

Vor der Wohnungstür im dritten Stock lag eine Fußmatte mit dem Bild eines Hasen; der Hase winkte und sagte *Grüß Gott*. Ina klingelte, doch drinnen war nichts zu hören. Schließlich rief sie seinen Namen, fing an zu säuseln, hier ist Ina, hallo Ingo, ich habe Sie doch am Fenster gesehen. Und im Fernsehen, wollte sie hinzufügen, als sie das Rascheln an der Tür hörte, mit deinem schwarzen Hund, lieber Ingo, und deinen blauen Armen.

Bist du ängstlich, du Tropf? Es kratzte an der Tür, als tobe eine Katze sich aus; *na so was,* würde er gleich sagen, wo kommen Sie denn her? Kratzen, Rascheln, Hände, die von innen gegen das Holz schlugen.

»Was ist los?« Ina ging einen Schritt zurück. »Machen Sie auf.«

Endlich wurde die Tür geöffnet, und sie sah eine Hand, die sich ihr entgegenstreckte, dann ein Gesicht. Eine kleine, dunkelhaarige Frau stand in der Tür und sagte: »Bitte helfen Sie mir.«

Halbdunkel, ein Teppich und die Umrisse einer Kommode. Am Ende des Flurs ein trübes Licht. Die Frau krallte sich an Inas Arm fest. Kein Laut, nur ihre Stimme: »Bitte.«

Ina schob sie etwas zur Seite, um besser zu sehen. »Werden Sie bedroht?«

»Er tut doch nichts«, schrie die Frau, und Ina überlegte, ob sie von einem Hund sprach. Tut nichts.

»Wo ist er?« fragte sie.

»Im Wohnzimmer. Er hat Licht an.«

»Bleiben Sie hier.« Ina tastete nach ihrer Waffe. »Bleiben Sie hier stehen.«

Geruch nach Moder und Müll. Sie fand den Lichtschalter nicht und tastete sich vorwärts bis zur Tür am Ende des Flurs, irre Gedanken, alles Getier krabbelt zum Licht. Sie wußte, daß es nicht direkt nach Müll roch, es roch schlimmer, es war etwas anderes. Ingo? Bist du da drin? Nichts zu hören, nur das Rauschen in den Ohren, nichts zu sehen, nur das Licht hinter der Tür. Zwei Schritte noch, Ina nahm die Waffe in beide Hände, sah Pflanzen, einen runden Tisch, den Fernseher und den Stuhl, auf dem er saß. Sie sah seine Füße, seine Beine, sah die Lehne, die er umklammert hielt, während er auf sie wartete im Zimmer am Ende des Flurs. Sie ließ die Waffe sinken. Starrende Augen. Ingo Pawlik blickte sie an, und er sah aus, als warte er seit Jahren.

»Steh auf«, flüsterte sie dennoch, »komm hoch«, und sie murmelte es immer weiter, während sie ihn da sitzen sah, gerade sitzen, mit Stricken an den Armen und einem Strick um die Brust, der ihn aufrecht hielt. So war er gestorben, im Sitzen, und er blieb sitzen im Tod, und sie war mit einer Leiche im Zimmer, mit einem glotzenden Toten allein. Sie taumelte zurück, die Waffe noch in beiden Händen, und sie biß sich die Lippen blutig, weil der doch vor ihren Augen anfing zu faulen.

»Bleiben Sie da!« schrie sie in den Flur. »Bleiben Sie stehen!«

Moder und Verfall. Der ganze Dreck wieder, in der eigenen Wohnung begraben. Oder der Kommissar, der im Fernsehkrimi sagt, dem letzten Besucher hätte er nicht öffnen dürfen.

»Sehen Sie das?« rief die Frau. »Was ist mit ihm?«

»Wohnen Sie hier?« Ina hörte die eigene Stimme kaum, nur ein Rauschen in den Ohren.

»Es ist mein Bruder«, sagte die Frau. »Ich bin Ulla Pawlik. Was ist mit ihm, ich wohne hier nicht, ich bin gekommen, um nach ihm zu gucken, er war doch gerade noch im Fernsehen, da muß er doch, da kann er doch nicht – wer sind Sie, sind Sie seine Freundin? Bitte helfen Sie mir doch, wer sind Sie?«

»Polizei.« Ina lehnte sich gegen die Wand. »Ich rufe jetzt die Polizei.«

Daß alles durchwühlt worden war, merkte sie erst, als die Offenbacher Kollegen einander penibel fragten, ob es sich bei dem Stuhl, auf dem Ingo Pawlik saß, um die eigentliche Ablebensörtlichkeit handele oder ob man ihn quasi als Leichnam darauf festgebunden hatte. Da sah Ina erst genauer hin, was alles auf dem Boden lag, herausgerissene Schubladen, verstreute Socken und Unterhosen, Zeitschriften, CDs und Fotoalben. Er wurde gefesselt, damit er aus dem Weg war, er sollte Auskunft geben. Er wurde geschlagen, immer wieder, einmal zu häufig vielleicht, oder er wurde bestraft. Er war der Mann, der Paul Schiller in Bukarest gesehen hatte.

Sie sah auf den Boden, auf den ganzen Plunder, der da lag, was wollte man denn finden? Habseligkeiten, seine sieben Sachen. Schmuck hatte Ingo Pawlik sicher nicht besessen, Kostbarkeiten, wie der Stadtkämmerer Lambert, der gefesselt aufgefundene Stadtkämmerer Lambert, der von Schiller verprügelte Stadtkämmerer Lambert, der am Leben geblieben war.

Ingo Pawlik war der Mann, der Paul Schiller in Bukarest gesehen und erwähnt hatte, daß der ihm einmal gefolgt war, zumindest hätte es so ausgesehen. Den Blick auf den Boden gerichtet, drehte sie sich ruckartig weg, denn er hockte immer noch auf diesem Stuhl. Doch die Drehung war zu schnell gewesen; »hoppela«, sagte der Offenbacher Kollege und nahm ihren Arm. »Setzen Sie sich mal hin, so ein Anblick aber auch. Hatten Sie mit dem zu tun?«

»Anfangsverdacht«, murmelte sie. »Ich muß meinen Chef anrufen, ich kann hier nicht alleine –«

»Aber Sie sind alleine hergekommen«, sagte der Beamte. »Aus welchem Grund?«

Ina schüttelte den Kopf, ließ sich von einem Offenbacher freiwillig nicht ausfragen, das nun nicht.

In der kleinen Küche saß seine Schwester wie eine Puppe, fast genauso leblos wie er. Ulla Pawlik war klein, Ingo war groß, doch sie hatte den gleichen hilflosen Blick. Der Gerichtsmediziner hatte ihr Valium gegeben, und man hatte ihr angeboten, sie sofort nach Hause zu fahren, doch sie wollte erst weg hier, wenn sie alles verstand.

Sie verstand aber nichts. Ein Polizeibeamter redete behutsam mit ihr. »Wie lange«, fragte er, »haben Sie sich denn in der Wohnung aufgehalten?«

»Das weiß ich nicht«, sagte sie. »Ich habe mir Sorgen gemacht, weil er sich nicht gemeldet hat, ich dachte schon, er ist wieder nach Bukarest gefahren, ohne mir Bescheid zu sagen, aber so etwas tut er nie. Er sagt immer Bescheid. Ich konnte ihn nicht erreichen. Und dann habe ich ihn doch gerade im Fernsehen gesehen, wie kann er da tot sein? Das geht doch nicht. Ich bin hergekommen, weil er gerade im Fernsehen war, das geht doch alles nicht.«

»Das war eine Aufzeichnung«, sagte der Beamte. »Eine ältere Sendung. Keine Live-Sendung, wissen Sie?«

Ulla Pawlik reagierte kaum auf die Erklärung. »Ich habe Schlüssel«, sagte sie, »und weil ich ihn im Fernsehen gesehen habe, dachte ich, jetzt muß er ja da sein, nicht? Wenn er fertig ist, dann fährt er nach Hause. Ich fand das so seltsam, wie er da saß und nicht mit mir reden wollte. Und wie er aussah. Einfach so zu sitzen«, murmelte sie, »einfach so.«

»Hatte er Wertsachen?« fragte der Beamte.

»Woher denn?« Sie trommelte auf den Tisch. »Das kann doch nicht sein, er hat doch nicht Tage und Nächte da gesessen? Einfach so?«

Der Beamte sah nicht hin. »Gibt es Leute, mit denen er Streit hatte? Fühlte er sich bedroht?«

»So kann man nicht sterben«, sagte Ulla Pawlik.

»Hatte er Streit?« wiederholte er.

»Warum sollte er Streit haben? Er streitet doch nicht. Das tut er nicht.« Sie sah Ina an. »Sie haben ihn doch gekannt. Hat er mit Ihnen gestritten?«

Ina schüttelte den Kopf. Mit Paul Schiller hatte er auch nicht gestritten, weil er ihn gar nicht erst angesprochen hatte, von Kollege zu Kollege, obwohl er doch meinte, Tierschützer Schiller ging rüde mit den Hunden um. Das hatte er sich nicht getraut, denn Ingo Pawlik war ein ängstlicher Mensch gewesen. Bloß mit keinem Streit anfangen, der den Eindruck vermittelte, stärker zu sein. Mit Schwächeren vielleicht, mit Kindern. »Er ging mir mal eine ganze Straße lang hinterher«, hatte er erzählt, und daß er sich sonst etwas dabei gedacht habe. Wenn man doch bloß besser zuhören würde. Vielleicht war das nicht die einzige Straße gewesen, vielleicht war Schiller ihm öfter gefolgt, und er hatte es nicht mitbekommen, weder in Bukarest noch hier.

Schiller oder jemand anders. Schiller oder jemand anders, der die Tattoos auf seinem Arm wohl früher gesehen hatte. Schiller oder jemand anders, der sich für Andrei Bancu interessierte, für Andreis Verbleib, und der schneller gewesen war, Schiller oder jemand anders.

Tausend Gedanken; Ina ging in den Flur zurück, wo sie den Gerichtsmediziner sagen hörte, Ingo Pawlik sei schon eine ganze Weile tot. »So schwer verletzt ist der aber gar nicht«, fügte er hinzu.

»Zuerst hat er mal was in die Augen bekommen, Tränengas oder Pfefferspray.«

»Gas?« fragte Ina.

»Na, was Frauen manchmal mit sich führen in der Nacht.«

»Aha«, sagte sie. Gas oder Spray, er öffnet, man sprüht und hat ihn gleich überwältigt. Da brauchst du keine Kraft. Bist schon im Vorteil. Den halb Betäubten dann auf den Stuhl bugsieren, festbinden, schlagen. Wehrloses Opfer. So ein Gas war tückisch, das wußte sie doch selber, weil sie es mal abbekommen hatte, damals mit fünfzehn, als sie eigentlich nur zum Friseur wollte und in eine Demonstration geraten war, in eine Tränengaswolke mitten hinein. Scheißbullen, hatte sie gebrüllt, halb blind, mit Tränen aus Nägeln in den Augen orientierungslos herumstolpernd, *deutsche Polizisten, Mörder und Faschisten.*

Der Gerichtsmediziner lächelte sie an. »Sie brauchen das nicht, Sie haben ja Ihre Waffe.«

Auch nicht immer. Privat ging sie niemals mit einer Waffe aus dem Haus, und was dann folgte, war der mühsame Versuch, ihrem Chef, Hauptkommissar Stocker, zu erklären, daß sie dienstlich hier war.

»In Offenbach?« fragte er.

»Ja.« Sie preßte das Telefon ans Ohr.

»In welchem Fall?«

»Ja, das hat mit der Geschichte Schiller-Berninger zu tun.«

»Sind Sie damit noch befaßt? Habe ich da etwas übersehen?«

»Ich erkläre es Ihnen morgen. Ich möchte nur wissen, was ich jetzt – ich meine, man muß Böhm informieren. Der Geschädigte ist der Mann, der Schiller in Bukarest gesehen hat. Es ist möglich, daß Schiller ihn dort verfolgt hat. Hier sieht es danach aus, als sollte der Mann etwas preisgeben.«

»Was?«

»Ich weiß es nicht.« Ina schloß die Augen. So viele Fotoalben waren durchwühlt worden, Bilder lagen verstreut auf dem Boden. Die Offenbacher Kollegen hatten nichts Besonderes entdeckt; Hundebilder, hatte einer gesagt, Tiere und Landschaften, nichts, was einen Verdacht erregte. »Vielleicht wollte der Täter – man wollte vielleicht eine ähnliche Information von ihm, wie ich sie haben wollte.«

»Welche?« fragte Stocker.

»Ob er vielleicht mit dem Verschwinden von Berningers Sohn zu tun hat.«

»Sind Sie mit dem Verschwinden von Frau Berningers Sohn befaßt?«

Ina gab keine Antwort.

»Ist irgend jemand in der Mordkommission mit dem Verschwinden von Frau Berningers mysteriösem Sohn befaßt?«

Sie antwortete noch immer nicht, auch als er die Frage wiederholte, sie schwieg ihn an, bis Stocker mit kalter Stimme sagte: »Ich informiere Böhm.«

Als sie Ulla Pawlik rauchend vor dem Haus stehen sah, fiel ihr die merkwürdige Gewohnheit von Denise ein, sich mit der brennenden Zigarette in der Hand das Haar hinters Ohr zu streichen. Bis du Feuer fängst. Irgendwann wirst du verbrennen.

Tränengas brannte, aber das benutzten auch Männer. Männer, die kurzen Prozeß machten, die gleich klarstellten, daß sie hier die Oberhand hatten, verschlagene Scheißkerle halt. Wie Schiller.

Ingos Schwester ließ sich nicht nach Hause fahren, die Kollegen hatten es dreimal versucht. Ina versuchte es ein viertes Mal. »Sind Sie mit dem Wagen da?«

»Ich fahre S-Bahn«, sagte Ulla Pawlik, »und ich fahre allein. Ich will sehen, wie sie ihn rausbringen.«

»Das dauert noch eine Weile.«

»Ich muß die Wohnung putzen, das kann ich erst tun, wenn er draußen ist.«

»Nein, das können Sie nicht.« Ina faßte sie an der Schulter, doch Ulla Pawlik wich ängstlich zurück.

»Was mache ich denn jetzt«, rief sie. »Unsere Mutter lebt in Bayern, was soll ich ihr sagen? Sie mochte den Ingo nicht besonders, aber ich muß es ihr sagen.«

»Sie mochte ihn nicht?«

»Weil er ihr zu schlapp war. Sie wollte, daß er einen richtigen Beruf hat. Er hat im Zoo gearbeitet, als Tierpfleger, jetzt im Tierheim. Es hat ihm Spaß gemacht, das ist doch die Hauptsache.« Dreimal trat Ulla Pawlik auf den Stummel ihrer Zigarette und sagte: »Daß man die Leute nie in Ruhe lassen kann.«

Ina wollte sie nicht in Ruhe lassen, sie fragte: »Hatte er Freunde?«

»Ja sicher, er hat immer mal erzählt, daß er mit seinen Kollegen nach der Arbeit einen trinken war, mit denen hat er sich gut verstanden.«

»Gibt es eine Freundin?«

»Das haben die Leute oben mich schon gefragt. Ingo hatte wohl keinen so großen Erfolg bei Frauen.«

»Er hat viel fotografiert.« Ina nahm das Foto von Andrei, das Dan Bancu ihr gegeben hatte, aus ihrer Tasche.

»Wenn man ihm seine Alben rausgerissen hat, dann hat man wohl geglaubt, er hätte da Geld versteckt.« Ulla Pawlik hob einen Finger. »Hat er aber nicht. Sein Geld war immer in einem alten Topf in der Küche, da ist es immer noch, das habe ich den Leuten oben gezeigt.« Sie sah hin, weil Ina das Foto so hielt, daß sie hinsehen mußte. »Ist das von da oben? Dürfen Sie das mitnehmen?«

Ina sagte nichts.

Ingos Schwester murmelte: »Ich kenne die nicht.«

Es ist ein Junge, wollte Ina sagen, sah sie das nicht? Schmächtiger Kerl mit kurzem, blondem Haar. Sieht man doch. Dann hörte sie Ulla Pawlik sagen: »Ob die damit zu tun haben? Meinen Sie, die sind zurück und haben ihn überfallen? Nein, das kann ich mir nicht vorstellen, die haben doch kein Geld, hierherzukommen. Außerdem wissen die doch, daß es sich nicht lohnt bei ihm.«

Wir schließen nichts aus, könnte sie sagen, blind in die Gegend murmeln, doch Ina wiederholte ihre Worte, machte eine Frage daraus: »Sie kennen sie nicht?«

»Er hat Fotos von einem Ausflug gemacht.« Ein Zucken in Ulla Pawliks Gesicht. »Ein Picknick. Ich weiß nicht, ob der dabei war, ich habe sie ja nie gesehen.«

Der blaue Mann holt Kinder. Wo sind die Kinder hin? Vorsichtig fragte Ina: »Wie viele sind es?«

»Sie sind doch wieder weg.«

»Gut, wie viele waren es?«

Ingos Schwester setzte an, etwas zu sagen, doch dann drehte sie sich weg und ging mit kleinen Schritten die Straße entlang, tappte wie über Glatteis dahin. Ina lief hinterher, ein stummes Flehen im Kopf, jetzt sag was, sag es endlich.

Ulla Pawlik blieb stehen und murmelte: »Vielleicht ist es der kleine Quengler. Das Bild da. Das können Sie jetzt nicht mehr gegen ihn verwenden, nicht?«

Ina schüttelte den Kopf.

»Eben. Der war schlimm, sagt er, so ein kleiner Quengler, der wußte das alles nicht zu schätzen. Der war halsstarrig. Und dann waren sie ja wieder weg, da kann man jetzt nichts mehr sagen.«

»Nein?«

»Nein, sie sind doch längst wieder weg. So lange war das nicht, und ich habe ihn ordentlich zusammengestaucht, als er mir das erzählt hat.«

»Und was hat er gesagt?«

»Daß sie ihm leid taten. Von diesen Straßenkindern da unten machen Sie sich ja keine Vorstellung, da kann man gut und gern von Elend sprechen. Ingo fand, sie brauchten ein Heim. Bessere Aussichten, er wollte mit ihnen zum Sozialamt und all das. Aber dann wußte er nicht, wie er das alles auf die Reihe kriegen sollte, und überhaupt, das kann man einfach nicht machen, das habe ich ihm auch gesagt. Strenggenommen, habe ich gesagt, ist das eine Entführung, sogar bei diesen Kindern. Was der Ingo sich manchmal so vorstellt.«

Ina sah zum Haus zurück, überall brannte Licht. Strenggenommen war es Menschenraub, wenn sie ihr Gerede richtig deutete. »Er hat Kinder aus Bukarest mitgenommen.« Sie formulierte es nicht als Frage, weil sie dann vielleicht wieder dicht machen würde. »In seinem Wagen. Zusammen mit den Hunden.«

»Es waren ja nur drei. Und auch keine Mädchen, sondern Jungs. Meine Güte, er war so naiv.« Ingos Schwester tippelte hin und her. »Aber Sie müssen sich das mal vorstellen, die Kinder liegen da auf der Straße, da kümmert sich keiner drum, die hungern, sagt er, und frieren. Und dann werden sie zu Verbrechern, weil sie sich so armselig durchschlagen müssen. Sie sind nicht gesund, sind verletzt, weil sie dauernd von anderen geschlagen werden. Die waren richtig fertig, sagt er, halb erfroren, die hatten nichts. Und den kleinen Quengler hier, den hat er in der Nähe eines Hotels gefunden, der lag wie tot da herum, sagt er, der hat geblutet. Es war nämlich so, daß kurz vorher in einem Hotel etwas Schlimmes passiert ist, da hat ein Tourist, so ein Kinderschänder, sich einen Jungen mit aufs Zimmer genommen. Die im Hotel wollten das nicht, die haben die Polizei gerufen, und als die Polizei unten reinlief, hat der Tourist den Jungen oben aus dem Fenster geworfen, man darf sich das überhaupt nicht vorstellen. Jedenfalls hat Ingo das mitbekommen, und wie er diesen Jungen da liegen sah, dachte er, dem wäre auch so etwas passiert. Die strolchen ja da herum, diese Kinderschänder, um die Hotels herum.«

»Und dann hat er ihn mitgenommen«, sagte Ina. »Wie die anderen beiden.«

»Ja, und ich habe zu ihm gesagt, das kannst du doch nicht machen ohne Erlaubnis, ich meine, die sind doch dann illegal hier, und außerdem, sage ich, kann man von dir denken, daß du auch etwas mit Kindern machst, daß du auch so einer bist, da war er richtig erschüttert. Auf so was ist Ingo gar nicht gekommen. Er wollte nur helfen.«

»Er brachte sie in seinem Transporter nach Deutschland.« Ina wollte es wieder und wieder sagen, weil sie glaubte, es nicht richtig zu verstehen. »In einer Kiste, zusammen mit den Hunden.«

Ulla Pawlik zuckte mit den Schultern. »Er hatte ja nun mal den Wagen.«

»Und zumindest einer von ihnen, Sie nennen ihn den Quengler« – Ina wedelte mit Andreis Foto – »der war davon nicht so angetan, nein?«

»Nein, der wollte zurück, aber Ingo ist sicher davon ausgegangen, man müsse ihn zu seinem Glück zwingen. Er dachte, er könnte ihnen Pflegeeltern besorgen, und daß sie hier zur Schule gehen oder im Tierheim helfen. Daß sie etwas Geregeltes tun. Daß es ja eigentlich Asoziale sind, hat er sich nie überlegt.«

»Auch nicht, daß sie vielleicht Eltern haben, die sie vermissen?«

Ratlos sah Ulla Pawlik sie an. »Nein, das sind doch Straßenkinder, um die kümmert sich keiner.«

»Wo sind die Jungen jetzt?«

»Es war eine Dummheit. Das hat er eingesehen. Er hat es nur gut gemeint. Das können Sie ihm unmöglich jetzt noch –«

»Wo sind sie?«

»Ich habe doch noch zu ihm gesagt, Ingo, das sind keine Hunde, das sind Menschen, die kannst du nicht so einfach –« Ulla Pawlik schüttelte den Kopf. »Es lag mir die ganze Zeit auf der Seele, auch als sie wieder weg waren, ich mußte immer daran denken, was er manchmal so anstellt.«

»Wo sind sie?«

Ulla Pawlik öffnete ihre Tasche und schloß sie gleich wieder. »Sie waren zwei, drei Wochen lang in seiner Wohnung, er hat gut für sie gesorgt und viel mit ihnen unternommen, und sie hatten wohl auch Spaß daran, aber sie haben die Wohnung ziemlich auf den Kopf gestellt. Sehr unordentlich waren die, haben es sich gutgehen lassen, und es wuchs Ingo über den Kopf. Er hat es mir schließlich erzählt, weil er nicht mehr wußte, was er machen sollte. Ich habe mich ja schon gewundert, warum er immer abwiegelte, wenn ich sagte, ich komm mal vorbei, er wußte nicht, wie er mir das klarmachen sollte. Ich war erschüttert, ich habe ihm gesagt, du mußt sie zurückbringen, das geht nicht, nachher denken sie noch was von dir, wenn das rauskommt.«

»Und dann?«

»Na, er hat sie zurückgefahren. Er wollte auch nie wieder darüber reden, es war ihm eine Lehre.«

»Wissen Sie das? Daß er sie zurückgefahren hat?«

»Ja sicher, es war doch keiner mehr da. Ich habe ihn doch besucht danach.«

»Wann war das?«

»Das ist jetzt bestimmt vier, fünf Monate her.« Ulla Pawlik drückte sich ihre Tasche gegen den Bauch. Ihr Gesicht war grau und eingefallen. »Da«, sagte sie und deutete zum Haus. »Da kommt der Sarg. Jetzt bringen sie ihn raus.«

Keiner mehr da, die Worte hallten in Inas Kopf. Der blaue Mann holt Kinder. Die Kinder kehren nicht heim. Ina ging ins Haus zurück, wo die Nachbarn hinter halbgeöffneten Türen standen und den Offenbacher Kollegen erzählten, daß sie sich an nichts erinnerten. Der Nachbar Xantopoulos sagte, zum Pawlik käme nie einer hin. Der Nachbar Öztürk stand zitternd da und wollte immer wieder wissen, ob er tagelang neben einem toten Mann gelebt habe, tot am Tag und tot in der Nacht und die ganze Zeit da? Als Ina ihn fragte, ob er Kinder bei ihm gesehen habe, gesehen oder gehört, sagte er, er höre andauernd Kinder, nämlich die von Xantopoulos.

Die Nachbarin Kaminski aus dem Erdgeschoß sagte, der Pawlik war ja nun der einzige Nicht-Muselmane im Haus, und jetzt war sie mit den Muselmanen allein. Jawohl, diese entsetzlichen Kinder sah und hörte sie jeden Tag, aber der Pawlik hatte doch keine Kinder? Doch, sie hatte ihn im Treppenhaus einmal mit ein paar Buben gesehen, aber das waren doch nicht seine? Nein, angeguckt hatte sie die nicht, wer sollte denn Halbwüchsige voneinander unterscheiden? Er war ein netter Mann, sagte Frau Kaminski, ein stiller Mann, ganz im Gegensatz zu den entsetzlich lauten Bälgern dieser Muselmanen.

Als die Befragung ergebnislos gelaufen war, kam Böhm. Der Oberfahnder, laut und beharrlich wütend, wedelte mit den Fotos von Schiller und Berninger und sagte zu den Ermittlern: »Gehen Sie damit noch mal rum. Es könnte Verbindungen geben.«

Ein Offenbacher Kollege guckte auf das Foto von Denise und sagte: »Oh du lieber Gott.«

»Machen Sie mal halblang«, sagte Böhm. »Diese Zeiten sind vorbei. Halten Sie es unter der Decke, machen Sie da bloß keinen Wind. Und Sie?« Er nahm Ina beim Arm und schob sie in die Ecke. »Sie haben sich hier selbständig gemacht. Ihr Chef ist böse auf Sie.«

»Es gibt Anhaltspunkte, die sich bestätigt haben.« Ina versuchte seinen Arm wegzudrücken, was ihr nicht gelang. »Danach sieht es so aus, als hätte Pawlik drei Jungs aus Bukarest hierher verschleppt.«

»Pawlik?« fragte Böhm.

»Na, er hier. Der Tote. Über kriminelle Motive kann man noch nicht viel sagen, bisher gibt es keine Erkenntnisse hinsichtlich Kindesmißbrauch oder Menschenhandel. Das war ein aktiver Tierschützer, offenbar hat er die Kinder wie diese Hunde behandelt, alles, was stromert, muß in Sicherheit gebracht werden, so hat Pawlik gedacht.«

»Haben Sie gewußt«, sagte Böhm, »daß man Päderasten foltern darf? Steht in der Menschenrechtskonvention.«

Sie sah an ihm vorbei. »Ich habe doch gerade gesagt –«, fing sie an, doch Böhm hob einen Finger. »Ein Päderast ist eine Hülle, ein Nichts, ein Niemand. In der Menschenrechtskonvention steht, niemand darf der Folter unterzogen werden.«

»Na schön.« Als sie Ulla Pawliks Angaben zusammengefaßt hatte, murmelte Böhm: »Wieder einer neben der Spur. Das einzige Plus an Wachstum in diesem Land haben wir bei den Bekloppten.«

Und es paßte. Ina legte den Kopf zurück. Ingo hatte einen Zeugen, Florin, dem hatte nur niemand geglaubt. Nach einer Prügelei lag Andrei weinend im Gras. Dann kam der blaue Mann und nahm ihn mit, der Mann mit den blauen Tattoos auf dem Arm. Den kleinen Quengler, hatte Ingo seiner Schwester erzählt, hatte er in der Nähe eines Hotels gefunden, als er wie tot herumlag, blutend. Dan Bancu hatte ihr das blutbeschmierte T-Shirt seines Sohnes gezeigt, Kinder hatten es in einem Abfallkorb gefunden. Das hatte Pawlik ihm wohl ausgezogen? Dem Jungen vielleicht frische Sachen gegeben, damit er seinen Transporter nicht einsaute oder die Hunde nicht verrückt wurden vom Blutgeruch.

»Andrei Bancu hat er auch verschleppt«, sagte sie. »Ja. Nur ist er nicht wieder aufgetaucht.«

»Berningers Balg.« Böhm schnalzte mit der Zunge. »Das ist genau das, was ich meinte. Der blonde Racheengel ist zurück. Mahlzeit, wenn das in die Presse kommt.«

»Nein, es sieht nach Schiller aus«, sagte sie. »Es paßt. Es wäre logisch.«

»Erzählen Sie mir nichts von Logik. Logisch ist es beispielsweise, daß *sie* den Robert Reich erschossen hat. Er war auf sie angesetzt, er hat sie gesucht.«

»Pawlik hat Schiller in Bukarest gesehen«, sagte Ina. »Schiller hat ihn offenbar verfolgt, weil er Verdacht geschöpft hatte, genau wie ich jetzt, nur daß Schiller schneller war. Er kommt her, Pawlik soll ihm sagen, was er mit Andrei gemacht hat, die anderen Jungs werden ihn kaum interessieren. Er prügelt auf ihn ein, vielleicht will er ihn nicht töten, nur zum Reden bringen. Aber dann wird Pawlik in Todesangst einen Fehler gemacht haben: Dich kenne ich, sagt er, ich habe der Polizei schon Informationen gegeben, in Bukarest hat mich eine Polizistin befragt, die zeigen dein Bild herum, die suchen dich. Das hat er nicht überlebt. Vielleicht wollte er ihm weismachen, er hätte die Jungs wieder zurückgefahren, so wie er es auch seiner Schwester erzählt hat. Sie sind aber nicht nach Bukarest zurückgekommen. Andrei nicht. Was hat er mit ihnen gemacht?«

»Na was?« fragte Böhm.

»Vielleicht verkauft, an eine Bande vertickt?« Ina sah an ihm vorbei. »Für Päderasten ist er wohl mit dreizehn schon zu alt, vielleicht an einen Patron, der ihn betteln läßt, blond kommt gut an. Vielleicht als kleinen Drogenkurier oder als Klaukind.« Sie räusperte sich. »Vielleicht getötet. Wenn Schiller das aus ihm herausgeprügelt hat, ist er einen deutlichen Schritt weiter als wir.«

»Was Sie alles zu wissen glauben«, sagte Böhm. »Ich frage Sie nur: warum Schiller?« Er schob die Hände in die Hosentaschen. »Warum nicht sie? *Sie* hat wieder einen Grund gesehen, das Gesindel ordentlich zu bestrafen. Also: warum nicht sie? Oder beide zusammen?«

Ina gab keine Antwort, sah die Ermittler zurückkommen und hörte sie sagen, daß niemand im Haus die Berninger oder Schiller gesehen hatte. Mit einem Ausdruck des Bedauerns gaben sie Böhm die Fotos zurück, sie hätten sie wohl gerne als Trophäe behalten.

Warum nicht beide zusammen? Ina schloß die Augen. Du kannst dich auf ihn verlassen, hab ich recht, Denise? Frauen müssen Schiller das Gefühl geben, daß er gebraucht wird, hat sein Kollege, der süße Pfleger Mario, gesagt. Daß sie leiden und von ihm getröstet werden wollen, oh ja, so eine Frau auf der Flucht, Mutter eines verschwundenen Sohnes, den sie zwar nicht kennt, in einem besseren Leben aber nie vergessen hat, ist eine ganz Arme. Das gefällt Schiller. Da blüht er auf, der Paul. Da schießt er Polizisten ab und prügelt wunderlichen Tierschützern das Leben aus dem Leib.

Was hast du über ihn gesagt, Denise? Daß er ein Engel ist und ein Teufel zugleich. Hast so getan, als hättest du Angst vor ihm, erzähl mir doch nichts. Mach mir nie wieder etwas vor.

»... Wenn das überhaupt nicht nur ein ordinärer Raubmord war.« Neben ihr sprach Böhm, der Dicke quasselte aber auch die ganze Zeit.

»Hier?« fragte Ina. »Gucken Sie sich doch mal um. Sein bißchen Bargeld ist noch in der Küche, im Suppentopf. Es hat sich in diesem Täterkreis inzwischen herumgesprochen, daß die Leute so dämlich sind und Bares in Töpfen bunkern.«

»Dreck, verdammter«, sagte Böhm.

»Wie bitte?«

»Ich sage Ihnen was.« Er stellte sich auf die Zehenspitzen, um sie noch mehr zu überragen. »Wenn wir die nicht finden und die setzen ihren Amoklauf fort, läuft uns alles aus dem Ruder. Das ist nicht irgendeine, das gibt es nicht, die muß zu finden sein. Und wenn sich dann die Delikte ordentlich vermehrt haben, will ich nicht wissen, was man uns erzählen wird. Dann machen sie eine Sondersendung, und wir stehen blöd da.«

»Wenn wir den gleichen Weg gehen«, sagte Ina, »wenn wir den Jungen finden, kriegen wir ihre Spur.«

»Der Junge geht uns nichts an.« Böhm hob den Kopf wie ein witternder Hund und rief: »Lüftet doch mal, das stinkt hier. Das stinkt, daß man schreien möchte.«

Benny fand auch, daß es stank. Und Stocker, ihr Chef, der fand das ohnehin. Benny hielt sich nur noch selten in seiner Wohnung auf, doch als sie nach Hause kam, war er gegangen. Sie rief ihn nicht an. Ein extrem gereizter Kater schlug dreimal nach ihr, als sie versuchte, ihn aus ihrem Bett zu scheuchen, einmal schlug sie zurück. Vor Morgengrauen wachte sie auf und sah Ingo Pawlik auf dem Stuhl vor dem Bett sitzen; na so was, sagte er, na so was.

Hauptkommissar Stocker erwischte Ina am nächsten Morgen, als sie mit Hudek telefonierte. Florin, der dicke Junge, hatte doch gesagt, daß der blaue Mann ihm seine Freunde stahl. Wie hießen die anderen beiden?

Stefan Hudek tippte auf einer Tastatur herum, zumindest glaubte sie das, weil sie ein fernes Klacken hörte. »Nicu und Marius«, sagte er schließlich. »Und eben Andrei. Ein Marius ist nicht vermißt gemeldet, ein Nicu schon, Nicu Bindea, zwölf Jahre alt.«

»Gibt es einen vermißten Jungen, bei dem man die Anzeige zurückgezogen hat?« fragte sie. »Der vor vier, fünf Monaten wieder aufgetaucht ist?«

Wieder ein Klacken und die kurze Antwort: »Nein.«

»Könnt ihr Florin ein Foto von Schiller vorlegen? Ich bin sicher, daß der auch mit ihm gesprochen hat.«

»Florin ist untergetaucht«, sagte Hudek. »Er ist aus dem Fenster der Drogenklinik geklettert.«

»Ach ja. Aus euren Kliniken entkommt man leicht.«

Hudek hatte ein Lachen in der Stimme, als er sagte: »Nicht nur aus unseren.«

Ina legte auf. Stocker stand mit verschränkten Armen da, ja, guck nur. Sie ging an ihm vorbei zum Fenster, es wurde nicht hell. Doch alles würde sich aufklären, wenn sie nur die Fährte fand, Andreis Spur. Genauso wie nach einem Unwetter, man fürchtete sich im Dunkeln, bis die ersten Sonnenstrahlen wieder Frieden brachten, dann sah man zurück und fand es nicht mehr schlimm.

»Kommen Sie da raus«, sagte Stocker. »Aus Ihrem Tunnel.« Als Ina nicht antwortete, tat er etwas, das nicht zu ihm paßte, er schlug mit der Faust auf den Tisch. »Wer ist Rainer Nowotny?«

Ina drehte sich um. »Da habe ich ein Ehepaar befragt. Es war ein Baugesuch zu prüfen, und Nowotny hat als Amtsperson neunhundert Euro gefordert. Die dachten, das sei normal. Von diesem Kioskbesitzer wollte er achthundert, und als der das Geld nicht hatte, wurde der Kiosk zum Abriß freigegeben.«

»Ja sicher«, sagte Stocker. »So machen die das, das sollen Sie aber gar nicht ermitteln. Sie möchten mir bitte nur helfen, herauszufinden, wer den Nowotny mit einer Axt erschlagen hat. Ist das zuviel verlangt?«

»Einer, dem es gereicht hat«, sagte sie. »In Rumänien haben sie vier, fünf Worte für Bestechung, *Spaga* ist eines davon. Fahren Sie mit dem Auto, halten Sie die Bullen an und sagen, Rücklicht kaputt. Bißchen Geld, Rücklicht wieder okay. So plump ist der Nowotny anscheinend auch vorgegangen. Aber sonst geht das doch manierlicher vonstatten, hier kaufen sich die Firmen keine Politiker, sondern zahlen ihnen Gehalt und Provisionen. Das ganze Netz aus Zuwendungen, Vergünstigungen, Verbindungen und Lobbys kriege ich sowieso nie aufgedröselt.«

»Nowotnys gewaltsames Ableben haben Sie zu ermitteln«, wiederholte Stocker. »Der hatte auch Familie, der hatte auch einen Sohn. Um das ein letztes Mal klarzustellen« – er hörte mit dem Klopfen gar nicht mehr auf, jetzt war die Fensterscheibe dran – »wir sind nicht befaßt mit einem verschwundenen rumänischen Jungen. Was ist der eigentlich, wenn er eine deutsche Mutter hat?«

»Deutsch-Rumäne?«

»Oh nein, das ist wieder etwas anderes. Jedenfalls«, sagte er, »geht uns das überhaupt nichts an. Und um das Aufspüren von Schiller und Berninger kümmern sich andere, nämlich die zuständigen Stellen. Sollte die Frau Berninger Ihnen im Dämmerlicht auflauern, können Sie sich gerne um Sie kümmern, aber bis es soweit ist –« Er stockte. »Verzeihung.«

»Ja, so was geht Ihnen immer daneben.«

»Über das Schmiergeld-Land hätten Sie vor zwei, drei Jahren noch kein Wort verloren«, sagte er. »Ich glaube, da wußten Sie das überhaupt nicht. Das haben Sie alles der Berninger zu verdanken, die hat Sie aufgehetzt.«

»Meinen Sie? Ich habe es erlebt, falls Sie sich erinnern. Ich habe gesehen, wie überall gemauschelt wird und sich Staatsbeamte, auch Polizisten, von Firmenbossen einschüchtern lassen, das habe ich aus ihrer Geschichte gelernt.«

»*Ihre* Geschichte war Selbstjustiz, nichts weiter.« Stocker schmiß ihr die Akte Nowotny auf den Tisch. »Hätte die blöde Kuh uns nicht den einzigen Typen weggenommen, dessen Aussage vielleicht hilfreich gewesen wäre, hätten sich Staatsbeamte auch viel weniger einschüchtern lassen *können*, denken Sie über so etwas eigentlich nach?«

»Ich denke über was anderes nach«, sagte Ina. »Sie war damals die einzige, die mich darüber aufgeklärt hat, daß diese Firma ihres Ex mit Sicherheitsbehörden zusammengearbeitet hat, und daß zum Zweck der inneren Sicherheit jedes Mittel recht ist und jeder Dreck gedeckt wird.«

»Ach was«, murmelte Stocker. An der Tür drehte er sich noch einmal um. »Offenbach ist noch nicht eingemeindet. Überlassen Sie also bitte auch das gestrige Tötungsdelikt jenen Kollegen, die es angeht.«

Natürlich. Jenen Kollegen. Sie zog die Akte Nowotny heran. Ein Fragezeichen weniger, das Alibi des ehemaligen Kioskbesitzers hatte der Überprüfung standgehalten. Das war schön, denn er war ein netter Mann. Sicher kein netter Mann im landläufigen Sinne, weder höflich noch smart, doch gehörte er zu denen, die mühevoll ihr bißchen Leben zusammengehalten hatten, bis der Staat gekommen war, in Gestalt der Amtsperson Nowotny, da war ihm ein großer Teil seines kleinen Lebens abhanden gekommen.

Die nächsten Stunden verbrachte Ina damit, Leuten zuzuhören, die Nowotny Briefe geschrieben hatten, es waren immer die gleichen Briefe, Beschimpfungen, Drohungen, Beleidigungen, Name, Anschrift, Telefon. Im Bauamt hatten sie vorgearbeitet und alles gekennzeichnet, rote Striche für Idioten, giftgrüne Marker für Querulanten. Sie hörte Geschichten von Garagen, die sie nicht bauen durften, und vermieteten Einzimmerwohnungen für Studenten, die abgerissen worden waren, weil es sich um baufällige Garagen handelte, was die Studenten, die da darin heizen, kochen und duschen konnten, gar nicht gemerkt hatten.

»Da hat's gestanden«, sagte ein Mann. »Es war ein Häuschen neben meinem Häuschen, da konnte eine Person schön drin wohnen. Die Miete habe ich gebraucht, jetzt habe ich sie nicht mehr. Ich hatte Schreiben von meinen Studenten, daß sie sich da drin wohl gefühlt haben, aber das hat das Amt nicht interessiert.«

Ein anderer berichtete von einer Art Schuppen, den er bauen wollte, einen überdachten Raum für sein Motorrad und den Rasenmäher und all die Sachen, die in seinem kleinen Haus nicht unterzubringen waren. Aber die Nachbarn, passen Sie gut auf, die hatten den Schuppen nicht gewollt, ohne ihn je gesehen zu haben, weil: er hatte ihn ja nicht bauen dürfen. Die Nachbarn, begütert und bemittelt, hatten einen guten Draht zum Bauamt, daraufhin durfte er seinen Schuppen nicht bauen. So war das gewesen, sagte er, und dann erzählte er alles von vorn, und Ina fand, daß er Robert ähnelte, dem toten Kollegen. Roberts Blick war ähnlich durchdringend gewesen, sobald er anfing, etwas zu erklären, weil er vermutlich davon ausging, daß ihm ohnehin niemand folgen konnte. Robert Reich, Endstation Bukarest, einfach abgeschossen, einfach so, ein im Weg stehender Bulle, im Weg stehend wie der mögliche Schuppen hier, der nicht gebaut werden durfte. Roberts Aufschrei, den sie immer noch hörte, als er *das gibt's nicht* sagen wollte, *da*, da ist der Tod. Robert hatte jemanden gesehen, mit dem er absolut nicht gerechnet hatte, so war das doch, Schiller mit einem Hund. Robert hatte doch angenommen, Schiller sei tot.

Der Mann fuhr fort, seine Geschichte zu erzählen, hatte der bloß seinen Schuppen im Kopf? Man erschlug doch keinen, der einem den Bau eines Schuppens verwehrte. Man erschoß auch keinen, der sich in den Weg stellte, ach, das tat man doch alles überhaupt nicht. Den Menschen ein Wohlgefallen. Ina blickte auf ihr Notizbuch, hatte zwei Männlein gemalt. Was sollte sie schreiben, Rasenmäher? Schuppen verwehrt, am fraglichen Tag morgens im Bett gewesen, nachvollziehbar, um sieben Uhr morgens, als Nowotny mit einer Axt erschlagen worden war, lagen viele Menschen noch in ihren Betten. Rüttel mal dran. Geht nicht. Sie saß auf einem wackeligen Stuhl vor einem wackeligen Tisch, auf dem ein Seidenblumenstrauß stand, und hörte dem Mann zu.

»Schön«, sagte Ina und stand endlich auf.

Der Mann blieb sitzen und sah zu ihr hoch. »Meine Axt, wenn ich eine hätte, würd' im Schuppen liegen, wenn ich einen hätte.«

»Aha«, sagte sie. Polizistenmörder Schiller mit einem Hund, aufdringlicher Gedanke, wie ein Mantra oder so was. Sie gab dem Mann ohne Schuppen die Hand; Schiller mit einer P 2000, Roberts eigener Waffe, Schiller mit einem Knüppel, den armen Pawlik traktierend, Schiller, das Phantom.

Draußen das kreisende gelbe Licht eines Baufahrzeugs. Ina sah hin, bis die Augen schmerzten. Spaziergänger kamen vorbei, alte Leute, auf Stöcke gestützt, die sie fragten, ob sie etwas suche.

Ja. Sie schüttelte den Kopf, und der alte Mann sagte, da hinten ginge es nämlich nicht weiter, da käme bloß noch ein Parkplatz, sonst wäre da nichts.

Nein, sonst war nichts. Als sie nach den Autoschlüsseln kramte, spürte sie, wie jemand sie berührte. Sie drehte sich um, es war niemand da. Gespenster. Pawlik auf seinem Stuhl, auch so ein Gespenst. Ingo Pawlik, der seiner Schwester erzählt, er habe die Kinder zurückgebracht, aber die Kinder sind nicht wieder aufgetaucht. Hat er Schiller gesagt, was er mit ihnen gemacht hat? *Was* hat er mit ihnen gemacht? Sie mußte zum Präsidium zurück, Berichte schreiben über Menschen ohne Schuppen. Als sie die Abzweigung zur Innenstadt sah, wendete sie verkehrswidrig und fuhr aus der Stadt hinaus.

Das Tierheim *Sanfte Pfote* lag am Rande eines rheinhessischen Dorfes, hinter dem sich ein Weinbaugebiet erstreckte. Es war eine Gegend zum schöner Wohnen, aus der unzählige Pendler sich jeden Tag auf den Weg nach Frankfurt machten, um die mickrige Einwohnerzahl ein wenig zu vergrößern. Zäune standen um das Tierheim herum, auf einem Schild grüßte ein Hund mit der Pfote. Erregtes Gekläffe, als sie den Klingelknopf suchte, das hysterisch anschwoll, als sie ihn gefunden hatte.

»Wir haben bloß noch eine knappe Stunde geöffnet«, begrüßte sie eine Frau, die im Laufschritt auf sie zukam. »Hund oder Katze? Wir haben gerade dreißig Meerschweinchen.«

»Hunde, die sich mit Katzen vertragen«, sagte Ina.

»Oh ja, da haben wir den Sammy und den Fritz.« Die Frau führte sie in eine schmale Gasse, in der die Hundezwinger standen, überall schossen die Tiere nach vorn und guckten, was sich tat. Sammy war ein trauriger Pitbull, Fritz undefinierbar. Die Frau erzählte, daß man darauf achten mußte, in welches Heim der Hund käme, gerade in Zoohandlungen werde, der reinen Profitgier wegen, nie darauf geachtet, daß Nymphensittiche oder Mäuse in ein passendes Heim kamen.

Ina war vor dem Pitbull in die Hocke gegangen und sah zu der Frau hoch. Profitgier in Zoohandlungen?

»Genauso ist es mit Hunden«, erklärte die Frau. »Der Sammy hier ist von seinem Besitzer einfach ausgesetzt worden, wegen dieser Kampfhund-Hysterie, dabei ist der wirklich nett. Den Wesenstest hat er mit links bestanden, und deshalb möchten wir natürlich nicht, daß der zu jemandem kommt, der glaubt, durch so einen Hund sein bißchen Männlichkeit beweisen zu müssen. Haben Sie einen Partner?«

Ina stützte sich mit einer Hand am Gitter des Zwingers ab, du hast doch einen an der Waffel. Sammy schnupperte. Sie fragte: »Was ist denn der daneben für einer?«

»Der Fritz ist ein Zwergschnauzer-Mix.«

»So. Mehr Mix als Schnauzer, nicht? Und der verträgt sich mit Katzen?«

»Aber sicher. Eine Katze darf natürlich nicht dominant sein.«

Dann fiele Jerry schon mal aus. Ina stand auf. »Kinder mag er auch?«

»Oh ja«, sagte die Frau. »Er ist ein Familienhund.«

Ina hätte den Pitbull genommen, der strenggenommen gar kein Pitbull war, sondern ein American Staffordshire, aber sie nannten sie alle Pitbull. Sie fand ihn niedlich, es war so einer, wie die kleinen Strolche ihn hatten, das Hundchen mit dem aufgemalten Auge, Buster. »Meine Freundin würde mit ihren Jungs gerne mal herkommen«, sagte sie. »Die suchen nämlich einen Hund. Wir dachten, die könnten dann probeweise mit ihnen Gassi gehen.«

»Selbstverständlich«, sagte die Frau. »Die Hunde müssen ja zuerst einmal sehen, wer sie da ins Haus holen will.«

»Eben.« Ina schickte einen stummen Gruß zu Sammy; kann dich nicht mitnehmen, Buster, geht nicht. »Diese Jungs haben rumänische Freunde, die waren auch schon hier. Die hätten am liebsten alle Hunde mitgenommen. Muß hoch hergegangen sein.«

»Da war ich wohl nicht da«, sagte die Frau. »Rumänien ist eine wahre Hundehölle, vielleicht wissen Sie, daß da –«

»Oder die Neffen von Ingo Pawlik.« Ina sah sie an. »Können Sie sich an die erinnern?«

»Ingo!« Die Frau preßte eine Hand vor den Mund und starrte sie an, als hätte sie ihr einen Schlag versetzt.

Ina verschränkte die Arme. »Der hat doch mal Jungs mitgebracht.«

»Ingo?«

»Na, was ist?«

»Ja, und wenn?« Die Frau vermochte sich wohl nicht zu entscheiden zwischen Entsetzen und Empörung. Als Ina ihren Polizeiausweis zog, in dieser Gegend unberechtigterweise zog, wie Hauptkommissar Stocker sofort feststellen würde, fing sie an zu schreien.

»Herr Rademacher!« schrie sie. »Herr Raaademacher!«

»Wer ist das?« fragte Ina.

»Unser Chef. Der Leiter hier. Er ist bei den Katzen.«

»Können Sie alleine nicht reden?«

Die Frau konnte. »Es waren schon welche da«, sagte sie. »Von Ihnen, von der Polizei, die haben unseren Wagen mitgenommen.«

Ina nickte. Das machten sie gut, die Offenbacher Kollegen. Warum sollten sie das auch nicht so machen.

»Der Transporter gehört uns«, sagte die Frau streng. »Ingo hat als Fahrer die Bukarest-Touren gemacht, nicht als Besitzer.«

»Ist das wichtig?«

»Ich wollte das nur klarstellen. Ich verstehe nicht, warum der Wagen untersucht wird, Ingo ist doch Opfer, man untersucht doch bloß die Wagen von Verdächtigen nach Spuren. Die waren alle sehr mundfaul, Ihre Kollegen, na, und was werden sie schon finden, Hundehaare, schätze ich.«

»Wie lange hat er hier gearbeitet?« fragte Ina.

»Ingo war viereinhalb Jahre hier und hat sehr gut gearbeitet. Er mochte unsere Schützlinge so gern, daß es ihm sogar schwerfiel, Abschied zu nehmen, wenn sie ein Zuhause gefunden hatten.«

Er konnte nicht Abschied nehmen? Was hat er mit den Kindern gemacht? Ina fragte: »Hatten Sie auch privaten Kontakt?«

»Nein.« Nervös blickte die Frau hin und her. »Wir sind ein Team hier, wir hatten ja praktisch schon den ganzen Tag über Kontakt. Was war das jetzt, er hatte Neffen? Davon wußte ich nichts. Er hat zwar eine Menge von seiner Schwester erzählt, aber nicht, daß die Kinder hat, ja, komisch. Da ist Herr Rademacher.« Sie atmete auf.

Herr Rademacher schien um die Vierzig zu sein, ein Mann im schicken Anzug, mit derben Schuhen.

»Noch mal Polizei«, erklärte seine Mitarbeiterin in einem Ton, als stünden die Zeugen Jehovas vor der Tür.

»Bitte kommen Sie in mein Büro«, sagte er. »Ich fürchte, wir sind mit der Situation erheblich überfordert.«

Sein Büro bestand aus Schreibtisch, Rollcontainer und zwei Stühlen und sah noch bescheidener aus als ihres im Präsidium. Die Wände waren kahl, obwohl sie ringsum Tierposter erwartet hatte.

»Also«, begann er fast scheu, »mein Name ist Friedhelm Rademacher, und ich leite das Tierheim. Wenn Sie sich umschauen möchten, wir haben in der Gegend hier einen sehr guten Wein –« Er sah verlegen aus, als hätte er etwas Unpassendes gesagt, dann kamen die üblichen Worte eines Vorgesetzten, der einen Mitarbeiter durch ein Verbrechen verloren hatte, erschüttert alle miteinander, nicht begreifen können, warum jemand so etwas getan hat, niemals Grund zur Klage gehabt, unvorstellbar alles, unvorstellbar. Er spielte mit einem Brieföffner.

Ina fragte: »Was war denn mit den Jungs, die er mal mitgebracht hat? Denen er das alles hier zeigen wollte?«

»Nichts.« Rademacher betrachtete sehr lange seinen Brieföffner, saß da mit gesenktem Kopf und sagte schließlich: »Ihre Kollegen haben so etwas auch wissen wollen. Sie hatten einen Tonfall, als würden sie Ingo etwas unterstellen. Ich meine, nein.«

»Was heißt nein?«

»Nein, wir haben nicht gesehen, daß er Kinder mitbrachte, und nein, ich verwehre mich in Ingos Namen gegen solche Unterstellungen. Selbst wenn er sich um rumänische Kinder gekümmert haben sollte, was ist das denn für eine Zeit, in der ein erwachsener Mann sich nicht um Kinder und Jugendliche kümmern kann, ohne daß da etwas hineininterpretiert wird?«

»Dann möchte ich meine Frage präzisieren«, sagte Ina. »Hat er sich hier um rumänische Kinder gekümmert, indem er sie gegen ihren Willen aus Bukarest mitgebracht hat? Streunende Hunde, streunende Kinder, irgendwie dasselbe?«

»Ihre Kollegen«, sagte er, »hatten etwas anderes im Sinn.«

»Wollen Sie mir nicht antworten?«

»Was soll ich sagen?« Rademacher beugte sich nach vorn. »Ich *kann* Ihnen nicht antworten, das gibt es doch nicht. Entschuldigung, aber er konnte zwischen Hunden und Kindern unterscheiden.«

Ina beobachtete ihn, wie er nach Worten suchte, er sah aus wie einer, den man nach zwanzig Jahren Mitarbeit auf die Straße gesetzt hatte, fassungslos, aber um Haltung bemüht. Noch einmal schilderte er Ingo Pawliks Bukarester Aufgabengebiet, wie er es nannte, das Aufspüren von Straßenhunden und ihre Verbringung in das hiesige Tierheim. Mehr hatte Ingo nicht getan, er war ein gutmütiger, hilfsbereiter Junge gewesen, und falls man ihn mit Kindern gesehen haben sollte, dann hatte das bitteschön einen gewöhnlichen, nachvollziehbaren Grund, dann sind das vielleicht ausländische Kinder aus der Umgebung gewesen.

»Brauchte er Geld?« fragte Ina.

»Woher soll ich das wissen?«

»Die Leute klagen doch gewöhnlich.« Sie lehnte sich zurück. »Die Steuer, die Abzocke der Energiekonzerne, die Preise überall. Hatten Sie den Eindruck, das Geld schwimmt ihm davon?«

»Nein«, sagte Rademacher. »Ich kann mich überhaupt nicht erinnern, daß wir über solche Dinge je gesprochen hätten, ich hatte vielmehr den Eindruck, Ingo ist ein bescheidener Mensch, der braucht nicht viel zum Leben.« Seine Hände hielten den Brieföffner, schöne Hände, doch Ina sah an ihm vorbei, ins Leere, alles war Leere und löste sich auf, ihre Fährten, ihre Hoffnung und selbst ihre Angst. Sie spürte die Leere wie niemals zuvor.

Und doch zog sie die Fotos heraus, Schiller, Berninger, und leierte den üblichen Spruch, schon mal gesehen, sie, ihn, beide?

Rademacher sah sehr lange hin, gewissenhaft, wie ihr schien. »Bei der Frau bin ich mir nicht sicher«, murmelte er.

Natürlich nicht. Sie wartete ab.

»Ich glaube nicht«, sagte er schließlich. »Den Mann kenne ich auch nicht. Wir sehen doch so viele Leute hier, wie soll man sich da an einzelne Gesichter erinnern?« Er legte seinen Brieföffner neben eine hübsche, altmodisch aussehende Uhr. Daneben stand Nippes, zwei Eulen aus Glas und eine Schildkröte aus Silber. Eine kleine Schildkröte, die abgenutzter aussah als die Eule. Eulen sah man oft, Schildkröten seltener, man sah auch mehr Glas als Silber. Ina hatte noch nie Tierchen aus Silber gesehen. Handlich war sie, eine Stimme in ihrem Kopf sagte, man könne die Schildkröte in die Tasche stecken, und das stand auch in ihrem Notizbuch, weil sie aufgeschrieben hatte, was Denise gesagt hatte, Denise saß an Dans Küchentisch und übersetzte, was Dan Bancu über seinen Sohn erzählte, in diesem Kauderwelsch aus Rumänisch, Englisch und Deutsch, das nur sie verstand, über die Jahre wohl niemals vergessen hatte; Denise sagt, Andrei hat immer einen Glücksbringer in der Hosentasche, eine Schildkröte aus Silber.

Ina stand auf und stolperte fast über den Stuhl. »Die ist aber hübsch«, sagte sie. »Wo gibt's denn so was?«

Rademacher schien zu überlegen. »Da kenne ich mich nicht aus«, sagte er. »Das steht schon länger hier.«

Er habe die Jungs zurückgefahren, hatte Ingo Pawlik seiner Schwester erzählt. Nein, das hatte er nicht getan, er war zu seinem Chef gegangen, weil er nicht mehr weiterwußte, und sein Chef hatte gesagt, bring sie her, ich erledige das. Und dann?

»Hatten Sie auch privaten Kontakt, Pawlik und Sie?«

»Nein«, sagte Rademacher. »Das Team hier geht manchmal gemeinsam essen, aber mit privatem Kontakt meinen Sie sicher etwas anderes.«

Sie nickte. »Zum Beispiel gegenseitige Besuche.«

»Nein«, sagte er, »das nicht.«

Das nicht, was dann? Sieh es so: Zufall. Oder auch nicht. Eine Schildkröte aus Silber, wie viele Leute besaßen so etwas? Eulen, Katzen, Bären, das schon, aber Schildkröten? Figuren aus Glas, Holz oder Keramik, klar, aber aus Silber? Ina fuhr ins Präsidium zurück, wo Stocker wissen wollte, wo sie so lange gesteckt habe.

»Muß ich Sie über jeden einzelnen Schritt informieren?« Sie warf ihr Notizbuch auf den Tisch.

»Ich fürchte, ja«, sagte er.

»Dieser Typ durfte seinen Schuppen nicht bauen, der andere mußte ihn abreißen, weil er angeblich zweckentfremdet und baufällig war, das Übliche. Ich schreib's auf.«

»Sie können sich einfach nicht präzise ausdrücken«, sagte Stocker. »Nein, Sie wollen nicht.«

»Wie?«

»Ja, wie! Woher soll ich jetzt wissen, wer *dieser Typ* ist?«

»Ich sag doch, ich schreib's auf.« Sie schrieb es auf und vertippte sich dauernd, mußte immer wieder überlegen, hatte sich kaum etwas notiert und so vieles schon vergessen. Konzentrier dich – vielleicht hatte sie mit Nowotnys Mörder gesprochen. Und wenn schon. Mitten in einem Satz, einem schriftlich gestammelten Satz, ließ sie die Finger über den Tasten schweben und murmelte: »Ich kann das nicht mehr.«

Stocker hob den Kopf. »Was sagen Sie?«

»Ich meine allgemein.«

»Ich habe Sie nicht verstanden«, sagte er.

»Egal.« Als er draußen war, suchte sie die Telefonnummern aller möglichen Läden heraus, die Geschenkartikel führten. Sie rief an und stellte immer dieselbe Frage: »Ich suche Tierchen aus Silber.«

»Für was?«

»Zum Hinstellen.«

Hatten sie nicht. Glas, Holz, Onyx vielleicht? Ein indisch angehauchter Laden führte Espressotassen aus Silber, aber keine Tiere.

Auch keine Schildkröten?

Doch, eine aus Elfenbein.

»Wo kriegt man denn welche aus Silber?« fragte Ina.

Der Mann im Laden sagte: »Die sind selten.«

»Ja, das habe ich gemerkt. In Rumänien habe ich so was mal gesehen.«

»Oh ja, im Osten haben sie viel Handwerkliches aus Silber«, sagte er, ein weltläufiger Mensch mit seltsam hoher Stimme. »In Bulgarien und Rumänien, richtige kleine Menschlein, ganze Gesichter.«

»Ja«, sagte sie. Halbe Gesichter wäre auch blöd.

»Aber Sie sollten erst mal die gestickten Tischdecken sehen.« Der Ladenbesitzer geriet in Fahrt. »Die sind wunderschön in Rumänien. Auch die Teppiche und Holzschnitzereien sind apart. Oder die Ikonen.«

Sie nickte vor sich hin, erzähl mir von Ikonen. Oder von Kindern, die in einem Jahr schon keine Kinder mehr waren, die sich Schildkröten aus Silber in die Hosentasche steckten, um sich beschützt zu fühlen. Ihnen die Glücksbringer zu nehmen, war ungeheuer böse, und sie wollte den Mann bestrafen, der einem Jungen seinen Glücksbringer weggenommen hatte, ihm selber alles wegnehmen, sein Glück, seine Eier, sein Hirn.

Aber sie könnte sich hier auch verrennen, was wußte sie denn. Zwölf-, Dreizehnjährige, das hatte sie erfahren, waren für Päderasten schon nicht mehr interessant. Was war es? Sie könnte noch größeren Mist bauen als sie im Mordfall Nowotny baute, wo sie anfing, die beiden Männer mit den Schuppen zu verwechseln. Als Stocker zurückkam, schnippte er mit den Fingern und sagte, es ginge die hiesige Mordkommission ja nichts an, aber im Offenbacher Tötungsdelikt, das die Kollegin aus Frankfurt freundlicherweise entdeckt hatte, schien Paul Schiller beinahe aus dem Schneider zu sein.

»Wieso?«

»Die Obduktion hat ergeben, daß dieser Pawlik an Herzversagen gestorben ist. Die Schläge selbst waren nicht tödlich, der Mann ist sozusagen vor Schreck verstorben.«

Ina nickte, so einer war er gewesen, gestorben am Schreck. »Und wieso ist Schiller deshalb aus dem Schneider?« fragte sie.

»Weil die Schläge von einem Linkshänder ausgeführt worden sind«, sagte Stocker. »Das war bei unserem Stadtkämmerer Lambert anders, da wurde mit rechts geschlagen.«

»Beidhändig vielleicht«, murmelte Ina. Es gab Rechtshänder, die machten bestimmte Dinge mit der linken Hand, es gab Linkshänder, die mit der rechten Hand schrieben, weil sie von ihren Eltern dazu gezwungen worden waren, wie Denise.

Denise, die gesagt hatte: »Eigentlich bin ich Linkshänderin.«

»Tja«, sagte Stocker.

Ina sah aus dem Fenster und glaubte, die ersten Sterne zu sehen, im Rachen den Geschmack von Tränen, ein fremdes Gefühl. Warte, bis ich komme. Ich finde dich und bring dir deinen Jungen, dann klärt sich alles auf.

»Über zwei Wochen lag der da herum«, sagte Stocker. »Ein Fenster war gekippt, sonst wäre es wohl früher aufgefallen.«

»Er saß«, murmelte sie. »Er saß festgebunden auf einem Stuhl.«

»Na gut«, sagte Stocker. »Ist auch egal.«

Schiller hatte Vorsprung. Da könnt ihr sagen, was ihr wollt. »Mein Bericht ist fertig.« Sie räusperte sich umständlich. »Viel ist es nicht.«

Stocker nickte. »Die Berninger ist beidhändig, nicht wahr? Das ist Ihnen selber damals aufgefallen.«

»Ja, es war aber nie die Rede davon, daß sie ihren Ex mit links erstochen hat – ich meine, mit der linken Hand.«

»Mal sehen«, sagte er, und nach einer Weile: »Himmel, wäre das ein Skandal.«

»Das ist wohl das Schlimmste«, sagte sie. »Der Skandal.«

»Ja, daß Polizeibeamte aus zwei Ländern praktisch zugucken.« Einen Moment lang sah Stocker wie ein Gläubiger aus, der ein Wunder erblickt. »Überlegen Sie sich mal, welche Entwicklung die vollzogen hat, von der Maskenbildnerin über die Fernsehmoderatorin, die Gewaltverbrecher jagt, zur gejagten Gewaltverbrecherin. Da wird mal ein Buch drüber geschrieben, ich garantiere Ihnen das, dann wird's verfilmt. Kriegt sie womöglich noch Honorar für.«

Ina sah an ihm vorbei. »Daß sich keiner um den Jungen kümmert, ist auch ein Skandal.«

»Unterstellung.« Stocker wedelte mit einem Finger vor ihren Augen. »Das ist ein vermißter Junge, davon gibt es leider viele, und bei allen geht es seinen Gang. Muß der überhaupt in Deutschland sein? Nein. Man kann nicht alles stehen und liegen lassen und ihn bevorzugt behandeln, nur weil seine Mutter prominent ist und sich wie vom Blitz getroffen wieder an ihn erinnert.«

»Es geht überhaupt nicht seinen Gang«, sagte sie. »Der wird ja anscheinend immer noch als Ausreißer behandelt. In Bukarest habe ich mich gewundert, wie diese Tierschützer über die lästigen Kinder geklettert sind, um an die Hunde zu kommen. Macht es doch mal umgekehrt, habe ich gedacht, und dann kommt dieser Pawlik und nimmt tatsächlich drei Jungs mit. Ich will dem erst mal nichts außer einer gewissen Bekloppptheit unterstellen, wenn er die völlig kopflos nach Deutschland gefahren haben sollte, um sie hier weiterzuvermitteln, genau wie die Hunde. Vor Monaten will er sie dann wieder zurückgefahren haben, aber sie sind nirgendwo mehr aufgetaucht. Was hat er also mit ihnen gemacht? Was ist da passiert? Aber nein, das geht uns nichts an, das geht schon seinen Gang.«

»Es gibt lediglich die Aussage einer Frau, dergemäß ihr Bruder ihr erzählt hat, er hätte blöderweise drei Jungs aus Bukarest mit Hunden verwechselt«, sagte Stocker. »Nur hat die Frau das von ihm, nicht wahr, die hat keines der Kinder je gesehen. Denken Sie mal an die Möglichkeit, daß der Typ einfach so sehr einen weg hatte, daß die Geschichte erfunden ist? Oder sie? Daß sie es war, die Ihnen Mist erzählt hat?« Stocker schüttelte den Kopf. »Die Untersuchung des Transporters hat nichts ergeben, das kann ich Ihnen auch noch sagen, obwohl Sie damit nicht befaßt sind. Nada. Hundehaare.«

Vielleicht hatte Tierheim-Chef Rademacher die silberne Schildkröte in dem Transporter gefunden, einfach nur gefunden. Vielleicht hatte er Ingo Pawlik gefragt, ob es seine wäre, und als Ingo verneinte, hatte er sie an sich genommen. So einfach ist das manchmal. Eine kleine, silberne Schildkröte und die Aussage einer Frau, die ihren Sohn überhaupt nicht kannte, eine silberne Schildkröte wäre sein Glücksbringer. Lächerlich. Man würde sie milde lächelnd in den Urlaub schicken. Vielleicht hatte Tierheim-Chef Rademacher die silberne Schildkröte in dem Transporter gefunden, nachdem er gereinigt und desinfiziert worden war, damit kein Kriminaltechniker je etwas fand.

Die nächste Stunde verbrachte Ina damit, Aussagen im Fall Nowotny zu vergleichen. Lauter potentielle Amokläufer fühlten sich betrogen durch diesen Staat und glaubten sich verfolgt durch seine Behörden. Als sie das Programm beendete, fragte der fürsorgliche Computer, ob sie das wirklich wolle; ja, ich will das wirklich, ich will das für immer. Sie fand Stocker in der Teeküche und sagte: »Ich muß Ihnen was sagen.«

»Ja?« Er kochte Kaffee in der Teeküche und sah interessiert zu, wie die Kanne sich füllte.

»Ich muß Urlaub nehmen«, sagte sie. »Ein, zwei Wochen, besser zwei. Ich weiß, daß Ihnen das nicht paßt, aber es muß sein.«

»Ist Ihre Tante krank?«

»Ich habe keine Tante.«

»Eben.« Er drehte sich um. »Was ist los?«

»Ich habe Zoff zu Hause, außerdem kriege ich im Moment die Kurve nicht. Nirgends. Ich fühle mich beschissen, ich meine, ich könnte mich krankschreiben lassen, aber so etwas mache ich nicht.« Sie sah, daß ihm das nicht reichte, nicht, wenn ein Bediensteter des Bauamtes getötet worden war.

»Ich fühle mich verfolgt«, fügte sie hinzu und schämte sich sofort für diesen Stuß. »Immerhin ist es ja so, daß mir die Kollegen eingeredet haben, die Berninger hätte es jetzt auf mich abgesehen, weil sie sich gelinkt fühlt. Ich denke, ich kriege nichts mehr zusammen, bis sie – na ja.«

»Und Sie glauben, die ist in exakt zwei Wochen geschnappt?«

Ina hob die Schultern. »Böhm hat auch gemeint, er würde mich von der Straße nehmen, Ihnen fällt so was ja nicht ein. Ich packe es im Moment nicht mehr. Ich brauche Urlaub.«

Zu Hause, nach zwei Gläsern Wein, schlief Ina auf dem Sofa ein. Nicht lange, ein paar Minuten nur, doch die Jalousien waren noch nicht heruntergezogen, und als sie hochschreckte, ging ihr Blick zu den Sternen. Keine Wolken mehr, nur klare, kühle Luft und diese umherflirrenden Sterne. Sie starrte hin und glaubte, sie kreisen zu sehen, weit weg, in ihrer unerschütterlichen Ordnung. Jerry, ungewohnt verträglich, lag auf ihrem Bauch; Polizisten schaffen Ordnung, murmelte sie, so muß das sein. Sie spürte seine Wärme und schmeckte wieder die Tränen, wie vorhin im Präsidium, als sie nicht wußte, was das sollte.

Benny, schlecht gelaunt, seit sie ihm gesagt hatte, sie müsse noch einmal dienstlich verreisen, kam aus der Küche und murmelte: »Geh doch ins Bett.«

»Ich kann es nicht ändern«, sagte sie. »Ich muß halt weg. Aber diesmal bleibe ich in Deutschland.«

»Dauernd rumzureisen hat doch noch nie zu deinem Job gehört«, sagte er.

»Nein, aber jetzt. Und von dauernd kann ja wohl keine Rede sein.« Sie sah zu, wie er die Jalousien herunterließ. »Das geht auch nicht mehr lange so.«

»Und was willst du da machen? Kannst es ja wenigstens mal andeutungsweise sagen.«

Nur mal gucken. Wirklich, bloß mal gucken und dann weitersehen. »Bißchen observieren«, murmelte sie.

Benny brummte etwas. »Deine Freundin Elke hat angerufen«, sagte er dann. »Du sollst dich mal wieder melden.«

»So, ich soll? Und dann?« Geh doch nicht dauernd an mein Telefon, wollte sie sagen, du hast dein eigenes. Der Kater erlitt einen Niesanfall, komisch. Fünfmal nieste er, ohne wachzuwerden. »Dann quasseln wir blödes Zeug und kichern blöde.«

Benny lachte. »So gehört sich das.«

»Man kann nicht mit ihr reden«, murmelte sie.

»Was willst du denn reden?«

Behutsam setzte sie Jerry auf den Boden, wo er gleich weiterschlief, zog Benny heran und streichelte sein Haar. Sie merkte, daß sie es mechanisch tat und sah über ihn hinweg. »Ich fahre ziemlich früh. Ich rufe dich an, ganz bestimmt.«

6

Frühmorgens fuhr Ina los, auf der Gegenfahrbahn lauter Pendler mit steifen Gesichtern. Es wurde kälter. Die Straßenarbeiter, die ihren wandernden Baustellen hinterherwanderten, pusteten sich schon die Fingerspitzen warm, und als sie durch das erste Nest fuhr, kamen ihr Kinder in dicken Jacken entgegen, trotteten dahin wie jene, die sie in Bukarest gesehen hatte, halb schlafend noch, die Köpfe angefüllt mit kleinen Heldentaten. Der Tunnel wurde enger, ließ nur noch Platz für den Jungen. Wenn du lebst, Andrei, dann krieg ich dich, krieg ich euch alle, aber du mußt leben. Sie wußte nicht, was sie tun sollte, aber sie konnte alles tun, sie war frei.

Nach einer Stunde erreichte sie das Dorf, in dem Friedhelm Rademacher wohnte. Ein stiller Ort; unter der Herbstsonne glitzerten die Weinberge in einer Welt, in der nichts geschah. Überall Schilder, guter Riesling hier und gutes Fleisch, glückliche Schweine, glückliche Reben. Sie nahm ein Zimmer in einem kleinen Hotel, einem umgebauten alten Weingut mit zwölf Betten, rief Benny an und sagte, daß hier alles ziemlich gemütlich war, wirklich, mach dir keine Gedanken. In der vergangenen Nacht, als sie nicht schlafen konnten, hatte sie ihn an sich gezogen und etwas Ähnliches gesagt, und er schien es zu glauben, weil sie immer ruhiger geworden war bei dem Gedanken, daß sie den letzten Weg als Polizistin ging.

Tierheim-Chef Rademacher bewohnte ein kühl aussehendes Einfamilienhaus, das sich abhob von dem vielen Fachwerk hier. Ina blieb im Wagen sitzen und sah seine Frau. Sie leerte den Briefkasten, verschwand im Haus und kam als Grün zupfende Kleingärtnerin zurück, die mit gelber Gummihand jedem Radfahrer zuwinkte, als kehrte er aus der Fremde zurück. Nichts Besonderes, ein ödes Idyll, eine ewige Grüßerei. Nichts hatte ihr Leben durcheinandergerüttelt, keiner mit Knüppel war gekommen, um zu schreien und zu fragen und zu schlagen. Ina schüttelte den Kopf. Nicht dran denken, daß sie vielleicht nur Gespenster sah. Schildkröten aus Silber. Langsam fuhr sie wieder los, stellte den Wagen ab und ging die kleinen, winkligen Straßen entlang, in denen alte Männer rauchend vor ihren Häusern standen, während ihre alten Frauen die Einfahrt kehrten. Keine Bewegung, keine Erschütterung, das Leben war langsam hier.

Straußwirtschaften und kleine Geschäfte um den Marktplatz herum, den sie auf einem Schild, das kein Besserwisser ihnen entrissen hatte, *Centrum* nannten, eine Bäckerei, zwei Apotheken und ein Supermarkt. Im Schaufenster einer Metzgerei grinste ein Schweinekopf, der für hausgemachte Wurst warb, *Gabi's Blumenshop* hielt Herbststräuße bereit und *Specials für's Grab*; vielleicht fing hier mit der Weinlese auch das große Sterben an. Ina beobachtete die jüngeren Männer, auf der Suche nach einem dunklen, glatten Schönen, doch Paul Schiller wies ihr nicht den Weg. Später wartete sie in der Nähe von Rademachers Haus, bis der Chef nach Hause kam. Er fuhr einen Audi in die Garage, nach einer Weile flimmerte blaues Fernsehlicht.

Abwarten. Sie hatte keine Vorstellung, malte sich nichts aus; sie wußte, daß sie auf ihn losgehen würde, wenn sie nur einen Anhaltspunkt hätte. Einen Hund hatte er noch ausgeführt, ein bißchen die Straße herauf und herunter, ohne auf die Umgebung zu achten, wie ein Mann, der sich sicher fühlte. Gespenster. Sie begleiteten sie in diesen spärlich beleuchteten Straßen, als

Hände ihre Schultern berührten, unsichtbare Hände. Wie Feindesland war das hier, kleine Häuser, hohe, unsichtbare Mauern, sie wollte ihre Waffe entsichern beim Gang durch das Dorf.

Beim Überqueren einer Brücke verwandelten die schwarzen Bäume sich in wispernde Gestalten, die etwas ausheckten, dem sie nicht gewachsen war. Die Weinberge lagen im Dunkeln jetzt, nur ein paar Laternenlichter erhellten die Wege, und es war so still, daß sie sich nicht rührte. So stand sie da und hielt sich am Geländer fest. Sah hinunter, ins Nichts. Auf die Bilder, die sie begleiteten, seit sie bei der Mordkommission war, verrenkte Glieder und tote Augen, in denen der Schrecken noch lag. Auf die Träume und Alpträume, mach dir doch nichts vor, alles ist häßlich, alles ist falsch, was du tust. Das alte Foto einer Mutter, die ihr Baby hält. Lächelnde Augen, ruhig und sanft. Viele Jahre später der Zugriff in Bukarest, dieser Haß in ihren Augen, das grelle, böse Licht darin, du hast mich gelinkt.

Du mich auch. Oder nicht?

Es war kein ruhiger Ort. Morgens um fünf donnerten die Winzer auf ihren Traktoren durch die Straßen wie ein Geschwader, das feindliche Hügel nahm. Kurz nach neun verabschiedete Friedhelm Rademacher sich von seiner lieben Frau und seinem netten Rottweiler, um in seinem großen Auto zur Arbeit zu fahren. Seine liebe Frau zog wieder gelbe Gummihandschuhe an, um den Garten zu pflegen, der Briefträger kam und sprach ein paar nette Worte.

Als Ina am Haus vorbeiging, spürte sie Frau Rademachers freundlichen Blick im Nacken. Nette Leute, wirklich, Schiller hatte keinen Grund, sie zu behelligen. Schiller schien sie durch sein Fernbleiben zu verhöhnen; alles falsch, was du tust.

Gegen Mittag überwand sie ihren Widerwillen, allein eine Gaststätte zu betreten und suchte die Wirtschaft am Marktplatz auf, die *Zum Jungbrunnen* hieß, *Restaurant, gepflegte Atmosphäre.* Drinnen spielten sie Karten, eine andere Zeit. Ein paar alte Männer linsten verstohlen herüber, guckten in ihr Bier und linsten erneut. Tinchen riefen sie die Kellnerin, noch mal dasselbe, Tinchen, die Nacht wird so kalt.

Tinchen war eine junge Kellnerin mit rötlichen Strähnen im dunklen Haar, die »Was darf's denn sein?« fragte, was man in der Stadt kaum noch hörte. Die außergewöhnlichsten Kellnerinnen hatte sie allerdings in Wien erlebt, wo man ihnen ein Berufsleben lang einbimste, die Gäste nicht persönlich anzusprechen – Haben noch einen Wunsch? Möchten zahlen? Verstehen, was das soll?

Ina bestellte einen Toast Hawaii und ließ sich zu einem guten Riesling überreden, obwohl sie den nicht mochte. Er schmeckte ihr noch immer nicht, was aber ihre Schuld sein mußte, wiesen hier doch überall Schilder auf die hohen Auszeichnungen hin, mit denen der hiesige Qualitätswein geehrt worden war. Er brannte ihr in der Speiseröhre, das lag an ihrem Proletenmagen, der an billigen Rotwein gewöhnt war.

Als sie gegessen hatte, behielt sie das Glas in der Hand, sie müßte anfangen, Romane zu schreiben, dann würde sie hier nicht so blöd sitzen und hätte etwas zu tun. Die Zeit stand still. Sie nahm alle Geräusche wie düstere Prophezeiungen wahr, das Aufschlagen der Karten auf dem Tisch, wenn einer einen Stich gemacht hatte oder wie die das nannten, das Klappern aus der Küche, das Zischen der Kaffeemaschine am Tresen. Als Tinchen zum Abräumen kam, fragte sie gewissenhaft: »Hat's denn geschmeckt?«

»Oh ja«, sagte Ina. »Wissen Sie was, ich suche einen Bekannten, der soll hier in der Nähe – warten Sie mal, ich hab doch ein Bild dabei.« Sie kramte nach Schillers Foto, das sie längst griffbereit hatte, und augenscheinlich gefiel der Kellnerin, was sie da sah. Doch sie schüttelte nur bedauernd den Kopf und murmelte: »Ich wüßt' jetzt nicht –«

»Ich glaube, der ist mit seinem Sohn unterwegs.« Ina zog Andreis Foto heraus und wollte noch etwas Belangloses sagen, als sie ein Aufblitzen in ihren Augen sah, etwas kaum Merkliches, das sie schon tausend Mal gesehen hatte, bei Verdächtigen und bei Mördern und bei Menschen, die sich fürchteten, ein Zögern, ein kurzes Erschrecken, ein Wimpernschlag nur.

Ina starrte der Frau ins Gesicht. »Waren die hier?« fragte sie und wollte so unbedarft wie möglich klingen. »Wir hatten uns nämlich verabredet, und dann ist was schiefgegangen, ach je, und jetzt sitz ich hier und hab keinen Schimmer, Sie wissen ja, wie das ist.«

Es war ihr egal, ob Tinchen wußte, wie das war. Die Kellnerin schüttelte heftig den Kopf und nuschelte: »Wieso der Sohn – ich meine – nein, kenn ich nicht.« Gut. Quassel nur. »Wegen dem Dings, meine ich«, fuhr Tinchen fort, »wegen dem Haar, der eine dunkel, der andere hell. So halt.«

Ina lächelte sie an. »Da hat sich die Mutter durchgesetzt, die ist blond.« Sie verwarf den Gedanken, ihr auch noch das Foto von Denise zu zeigen, das wäre jetzt ein Tick zuviel für Tinchen. »Na, da kann man nix machen«, sagte sie. »Ich möchte dann zahlen.«

Draußen schlug die Kirchturmuhr. Ina holte ihren Wagen und parkte in sicherer Entfernung. Zweimal ging sie den Inhalt ihres Rucksacks durch wie eine nervöse Reisende, die sich einbildete, etwas vergessen zu haben, Stablampe, Kamera, Feldstecher, Handfesseln, sie hatte unzulässigerweise die komplette Ausrüstung dabei, die Waffe steckte im Holster.

Es dauerte, aber man konnte auf die Straße starren und die vorüberhuschenden Füße zählen. Oder die herannickenden Tauben, die Blätter, die von den Bäumen fielen, man konnte warten, ohne zu denken.

Im Dämmerlicht kam sie heraus. Die Kellnerin fuhr Rad und verließ die geputzten Straßen. Ina schlug mit den Fingern aufs Steuer; Radfahrern zu folgen war, als nehme man eine Fahrstunde, so schlich man dahin. Zwei Trecker überholten sie. Sie fuhren durch graue Gassen mit verschlossenen Scheunen, an Feldern vorbei und an Höfen, die so verbindungslos in der Gegend standen wie vom Himmel gefallene Steine.

Einsam wohnte sie hier. Die Kellnerin lehnte ihr Rad gegen ein Scheunentor und verschwand in einem zweistöckigen Haus. Da blieb sie auch, keiner kam und keiner ging, hier schien der Tag schon vorbei. Auf der Tür ein harmloses Schild mit Schnörkelschrift: *Fam. Hartmann*. Eine Katze machte sich auf den Weg in die Nacht, weiter weg bellten Hunde. Wie im bösen Traum. Sinnlos. Ina wartete noch eine Weile, ohne zu wissen worauf, dann fuhr sie ins Hotel zurück, rief Benny an und hörte Geschichten von Jerry.

»Er braucht 'ne Mieze«, sagte Benny.

»Braucht er nicht, der ist kastriert. Außerdem steht er auf Kerle.«

»Er wirkt so einsam.«

»Ist er nicht, ich kenne ihn länger als du.«

»Heute früh war der Grill kaputt«, sagte er.

»Schlimm?« Ina gähnte und hörte zu, was dem Grill gefehlt hatte und wie er ihn wieder zum Leben erweckte.

Aber er war gut darin, das Thema zu wechseln. »Hast du schon mal Telefonsex gemacht?«

»Ich?« Ina setzte sich auf. »Du spinnst wohl.«

»Nee, ich frag nur.«

»Also echt. Ich glaub, es geht los.«

»Was machst du jetzt?« fragt er. »Hockst dich mit Kerlen an die Bar?«

»Nein, ich geh früh schlafen.«

Es gab hier keine Bar. Auf dem Weg zur Dusche hörte sie ein schwaches Piepsen aus dem Handy, als wäre eine SMS gekommen. Da war aber nichts, kurz zuckte das Symbol, dann war es wieder weg. Neuer Akku, würde Benny sagen, weil Benny bei allem, was nicht funktionierte, vorschlug: Brauchste 'nen neuen Akku. Neuen Akku für sie selbst, damit sie klarkam hier, damit überhaupt etwas gelang.

Ina legte das Telefon weg und sah einen Schatten am Fenster. Verfolgungswahn, jeden Mist fing sie sich ein. Sie war hier im ersten Stock, dennoch öffnet sie das Fenster und sah nach. Gute Nacht, Gespenster.

Bauern standen früh auf, mit den Hühnern vermutlich, wann immer das war. Gegen halb sechs saß Ina auf der Fensterbank und trank die Colaflasche leer, die noch in ihrem Rucksack lag. Draußen dunkles Grau, sie sah Grimassen im Nebel. War er schon unterwegs, war Schiller überhaupt hier? In einem Dorf erinnerte man sich doch an Fremde. Immer wieder hatte sie in der Nähe von Rademachers Haus gestanden, da war er nicht, kam er nicht hin. Sein Foto hatte sie gezeigt, nicht das von Denise, das hatte ja doch keinen Zweck, weil die Leute sagen würden, die kommt mir bekannt vor. Schiller war nicht hier.

Einen Portier gab es hier nicht, das kleine Hotel hatte einen Hausvater, der ihr entgegenkam, als sie ihr Zimmer verließ, und »Jesses«, sagte, »sind Sie aus dem Bett gefallen?«

»Ich laufe ein bißchen«, sagte Ina.

Er hatte kein Verständnis. »Warten Sie bis zum Frühstück, wir machen es gerade. Man muß essen, sonst fällt man doch um.«

Wieder kramte sie nach den Fotos von Schiller und Andrei und leierte ihren Spruch herunter von Vater und Sohn, die hier irgendwo Urlaub machten.

»Nein«, sagte er, »hier im Haus war er nicht. Und das ist sein Sohn?«

Sie nickte.

»Sieht man gar nicht. Keine Ähnlichkeit.«

»Er wollte wohl jemanden in der Nähe der Rademachers besuchen«, sagte sie. »Vielleicht kennen Sie Herrn Rademacher.«

»Natürlich, vom sehen kenne ich ihn. Eher ein Städter. Die haben sich hier, wie sie meinen, aufs Land zurückgezogen, das sind dann aber die Leute, die sich für das Land überhaupt nicht interessieren. Herr Rademacher kümmert sich um nichts, will ich mal sagen. Ein Kauz.«

Ja, ja, ein Kauz. Einer, der einem Jungen seinen Glücksbringer stahl. Und die Kellnerin? Die hatte Andrei doch erkannt. Man müßte sie alle zusammenschlagen, damit sie redeten. Schiller tat das, nicht wahr? Warum war er nicht hier? Weil sie sich verrannte, Schiller war ihr immer einen Schritt voraus.

»Dann wollte er noch eine Familie Hartmann besuchen«, murmelte sie. »Mein Bekannter, aber die kenne ich ja alle nicht.«

»Bauern«, sagte der Hausvater. »Solide Leute.« Er lachte. »Wollen Sie dahin laufen? Dann verhungern Sie am frühen Morgen.«

Ina schüttelte den Kopf, doch er war nicht zu überzeugen. »Laufen«, sagte er verächtlich. »Sie haben so einen Firlefanz nicht nötig, Sie sind doch schlank.«

Sie lief ein bißchen um den Wagen herum, das war alles. Die Sonne kroch herauf, aber sie wärmte nicht mehr. In der kalten Nacht war sie immer wieder aufgewacht, und wie in den Kindertagen, als alles Magie war um sie herum, hatte sie das Licht eingeschaltet, um die bösen Geister wegzujagen. Die hockten auf der Bettkante und lachten sich kaputt über ihre Unfähigkeit; das Zucken im Gesicht einer Kellnerin – deswegen so ein Geschiß? Hör auf, geiferten die bösen Geister, du packst es doch nicht, die sind nämlich tot, Andrei, Nicu, Marius, längst tot und verscharrt.

Wie früher war das gewesen, als sie bei der Mordkommission angefangen und ihre ersten Leichen gesehen hatte, als sie meinte, es niemals zu schaffen und die Geister nachts zu toben begannen, um sich in die Toten zu verwandeln, die sie am Tag gesehen hatte. Es würde nicht aufhören, das wußte Ina jetzt, sie müßte es selber beenden, nur dann hörte es auf, und an diesem Gedanken hielt sie sich fest.

Dunstiges Licht. Einsiedlerhöfe im Morgengrauen, Trecker wurden beladen. Stumme Gestalten am Straßenrand, jede Bewegung ein Leben lang so gemacht, und bis sie starben, würden sie es immer weiter so machen. Ein alter Mann kehrte Laub zusammen und hielt inne, als er sie sah, sollte sie winken? Er sah ihr hinterher, sie fuhr in eine Welt, die sie nicht kannte.

Auch auf dem Hof der Familie Hartmann hatte man den Tag begonnen. Ina stand weit weg unter einem Baum und sah einen Mann durch den Feldstecher, der einen LKW mit Kisten belud. Tinchen, die Kellnerin, war wohl seine Tochter, ihr Fahrrad stand noch immer gegen die Scheune gelehnt. Als er fertig war, wischte er die Hände an der Jacke ab und guckte in den Himmel. Eine ganze Weile stand er wie versteinert da, den Kopf in den Nacken gelegt, betete zum Wettergott oder überlegte, ob das wirklich sein Leben war. Er zog Grimassen, als befrage er sich selbst: Wie geht's? Na, wie's halt geht. Dann kam er mit sich überein: Es muß ja.

Mit schnellen Schritten betrat er die Scheune, während seine Frau oben im Haus Bettdecken zum Lüften auf das Fensterbrett legte, eine Unsitte, weil so ein Fensterbrett nie richtig sauber war. Ina legte das Fernglas zurück, die bösen Geister lachten. So war das auf dem Hof der Familie Hartmann, als das Leben weiterging und nichts geschah. Eine Familie, die den Tag begann – was willst du eigentlich, was suchst du hier? Sie ließ den Wagen wieder an und fluchte vor sich hin. Dröhnende Musik, kaum noch Gedanken, nur noch dumpfer Haß; den ganzen Weg zurück fuhr sie schneller als erlaubt, raste durch die engen Straßen, bis sie wieder am Anfang war, vor dem Haus, in dem Rademacher wohnte.

Friedhelm Rademacher mit seinem Hund. Sie sah ihn, als sie um die Ecke bog, fuhr auf ihn zu und bremste im letzten Moment.

Rademacher rührte sich nicht, er starrte nur zu ihr hin. Sein Hund an der Leine ging hoch wie ein scheuendes Pferd.

Ina stieg aus, knallte die Tür zu. »Noch mal kurz mit dem Hund raus, dann zur Arbeit, all den fremden Tieren helfen. Guten Morgen, Herr Rademacher.« Sie sah, daß seine Frau sich aus dem Fenster lehnte, um zu gucken, ob ihr lieber Mann nach dem schrecklichen Bremsgeräusch womöglich unter einem Auto lag.

Nichts passiert. Sie standen in der Morgensonne, die nicht wärmte, und Rademachers Rottweiler bellte geifernd auf sie ein. Rademacher hatte noch immer nichts gesagt, der Hund zog und zerrte und entblößte die Zähne.

Ina schob eine Hand unter die Jacke. »Passen Sie auf, den knalle ich Ihnen ab, wenn Sie ihn loslassen.«

Rademacher zog heftig an der Leine, der Hund setzte sich und fing an zu winseln.

»Was ist denn?« rief seine Frau von oben.

Rademacher machte eine abwehrende Handbewegung und sagte: »Polizei.«

»Sie haben mir nicht die Wahrheit gesagt.« Ina kam näher heran. »Sie wissen genau, was Ingo Pawlik getan und gelassen hat. Er hat die drei Jungs, die er aus Bukarest mitgebracht hat, nicht zurückgefahren. Er hat sich seinem Chef anvertraut, seine Schwester hat ihm die Hölle heiß gemacht, da wußte er nicht mehr, was er machen sollte. Und sein Chef, der sagte: Bring sie mir, ich erledige das. Wie hat er das erledigt?«

Rademacher kniff die Augen zusammen und schüttelte den Kopf. »Ich sagte Ihnen doch, ich kann mir nicht vorstellen, daß Ingo so etwas getan hat.«

»Das sagten Sie, ja. Nur ist es so: Was einer sagt, ist unbedeutend. Wichtig ist nur, was er tut.« Ina hielt ihm Andreis Foto vors Gesicht. »Wo ist er? Wo sind die anderen beiden?«

Rademacher sah hin, schüttelte erneut den Kopf und murmelte: »Ich komme nicht mehr mit. Ich verstehe nicht, was Sie von mir wollen.«

»Was haben Sie mit den Jungs gemacht?«

»Ich?« Er stand da, sah auf den Boden und murmelte: »Das muß ich mir nicht bieten lassen.«

»Daß Sie einem der Jungs etwas wegnehmen, das mußte der sich auch nicht bieten lassen.« Sie konnte ihn jetzt fast berühren, und sie hätte es gerne getan. Mit einer Eisenstange vielleicht, irgendwas in der Art. »Die mußten sich überhaupt eine ganze Menge nicht bieten lassen.«

Rademacher hob den Kopf, seine Stimme wurde lauter. »Etwas weggenommen? Etwas – *was*?«

»Die kleine, silberne Schildkröte, die Sie auf Ihrem Schreibtisch stehen haben. Sehen Sie, das ist dumm, aber ich weiß, daß die einem der Jungs gehört.« Erneut wedelte sie mit Andreis Foto herum. »Dem da.«

»Die Schild –«, fing er an. Sein Atem schien auszusetzen, bis er ruckartig wieder Luft holte und eine merkwürdige Frage stellte: »Was ist mit Ingos Chef?«

»Wie bitte?« Ina schüttelte den Kopf. »Sagen Sie es mir.«

»Dieser Nippes«, sagte Rademacher, »der stand doch schon da, den habe ich von meinem Vorgänger übernommen. Ich hab's halt stehenlassen. Das hat Vogel gehört, Martin Vogel, der wollte es nicht mitnehmen.«

»Wie lange leiten Sie das Tierheim schon?«

»Seit vier Monaten.« Ein leichtes Zittern in Rademachers Stimme. »Davor war es Martin Vogel.«

Martin Vogel. Nie gehört. Regungslos stand Ina vor ihm, halb betäubt von dem Lärm in ihrem Kopf, als Ingo Pawlik unter Schlägen schrie: Die Jungs, die hab ich meinem Chef gebracht, der wollte das erledigen. Schiller fragt, wie heißt der Chef, und Ingo sagt, das war der Martin Vogel.

Schiller, der Teufel, immer einen Schritt voraus.

»Erzählen Sie mir von Vogel«, sagte sie.

Rademacher zuckte die Schultern. »Der wohnt auch im Ort, hat ein paar Weinstöcke, tut immer sehr umtriebig. So einer eben.« Er räusperte sich verlegen, als hätte er zuviel gesagt. »Viel Kontakt haben wir nicht, als ich mir das Tierheim angesehen habe, hat er mir erzählt, daß man hier in der Siedlung Häuser mieten kann, ein paar stehen immer noch leer. Das haben wir ja auch gemacht, dieses Haus hier. Das war der einzige Kontakt.«

Vor vier Monaten war das alles schon über die Bühne gegangen, vor vier, fünf Monaten, hatte Ulla Pawlik gesagt, hätte Ingo die Jungs wieder zurückgefahren. Das hatte er ihr erzählt. Doch er hatte es nicht getan, er war zu seinem Chef gegangen, zu einem Mann namens Vogel, und der sagte: Bring sie mir, ich mache das. War es so gewesen?

»Was können Sie mir sonst noch über Vogel sagen?« fragte Ina.

»Ja nun, der ist Witwer, hat einen Sohn, der studiert irgendwo. Er wird so Mitte Vierzig, Fünfzig sein, ist nicht sehr gesellig, immer gehetzt.«

»Warum hat er im Tierheim aufgehört?«

»Es gab Probleme mit Tierschützern, weil er alte Hunde einschläfern lassen wollte. Er war da nicht sehr beliebt.«

»Hat schon mal jemand nach ihm gefragt?«

»Nein«, sagte Rademacher. »Sie sind die erste.«

»Und Sie?« fragte Ina. »Was haben Sie vorher gemacht?«

»Ich war Tierarzt. Das heißt, ich bin es noch, aber ich habe die Praxis aufgegeben.« Rademacher sah sie ernst an, als hätte *er* einen Fehler gemacht, als müsse *er* etwas gut machen. Neben ihm hatte der Rottweiler sich wieder beruhigt und kauerte halb schlafend auf dem Pflaster. »Was ist jetzt mit diesen Jungen, was soll Vogel denn gemacht haben?« Seine Stimme klang schwach. »Das fällt doch auf in so einem Ort, das kann man doch nicht machen.«

»Erzählen Sie mir etwas über die Familie Hartmann«, sagte Ina. »Hat Vogel mit denen Kontakt?«

»Ich weiß es nicht, so lange wohnen wir doch noch nicht hier. Wir haben noch unsere alten Bekannten, die kommen her, wir fahren hin. Hartmann sagt mir nichts.« Rademacher fragte seine Frau, die aus dem Haus gekommen war, aber die kannte die Hartmanns auch nicht. Auch Andrei hatte sie noch nie gesehen, und als sie Schillers Foto in der Hand hielt, sagte sie freundlich: »Der erinnert mich an einen Schauspieler.«

Richtig, Delon. Der junge Delon, pflegte Inas Mutter zu sagen, war der schönste Mann aller Zeiten.

Schiller hatte Vorsprung, aber es hatte ihn niemand gesehen. Paß auf, der war nie hier, alles nur ein Wahn. Oder er hatte schon alles erledigt, war in der Nacht gekommen wie der schwarze Mann aus bösen Kinderträumen. Im Wagen packte Ina einen Schokoriegel aus und fuhr zum Haus des Martin Vogel. So ländlich. So still. Haus und Hof, ein Klinkerbau, Scheune, Garage und ein Garten. Eine Vorder- und eine Hintertür, die Hintertür ohne Klingel. Kein Gackern, diese Weinbauern hielten wohl keine Hühner, kein Bellen und auch kein menschliches Geräusch. Alle Fenster geschlossen und die Rolläden heruntergelassen, kein Geruch.

Ina ging nach vorn und klingelte dreimal, doch niemand öffnete, es stand auch nirgendwo ein Wagen. Ein Einsiedlerhaus war das hier, die nächsten Nachbarn wohnten am Ende der Straße. Hier konnte er tun, was er wollte.

Sie wartete, bis sie jemanden sah, einen Mann mit Schubkarren, der seine Kappe abnahm und an ihr vorbei zu den Bäumen sah.

»Suchen Sie Arbeit?« fragte er. »Der ist aber weg.«

»Weg«, wiederholte sie nur.

»Der Martin«, sagte der Mann und es klang wie Maddin, »der Maddin is' doch öfter mal fort. Fährt er zur WG.«

»Wohin?

»Zur Genossenschaft.« Er sah sie forschend an. »Winzer. Weiß man ja nicht, mit der Ernte, wie das Wetter wieder wird.«

Und die Winzer-Genossenschaft wußte das? »Aha«, sagte Ina nur.

»Da isser aber nicht«, sagte der Mann. »Weil, der ist zu seinem Sohn gefahren. Kommt er die nächsten Tage zurück.«

Sie wollte ihre Tasche auf den Boden werfen, irgend etwas Sinnloses tun; zu Hause hätte sie jetzt die Türen geknallt.

»Der hat Nachwuchs gekriegt«, sagte der Mann. »Der Sohn vom Vogel. Ist er halt Opa jetzt und ist noch keine fuffzig Jahr.«

»In welchem Ort ist das denn?« fragte sie.

Bedächtig schüttelte der Mann den Kopf. »Vielleicht hat er's gesagt, und ich hab's nicht gehört.«

»Wo sind denn die Jungs?« fragte sie.

»Wie?« Der Mann begann wieder an seiner Kappe zu fummeln, und sie sagte nichts mehr, sah ihn nur an. Er schien zu grübeln, bis er brummte: »Geht uns ja allen nicht gut.« Dann packte er seinen Schubkarren. »Meine Frau, die liegt auch schon seit Monaten da rum. War erst Zucker, jetzt weiß der Doktor nicht. Geht sie noch nicht mal mehr vor die Tür.«

Ina nickte und wiederholte ihre Frage: »Wo sind die Jungs?«

»Ist bloß einer«, sagte der Mann. »Der Frank. Einen Sohn hat er.«

Ina nahm das Foto von Paul Schiller heraus und hielt es ihm vor die Nase. »Haben Sie den mal hier gesehen?«

»Tourist?« fragte er, aber Ina antwortete nicht.

»Ich sehe doch keinen«, sagte er. »Bin doch meistens auf'm Feld, kann ich keinen sehen.«

Sie fuhr ins Hotel zurück und setzte sich aufs Bett, saß da mit den Kopf in den Händen, so ein Wahn. Zugemauert dieses Vogelhaus, zugemauert alle Häuser, überall. Hudek fiel ihr ein, der wortgewandte Bukarester Bulle, wie er die Bibel zitierte: »Geht ihm nach durch die Stadt und schlagt drein.« Als hätte Schiller sich daran gehalten, als hätte er es wörtlich genommen, als er zu Ingo Pawlik kam, *schlagt drein. Eure Augen sollen ohne Mitleid blicken und keinen verschonen.* Robert Reich. Aus dem Weg geschlagen, entwaffnet, erschossen und an den Straßenrand geworfen wie Müll. Schiller, das biblische Monster, das alles niedertrampelte, was sich ihm in den Weg stellte. Der Krankenpfleger, der Schläger, der Mörder; manchmal passierte das normalen Leuten, sie überschritten eine Grenze und hörten nicht mehr auf, und fragte man sie schließlich nach dem Grund, kam man aus dem Staunen nicht heraus, wegen nichts. Schiller wollte eine Frau haben, eine bestimmte, und er wollte ihr gefallen; für bestimmte Patientinnen, sagte sein Kollege, tat der Pfleger Schiller alles.

Vogel war zu seinem Sohn gereist, und wenn das so war, könnte Schiller auf ihn warten. Er war hier und hielt sich versteckt, oder er war schon wieder weg, was bedeuten würde, er hatte Andrei schon, dann war alles erledigt, auch für sie, aus. Denk nicht dran, mach weiter, ein, zwei Tage noch, dann laß es einfach sein.

Den Rest des Tages lungerte Ina im Dorf herum und suchte den Mann auf dem Fahndungsfoto. Sie fragte Leute nach Martin Vogel, aber die wußten nur, daß er umtriebig war und man ihn kaum sah, die hatten keine Ahnung, wo er sich aufhielt derzeit. Gegen sieben war niemand mehr unterwegs, vor den Häusern wurde gekehrt, ein Kind warf seinen Ball verbissen gegen eine verwitterte Hauswand, bis es hereingerufen wurde.

In der alten Wirtschaft am Marktplatz, die *Zum Jungbrunnen* hieß, gab es keine Spaghetti. Der Kellner schlug Jägerschnitzel vor, und sie nickte nur. Tinchen, die Tochter der Familie Hartmann, bediente heute nicht, der Kellner war der Helmut und hatte keinen Kosenamen.

Sie sah viele Menschen allein dasitzen, ältere Männer, aber auch ein paar Frauen, die ihren Schoppen tranken und dabei die Tischplatte angrübelten, als bildeten sich da Zeichen, rätselhaft und unbegreiflich wie das ganze Leben. Immer wollte man etwas anderes sein und stand dann da mit sich selbst, hatte doch gerade erst angefangen mit allem, und jetzt war schon bald alles vorbei. Daß man immer einmal mehr gewollt hatte, tollen Job, ganz große Liebe und das, was immer auf den Geburtstagskarten stand: viel Glück. Daß man keine Tür hatte zum Ausweg. Als sie zahlte, sagte der Kellner Helmut gönnerhaft: »In der Gildestube kann man tanzen.«

»Schön«, sagte Ina nur, ihre Empörung bezähmend und das Verlangen, alles richtigzustellen: Ich suche keinen Anschluß, das habe ich nicht nötig.

Man konnte also tanzen. Das war einmal ihre Leidenschaft gewesen, Tanzen im Sommer, bis zur Atemlosigkeit und darüber hinaus. Jedes Jahr aufs neue hatte sie den Sommer herbeigesehnt, weil in Sommernächten alles möglich war, doch als sie zur Mordkommission kam, wurde der Sommer zum Schreckgespenst, denn die Toten faulten schneller, und das hing dann in der Luft und hing in den Kleidern und kroch ihr im Kopf herum.

Plötzlich erinnerte sie sich an die Frage, die ihr Denise einmal gestellt hatte, damals, nach den Obdachlosenmorden, als sie wissen wollte, wie sie eigentlich mit dem lebe, was sie sehe. Damals hatte sie nicht antworten wollen, heute würde sie einfach nur sagen: schlecht. Immer schlechter, wo man sich doch eingebildet hatte, es würde immer besser, aber es ist der falsche Job. Manche sind geeignet, andere nicht. So einfach war das.

Sie war noch in Bukarest, sie hatte Rumänien nie verlassen. In den Jahren bei der Mordkommission hatte sie sich eine Haltung angewöhnt, wenn sie Menschen vernahm oder überhaupt nur mit Menschen redete: Wer's glaubt wird selig. Das war so gekommen mit der Zeit, sie wollte einmal jemandem vertrauen.

In der Gildestube konnte man tanzen. Schön. Auf der anderen Straßenseite humpelte ein abgerissener Mann, um dessen Körper ein viel zu weiter Mantel schlotterte, eine leibhaftige Vogelscheuche, die sicher nicht zum Tanzen ging. Hatte Denise je getanzt? Ina vermochte es sich nicht vorzustellen, aber sie hatte ja auch nicht gewußt, daß sie lachen konnte, was wußte sie denn überhaupt? Sie legte den Kopf in den Nacken, keine Sterne. Unerreichbar das Licht, das die Weinberge säumte, ein schmaler Streifen, der in den Himmel führte, weit weg. Ich habe dich ja nie richtig kennengelernt. Manche begreift man nicht.

Die Vogelscheuche trug einen Hut wie Bogart in den alten Filmen. Immer wieder blieb er stehen, sah aus, als ob er etwas suchte, oder er guckte einfach nur ins Dunkel hinein. Ina starrte seinen Rücken an, dann ging sie los, als würde sie jemand schieben. Drei Leute würden in den Mantel passen, mindestens, lief man so herum? Mit Hut? Als Dorfdepp vielleicht, da durfte man das, da kriegte man die Krumen hingeworfen und wurde geduldet, solange man nicht außer Rand und Band geriet. Sie tastete nach ihrer Waffe, als sie die Straße überquerte; den Dorftrottel guckte man sich nicht so genau an, den nahm man hin. Oder den Tierschützer in Bukarest, an dem lief man ja auch vorbei.

Er schlich dahin, ohne zu wanken, betrunken war der nicht, aber er schien den Himmel anzuflehen, von dem keine Hilfe kam. Wie ein richtiger Dorfdepp führte er sich auf, der schwerfällig einen Hauseingang ansteuerte, um auf die unterste Treppenstufe zu plumpsen. Machte Päuschen. Fühlte sich sicher. Ina holte die Waffe aus dem Holster, unter ihren Schuhen knirschte Kies.

Er hatte das Kinn auf die Hände gestützt. Als sie nur noch zwei Schritte von ihm entfernt war, meinte sie, er müßte jetzt den Lauf ihrer Waffe sehen und sich zurücklehnen, in einer unwillkürlichen Bewegung, weil ja auch er, das Monster, sich schützen wollte dann und wann. Aber ein Paul Schiller tat nicht, was man von ihm wollte, der streckte die Hände vor und wollte ihre Beine packen.

Sie sprang zurück und richtete die Waffe auf seinen Kopf. »Steh auf.«

»Wie?« Er sah hoch und sah sie an, ein Jammern in den Augen. Der Hut rutschte nach hinten; sie hatte ihn noch nie gesehen, weder auf Fotos noch sonst irgendwo. Es war der Dorfdepp, niemand sonst.

»Was ist?« murmelte er. »Mir tut das Bein so weh.«

Ina schob die Waffe zurück und ging ein paar Schritte, weil sie nicht wollte, daß er sie länger so anstarrte. Es war viel zu peinlich, *Entschuldigung* zu sagen, ich hab Sie glatt verwechselt.

»Können Sie aufstehen?« fragte sie.

»Natürlich kann ich.« Er tat es und kam zwei Schritte auf sie zu. »Was war denn das grad? Wo du gehalten hast, das hat ja ausgesehen wie –«

»Nein«, murmelte sie und setzte einen richtigen Polizistensatz hinzu: »Gehen Sie nach Hause.«

Er nickte wie ein braves Kind. Und setzte wie ein furchtsames Kind hinzu: »Ich will nicht.« Dann preßte er eine Hand auf sein Knie und sagte: »Aber ich muß ja, ich wohn ja da.«

»Sicher«, sagte sie.

»Hast du morgen Zeit?« fragte er. »Morgen, da können wir was Feines unternehmen. Jetzt klappt das nicht mehr, ich muß zum Bus, bin spät dran. Wo kommst du her? Bist ja ein richtiges Schnuckelchen, sag ich mal.«

»Nein«, sagte sie wieder.

»Doch, biste. Mir tut bloß mein Bein so weh.«

»Dann geh heim und leg dich hin«, sagte sie.

»Aber ich hab ja noch'n drittes.«

»Was?«

»Bein.«

»Natürlich«, sagte sie. »Gute Nacht.«

»Ja dann. Schlesinger heiß ich. Dirk.« Er fummelte an seinem Hut, als wollte er diese Geste hinkriegen, wenn man einen Hut trug, dieses Antippen der Krempe zum Gruß. Er schaffte es aber nicht, wer trug schon einen Hut. Sie sah ihm nach, wie er hinkend verschwand; das Bein tat ihm weh, was man jetzt genau sehen konnte.

Tut mir leid, Dirk, wirklich. Auf einen harmlos Bescheuerten loszugehen, war nicht die allerfeinste Art, konnte aber passieren, wenn man es allen beweisen wollte. Schiller und der Junge. Mehr nicht.

Verrücktes Dorf. Als sie zum Wirtshaus zurückging, wo ihr Wagen stand, sah sie schon wieder einen Schatten, hallo Gespenster! Doch es war eine Katze, sie sah die grünen Augen leuchten und ging langsam auf sie zu. Eine schwarze Katze, die so behäbig im spärlich beleuchteten Hinterhof des *Jungbrunnen* hockte wie eine auf Huldigungen wartende Matrone.

»Hey«, sagte Ina, und fing an, so blöd mit dem Tier zu reden, wie man mit fremden Tieren eben redete und manchmal auch mit fremden Kindern: »Wer bist du denn?«

Die Katze wußte es nicht. Grübelnd kratzte sie das Pflaster, bis hinter ihr eine Tür geöffnet wurde, da sprang sie mit bösem Zischen ins Dunkel. Ein Streifen Licht fiel in den Hof und auf eine schmale, dunkle Gestalt, die einen riesigen Eimer zum Müllcontainer schleppte. Es war ein Junge. Ächzend hob er den Eimer an, der sehr schwer sein mußte. Als er den Inhalt in den Container schüttete, fiel ihm der Deckel auf den Arm – ein Stöhnen, »aaah«, ein Schnaufen. Ina kam heran und zog den Deckel hoch, sah in dunkle Augen. Der Junge zog den Eimer heraus und guckte nach, ob er auch richtig geleert war, dabei nickte er vor sich hin, weil er vielleicht nicht wußte, wie er sich für das bißchen Hilfe bedanken sollte. Schwarze Augen, schwarzes Haar. Kleiner Zigeuner. In Bukarest hatte sie blonde Rumänen gesehen und solche hier, mit dunklen Gesichtern. Kleiner Kuli. Fadenscheinige Kleidung, für das Wetter viel zu dünn. Als er sich langsam wieder in Bewegung setzte, sprach sie ihn an.

»Nicu?«

Der Junge blieb stehen, doch er drehte sich nicht um.

Sie machte einen Schritt auf ihn zu. »Marius?«

Jetzt wandte er den Kopf. Abwartend stand er da, doch er sah sie nicht an.

»Du bist Marius?« Sie erinnerte sich an das Kind, das ihr auf der Straße vor dem Bukarester Hotel etwas zugerufen hatte, das wie *Maifasch* klang. Was heißt das, hatte sie Denise gefragt, und die sagte, es hieße *Wie geht's* und man spreche es auch anders aus.

»*Mai faci?*« fragte Ina leise – war das richtig so? Nein, er reagierte nicht. Den großen, leeren Eimer in der Hand stand er einfach nur da. Sag doch was, sag mir, wer du bist.

»Marius«, fing sie wieder an, »ist Nicu auch hier? Und Andrei?«

Der Junge nahm den Eimer von einer Hand in die andere. Als die Tür wieder aufgerissen wurde, tippelte er wie eine aufgezogene Puppe nach vorn.

In der Tür stand ein weißgekleideter Mann, der wohl der Koch hier war. »He, was soll das?« fragte er. »Der Eingang ist um die Ecke.«

»Ich glaube, ich hab was verloren.« Suchend sah sie sich um.

»Was denn?«

»Geld«, murmelte sie. »Ist hier reingerollt.«

»Hat er's geklaut?« Er packte den Jungen am Kragen, gerade als er sich an ihm vorbeischieben wollte, und nun stand er da, mit gesenktem Kopf, wie ein eingefangener, verängstigter Hund.

»Nein.« Ina ging auf ihn zu und blieb erst stehen, als sie den Mann hätte berühren können, berühren und schlagen. Sie wollte es tun, schlagen, wie Schiller es tat. Das trübe Licht über der Tür warf einen dunklen Fleck auf sein Gesicht.

Der Mann ließ den Jungen los, der sofort hinter der Tür verschwand.

»Der ist aber nett.« Sie bemühte sich, sehr langsam zu sprechen und ein bißchen fahrig, als hätte sie einen sitzen. »Ein Ausländer, nicht? Ich sag es immer wieder, die sind viiiel fleißiger als die Deutschen.«

»Aha«, sagte der Mann.

Sie nickte. »Letztens habe ich den Nachbarsjungen gebeten, mir mal eine Kiste hochzutragen, nix Dolles, bloß 'ne Kiste aus dem Keller, dabei hätte der sich keinen abgebrochen, aber er war natürlich zu faul. Es ist immer dasselbe.«

»Ja, ja«, sagte der Mann.

»Wo kommt er denn her?«

»Wer?«

»Na, der Bub hier. Sieht wie ein kleiner Zigeuner aus.«

»Sicher? Haben Sie was gegen Zigeuner?«

»Och.« Sie lächelte ihn an. Du blödes Arschloch. »Sind Sie der Koch?« fragte sie.

Er lächelte zurück, doch sein Gesicht wurde ganz steif davon. »Ich bin der Koch. Und Ihr kleiner Zigeuner besucht seine Mami in der Küche.«

Tatsächlich. Er fühlte sich bemüßigt, etwas zu erklären.

»Sie machen gute Schnitzel«, sagte sie.

Er nickte. »Na, dann gehen Sie mal schön ins Bettchen, sonst verkühlen Sie sich noch.«

Ach ja, im Bettchen war es genauso kalt. Die Luft war feucht und schwer, doch Ina spürte sie kaum. Sie setzte sich in den Wagen, saß im Dunkeln da und sah ins Dunkel, jetzt kam es ihr vor, als sei dieser Ort hier erstarrt. Die Welt stand still, es wurde immer kälter, und die Weinberge versanken im Nebel. Springsteens Lied fiel ihr wieder ein, »*Like soldiers in the winter's night with a vow to defend, no retreat, no surrender*«, ja sicher, so war das wohl. Den Blick auf das Haus gerichtet, vergaß sie die Zeit, es war ein anderes Warten als in Bukarest, als sie eine lange, trostlose Nacht lang darauf hofften, Robert käme zurück. Sein Mörder, war er hier?

Als sie den Wagen hörte, öffnete sie die Tür einen Spalt. Ein weißer Transporter kam mit abgeblendetem Licht heran und blieb vor dem Hinterhof stehen. In der Nähe waren die letzten Gäste zu hören, wie sie das Wirtshaus verließen, lauter Abschiedsgrüße rufend, obwohl sie einander doch täglich sahen. Im Innern des Transporters die schwebende Glut einer Zigarette. Der Fahrer stieg aus, ging ein paar Schritte in den Hinterhof und kam wieder zurück. Wippte auf und ab, sein Spätsport vielleicht, rauchte seine Zigarette zu Ende, pfiff auf zwei Fingern. Kurz darauf kam der Junge. Er kletterte in den Transporter, hinter ihm der Koch, der mit dem Fahrer zu reden begann. Sie konnte nicht unterscheiden, wer gerade sprach, hörte ein lautes »neue Butten«, gefolgt von Gemurmel.

Butten oder Puppen? Meinte er Butten, diese wannenartigen Gefäße? Wozu brauchte man die? Na, für die Weinlese wohl.

Der Fahrer ging zum Wagen, doch der Koch rief ihn noch einmal zurück.

»Gregor«, rief er, und Ina notierte sich den Namen. »Von bis?«

»Sechs bis gegen drei.« Der Fahrer winkte, schlug die Tür zu und fuhr langsam an. Ina folgte ihm durch Straßen, die sie schon kannte und dann, als er schneller wurde, in ein unbekanntes Land. Ränder. Es gab den Stadtrand, den Dorfrand gab es auch. Durch Gassen und an Feldern entlang. Über holprige Wege, durch baumlose Straßen. Immer näher kam das Licht, das die Weinberge säumte, zuckte im Nebel wie kaputte Glühbirnen.

Ina hielt Abstand, dennoch wurde der Transporter langsamer, denn der Fahrer hatte sich wohl daran gewöhnt, allein unterwegs zu sein, zumindest in dieser Gegend hier, wo die Nacht noch tiefer und dunkler schien als irgendwo sonst. Als sie vorbeifuhr, hatte sie eine Hand am Steuer und die andere in der Nähe ihrer Waffe und sah den Transporter im Rückspiegel wie ein fettes, angriffslustiges Tier. Hinter einer Kurve bremste sie ab und wartete, doch er kam nicht vorbei. So ein Irrgarten hier, es gab Abzweigungen, sich gabelnde Wege, und es gab weiße Transporter, die in den Bergen verschwanden.

Na schön. Sie guckte in das Dunkel ringsumher, und da sprang die Angst sie an, diese uralte Angst vor den Schritten, die sich näherten, vor der Hand, die sie packte, vor dem Wesen, vor der Kreatur. Sie räusperte sich laut, klopfte aufs Steuer. Ein Tier huschte über die Fahrbahn, ein Marder vermutlich, und sie drückte die Hupe, damit er schneller verschwand.

Denk doch nach. Der Mann am Steuer des Transporters war nicht Martin Vogel, der Koch hatte ihn Gregor gerufen. Arbeitete er für Vogel? Gregor hatte dem Koch etwas von Butten erzählt und dann hinzugefügt: »Sechs bis drei«. Ja sicher, um sechs fingen sie mit der Arbeit an. Der ganze Ort stand Kopf, wenn Weinlese war.

Es piepste, ein schwaches Geräusch nur, das sie zusammenzucken ließ. Auf dem Telefon das SMS-Symbol, ihre Freundin Nicki, Kommissarin bei der Schutzpolizei, schrieb: »Schätzchen, bitte Rückruf. Kann dich nicht erreichen.«

Wieso das? Das Handy war doch in Bereitschaft. Als sie Nickis Nummer wählte und kurz darauf ihre ruhige Stimme hörte, hatte sie das Gefühl, sehr weit von ihr entfernt zu sein, viel weiter als die Kilometer, die sie tatsächlich trennten.

»Hallo«, sagte Ina. »Wieso kannst du mich nicht erreichen? Na ja, ich hab Urlaub, ich –«

Stille. »Nicki?«

»Hallo, Ina?«

»Was ist los?«

»Ina? Ich kann dich kaum hören.«

»Wieso, ich verstehe dich wunderbar.«

»Huhu! Du guter Gott, gibt es kein anderes Telefon, da, wo du bist?«

»Ich bin in –«

»Also, Ina, ich verstehe kein einziges Wort.« Nicki legte auf.

»Verdammtes Mistding.« Ina packte das Telefon, als wollte sie es zerquetschen. So wie den Koch, den hatte sie auch zerquetschen wollen, oder diesen Gregor, der ihr entwischt war, sie alle miteinander. Was mußte man denn den hiesigen Kollegen berichten, kommt her, schaut euch in euren Hinterhöfen um, da sind vielleicht die Jungs aus Rumänien, für die niemand zuständig ist, von denen nur zwei vermißt werden, aber nur über einen, Andrei Bancu, liegt ein Ersuchen aus Bukarest vor. Kollegen. Wie war das auf dem Dorf, da hockte man doch abends nett beieinander, und neben dem Dorfpolizisten, dem Heiner oder dem Franz, kniete man sonntags auch noch in der Kirche. Kümmerten sich der Heiner oder der Franz hier um nichts? Und überhaupt, Kollegen, es geht ja nicht nur um drei rumänische Jungs, die von Gesetz wegen noch Kinder sind; den Schiller, Kollegen, wenn ihr den hier zu fassen kriegt in eurer kleinen Welt, werden sie euch anderswo loben.

Als Ina im Hotel ankam, erkundigte sich der nette Hausvater nach ihrem Tag.

»Schön«, sagte sie. »Darf ich mal telefonieren? Setzen Sie es auf die Rechnung, mein Handy hat wohl ’ne Macke.«

»Aufladen«, sagte er, jeder Mann schlug das vor, aufladen, doch sie hatte keine Lust, mit ihm zu diskutieren. Wieder nahm Nicki noch vor dem zweiten Klingeln ab, und Ina fing an, sich für ihr Handy zu entschuldigen.

»Wo steckst du?« fragte Nicki. »Was treibst du?«

»Ach, das ist ein kleiner Ort hier, Weingegend. Nur Land, da bleibt einem nichts übrig, als sich zu erholen. Ich kann nichts treiben, denn ich habe keine Befugnisse. Na ja, ich erzähl dir alles, wenn ich –« Wenn ich ausgeschieden bin, wollte sie eigentlich sagen, wenn ich neben Benny im Hähnchenwagen stehe und die Biester grille. Sie räusperte sich und sagte: »Wenn ich nach Hause komme.«

»Dein Handy ist in Ordnung«, sagte Nicki.

»Wie? Das kapier ich jetzt nicht.«

»Ina, hör zu –« Einen Moment lang schien es, als wüßte Nicki nicht, was sie sagen sollte, doch ihre Stimme klang unverändert ruhig. »Es gibt eine TÜ«, sagte sie schließlich.

»Was meinst du? Telefonüberwachung?« Schiller fiel ihr ein, Paul Schiller fiel ihr eigentlich immer ein, und sie fragte: »Schiller? Sind sie dran?«

»Sie gilt dir«, sagte Nicki.

»Die TÜ? Wie meinst du das?«

Nicki seufzte, als hätte sie es lange unterdrückt. »Es war Zufall, daß ich es gesehen habe. Ina, die sind an deinem Handy dran, was sie da genau machen, weiß ich nicht, ich vermute, daß sie es nur orten.«

Ina nickte vor sich hin. »Mit dem Handy ist das knifflig, um ein Handy richtig abzuhören, brauchen sie diesen IMSI-Catcher, der eine Funkzelle simuliert, frag mich jetzt bloß nicht, wie das funktioniert.« Sie kniff die Augen zu. »Scheiße, ich kapier das nicht.«

»Was ist los?« fragte Nicki. »Warum tun sie das?«

Ina schüttelte den Kopf. Merkwürdig, daß sie sich als erstes an Bens Frage erinnerte, ob sie schon einmal Telefonsex gemacht hatte. Was hatte sie noch mit ihm geredet, was?

»Kommt das von Böhm?« fragte sie.

»Ja«, sagte Nicki.

»Weiß Stocker davon?«

»Keine Ahnung.«

»Aha.«

»Ich nehme an, sie rechnen damit, daß die Berninger mit dir Kontakt aufnimmt.«

»So, so.«

»Und daß sie sich an die Gesetze halten«, sagte Nicki. »Ich meine, falls sie wirklich abhören, daß sie dann die privaten Gespräche nicht –«

»Ach, du meinst, sie halten sich an die Gesetze? Das glaubst du, ja?«

»Was immer der Grund ist –« Nickis Stimme verlor sich etwas. »Du wirst diese Frau nicht auf eigene Faust suchen. Wenn du das tust, wenn du ihr in die Finger fällst –«

»Die ist noch in Bukarest.«

»Wenn du meinst.«

»Ja.«

»Komm zurück«, sagte Nicki.

»Ich habe Urlaub, ich kann machen, was ich will.« Als sie auflegte, empfand sie das Rauschen in den Ohren wie einen Schmerz. Hörsturz, nichts mehr hören von all dem. Aber nein, beim Hörsturz kippst du um, und sie ging doch aufrecht in ihr Zimmer.

Ina öffnete das Fenster und atmete die kühle Nachtluft ein, doch das Rauschen in ihren Ohren schwoll zu einem Preßlufthammer an. Pack. Ich brauche euch nicht. Wie lange war sie jetzt bei der Polizei? Noch keine zehn Jahre, aber immerhin. Und sie hatte sich ganz gut geschlagen, bis auf das letzte Jahr, da weniger, aber sonst? Mit ein paar Abstrichen gut; was hinter den Obdachlosenmorden steckte, darauf war sie doch ganz allein gekommen, der eigene Chef war ihr hinterhergehechelt. War es nicht so? Kollegen. Das konnten sie nicht tun. Sie machten es bei allen möglichen Bürgern, aber doch nicht bei den eigenen Kollegen. Telefonüberwachung, die wurde doch angeordnet, vom Staatsanwalt beantragt und vom Richter genehmigt, bei begründetem Verdacht auf schwere Straftaten. Aber wann fragten die Richter denn nach, die unterschrieben blind, was die Staatsanwälte ihnen vorlegten, und die Staatsanwälte ließen sich von den Bullen bestätigen, daß Gefahr im Verzug war, jederzeit. Ihr Schweine. Als Ina sich hinauslehnte, tanzten kleine, böse Zwerge einen unbeholfenen Tanz in ihrem Kopf.

Zwei Stunden Schlaf und dieser Traum wieder, sie wollte rennen, doch sie kam nicht voran. Wie angeklebt waren ihre Füße auf dem Boden. Im Dunkeln tappte sie zur Dusche und wunderte sich, daß man so wenig schlafen und dabei so viel Mist träumen konnte. Wieder zog sie dunkle Sachen an, Jeans, schwarzer Pullover, schwarze Jacke; »wahnsinnig undercover«, hatte Denise in Bukarest gesagt und es noch gewagt, sich lustig über sie zu machen in ihrer eigenen mißlichen Situation. Tarnfarben und eine gute Ausrüstung, die sie für Paul Schiller brauchte, falls sie ihm begegnen sollte, Waffe und Fesseln. Pack, Schiller und Böhm, alle beide. Sie schaltete ihr Handy aus, es war kurz nach halb sechs.

Am Ortsausgang stand eine kleine Bude, deren Inhaberin gerade Kaffee kochte. Ina aß ein Croissant und stellte fest, daß heute der erste Tag ihres Lebens war, an dem ihr Kaffee schmeckte, schwarzer, gallebitterer Kaffee. Alles änderte sich, sie war zur Verdächtigen geworden, vielleicht fing sie auch noch an zu rauchen.

In der Bude dröhnte türkische Musik. »Helfen?« fragte die Inhaberin.

Ina legte den Kopf schief. Nein, sie wollte ihr nicht helfen.

»Ernte, Wein«, sagte die Frau.

»Ach so«, murmelte sie. Sie wollte auch nicht bei der Weinlese helfen, ganz sicher nicht.

Die Frau schob ihr noch einen Becher Kaffee hin, zögernd, als hätte sie ihn nicht verdient, wo sie doch nicht helfen wollte. »Viel Arbeit«, sagte sie streng.

»Ja, ja.« Ina zeigte ihr Schillers Foto und hörte die Frau »oh« sagen und dann: »oh nee.«

»War der mal hier?«

»Leider net«, sagte sie.

Ina trank ihren Kaffee aus und fuhr wieder los, eine Urlauberin im fahlen Morgenlicht, die sich dreimal verfuhr. Sie landete auf Privatbesitz, auf Höfen mit Scheunen und Höfen ohne Scheunen, und einmal kam der Bauer herausgerannt, um ihr schreiend mitzuteilen, was sie eh schon mitbekommen hatte: Hier war kein Parkplatz, nein. Sie fuhr weiter, unter ihr das Tal, und als sie zwischen den Wolken, als trauten sie sich kaum, die ersten Strahlen einer gelbroten Sonne sah, wollte sie um etwas bitten, doch das hatte sie noch nie getan. Plötzlich die Erinnerung, daß sie den Mond über Frankfurt gesehen hatte, als sie Denise nach der ersten Festnahme ins Präsidium brachte, und die Sonne, als die Vernehmung beendet war.

Überall sah sie Menschen aus Lieferwagen steigen, es gab so viele Wege hier. Ziellos kurvte sie umher, bis sie den weißen Transporter wieder sah, der hinter einem Traktor parkte. Sie stellte den Wagen ab und ging einen schmalen Weg entlang, ein dunstiger Schleier lag über den Weinstöcken und über den Menschen. Gebeugt standen sie da, füllten Eimer mit Trauben, kamen kurz hoch, streckten sich und machten wortlos weiter, wie lange schon? Nicht heute, überhaupt, wie viele Jahre? Stille, keine Worte und kein Lachen, nur das Knipsen der Scheren war zu hören, mit denen die Trauben vom Stock geschnitten wurden.

Ein paar Meter weiter schleppten Männer Tragekörbe auf den Schultern, das waren sie wohl, die Butten. Sie blieb stehen – nein, nicht nur Männer. Da war auch der dunkle Junge vom Abend zuvor, der kleine Küchenhelfer, aus dem wenige Stunden später ein Erntehelfer geworden war. Mit einem Fäustling wischte er sich den Schweiß von der Stirn, auf dem Rücken dieser schwere Korb, mit dem er zu den Traktoren stapfte. Ina nahm ihre Kamera. Die dichten Reben boten Schutz, doch sie verhinderten auch, daß sie ihn richtig aufs Bild bekam. Als sie den Auslöser drückte, schien er zu ihr herüberzusehen, doch das bildete sie sich nur ein. Kleiner Kuli. Wo sind die anderen, was machen sie mit euch? Sie flüsterte die Namen vor sich hin, Nicu, Marius, Andrei, wo ist Andrei?

Am Ende des Weges sah Ina zwei Männer in blauen Arbeitsjacken und weiter weg, ganz für sich, eine kleine, gebückte Gestalt. Einen Moment lang stand sie reglos da; auch dieser Junge hatte dunkles Haar, doch war er kleiner als der andere. Er lag auf den Knien, zog einen Eimer hinter sich her, schnitt und pflückte und kroch den Weinstock entlang. Der zweite. Wo war der dritte? Als sie herankam, stand er mühsam auf, ohne sie zu sehen, ein Kind, das sich bewegte wie ein alter Mann. Steif stand er da, mit gesenktem Kopf, bevor er aus seiner ausgebeulten Hose eine kleine Flasche zog. Er trank nur zwei Schlucke wie einer, der es sich einteilen mußte, und er guckte eine Weile in die Wolken, bevor er die Flasche sorgsam wieder verschloß.

»Tach«, sagte jemand hinter ihr. »Suchen Sie wen?«

Sie drehte sich um. Irgendein Kerl, irgendein Gesicht, ein Mann mit Latzhose und Ostfriesennerz.

»Das ist ja alles toll.« Sie versuchte, ihre Stimme etwas höherzuschrauben. »Nachher trinken die Leute Ihren guten Wein und denken gar nicht an die viele Arbeit, nicht?«

»So isses.« Der Mann rieb die Hände aneinander und guckte ihr zufrieden ins Gesicht. Das mochten sie alle, wenn man ihnen bestätigte, wieviel Arbeit sie hatten, da lebten sie auf. »Da ist aber zeitlich nix drin«, sagte er, auf den Jungen deutend, »die sind ausgebucht.«

»Ach ja?« fragte sie.

Der Mann wedelte mit einem Finger vor ihren Augen. »Sie wohnen doch gar nicht hier. Der Junge kann aber nicht noch durch die Dörfer ziehen, das ist zeitlich nicht drin. Mein Nachbar ist morgen dran mit seiner Dachrinne. Die muß repariert werden. Zu mir kommt er am Freitag, und Sie sehen ja, die ganze Zeit noch die Lese.«

Er sprach tatsächlich von dem Jungen. Ina sah hin und her, bis sie fragte: »Was macht er denn bei Ihnen?«

»Die Frau hat doch Haushalt. Teppichklopfen und so.«

»Ah ja. Haben Sie keinen Sauger?« Ina beobachtete den Jungen, diese kleine, kriechende Gestalt.

»Ja also«, sagte der Mann und streckte den Arm aus. »Da geht's lang. Zertrampeln Sie uns hier nix.«

Sie ging außen herum und lief auf einem gepflasterten Weg wieder zurück. Stacheldraht schützte hier die Reben vor gierigen Spaziergängern. Drüben war er, kleiner Roboter in der Morgenkälte; geduckt schlich sie heran. Ein Bündel Trauben fiel ihm neben den Eimer, da verharrte er sekundenlang, und als er sie aufhob, wogen sie verdammt schwer für ihn, für den kleinen Kerl, getrieben von der Angst vermutlich und der großen Verlassenheit, die ihn umgab. Kein Geräusch drang herüber. Als sie seinen Namen nannte, war es still um sie herum.

»Nicu«, flüsterte Ina. Sie schob ein paar Blätter auseinander. »Nicu?«

Er sah auf. Keine Regung, er sah sie genauso abwartend und furchtsam an wie der Junge im Hinterhof am Abend zuvor.

»Du bist doch Nicu, ja?«

Er nickte.

»Du kommst bald nach Hause, ich verspreche es dir. Wo wohnst du, wo schläfst du hier?«

Wieder keine Antwort. Was hieß denn Haus auf rumänisch, was hieß Straße, wohnen, was hieß denn *irgendein* Wort auf rumänisch? Warm hieß *kald*, na toll. Sie kroch näher heran und fragte: »Bist du mit Marius und Andrei zusammen?«

»Marius«, wisperte er und deutete mit dem Finger in die Richtung, in der sie den Jungen mit seinem Tragekorb gesehen hatte. Apathisch wie ein Befehlsempfänger sah er sie an.

»Und Andrei?« fragte sie. »Ist er auch hier?«

Er schüttelte den Kopf.

»Andrei«, wiederholte sie. Was war das hier? Sie wollte zu ihm herüberklettern, wollte diese Reben herunterreißen, um seine Hände zu streicheln, diese klammen Finger, von denen zwei blutig waren, sie wollte ihn trösten.

»*Nu*«, sagte Nicu. »Andrei, *nu*.« Er kniff die Augen zusammen, sah sich um, dann fing er wieder an zu arbeiten, denn er hatte den Mann vor ihr gesehen, der auf sie zukam und stehenblieb, als wäre er bei einem Türsteher in die Lehre gegangen, breitbeinig und mit verschränkten Armen. Es war der Fahrer des weißen Transporters. Gregor hatte ihn der Koch gestern abend gerufen.

»Guten Morgen!« rief sie.

Er guckte sie an, als habe er nicht verstanden.

»Ja«, sagte sie, »man verläuft sich schnell. Der Martin meinte, ich soll hier mal gucken.« Sie wartete ab und sah, wie er die Backen aufblies. »Martin Vogel meine ich.«

»Wie?« fragte er. »Was hat er gesagt?«

»Wir ziehen doch her, mein Mann und ich. Wir kennen den Martin gut, aus dem Tierheim, da hat er doch mal gearbeitet. Er hat uns auch von den Jungs erzählt und gesagt, daß ich mich an einen Gregor wenden soll. Früh, sagt er, ginge es am besten. Gregor, sind Sie das zufällig?«

»Ja, schon«, sagte er zögernd.

»Ach, das ist schön. Überfalle ich Sie jetzt?«

Er zupfte an seiner Unterlippe. »Wo ziehen Sie denn hin?«

Rademacher hatte von der Siedlung gesprochen, dieser Straße mit den Neubauten, in der er wohnte. Und daß immer noch Häuser leerstanden. »In die Siedlung«, sagte sie. »Martin hat seinen Mitarbeiter empfohlen und gesagt, wir sollten uns unbedingt hier umsehen und den Gregor treffen. Wegen allem, was so anfällt.« Sie lächelte ihn an. »Na ja, und da bin ich halt. Ich weiß, es ist früh, aber vor so einem Umzug ist so viel zu tun, da kommt man gar nicht hin mit der Zeit.«

Gregor breitete die Arme aus. »Sie sehen ja, was los ist. Haufen Arbeit.«

»Ja, ganz schön. Den Kleinen hier hab ich mir mal angeguckt.«

»Zu langsam«, sagte der Mann in großspurigem Ton, ein Verkäufer, der im Baumarkt die Vor- und Nachteile eines Rasenmähers beschrieb. »Er ist der billigste. Wenn Sie was Ernsthaftes vorhaben, müssen sie den anderen nehmen. Der Schwarze da hinten«, sagte er, in die Richtung deutend, in der sie Marius mit seinem Tragekorb gesehen hatte, »der hat dem Hildebrand seine Garage fast im Alleingang renoviert.«

Eine Garage, sieh an. In Frankfurt war das schwer mit den Garagen, da kam der Herr Nowotny, der korrupte Bauamtsbedienstete, aber der hatte es schon hinter sich, ach ja, der war nicht mehr. Seinen Mörder hatte sie ermitteln sollen, auf einer anderen Baustelle, in einer anderen Welt.

»Tüchtig«, sagte sie.

»Was haben Sie denn vor?« fragte Gregor.

»Na, Sie wissen ja, was so anfällt. Am Haus und am Garten und so.«

»Der Kleine kann das Material ranbringen«, sagt er. »Der kann aufladen, abladen, aber für die Feinarbeit ist er zu ungeschickt, da nehmen Sie besser den anderen. Für den Garten können Sie ihn auch haben. Oder wenn es was zu putzen gibt.«

»Ja fein«, sagte sie. »Wie heißt er denn?«

Er zuckte mit den Schultern. »Hat der Martin mit Ihnen übers Geld gesprochen?«

»Nö«, sagte sie. »Was kosten die denn?«

»Das müssen Sie mit ihm klären. Wann brauchen Sie die? Sie sehen ja, hier läuft die Lese, da ist erst mal nichts drin.«

»Martin«, sagte sie langsam, »hat noch von einem Blonden erzählt, wie ist der denn so?«

Gregor sah sie etwas ratlos an. »Wann war denn das?«

»Ach, letztens halt.«

Er schüttelte den Kopf. »Nee, den haben wir nicht mehr.«

»Wo ist er denn hin?«

»Keine Ahnung.« Er kratzte sich am Kopf. »Wir haben alle 'ne Menge zu tun, was meinen Sie, was im Herbst alles los ist.«

»Ist das Ihr Feld hier?« fragte sie. »Sagt man Feld?«

Gregor schüttelte den Kopf. »Hier ist der Hartmann. Seine Weinstöcke sind das. Drüben sind die vom Riedel, und dahinter, sehen Sie, das ist vom Martin.« Er hob eine Hand. »Ich mache Besorgungen für ihn, wenn ich Ihnen also einen bringen soll, muß er mir das sagen.«

Ina machte einen so schnellen Schritt auf ihn zu, daß sein Kopf nach hinten ruckte. »Haben Sie zufällig meinen Mann gesehen? Der wollte auch mal kommen, jetzt fürchte ich, er hat sich verfahren.« Sie kramte Schillers Foto heraus.

»Nee«, sagte Gregor, ein nachsichtiges Lächeln auf den Lippen. »Nicht daß ich wüßte.«

»Der hat nämlich nicht den besten Orientierungssinn, na ja. Sagen Sie, gehen die Buben eigentlich zur Schule? Ich hab haufenweise Stifte zu Hause und alte Hefte.«

Gregor zuckte mit den Schultern. »Das sind ja wohl Zigeuner, ich glaube, die gehen sowieso nie hin.«

»Wo wohnen sie?« fragte sie.

Seine Augen wurden schmäler, und er wandte sich zum Gehen. »Machen Sie alles mit dem Martin aus. Alles seine Sache, ich fahre sie nur hin und her.«

»Jetzt nicht mehr«, sagte sie.

»Wie?«

»Jetzt ist Feierabend.«

»Was?« Er lachte. »Hören Sie, ich sag Ihnen doch –«

»Ja, ich habe gehört, was Sie gesagt haben. Sehr interessant.« Sie zog ihren Ausweis. »Polizei. Wir gehen jetzt zu dem anderen Jungen und dann zu meinen Kollegen.«

Er starrte sie an. »Das müssen Sie mit dem Martin besprechen.« Seine Stimme wurde quengelnd. »Was soll ich denn getan haben? Zeigen Sie mir noch mal diesen Ausweis.«

Sie tat es, und er blies die Backen auf. »Ja, ja, das wissen wir ja.«

»Was wissen wir?«

»Ja, ja«, sagte er wieder. »Ihr nehmt es mit der Folter nicht so genau, ihr –«

Sie stieß ihn in die Seite, daß er wankte, und nahm ihr Notizbuch. »Name, Anschrift?«

»Ich hab ja recht«, schrie er. »Hab ich nicht recht?«

»Name, Anschrift?«

»Gebhard. Gregor.« Die Worte hervorstoßend, deutete er mit dem Finger auf sie, als wären es Beschimpfungen: »Blumenweg elf. Sechsunddreißig Jahre. Verheiratet, zwo Kinder. Und ich ficke keine Kinder, falls Sie wegen so was hier sind. Niemand tut das hier. Kann ich mir schon denken, was in euren perversen Hirnen so alles vor sich geht.«

»Sie können denken?« Ina wandte den Kopf. »Das merkt man Ihnen nicht an.« Nicu hatte aufgehört zu arbeiten, er stand da und reckte sich. Als sie ihn ansah, fing er an zu grinsen.

»Komm.« Sie gab ihm Zeichen, ihr zu folgen, und er marschierte auf der anderen Seite des Stacheldrahtes neben ihnen her. Zu Marius, der mit seinem Korb in einem Gewühl aus Menschen und Traktoren stand. Zu einem Mann, der dem Jungen fuchtelnd Befehle erteilte und den Sitz seines Tragekorbs überprüfte. Es war der Bauer Hartmann, der Vater der Kellnerin. Ja. Es hatte doch alles gestimmt, nicht wahr? Alles war richtig, nur Schiller blieb unauffindbar. Schiller und Andrei waren nicht hier.

»Jetzt guck dir das an.« Gregor streckte Hartmann die Hände entgegen, als wären Fesseln daran.

»Das ist Ihr Areal hier, Herr Hartmann?« Ina zog erneut ihren Ausweis. Marius stand jetzt dicht neben Nicu, seinen Korb hatte er abgenommen. »Sie haben die beiden Jungs hier für heute bestellt? Was zahlen Sie denn? Und wem zahlen Sie?«

Hartmanns Augen waren halb zugekniffen, und seine Lippen zuckten, als kämen die Worte, die er parat hatte, nicht heraus.

Was wollte er sagen, hau ab? Meine Tochter hat mir erzählt, daß da eine aus der Stadt dumm fragt und ein Bild des blonden Jungen zeigt, wollte er das sagen?

Er entschied sich fürs Schreien. »Was bilden Sie sich eigentlich ein? Wir tun hier nichts als schaffen.«

»Müssen sie auch Ihren Schweinestall ausmisten?«

»Das geht Sie einen Dreck an.« Hartmann drehte sich weg. »Ich hab überhaupt keine Säu.«

»Stehenbleiben«, sagte sie. »Sonst schleppe ich Sie in Handschellen durchs Dorf.«

»Das ist eine Unverschämtheit«, rief Hartmann. »Statt sich um die Verbrecher zu kümmern –«

»Quasseln Sie nicht«, sagte sie. »Rufen Sie Ihre liebe Frau an, daß Sie nicht zum Essen kommen.«

Gegen Mittag fuhren immer mehr LKW und Trecker zurück ins Dorf. Das Tempo war gemächlich, wie bei einem Autokorso, doch das Geräusch der Motoren legte sich wie ein Rudel Fliegen über die beiden Räume der örtlichen Polizeidienststelle. Ina lehnte am Fensterbrett, mit schweißnasser Stirn, als wäre sie stundenlang gerannt. Ihr Kollege hieß Feuerbach, ein Mann in ihrem Alter mit bereits schütterem Haar. Nicu und Marius machten erwartungsvolle Gesichter, Gregor Gebhard und der Bauer Hartmann nicht.

»Wir brauchen einen Dolmetscher«, sagte Polizeiobermeister Feuerbach. »Aber wo kriegen wir einen her?« Er beugte sich vor und sah Nicu in die Augen. »Kannst du mich verstehen? Sagst du mir noch einmal, wie du heißt und wie alt du bist?«

»Nicu Adrian Bindea«, sagte der Junge feierlich. *»Doisprezece.«*

»Wie?« fragte der Beamte. »Was sagst du?«

Nicu streckte ihm beide Handflächen entgegen, dann spreizte er zwei Finger und nickte bedächtig.

»Zwölf«, rief Feuerbach. »Er ist zwölf«, wiederholte er und schrieb es auf.

Marius räusperte sich. »Petrescu, Marius Valentin. *Treisprezece.* Drei und zehn Jahr.«

»Dreizehn.« Feuerbach legte die Hände auf die Tischplatte.

»Gern«, sagte Marius.

Es gab lange Pausen. Feuerbach überprüfte Zahlen, machte Häkchen, machte Ausrufezeichen und hob dann seinen Zettel wie ein Vortragender sein Manuskript. »Wenn der Martin Vogel also das Geld genommen hat, und wenn er pro Kind einen Stundenlohn von sechs Euro verlangt hat, und wenn jedes Kind hier fünf Tage die Woche acht Stunden gearbeitet hat, dann sind das 48 Euro am Tag. Sind es 240 in der Woche und 960 im Monat für einen Buben. Nimmt man den zweiten noch dazu, kriegt er 1920 Euro im Monat, abzüglich der Pauschale, die er dem Gebhard für den Transport gezahlt hat.«

»Nimmt man den dritten dazu«, sagte Ina, »sind es 2880. Steuerfrei, nehme ich an.« Sie sah Gebhard an. »Wo ist der dritte?«

Gebhard beachtete sie nicht. »Das sind doch die gesetzlichen Zeiten. Am Wochenende hatten sie Pause, vielleicht ab und zu mal am Samstag, aber dann war Montagmorgen Pause. Und länger als acht Stunden eh nicht.«

»Wo lebt ihr?« fragte Feuerbach. »Wir haben Gesetze, nach denen das verboten ist. Die gewerbliche Beschäftigung von Kindern ist verboten. Versteht ihr, was das heißt, gewerbliche Beschäftigung? In die Händchen spucken. Kind nach Gesetzeslage ist, wer das fünfzehnte Lebensjahr noch nicht vollendet hat.« Er räusperte sich. »Beziehungsweise das vierzehnte.«

»Wer noch nicht fünfzehn Jahre alt ist«, sagte Ina.

»Das meinte ich«, sagte Feuerbach.

»Das sind aber keine deutschen Kinder.« Gebhard schnippte mit den Fingern. »Und das ist die deutsche Gesetzeslage. Und die hatten es gut bei uns, viel besser als da, wo sie herkommen. Ich weiß sowieso nicht, warum ich jetzt hier alles sagen soll, macht das doch mit dem Martin selber aus, wenn er zurück ist.«

»Wo ist der?« fragte Feuerbach.

»Verreist.«

»Was heißt *verreist*?« Feuerbach schlug eine Faust auf den Tisch. »Wohin? Wie lange?«

Gebhard seufzte laut. »Der hat einen Enkel gekriegt, da ist er halt zu seinem Sohn und dessen Frau.«

»Wie heißt der Sohn?« fragte Feuerbach.

»Vogel.« Gebhard räusperte sich geziert. »Frank Vogel, den kennt ihr ja nicht mehr, der wohnt schon lange nicht mehr hier. Studiert, das Kind war noch gar nicht geplant.«

»Wo wohnt er?«

»Der hat mal in Berlin gewohnt, aber der Martin sagt, er wär woanders hingezogen, nicht weit von hier, bißchen nördlich, glaube ich.« Gebhard zuckte mit den Schultern. »Wenn ich es wüßte, würd' ich es sagen, aber ich weiß es nicht.«

»Wann haben Sie zuletzt mit Vogel gesprochen?« fragte Ina.

»Bevor er weg ist.«

»Wann?«

»Vor einer Woche vielleicht. Er hat mir noch gesagt, wo ich mich alles drum kümmern soll, um seine Erntehelfer und so.«

»Seine Handynummer.« Feuerbach streckte die Hand aus.

Gebhard schrieb die Nummer auf einen Zettel und sagte: »Aber nicht sagen, daß ich die verteilt habe. Es ist schon so, daß der Martin was tut für die Leute. Erst hat ja der Schlesinger mit angepackt, bis er vom Gerüst gefallen ist und sich sein Bein kaputt gemacht hat. Aber der wohnt mietfrei in einem eigenen Haus.«

»In einer Hütte«, sagte Feuerbach.

»Schlesinger?« fragte Ina. Den Namen hatte sie hier doch schon gehört.

Gebhard nickte. »Da hätte sich auch kein anderer drum gekümmert, das war ein Rauschgiftsüchtiger, den hat er vor paar Jahren hergebracht. Erst wollte ihn keiner, aber der ist wirklich durch die Arbeit gesund geworden. Heute trinkt er nur noch. Er muß trinken, denke ich, weil er doch beim Frederik vom Gerüst gefallen ist. Das Bein tut ihm halt immer weh.«

Das kaputte Bein. Die Vogelscheuche mit dem Hut, die sie mit Schiller verwechselt und mit der Waffe bedroht hatte; der hatte sich ihr sogar noch formvollendet vorgestellt. »Dirk Schlesinger«, murmelte Ina. »Der?«

»Sie schnüffeln hier rum«, sagte Gebhard empört. »Ja, der. Und der ist kein Kind, haben Sie's gemerkt?«

»Wo wurden die Kinder hier beschäftigt?« fragte Feuerbach.

»Ja wie?« Gebhard schien amüsiert. »Überall halt. Jeder brauchte sie mal. Aber das war ja nun keine Schwerarbeit, das waren, wie soll ich sagen, Handreichungen.«

»Was zum Beispiel?«

Gebhard zuckte die Schultern. »Ställe ausmisten, Rasen mähen und so, bißchen putzen.«

»Bißchen Wände streichen«, sagte Ina, »bißchen Abfälle schleppen, bißchen Weinlese.«

»Ganz genau«, sagte Gebhard trotzig.

Marius hob eine Hand.

»Bittesehr«, sagte Polizeiobermeister Feuerbach laut.

»Mann waschen«, sagte Marius. »Andrei erster. Ich dann.«

Feuerbach starrte ihn an. »Oh Gott.«

»Nix oh Gott.« Gebhard wedelte mit einem Finger. »Der meint den alten Frederik, bald fünfundneunzig, schwerer Pflegefall. Die Gerti war froh, daß ihr das jemand abnimmt, die Frau hat genug zu tun, und ins Heim stecken wollen sie den auch nicht.«

»Wir tun hier nichts als schaffen.« Der Bauer Hartmann hatte es schon ein paarmal gesagt. »Die haben zu essen und zu trinken. Das hat schon alles seine Richtigkeit. Das sind Rumänen, Zigeuner, die kommen von der Straße. Die waren ganz unten, haben auf der Straße gebettelt und gehungert. Sehen sie heute verhungert aus? So gut wie bei uns haben die es noch nie gehabt.«

»Was ist mit dem dritten?« fragte Feuerbach.

»Die haben bei uns mit am Tisch gesessen«, sagte Hartmann. »Meine Frau hat mitgekocht, die waren wie in der Familie bei uns.«

»Na komm«, sagte Gebhard. »Dem kleinen Blonden habt ihr was gegeben, den zwei hier nicht.«

»Das stimmt nicht!« schrie Hartmann.

»Wo ist der dritte?« Ina ging auf Gebhard zu und beugte sich über ihn.

»Wie kommen Sie auf die Idee, ich würde das wissen?«

Gebhard wollte zurückrutschen, doch sie hielt seinen Stuhl fest. »Wie kommen Sie auf die Idee, Herr Gebhard, *Sie* könnten *mir* Fragen stellen?«

»Jetzt sag was«, sagte Feuerbach.

»Wieder zu Hause.« Gebhard senkte den Blick. »Der Martin ist mit dreien angekommen damals, mit denen hier und einem Blonden, der hat ausgesehen wie ein Deutscher. Das war der Andi, so haben wir ihn genannt. Er sagte bloß, die kämen aus Rumänien, wo sie ganz arm dran waren. Der Andi hat gut gearbeitet, da gibt es nichts, vielleicht ein bißchen langsam, aber gründlich. Aber Vogel hat ihn vor paar Wochen abgeholt und gesagt, das hätte schon seine Richtigkeit. Der ist halt wieder daheim.«

»Haben Sie schon mal den Namen Ingo Pawlik gehört?« fragte Ina.

»Wer ist das?«

»Ja oder nein?« Sie trat gegen seinen Stuhl.

»Nein, verdammt noch mal!«

Ina schüttelte den Kopf. Andrei, verdammt, was hat er mit dir gemacht? Sie drehte sich um. Feuerbach war aufgestanden und hielt Gebhard den Ausdruck der BKA-Meldung hin, *in Rumänien wird Andrei Bancu vermißt.*

»Das ist unser Andi«, rief Hartmann.

Gebhard nickte. »Das ist er wohl. Der Martin hat kein Wort davon gesagt, daß er vermißt ist, der hat gesagt, nach denen kräht kein Hahn. Aber er hat es dann wohl erfahren, oder? Weil er ihn doch zurückgebracht hat.«

»Er wird immer noch vermißt«, sagte Ina. »Können Sie nicht lesen?«

»Wir haben nie wieder was von ihm gehört«, murmelte Hartmann.

»Wir kommen jetzt zu der Frage«, sagte Feuerbach steif, »wo die Buben untergebracht worden sind.«

»Na, beim Schlesinger«, sagte Gebhard. »In den Bergen, in dem Außenbau. Die haben ihr eigenes Zimmer.«

Feuerbach starrte die Decke an. »Wir brauchen einen Dolmetscher.«

Als es dunkel wurde, zeigte Marius Petrescu seine Schätze: 32 Euro, über die Monate gesammeltes Taschengeld, und eine Armbanduhr, das Geschenk einer Bäuerin. Vogel hatte ihnen hin und wieder ein paar Euro gegeben und gesagt, ihr müßt das sparen, das ist bei euch zu Hause viel wert; wenn ihr nach Hause kommt, hatte Vogel gesagt, seid ihr reiche Leute. Nicu Bindea besaß 25 Euro; beide Jungs hatten ihre Schätze in Socken und Schuhen bei sich, weil sie Angst vor Dirk Schlesinger hatten. Dirk, erzählte Marius, hatte Andrei Bancu 20 Euro geklaut, die er, Andrei, bei einer reichen Frau geklaut hatte. Nicu hüstelte verlegen, als er Marius das sagen hörte, und Marius berichtete, Andrei habe in den ersten Wochen viel geweint, so wie Nicu auch.

»*Nu!*« rief Nicu.

»Nein«, übersetzte der Dolmetscher und schüttelte dabei noch heftig den Kopf. Er war der Pförtner einer Polizeidienststelle fünfzehn Kilometer weiter, ein Rumänien-Deutscher namens Victor Schuster, der schlecht Deutsch, aber gut Rumänisch sprach.

Doch, sagte Marius, sie hatten geweint. Der Rücken tat ihnen weh und die Beine, und sie mußten ihre Wäsche selber waschen und wurden immer bewacht, sie konnten nicht weg. Bei Ingo Pawlik hatte keiner von ihnen geweint, weil es mit Ingo ziemlich lustig war. Sie hatten Ausflüge gemacht und waren durch die schönen Geschäfte gebummelt und hatten sich Sweatshirts kaufen dürfen und Jeans. Dann war Ingo aber ein bißchen blöd geworden, weil er sagte, sie müßten in deutsche Schulen und würden in deutschen Familien leben, und das wollten sie nicht, sie wollten lieber wieder heim. Eines Tages war Martin Vogel gekommen, um sie mitzunehmen, sie kamen in einem großen, schwarzen Wagen hier an. Die Arbeit war schwer und tat ihnen weh, und wenn sie abends in ihrem Zimmer nicht zu müde waren, langweilten sie sich, denn sie durften ja nicht raus. Nachts konnten sie nicht abhauen, weil Dirk Schlesinger die beiden bösen Hunde hatte, die sie nicht vorbeilassen wollten, sie hockten nur herum und blätterten Hefte durch, die sie nicht lesen konnten, Zeitschriften, die Dirk ihnen gab, mit Robbie Williams drauf oder nackten Frauen. Es war langweilig, sie wurden immer müder. Sie wollten das Dorf abbrennen, aber lieber noch wollten sie nach Hause.

»Fragen Sie«, sagte Polizeiobermeister Feuerbach, »ob sie vom Schlesinger mißbraucht worden sind. Oder von sonst einem.«

»Wie soll ich fragen?« Der dolmetschende Victor Schuster hatte einen panischen Ausdruck im Gesicht.

»Wie man das halt fragt.« Feuerbach trommelte mit den Fingerspitzen auf den Tisch. »Hat der sie angefaßt? Unsittlich.«

»Was?« fragte Schuster.

»Zwischen den Beinen, Herrgott.«

Nein, nie, aber Dirk hatte sie gelegentlich geschlagen. Nicht schlimm, mal eine Ohrfeige oder so. Manchmal durften sie mit ihm fernsehen, manchmal hatten sie auch gespielt, so ein blödes Spiel für kleine Kinder, bei dem man Männchen über ein Brett schob und würfeln mußte, bis Dirk besoffen einschlief am Tisch. Einmal hatte Andrei Bancu versucht, ihn anzuzünden, aber Dirk war wieder aufgewacht, als er das Streichholz schon an seinen Socken hatte. Andrei hätte oben, nicht wahr, hätte oben anfangen sollen, an den Haaren, Dirk hatte gar nichts gemerkt. Sonst war das Leben langweilig. Nicht alle Leute hatten sie gut behandelt, viele Leute nicht. Die hatten gebrüllt, wenn sie nicht schnell genug waren, oder mit einem Stock gedroht. Aber es gab auch Leute, die ihnen etwas schenkten und mit ihnen aßen und tranken. Sie wußten nicht, was aus Andrei geworden war, der war eines Tages einfach nicht mehr von der Arbeit gekommen.

»Jawohl«, sagte Marius, während Victor Schuster sich den Schweiß von der Stirn wischte und eilfertig, als müsse er alles, was er übersetzt hatte, noch einmal bekräftigen, flüsterte: »So is' gewesen.«

»Ja«, sagte Feuerbach. Und daß er sich den Schlesinger vornehmen mußte und den Vogel, und daß man überhaupt erst einmal wissen mußte, wo der Vogel sich aufhielt, und daß er dazu noch Kollegen brauchte, weil man ja den Vogel, wie es aussah, wegen Mordverdacht vernehmen müsse, solange dieser dritte Junge nicht auffindbar war.

»Ja«, sagte Ina. Nein, wollte sie sagen, Andrei, du lebst. Ich weiß es. Ich weiß es.

»Genau«, murmelte Feuerbach. Und einen Sozialarbeiter brauchte er ohnehin, der sich um die Buben zu kümmern hatte, die mußten doch nach Hause. Nicu erzählte, daß seine Eltern in Bukarest lebten, mit seinen zwei Brüdern, die er nicht mochte. Damals war er von zu Hause abgehauen, bevor Ingo Pawlik kam und ihn nach Deutschland fuhr, jetzt wollte er gerne zurück. Marius hatte in einem Heim gelebt und dann auf der Straße, und er wollte nur nach Bukarest zurück, nicht wieder ins Heim.

Feuerbach fragte den Dolmetscher: »Sind das Sinti und Roma?«

»Nur eins«, sagte Schuster.

»Wie?«

»Ja, wenn sie sind Sinti, können nicht sein Roma«, sagte Schuster. »Sie können aber auch sein Kalderasch oder Lowara.«

Nicu rief etwas, und Schuster sprach kurz mit ihnen, dann wandte er sich wieder an Feuerbach. »Der Marius ist also, was Sie nicht nennen dürfen Zigeuner, in diesem Fall ein Rom, der Nicu aber nicht, das will er festgehalten wissen, der ist ein üblicher Rumäne.«

»So«, sagte Feuerbach. »Aha.« Er wirkte verzweifelt. Er sagte, daß er einen Arzt brauchte, den ja zuerst, der mußte die Jungen angucken, und während er seufzend Notizen machte, rieb er sich immer wieder die Schläfen.

Ina hatte das Gefühl, sie müßte ihnen Decken umlegen, doch die Jungs sahen nicht aus, als sei ihnen kalt. Nicus Augen glänzten, und er hampelte hin und her, kleiner Sklave ohne Ketten.

»Hat Andrei etwas erzählt?« fragte Ina. »Hatte er Angst, hat er geglaubt, jemand beobachtet ihn?«

Nein, sagten sie, Andrei war ganz normal, und dann war er weg.

Sie zeigte ihnen Schillers Foto. »Kennt ihr den Mann? Habt ihr ihn mal gesehen?«

Konzentriert sahen sie hin. *Nu.* Nein. Nie gesehen.

»Oder die Frau hier?« Sie zeigte ihnen das Foto von Denise.

Nein. Marius hob eine Hand, das tat er immer, bevor er etwas sagte, und meinte, sie sähe wie Andrei aus, obenrum, bei den Augen und an den Haaren auch. Andrei hatte sich wichtig gemacht und erzählt, daß seine Mutter Deutsche war.

»Ah«, murmelte Ina. »Hat er davon was gesagt?«

Ja, sagte Marius, aber er kannte sie nicht.

Feuerbach sah auf. »Wo wohnt die?«

»Wenn wir das wüßten«, sagte Ina, »wär's ja gut. Oder der.« Sie knallte ihm die Fotos auf den Tisch und suchte auf seinem Computer die Fahndungsmeldungen heraus, und Polizeiobermeister Feuerbach sah eine ganze Weile hin, las sich alles durch und flüsterte dann: »Das pack ich jetzt nicht, das wird mir zuviel.«

Die Gäste im Wirtshaus *Jungbrunnen* begossen einen langen Arbeitstag. Sie mußten nicht viel reden, sie hatten einander über die Jahre doch schon alles gesagt. Wortfetzen am Nebentisch, die Reife der Trauben. Mittelmaß, wie immer, was wollte man machen? Diese Bauern waren ja nie zufrieden, sie lebten gut, das Leben war bejammernswert. Immer, wenn einer aufstand und ging, klopfte er auf den Tisch.

Sie waren ihr böse, dieser Politesse aus der Stadt, sie starrten sie an und guckten wieder weg und machten wissende, feindselige Gesichter. Ina versuchte sich abzulenken und erinnerte sich an Nicus glänzende Augen. Hatte Marius hier essen dürfen? Er hatte in der Küche geschuftet und Eimer geschleppt, vielleicht hatte er den Innenraum niemals gesehen, sein Körper war noch nicht ausgewachsen, der erholte sich vielleicht nie mehr. Von bösen Rückenschmerzen hatten sie berichtet, selbst Nicu mit seinen zwölf Jahren.

Vogel war noch keine Fünfzig, hatte sein Nachbar gesagt,

Vogel war Opa geworden und stand seinem Sohn bei. Der Kollege Feuerbach hatte mehrmals versucht, ihn zu erreichen, war aber nur bis zur Mailbox gekommen. Ina verschränkte die Arme und sah, wie sich am anderen Ende des Raumes ein Mann erhob. Zögernd kam er auf sie zu und stand dann wie ein armer Sünder da.

»Guten Abend«, sagte Friedhelm Rademacher.

Sie lächelte ihn an und sagte: »Sie haben tolle Nachbarn hier. Ganz normale Leute.«

Rademacher sah auf seine Schuhe. »Ich möchte Ihnen etwas geben.« Aus seiner Hosentasche holte er die silberne Schildkröte, die sie in seinem Büro im Tierheim gesehen hatte, Andrei Bancus kleiner Glücksbringer, der ihn verlassen hatte. »Bitte geben Sie das dem Jungen zurück. Ich bete, daß Sie ihn finden.«

»Danke«, murmelte Ina. Ihre Finger umschlossen das Tierchen, das sich kalt und hart anfühlte, es hielt etwas aus. »Sie beten? Ich meine, wirklich?«

»Ja«, sagte Rademacher.

»Verlorene Liebesmüh, oder?« Sie sah ihm ins Gesicht, doch er antwortete nicht.

»Wissen Sie vielleicht, wo Vogels Sohn wohnt?«

Wußte er nicht. Als er ging, sah er immer noch wie ein Sünder aus. Ina wickelte die Schildkröte in ein Papiertaschentuch und schob sie in das Sicherheitsfach ihrer Tasche, sie war wichtig, der Junge mußte sie zurückbekommen. Sie nickte vor sich hin und flüsterte es nur für sich, sagte es ins Unbestimmte hinein, ins Dunkel, in dem der Junge war und in jene Welt, in der seine Mutter lebte, wenn ich dich habe, dann kriegst du sie zurück.

Klebrige Glasränder auf dem Tisch und ein stinkender Aschenbecher; als Kellnerin Tinchen, die Tochter der Familie Hartmann, ihr ein Schinkenbrötchen brachte, fragte Ina: »Wie heißen Sie denn wirklich, Martina, Bettina?«

»Bettina.« Sie bekam feuchte Augen.

»Setzen Sie sich.« Ina schob ihren Teller hin und her. Eine Gurke lag neben dem Brötchen, kleine Aufmerksamkeit des Hauses.

»Mein Vater hat nix Böses getan«, sagte Bettina. »Wir haben sie nicht schlecht behandelt.«

»Was haben die Jungen tun müssen?«

»So halt.« Bettina senkte den Kopf, alle starrten herüber. »Der Mutter beim Haushalt helfen und dem Vater auf dem Hof.«

»Helfen oder alles alleine machen?«

Bettina sagte nichts.

»Daß es nicht in Ordnung war, wußten Sie. Ich habe Ihnen das Foto gezeigt, Sie haben nichts gesagt.«

»Ich hab Angst bekommen«, flüsterte Bettina. »Man macht sich ja seine Gedanken, ich hab oft zum Vater gesagt, ich glaub, die dürfen gar nicht so viel schaffen. Daß das nicht gesund ist und so. Aber ich hab ja selber, ich meine, als Kind hab ich selber mit anpacken müssen, so ist das in der Landwirtschaft. Ich hab ihm vorgeschlagen, doch jemand für diesen Ein-Euro-Job zu nehmen, aber der Vater sagt, er holt sich keine Arbeitslosen ins Haus.« Sie holte Luft, mit zittrigem Atem, und ihre Augen waren immer noch feucht. »Der Andi war der süßeste. Ich weiß nicht, wo der abgeblieben ist. Der Vogel sagt ja nichts, den kann man nichts fragen, der hält sich für den Größten. Er ist der große Geschäftsmann, wir sind nix als Bauern, so kommt der an.«

Ina ließ das Brötchen liegen und zog ihr Geld heraus. »Was hat er denn geredet, der Andi?« Eigentlich wollte sie nicht danach fragen, sie wollte nicht hören, er hätte geweint.

»Ganz wenig«, sagte Bettina. »Obwohl, er konnte ja schon etwas Deutsch, und er hat viel verstanden. Sauerkraut mit Würstchen hat er gern gegessen, einmal hat die Mutter gefragt, was willst du denn essen, Andi, und da hat er gesagt: dein Saukraut.«

Draußen blies ein kalter Wind. Ina zog den Kopf ein und trottete dagegen an; bergauf ging es hier, und sie wünschte sich eine Hand, die sie zog. Ringsum das Geräusch fallender Blätter. Das Laternenlicht war so schwach, daß sie kaum drei Meter weit sah, und das glühende Augenpaar auf der anderen Straßenseite mochte einer Katze gehören oder einem bösen Geist. Andi hatten sie ihn genannt, und manche wußten, was er gerne aß, doch keiner außer Vogel konnte sagen, wo er war und ob er lebte.

Freiheitsberaubung, so kriegte man Vogel wohl dran, Freiheitsberaubung, Verschleppung. Ein findiger Anwalt könnte geltend machen, daß die Kinder nicht gefangen waren und verschleppt hatte sie der arme Ingo Pawlik, der nun leider nicht mehr gefragt werden konnte, um den ganzen Sachverhalt zu klären. Freiheitsberaubung, Verschleppung und Mord möglicherweise, Doppelmord, was man sich ja auch mal überlegen mußte, Andrei Bancu, Ingo Pawlik.

Glassplitter knirschten unter Inas Schuhen, als sie die Straße erreichte, in der Vogel wohnte, alles im Dunkeln, Scheune, Garage und Garten. Alles im Dunkeln, stand man nur weit genug weg. Sie ging schneller, rannte auf das schwache Licht zu am Ende der Straße, Vogel war aufgeflogen, Vogel war ins Nest zurückgekehrt, panisch durch die Informationen seines Helfers Gebhard, der ihn natürlich sofort angerufen hatte; Martin, ich glaub, du steckst in der Scheiße.

Ina klingelte und war darauf gefaßt, das noch ein paarmal tun zu müssen, doch mit einem Ruck ging die Tür auf, als hätte der Mann dahinter gelauert. Martin Vogel also, schau an. Ein Mann Mitte Vierzig mit grauen Schläfen, stellvertretender Chefarzt aus einer Ärzte-Seifenoper, allerdings kein Banker aus einem Wirtschaftskrimi, dazu war seine Kleidung zu derb.

»Guten Abend, Herr Vogel«, sagte Ina und wedelte mit ihrem Ausweis.

Er schien nachzudenken, so heftig nachzudenken, daß wohl alles, was ihm vorher eingefallen war, in sich zusammenstürzte. Er war sofort zurückgekehrt und hatte wohl angenommen, noch Zeit zu haben für das Nachdenken.

Er sagte: »Sie sind aber nicht der Feuerbach.«

»Das haben Sie gut beobachtet.«

»Der Feuerbach will mich sprechen«, murmelte er. »Und wer sind Sie?«

»Mordkommission.« Sie steckte den Ausweis wieder weg.

»Das gibt's doch nicht.« Vogel starrte sie an. »Bitte«, sagte er schließlich und wies den Weg in ein Wohnzimmer, in dem ein Plasmafernseher neben einer billigen Sitzgarnitur stand. Betont langsam setzte er sich und schlug die Beine übereinander. »Wieso Mordkommission? Das ist doch mit Kanonen auf Spatzen geschossen.«

»Tatsächlich?« Ina blieb vor ihm stehen. »Wo ist Andrei Bancu, Herr Vogel?«

»Schauen Sie.« Er zündete sich eine Zigarette an, das dauerte. Sie hatte einen Widerwillen gegen Leute, die *Schauen Sie* sagten, wenn es nichts zu sehen gab. Er schien Rechtshänder zu sein, der Pathologe hatte behauptet, man habe Ingo Pawlik mit der linken Hand geschlagen.

Als Vogels Zigarette brannte, sagte er: »Das war ein Projekt.«

»Bitte?«

»Setzen Sie sich doch.« Er hustete schon nach dem ersten Zug. »Ich bin mir bewußt, daß Sie die Nase rümpfen, wenn Sie lediglich den Hinweis haben, der Vogel hat Halbwüchsige arbeiten lassen, aber schauen Sie, wir haben diese Jungen hier auf eigene Faust resozialisiert.«

Sie setzte sich neben ihn. Vogel sah sie an und schien darauf zu warten, daß sie etwas sagte. »Unterstellen Sie mir bloß nichts anderes«, murmelte er schließlich.

»Wo ist Andrei Bancu, Herr Vogel?«

»Wieder zu Hause«, sagte er. »Man kann diese Kinder ja nicht zwingen. Der Junge wollte nach Hause, heim ins Elend, kann man da nur sagen, also habe ich ihm das Ticket gekauft und ihn in den Zug nach Bukarest gesetzt. Er wußte, wohin er wollte. Er hat mir leid getan, aber wenn er doch wollte.«

»Wo ist er?« fragte sie zum dritten Mal.

»Ich sage doch –«

»Er ist zu Hause nie angekommen.«

»Dann streunt er schon wieder herum«, sagte Vogel. »Das wollte ich doch gerade verhindern.«

»Es wird eng, Herr Vogel.« Ina rückte etwas näher. »Eine ungeklärte Geschichte, ein verschleppter und verschwundener Junge. Man wird seine Leiche suchen. Die Presse wird sich für Sie interessieren, überhaupt die Medien. Man wird Sie sehen, wie Sie sich eine Jacke oder eine Tasche vors Gesicht halten, um nicht erkannt zu werden, das ist nur der erste Tag, am zweiten werden Sie voll erwischt. Sie gucken dann schnell auf Ihr Leben zurück und denken sich, wie hübsch gemütlich war das doch mal, denn jetzt ist es die Hölle.«

»Sie können mir doch nicht drohen«, sagte Vogel. »Das sind Ihre Vorurteile, diese Jungen waren arm, nachgerade asozial, und hier bei uns haben sie –«

»Wo ist Andrei Bancu?« Ina rückte noch näher. »Es gibt drei Möglichkeiten. Erstens: Sie hatten Besuch. Ein Mann, der sich für den Jungen interessierte. Der war ziemlich bedrohlich, nicht? Glauben Sie, er wird nicht wiederkommen?«

»Ein Kinderschänder?« Vogel zündete sich die nächste Zigarette an. »Den hätte ich aufgehängt, eigenhändig.«

»Hätten Sie? Wir kommen noch darauf zurück. Möglichkeit zwei: Sie haben ihn verkauft. Irgendwann fiel Ihnen ein, daß Sie mit ihm mehr Geld machen können, daß sich so ein blonder Junge nämlich vorzüglich als harmlos aussehendes Klaukind eignet, und haben ihn an eine Bande vertickt.«

»Nein«, rief Vogel. »Ich schwöre beim Leben meines Sohnes und meines Enkels, daß ich das nicht getan habe. Ich kenne solche Banden doch überhaupt nicht. Ich möchte tot umfallen, wenn ich so etwas getan habe.«

»Wirklich?« Ina beugte sich vor, er war ganz nah. Sie wußte nicht, warum Sie das tat, sie ging niemals auf Tuchfühlung mit den Leuten, nie, aber jetzt. »Solange der Junge verschwunden ist, wird es auf Möglichkeit drei hinauslaufen, Sie sind sein Mörder. Da kommen Sie nie wieder raus.«

»Was für ein Quatsch!« Vogel machte eine Handbewegung, als jage er Fliegen fort.

»Wo ist er?«

»Sie hören nicht zu, er ist wieder da, wo er hergekommen ist.

Warum suchen Sie ihn nicht in Rumänien, warum belästigen Sie mich hier?« Heftig zog er an seiner Zigarette, und sie nahm sie ihm aus der Hand. Bloß noch ein Rest, den sie zwischen zwei Fingern hielt, einen brennenden Stummel.

»Pardon«, sagte Vogel. »Ich wußte nicht, daß Sie das stört.«

»Wo ist er?«

Er schüttelte den Kopf. »Das ist doch albern. Sie kommen mit vorgefertigten Schablonen zu mir, und in die muß ich reinpassen, da lassen Sie sich nicht mehr von abbringen. Ich werde ohnehin mit meinem Anwalt reden, das wollen wir doch mal sehen.«

»Herr Vogel«, murmelte sie und murmelte seinen Namen noch einmal, wie eine Beschwörung, auch dann noch, als sie den brennenden Stummel auf seinem Handrücken zerdrückte, als sie zusah, wie im Kino, wie Vogel aufsprang und schrie. Wie sie sein Feuerzeug nahm und die Flamme emporschießen ließ, konnte sie auch noch sehen, doch dann schloß sie die Augen und meinte, das sei doch alles gar nicht wahr.

Vogel rannte zum Fenster und preßte die Hand gegen die Scheibe. Schrie er schon wieder? Nein. Sonderbar, wie schnell das ging. Machst dir keine Gedanken, und es gibt noch nicht einmal ein fieses Geräusch. Ina legte das Feuerzeug auf den Tisch zurück, und als sie aufstand, meinte sie noch immer, es sei nicht wahr.

Sie ging zu Vogel hin, und auf dem Weg, der ihr sehr lang vorkam, auf diesem Weg mit seinen drei Schritten wollte sie ihn als grünglühendes Alien sehen, etwas, das im Vernichtungskampf fiel, *im All hört dich niemand schreien*. Damals, als sie die Firmenbosse vernahm, die diese Obdachlosen verseucht und geschunden hatten, war sie immer wieder weggesackt in diesen Traum, sie alle zu fesseln und zu schinden, bis sie brüllten.

Vogel drehte sich um und murmelte: »Sie haben mich ja verletzt. Das können Sie doch nicht machen.«

»Ich war etwas ungeschickt«, sagte Ina. »Wo ist der Junge?«

Vogel starrte auf seine Hand. Als er sie sinken ließ, sah er ängstlich aus und verstört. »Sie können mich deswegen nicht belangen. Ich bin gezwungen worden, aber ich kann es nicht beweisen. Das ist eine dumme Situation.« Eng an das Fensterbrett gedrückt, sah er aus wie ein panischer Hund in der Ecke. »Da ist ein Hausierer gekommen, der hat den Andi mitgenommen. Ich glaube, es war ein Zigeuner. Ich weiß nicht, wie er hierher gefunden hat, aber es ist so gewesen.«

»Ein Hausierer«, sagte sie. »Wie niedlich.«

»Doch, er hatte große Taschen und einen Rollwagen. Und der war so abgerissen, ich meine, hier kommen schon mal Leute vorbei, die einem was aufschwatzen wollen. So einer eben. Ein Ausländer, ein Rumäne oder ein Zigeuner.«

»Was hatte er denn zu verkaufen?« fragte sie.

Vogel murmelte: »Ich weiß es nicht.«

Dieser Hausierer, ein alter Mann, den sie verdächtigen, das kleine Mädchen getötet zu haben und der sich erhängt, weil ein ganzes Dorf ihn lynchen will – Ina versuchte sich an den Titel des Films zu erinnern, an den Ermittler, der sein Leben drangab, um den Mörder zu finden, weil er es den Eltern versprochen hatte. Sie schüttelte den Kopf und hörte Vogel sagen: »Er hat mich bedroht.«

»Wie sah er aus?«

»Verlottert«, sagte Vogel. »Ich meine, man hat gesehen, daß der nicht von hier war, und man hat es gehört. Er behauptete, ich hätte den kleinen, blonden Zigeunerkönig hier, und wenn ich ihn nicht zurückgebe, dann – ich glaube, der wußte überhaupt nichts vom Nicu oder vom Marius, bloß den Andi, den wollte er haben.«

»Hausierer«, sagte Ina. »Zigeunerkönig. Herr Vogel, ich muß sagen –«

»Sehen Sie?« jammerte er. »Da wundern Sie sich noch, wenn ich das keinem Menschen erzählen kann.«

»Beschreiben Sie ihn. Was haben Sie sich denn zurechtgelegt?« Sie ging einen Schritt auf ihn zu und sah, wie er versuchte zurückzuweichen, was ihm aber nicht gelang, weil er schon am Fenster stand, und sie überlegte, wie das alles gekommen war, mit seiner Angst vor ihr und diesem letzten Stolperschritt, den sie als Polizistin gemacht hatte, dem Schritt über die Klippe hinaus. Sie hatte ihn verletzt und hatte es so gewollt, und sie wußte, daß es ein Ende war, so oder so.

»Wie gesagt, der sah ziemlich verlottert aus«, murmelte Vogel. »Um die Vierzig vielleicht. Oder älter. Haare bis zum Kragen, groß und breit, seit Tagen nicht rasiert. Ähm – Ausländer halt. Oder Zigeuner.« Wieder hob er die Hände wie zum Schutz. »Er hat mich massiv bedroht, ist abends gekommen. Er sagt, er nimmt den Andi mit, und ich hätte ihn gestohlen, so hat er sich ausgedrückt, dabei stimmt das nicht, ich habe ihm nur geholfen. Was macht man denn mit solchen Mafiosi, denen ist man doch ausgeliefert. Da muß man mitmachen. Er sagt, er zündet mir mein Haus an, alles, er wird mich zerstören, wird alles zerstören, was ich bin und was ich habe, und dann schreibt er der Polizei noch einen Brief.« Seine Stimme zitterte. »Ich mußte ihn abgeben, weil –«

»Ja?«

»Er kannte ihn wohl. Den Andi.« Vogel holte rasselnd Luft. »Er sagt, der kleine Zigeunerkönig hätte eine deutsche Mutter.« Er blies auf seine Hand, auf die Brandwunde, die er da jetzt hatte. »Wissen Sie was, ich hatte den Eindruck, der Andi wollte gar nicht mit, der hat es hier nämlich gut gehabt, aber dann sind sie im Dunkeln weg.«

»Wiederholen Sie seine Worte«, sagte sie.

»Welche?«

»Über die Mutter.«

Vogel machte sich noch kleiner. »Er hat nur gesagt, der kleine Zigeunerkönig hat eine deutsche Mutter, mehr nicht. Man möchte doch diesen Leuten nicht widersprechen, die sind doch gleich gewalttätig, wenn man etwas sagt.«

Ina zeigte ihm Schillers Foto, und Vogel schüttelte den Kopf. »Nein«, sagte er, »der sah verwahrloster aus und war älter. Und breiter, verstehen Sie? Der sieht nicht aus, als wär er so massiv. Nein, nein, der war das nicht.«

»Warum haben Sie nicht die Polizei informiert?« Sie lächelte ihn an. »Sie haben doch nichts zu verbergen mit Ihrem Resozialisierungsprojekt hier.«

»Vielleicht hatte es seine Richtigkeit«, murmelte Vogel. »Vielleicht mußte der Andi zurück.«

»Das wird sich alles noch herausstellen«, sagte Ina. »Glauben Sie, daß Sie es schon hinter sich haben? Oder haben Sie noch so eine Story auf Lager?«

»Ich habe es nur gut gemeint«, sagte er. »Mit den Jungen.«

»Natürlich. Und Geld gab es auch. Meine Kollegen werden sich übrigens mit Ihnen nicht nur über die Jungs unterhalten, sondern auch noch über Ingo Pawlik, wissen Sie?«

»Ja«, sagte er nur. »Ehemalige Mitarbeiter haben mich informiert. Ich hatte mir schon überlegt, ob dieser Hausierer ihn ermordet hat, ich meine, irgendwoher mußte der doch meine Adresse haben.«

»Pawlik hat Sie um Hilfe gebeten, ja?«

»Er hat den Schlamassel doch letztlich angerichtet«, sagte Vogel. »Er hat mich angefleht, die Jungen in gute Hände zu geben, und das habe ich getan.«

»Und das hat man jetzt von seiner Gutmütigkeit«, sagte Ina. »Wie gesagt, Herr Vogel, Sie haben es noch längst nicht hinter sich. Da liegt ein ganzer Berg vor Ihnen, ein ziemlicher Haufen Dreck.«

Ina wartete vor Vogels Haus, bis Feuerbach kam. Der Kollege wirkte bekümmert und gehetzt. Die Jungs würden gerade untersucht, sagte er, Nicu hatte einen Rückenschaden, Marius war stabiler. Man suchte Angehörige, es war schwer.

»Und er hier?« Er deutete auf das Haus. »Fluchtgefahr?«

Ihr Atem war eine kleine, weiße Wolke im Laternenlicht. »Er erzählt 'ne Menge Geschichten.«

Feuerbach seufzte und sagte: »Ich hatte nie in ihren Häusern zu tun und auf den Höfen, es gab nie Grund für mich, irgendwohin zu gehen. Diese ganzen Geschichten machen mir angst.«

Ja, Angst hatte Ina auch. Als sie das Hotel betrat, hörte sie ein

Klappern aus der Küche und überlegte, ob es ein Kind war, das da schuftete. Blasses Licht erhellte den Flur mit der häßlichen Sitzgruppe aus skandinavischem Holz. Es gab ein häßliches Geräusch, als die Gestalt sich erhob, die da gesessen hatte, so als würden die Möbel vor Kummer schreien. Sie wich zurück.

»Hallo, Ina«, sagte er.

Logisch. Ein Möbelstück mußte gut beieinander sein, um das Gewicht des Oberfahnders Böhm zu ertragen.

»Was soll das?« fragte sie. »Soll ich Sie jetzt etwa mit aufs Zimmer nehmen? Es ist mitten in der Nacht.«

»Ich bitte darum, hier unten ist es furchtbar kalt.«

Krampfhaftes Überlegen auf dem Weg nach oben, hatte sie etwas herumliegen, womöglich Dessous? Nein, woanders war sie immer ordentlicher als zu Hause. Sie blieb am Fenster stehen, während Böhm gleich wieder sitzen mußte. Er sagte: »Sie sind eine fanatische Nichtraucherin, da darf ich ja nicht –«

»Ich bin nicht fanatisch.«

»Doch, Ina, wenn Sie sich verbeißen, schon.« Er legte die Hände auf die dicken Schenkel. »Beißen Sie sich gerade ein paar Zähne aus?«

»Was gibt Ihnen das Recht, mich wie einen Straftäter zu belauschen?«

»Von belauschen wollen wir nicht reden.« Er senkte den Kopf. »Ich habe Sie geortet.«

»Ganz toll. Wirklich toll unter Kollegen, und das lasse ich auch nicht auf sich beruhen.« Aber sie merkte, daß es ihr gleichgültig wurde, weil bald alles zu Ende war und man dann weitersah; wichtig war nichts, hatte sie einmal gelesen, dafür war die Welt zu groß.

Böhm sah sie eine Weile an, als wartete er darauf, daß sie ihm etwas an den Kopf warf. »Sehen Sie es realistisch«, sagte er schließlich. »Wenn Sie so plötzlich Urlaub nehmen und keinem sagen, wohin es denn gehen soll, könnte es sein, daß die Berninger sich bei Ihnen für ein Schwätzchen ganz weit draußen verabredet hat. Ich lasse mal dahingestellt, welche Gründe Sie hätten, darauf einzugehen, aber Sie gestatten mir, daß ich dann in der Nähe sein möchte, um das Schlimmste zu verhindern. Wir haben Robert begraben, nicht wahr?«

»Sie wären glatt zu spät«, sagte Ina. »Erstens. Zweitens hat die noch nicht mal meine Telefonnummer.«

»Die hat die Nummern aller Frankfurter Kriminalpolizisten, erinnern Sie sich bitte, was die einmal alles wußte.«

»Ach so, sie hat ihr Moleskine in den Knast mitgenommen und von dort aus, wenngleich ziemlich bewußtlos nach ihrem Blutsturz, gleich mit in die Klinik, ich verstehe.«

»Was soll sie mitgenommen haben?« fragte er. »Sie meinen einen Filofax.«

»Nein, ich glaube, daß sie ein Moleskine hatte. Würde zu ihr passen.«

»Was ist das?«

»Ein teures Notizbuch mit Lesebändchen.«

»Aha«, sagte Böhm. »Was paßt denn noch zu ihr, daß sie Offenbacher Tierfreunde so verprügelt oder verprügeln läßt, daß die vor Schreck sterben? Daß sie Polizisten auf der Flucht erschießt oder erschießen läßt?«

Ina sagte nichts.

Böhm sah sich im Zimmer um, bevor er murmelte: »Die hat doch auch immer wie ein Schlot geraucht, dann wurde sie schwindsüchtig. Ich sollte es mir abgewöhnen.«

»Lieber nicht«, sagte Ina. »Nimmt man nicht zu, wenn man aufhört?«

»Ich war mal bei der im Büro, damals im Fernsehen«, sagte Böhm. »Wichtig, mußte ich hin, zum sogenannten Hintergrundgespräch, um sie davon abzuhalten, in ihrer Sendung Unsinn zu erzählen. Das war, als wir aus Versehen die Wohnung eines Kollegen gestürmt und seinen Hund erschossen haben. Es sollte dieser Zuhälter gefaßt werden, der Kollege wohnte ja nun nebenan. Na, wie auch immer, ich frage sie höflich, darf ich rauchen, da gibt die mir lächelnd Feuer und fragt mich, Herr Hauptkommissar, kommt man von der Sonderschule direkt zur Elitetruppe?«

»Und nun kriegen Sie bald Revanche«, sagte Ina. »Endlich.«

»Wie man so sinken kann.« Böhm nahm ein Papiertaschentuch und schneuzte sich umständlich. »Wie weit sind Sie?« fragte er dann.

»Ich dachte immer, Schiller hat Vorsprung.« Sie sah, wie er anfing zu blinzeln. »Jetzt weiß ich nicht mehr, wohin er rennt und ob er noch rennt. Möglicherweise bin ich ihm jetzt sogar voraus, ich meine, ich habe zumindest den Mann gefunden, der Berningers Sohn zusammen mit zwei anderen Jungs aus Rumänien festgehalten hat, bei Schiller bin ich mir da nicht mehr sicher. Aber Andrei ist nicht mehr hier.«

»Was für ein Mann? Päderast?«

»Nein, ein anderer Mißbraucher. Das ganze Nest ist voll davon. Der Kollege hier vor Ort möchte auch dahinterkommen, wie ein ganzes Dorf drei minderjährige Jungs als Arbeitssklaven hält.«

»Ohne daß er das mitkriegt.« Böhm nickte. »Berningers Balg war also in diesem Kaff hier. Wo ist er jetzt, was hat der Kerl mit ihm gemacht?«

»Er behauptet, jemand habe Andrei geholt. Unter Drohungen geholt. Ein Hausierer, sagt er, Ausländer, möglicherweise ein Rumäne. Auf Schiller weist da gar nichts hin, er hat ihn auch nicht identifiziert. Dan Bancu, Andreis Vater, fällt auch flach, der ist dunkelblond, und er spricht auch nicht schlechtes Deutsch wie dieser angebliche Hausierer, sondern fast gar keins.«

»Hausierer.« Böhm schüttelte den Kopf. »Meine selige Großmutter kannte noch welche.«

»Schiller ist clever«, murmelte sie. »Aber das paßt nicht, ich meine, warum sollte er als Ausländer auftreten, und wie macht er sich zehn Jahre älter und dicker, warum dieser Umstand – immer vorausgesetzt, Vogels Story stimmt, was ich nicht unbedingt glaube.«

»Hokuspokus«, sagte Böhm. »Schiller als Hundefänger in Bukarest, Schiller als Hausierer, wo sind wir denn?«

»Es hat ihn auch niemand hier gesehen«, sagte sie. »Vielleicht war es so, er überfällt diesen Pawlik, weil er vermutet, daß der den Aufenthalt von Andrei kennt. Aber es heißt ja, Pawlik ist an Herzversagen gestorben während der Prügelei, es ist also möglich, daß er gar nicht mehr dazu gekommen ist, Schiller Vogels Adresse zu nennen. Das würde auch erklären, warum in der Wohnung alles durchwühlt worden ist, ohne daß etwas entwendet wurde.«

»Der Junge ist also wieder weg«, sagte Böhm. »Wenn wir die Geschichte von diesem Vogel mal kurz glauben, dann hat ein Mann ihn geholt, aber Schiller will er nicht erkannt haben. War er unsicher?«

»Nein«, murmelte Ina. »Er war sogar ziemlich sicher, daß er es nicht war. Wenn die ganze Geschichte nicht ohnehin frei erfunden ist, ich meine, Vogel kann Andreis Mörder sein.«

Böhm verschränkte die Arme. »Wo ist *sie* denn in dem ganzen Spiel?«

»Sie hat Bukarest nie verlassen.«

»Das glauben Sie.« Er schnitt eine Grimasse. »Dann darf ich Ihre bisherigen Annahmen wie folgt zusammenfassen. Der blonde Racheengel delegiert. Denise läßt dumme Männer für sich arbeiten, das erinnert mich an alte Ami-Filme, Sie sind doch so ein großer Kinofan?«

Ina nickte nur.

»*Die Frau ohne Gewissen*«, sagte er pathetisch.

»Das war ein Versicherungsbetrug.« Ina lehnte sich gegen die Wand – wie doof war das eigentlich, jetzt über Filme zu reden?

»Aber die Richtung stimmt«, sagte Böhm. »Als nützlicher Idiot sucht Schiller also Berningers Balg, zu dem sie jahrelang keinen Kontakt pflegte, ein Unterfangen, das ihr selber zu gefährlich ist, weil sie ja eher erkannt wird als er. Den Kollegen Robert Reich hat er mal fix aus dem Weg geräumt, damit er überhaupt wieder nach Deutschland kommt, dann nimmt er sich diesen Pawlik vor, der ihm unter der Hand wegstirbt, ohne die entscheidende Adresse zu nennen, und jetzt?«

»Und jetzt«, sagte sie, »geht es nicht weiter.«

»Nein, jetzt kommen wir zu einem Punkt, den Sie geflissentlich ignorieren: Wie erklären Sie denn, daß man den Pawlik mit der linken Hand geschlagen hat?«

»Das widerlegt doch nicht, was ich gesagt habe«, murmelte sie.

Böhm betrachtete die Wände mit den Fotos der Weinberge. »Und wenn der Schiller die Suche aufgegeben hat, sind sie womöglich beide wieder in Rumänien, und da ist dieser Bukarester Kollege Hudek, dem ich ums Verrecken nicht traue.«

»Nein?« fragte sie.

»Was ist eigentlich mit dem Kindsvater?« fragte Böhm. »Wenn die Berninger mit dem Schiller – und dann der auch noch, läßt die sich dann gleich von zweien knallen?«

»Das ist wichtig, nicht?«

»Nein«, sagte er. »Es fiel mir nur gerade so ein.«

»Er sagt, der kleine Zigeunerkönig hätte eine deutsche Mutter.« Ina schüttelte den Kopf. »Vogel behauptet, dieser Mann hätte das gesagt, als er Andrei holte, der kleine Zigeunerkönig hat eine deutsche Mutter. Das ist der Punkt, an dem ich ihm nichts mehr abnehme. Da will er ein Schreckgespenst erzeugen, einen Verrückten. Andrei hat selbst mal erzählt, daß er eine deutsche Mutter hat, das hat er von dem Jungen.«

»Na ja«, sagte Böhm. »Da kann der arme Wurm sich weiß Gott nichts für kaufen. Wenn ich Mami kriege und ihren Kuli auch, wird ihn das nicht weiter jucken.«

»Wenn er lebt«, murmelte Ina. »Der ist doch immer noch vermißt, niemand weiß –«

»Hier können Sie ihn nicht mehr finden«, sagte Böhm. »Überhaupt haben Sie mit der Suche nach vermißten Kindern einen Dreck zu tun, das sieht Ihr leidgeprüfter Chef genauso. Sie werden diese hübsche Gegend jetzt verlassen.«

»Ich habe Urlaub.«

»Aber nicht hier. Sie kommen mit nach Frankfurt zurück, und Sie fahren auch nicht mehr weg.« Er hob einen Finger. »Ich will Sie in der Nähe wissen, Ihr Chef ist da durchaus meiner Meinung. Wir haben Robert begraben, haben Sie das vergessen?«

Hintereinander auf der Autobahn, Böhms dunkler Schlitten immer dicht dran. Dieser sinnlose Ehrgeiz, ihn abzuhängen, sie wollte ihn fuchteln sehen hinter dem Steuer, mit verzweifelten Gesten, langsam, langsam. Bevor sie losgefahren waren, hatte sie noch mit Benny telefoniert und sich ständig gefragt, ob sie tatsächlich lauschten, und natürlich hatte er gesagt, du bist so komisch, ja, was denn sonst.

Aber ich hab dich lieb, hatte sie sagen wollen, was denn sonst?

Böhm betätigte die Lichthupe vor Empörung, doch sie ließ ihn nicht vorbei. Kurz vor Frankfurt, als sie die Hochhäuser wie Leuchttürme am Himmel sah, kamen ihr die Tränen, und sie fing an zu zittern, ohne Grund. Sie nahm den Fuß vom Gas und sah, wie Böhm sich an die Stirn tippte wie jeder andere Autofahrer auch.

Als sie anhielten, war das Licht verschwunden. Böhm stieg aus und bemängelte ihr kindisches Fahrverhalten. »Was müssen Sie sich denn beweisen?« Wie ein riesiger, dunkler Schatten stand er da. »Es ist spät«, sagte er. »Mädels wie Sie haben doch einen Freund, nicht? Machen Sie, daß Sie dahinkommen.«

Und sie befolgte seinen Befehl. In Bennys Wohnung stand sie ewig am Fenster und sah Dämonen im dunklen Hinterhof, Wesen, die winkten. Eine glühende Zigarette – sie öffnete das Fenster, nein, niemand da. Spinnereien. Vogels Zigarette, die Brandwunde auf seiner Haut, nein. Sie preßte die Stirn gegen die Scheibe, das hatte sie nicht getan. Aber sie hatte es sich doch vorgenommen, im selben Moment, da sie gesehen hatte, wie er sich die Zigarette anzündete, sie hatte auf seinen Schrei gelauert, auf seine Klage, seinen Schmerz.

Mit geschlossenen Augen malte sie ein Kreuz auf die kalte Scheibe, hast du das auch hören wollen, damals, Denise? Als du ihn erstochen hast im Park, hast du auf seinen Schrei gelauert, auf seine Klage, seinen Schmerz?

Emotionaler Ausbruch, was für ein Quatsch. Du hast es gewollt, alles war ruhig in dir. Ja, so ist das. Jetzt hab ich eine Ahnung, wie das ist.

»Bevor du mich hier dauernd weckst«, maulte Benny, »hättest auch bei dir in der Wohnung bleiben können.«

»Schlaf«, murmelte sie.

»Ja, wie denn?« Er richtete sich auf, und sie setzte sich auf die Bettkante und legte die Hände auf seine Wangen.

»Kalt«, sagte er.

»Leer«, flüsterte sie. Mit leeren Händen.

Doch weil sie sich nicht damit abfinden konnte, ihn aufzugeben, sprach Ina in Gedanken weiter mit dem Jungen, du lebst doch, Andrei, ich weiß es, er hat dich verkauft. Sie ging wieder durch die Straßen, in deren Ecken die Kinder vor Pappbechern hockten, und einmal sah sie den Patron, wie er vorfuhr, um sie zu holen und zu kassieren, nichts Aufregendes, Betteln war nicht illegal. Dann sah sie drei Jungs den Dreifachen machen, die klassische Technik, der erste rempelte jemanden an, der zweite klaute ihm die Geldbörse und reichte sie an den dritten weiter. Flinke Finger, schnelle Füße, man konnte sie nicht einholen, selbst wenn man wollte. Andrei sah sie nicht, und sie bildete sich doch ein, ihn zu erkennen, den blonden Jungen auf dem Foto mit seinen grauen Augen. Sie sah Kinder in viel zu dünner Kleidung sich durch ihre Tage zittern, ohne daß sie ihn fand.

Als es dunkel wurde, ging Ina zum Wagen zurück, jemand hatte ein Herz auf die Tür gemalt. Ein Transporter versuchte einzuparken, ein Mann mit einem Dackel sah zu, beide sahen zu, der Dackel auch. Vor einer Telefonzelle murmelte ein Junge etwas, das sie nicht verstand, zäher Nieselregen hinterließ Tropfen wie Tränen in seinem Gesicht.

Telefonieren, ah ja? Sie holte drei Euro aus ihrer Jackentasche, behielt sie in der Hand und zeigte ihm Andreis Foto.

»Was?« fragte er.

»Kennst du ihn? Hast du ihn irgendwo gesehen?«

»Ah, nee«, sagte er und linste auf die Münzen in ihrer Hand.

»Er heißt Andrei«, sagte sie. »Hast du ihn gesehen?«

Er schüttelte den Kopf und fragte: »Mama?«

»Nein.« Sie gab ihm das Geld und sah zu, wie er an der Telefonzelle vorüberflitzte, mit kleinen, hastigen Sprüngen.

Immer kälter jeden Tag. Sie könnte sich krankschreiben lassen wie jeder ordentliche Beamte, der schon mit einem Schnupfen halb aus dem Leben war, so wie diese Beamtin, mit der sie doch zu tun gehabt hatte, die sechs Wochen lang krankgeschrieben worden war, weil sie an diesem entsetzlichen Übel litt, diesem Grübelzwang.

Keine weiten Wege machen, hatte ihr Chef ihr befohlen, keine Wege ganz allein. Und daß ein dringend Tatverdächtiger im Tötungsdelikt Nowotny gefaßt worden war, hatte er ihr auch noch erzählt, ein Kioskbesitzer ohne Alibi.

Hatte der nicht eins, der arme Teufel? Nein, hatte Stocker gesagt, das war der andere, doch wußte sie nicht mehr, wer der andere gewesen war.

Passen Sie auf, hatte Stocker gesagt, und sie meinte, daß er sich lustig machte, tragen Sie Ihre Waffe.

Sie fuhr nach Hause, parkte hundert Meter von Bennys Imbißwagen entfernt und sah, daß sein leuchtend rotes Schild nicht mehr ganz so leuchtend war: *Hunger? Unger!* Müßte man mal putzen. Man sollte den Keller entrümpeln, dann die Wohnung und das ganze Leben gleich mit.

Benny hatte noch Kundschaft. »Hey!« rief er und kippte fast vornüber bei dem Versuch, sie zu küssen.

Ina stellte sich auf die Zehenspitzen. Auf dem Grill rotierte das letzte Hähnchen. »Gibt's noch Würstchen?«

Er reichte ihr einen Teller mit Brötchen, Rindswurst und viel Ketchup, und die alte Frau, die zweimal wöchentlich ein ganzes halbes Hähnchen orderte, erklärte, daß zur Rindswurst zwingend Senf gehörte.

»Ich esse alles mit Ketchup«, sagte Ina.

»Sogar Salami«, rief Benny.

Sie verdrehten gemeinsam die Augen, die Alte sagte: »Sie verderben sich die Geschmacksnerven, meine Liebe.«

»Kann sein.« Ina zeichnete mit jedem Stückchen Rindswurst

kleine Muster in den Ketchup und hörte kaum zu, was sie da redeten, die alte Frau erzählte etwas von Lüneburg, und Benny berichtete von Dresden, während Ina die vor Pappbechern kauernden Kinder mit ihren nebligen Augen wieder sah und ihr das Herz zersprang. Dresden, Lüneburg, nein, jetzt ging es um München und Köln, Städte, die arg nachließen, wie die alte Dame meinte, und sich fast schon auf dem kleinstädtischen Niveau von Frankfurt befanden. Sie mußte es ja wissen.

Die Bäckerei machte zu, der Besitzer des Ramschladens an der Ecke betrachtete sein Schaufenster von außen, und vor dem Supermarkt wurden die letzten verzweifelt wartenden Hunde erlöst. Ein Verkäufer ließ eine Bananenkiste fallen und hatte jetzt, wo doch endlich Feierabend war, noch mal richtig was zu tun. Unter einer Markise standen grinsende Kinder und guckten zu, wie der Verkäufer jede einzelne Banane wieder in die Kiste knallte, als müsse er sie bestrafen, neben ihnen eine Frau in einem langen, schwarzen Mantel, die ihren Schal halb über den Kopf gezogen hatte, obwohl sie doch unter der Markise stand und keinen weiteren Regenschutz mehr brauchte.

Ina legte das angebissene Brötchen auf den Teller zurück und schob es langsam und ordentlich mit dem Rest der Rindswurst zusammen. Mit der Serviette wischte sie sich die Hände ab, faltete sie viermal, fünfmal, sechsmal und legte sie dazu. Sie betrachtete ihr Werk, Brötchenreste, Rindswurstreste, Ketchup und Serviette, dann warf sie alles in den Abfallkorb und drehte sich wieder um. Denise stand immer noch unter der Markise und sah zu ihr hin.

»In Hamburg bin ich ja nun auch auf der Sündenmeile gewesen«, sagte die alte Frau. »Es hat mir nicht gefallen, da waren zwei Frauen, die –«

»Ich muß noch mal zum Auto«, sagte Ina.

Benny nickte flüchtig, wollte hören, wie das mit den Frauen auf der Reeperbahn war.

Ina ließ den Autoschlüssel durch die Finger gleiten. Den Blick auf den Boden gerichtet, sah sie zu, wie ihre Füße sich bewegten, rein in die Pfützen und wieder heraus, was ihren teuren Schuhen nicht gut bekam. Sie schloß den Wagen auf, setzte sich hinters Steuer und schaltete das Radio ein. Ein Mann erzählte, daß die schöne Sängerin, deren schöne Arie man gleich hören werde, geputzt habe, bevor sie Opernsängerin geworden war, und Ina öffnete ihre Jacke, damit sie schneller an die Waffe kam, während sie die Sängerin singen hörte. Sie lehnte sich zurück und drehte das Radio lauter, damit die Sängerin sich gegen den Regen behaupten konnte, der aufs Dach in einem unpassenden Rhythmus schlug. Im Rückspiegel sah sie Denise herankommen, langsam und aufrecht wie immer, und sie sah sie die Beifahrertür öffnen und hörte sie »Hallo« sagen, sehr leise, aber doch so, als wären sie hier verabredet.

Ina sagte nichts. Die Sängerin, die früher geputzt hatte, sang ihre Arie.

Nach einer Weile sagte Denise: »Das ist doch endlich mal Musik.«

»Um was geht's da?« fragte Ina.

»Um eine Nixe, die ein Mensch werden möchte, weil sie einen Prinzen liebt.«

»Na toll. Wie heißt die Oper?«

»*Rusalka*«, sagte Denise.

»Ah ja. Und die Sängerin?«

»Anna Netrebko.«

»So, ich dachte, es wär die Callas.«

»Nein, wirklich nicht.«

»Was du wieder alles weißt!« Ina fuhr herum. »Aber zwischen oberschlau und kreuzdumm sind die Abstufungen dann doch fließend, gar nicht zu sprechen von den nahtlosen Übergängen zwischen kultiviert und kriminell.«

Denise zog an ihrem schwarzen Schal, gerade so, daß man ein paar blonde Strähnen sah. »Ich komme seit einer Woche jeden Tag hierher.«

»Woher weißt du, wo ich wohne?«

»Von dir«, sagte Denise. »Du hast mal gesagt, daß du im

Ostend gleich zwei antike Ramschläden in der Nähe hättest. Du hast gesagt, dein Freund verkauft Brathähnchen und hast ihn am Telefon Benny genannt. Da drüben steht ein Antiquitätengeschäft, es ist übrigens kein Ramschladen, und auf dem Imbißwagen steht Benjamin Unger.«

»Eindrucksvoll«, murmelte Ina. »Du warst mal unsere Ehrenkommissarin, kannst du dich an dieses schöne Leben noch erinnern?«

»Ja.«

»Und jetzt willst du dich festnehmen lassen.«

Denise starrte geradeaus, auf die regennasse Straße. Beine huschten vorüber, Hände hielten Schirme und Tüten. »Bin ich nicht in der Höhle der Löwin?«

»Wo ist Schiller?« fragte Ina.

»Hudek sagte, du hast es nicht gewußt. Das mit dem Zugriff in Bukarest.« Denise bewegte die Finger, als hätte sie einen Rosenkranz darin, vermutlich besaß sie noch zuviel Anstand, ihr hier das Auto vollzuqualmen. »Er behauptet, dein Kollege wollte dich nicht informieren, weil er dir nicht traute.«

»Aha«, murmelte Ina. »Womit er recht hatte.«

»Ich habe ihn nicht getötet«, sagte Denise. »Ich weiß auch nicht, ob Paul es getan hat, er sagt nichts.«

»Wo ist er?«

»Ich weiß es nicht«, murmelte Denise. »Er ist dauernd unterwegs. Wir haben eine Art Bleibe, ich sag dir nicht, wo. Ihr kriegt ihn nicht, ihr kriegt ihn nie.« Wie ein Gespenst sah sie aus, das Phantom der Oper, mit weißem Make-up geschminkt, um an Liebeskummer oder Schwindsucht zu sterben. Der Lichtstrahl eines vorüberfahrenden Wagens ließ ihre Augen glühen. »Er hatte versprochen, Andrei zu finden, das war alles, woran ich mich halten konnte. Aber ich glaube es nicht mehr, es ist vorbei.«

»Er hieß Robert«, sagte Ina. »Der erschossene Kollege.«

Denise hatte den Kopf gegen den Sitz gelehnt, als schliefe sie gleich ein. Ina sah sie an, und eine ganze Weile saßen sie nur da, bis Denise murmelte: »Hast du etwas gehört? Von Andrei? Das ist die einzige Frage, die ich dir stellen will.«

»Nein.«

»Nein«, wiederholte sie. Denise schloß die Augen, und man konnte ein kurzes, krampfhaftes Keuchen hören.

Ina räusperte sich, wo waren wir stehengeblieben? »Du bist also abgehauen«, sagte sie. »In Bukarest aus der Klinik. Und dann? Der Kollege Hudek hat alles auf diese Ärztin abgewälzt, die während deiner Infusion Kaffee trinken war.«

»Hudeks Frau hat mich zu ihnen nach Hause gebracht«, sagte Denise. »Da war ich zwei Tage, bis Hudek sagte, ich müsse Rumänien verlassen.«

»Hudeks Frau? Was war denn nun mit dieser Ärztin?«

»Ja«, sagte Denise. »Seine Frau ist Ärztin.«

»Du meinst –«, Ina biß sich auf die Lippen um ein hysterisches Kichern zu unterdrücken. »Und das Geld, das ja nie deines war, das hat er noch?«

»Ja.«

»Braucht seine Frau eine Praxis?«

»Ich weiß es nicht«, sagte Denise ernsthaft. »Sie waren sehr nett.«

»Natürlich. Und dann?«

»Dann wußte ich nicht, was ich tun sollte und bin in Pantelimon gelandet, das ist das Viertel, in dem wir zuerst waren, Paul und ich, als wir damals Dan gesucht haben, die Strada Solko. Wir hatten uns verfahren, und in Pantelimon gibt es einen Park, da sind wir auf der Bank eingeschlafen. Wir hatten ausgemacht, falls irgendwas passiert, könnten wir da so eine Art Treffpunkt haben.« Denise schlug die Fingerspitzen gegeneinander. »Es war tatsächlich so. Ich mußte auch nicht auf ihn warten, er war schon da. Ich wollte nicht hierher zurück, aber er sagte, daß er eine Spur von Andrei hätte und sich alles aufklären würde, wenn ich mit ihm nach Deutschland käme.«

»Für den Mord an meinem Kollegen könnte Hudek dir ein Alibi geben«, sagte Ina. »Ordnungsgemäß.«

»Würdest du das an seiner Stelle tun?« Denise zuckte die Schultern. »Können täte er es schon.«

»Pantelimon«, murmelte Ina. »Schiller wird in ganz Bukarest gesucht und wartet in einem Vorort. Der geht immer volles Risiko, nicht?«

»Bei ihm kam eins zum anderen«, sagte Denise. »Er wollte eigentlich nur seiner Exfreundin einen Gefallen tun und ihren prügelnden Mann verprügeln, den Herrn Stadtkämmerer Lambert. Sie hatte ihn darum gebeten, erschrecke ihn ordentlich, hat sie gesagt, mach ihn fertig. Da fiel ihm dann ein, daß er ja auch noch einige Werte mitgehen lassen könnte, aber er hatte keine rechte Vorstellung, was er damit überhaupt anstellen sollte. Dann kriegt er mich als Patientin, und ich stachele ihn zur Flucht an, und jetzt findet er den Absprung nicht mehr, jetzt ist alles zu spät.«

»Was will er von dir?« fragte Ina. »Ich meine, so ganz klar ist mir das nicht.«

»Er möchte mit mir und Andrei nach Taiwan.« Denise verzog die Lippen. »Da gibt es kein Auslieferungsabkommen, da sollten wir uns niederlassen, Familie sein.«

»Und du, was willst du?«

»Ich weiß nicht, wie ich zurückkommen soll«, murmelte Denise. »Ich bilde mir ein, wenn ich es darauf ankommen lasse und mich einfach in einen Zug setze, verlasse ich Andrei ein zweites Mal. Er könnte ja doch in der Nähe sein, oder? Paul hat es immer wieder gesagt.«

Ina trommelte mit den Fingerspitzen aufs Lenkrad. »Und Ingo Pawlik? Was hat der gesagt?«

»Wer?«

»Der Mann aus Offenbach. Kannst du dich an seine Angst noch erinnern? Der hat doch schon vor dem normalen Leben Angst gehabt.«

»Nein«, murmelte Denise, während Ina sie anstarrte und auf ein Flackern in ihren Augen wartete, als hätte sie noch niemals Mörder vernommen und glaubte dummerweise, daß die ein

Flackern in den Augen hatten, diese Mörder und Totschläger, wenn sie logen. »Den kenne ich nicht.« Sie kniff die Augen zusammen. »Ist das der Mann, der mit Andreis Verschwinden zu tun hatte?«

Ina trommelte weiter aufs Steuer. »Stell mir keine Fragen.«

»Ist er tot? Entschuldige, das war eine Frage.« Denises Hände zitterten, und ihr Atem hörte sich an, als wäre sie gerannt. »Paul sagte nur, er hätte jemanden ausfindig gemacht. Und dann noch einen und noch einen, er sagt dauernd so was, sind die jetzt alle tot?« Als sie den Kopf senkte, hörte es sich an, als würde sie lachen.

»Sag's mir.« Ina packte sie am Nacken wie einen ungezogenen Hund.

»Ich kann dir nichts sagen. Aber wenn er Kindern etwas angetan hat, ist es doch richtig, wenn er tot ist. Hatte er mit Andrei zu tun? Oder mit anderen Kindern?«

»Hör auf.« Ina ließ sie los. »Du sollst verdammt noch mal aufhören, mich zu fragen, du hockst nicht mehr im Studio.«

»Ich habe tausend Vorstellungen, was Andrei passiert ist«, sagte Denise. »Aber ich kann keine zu Ende denken.«

Ina ließ das Fenster herunter, harmlose Leute da draußen. Heimwege, sie fürchteten sich nicht, denn ihr Leben war ruhig und still. Im Radio sang ein Chor, sie haßte Chöre.

Denise zog ihren Mantel über der Brust zusammen, fast verschwand sie darin. Leise fragte sie: »Würdest du die Waffe ziehen, wenn ich wieder aussteige?« Es klang wie eine höfliche Bitte, nicht wie eine Frage.

»Tu es«, sagte Ina.

Denise sah sie aus zusammengekniffenen Augen an, als müßte sie überlegen, wer sie war.

»Steig aus«, sagte Ina. »Geh an der Bäckerei vorbei, dann links in die Straße rein, da ist der zweite Ramschladen. Warte da. Du bist ziemlich beschissen dran, nicht? Vielleicht solltest du erst mal einen Tee trinken.« Sie sah aus dem Fenster. »Jetzt mach schon.«

Die Tür schlug zu, im Radio wimmerte eine Geige. Ina hörte noch eine Weile zu, dann stieg sie aus.

Benny machte Schluß, der Grill sah seltsam aus ohne Hähnchen. Ina erzählte ihm etwas von einer Bekannten mit Beziehungsknatsch, du weißt ja, wie das ist, dieser Mist halt, Frauen machen da immer so ein Gedöns, und er war doch ein Lieber, nicht? Er ließ sie heute abend allein.

So was wieder. Benny verdrehte die Augen, Weibergeschichten, ach je. Doch seine Laune stieg, was sie nur ein wenig irritierte. »Dann gehe ich zum Sven«, sagte er. »Wollte ich die ganzen Tage schon.«

»Wer ist Sven?«

»Der hat doch die Kneipe aufgemacht, in die du nicht wolltest.«

»Diese Apfelwein-Klitsche?«

»Ganz genau. War dir ja nicht fein genug, du willst ja neuerdings immer was Besseres.« Suchend sah er sich um. »Wo ist die Gute denn? Kenn ich die?«

»Sie holt noch Zigaretten. Nein, die kennst du nicht, ich kenne sie ja selber kaum.«

Er lachte. »Du hast doch gar keine Geduld für Beziehungsgeheule. Da würd' ich ja gerne Mäuschen spielen.«

Nicht nur du. Als sie ihre Straße erreichte, sah sie Denise vor dem Antiquitätengeschäft stehen, schwarz von oben bis unten, Schal, Mantel, Jeans. Sie hatte die Hände in den Manteltaschen vergraben und sagte: »Das hier ist in der Tat ein Ramschladen.«

»Du mußt es ja wissen.« Ina lehnte sich gegen eine Laterne und hielt das Gesicht in den Regen. Alles war falsch. Sie hatte die Handschellen dabei, seit Tagen schleppte sie diese Handschellen mit sich herum, doch die brauchte sie ja nicht, die hatte sie auch damals nicht gebraucht. Damals, als sie den langen, kahlen Flur im Präsidium entlanggingen und vor allen Türen gaffende Kollegen standen, hatte sie das Gefühl gehabt, daß etwas falsch gelaufen war, und noch immer wollte sie es geraderücken, ohne zu wissen, wie das möglich war. Du bist raus aus der Welt und nimmst mich mit. Wieder keine Tür zum Ausweg, was soll werden, wie geht es aus? Raus aus der Welt und raus aus der Haut, alles war falsch und war richtig zugleich.

In der Küche war es still, bis auf das Klirren der Löffel in ihren Tassen. Sie guckten auf ihre Hände, wie sie die Löffel hielten, und sie hoben die Köpfe, sobald Lärm von der Straße heraufdrang. Wie Wartende. Wie Verschwörer vor der Tat, viel zu ängstlich, alles zu bedenken.

Ina fragte: »Was macht deine Lunge?«

»Atmen.« Denise versuchte es mit einem kleinen Lächeln. »Ich bin nicht krank, krank geworden bin ich im Knast.« Übergangslos sagte sie: »Dein Benny ist ziemlich groß, du mußt ja zu ihm aufschauen. Die Wohnung ist auch sehr schön.«

»Eins paarundachtzig«, murmelte Ina. »Siebzig Quadratmeter.« Sie seufzte. »Zu teuer.«

Denise rührte in ihrem Tee und sah vielleicht die Reste eines Traums darin. »In der alten Wohnung habe ich mich meistens nur im kleinsten Zimmer aufgehalten.« Sie sagte das, als wäre sie gerade umgezogen. »Da hatte ich meine Musik und meine Bücher. Er mochte die Musik nicht.«

Sie würde den Mann, den sie getötet hatte, nie wieder beim Namen nennen. Er mochte ihre Musik nicht, das klang so sachlich wie damals, bei der Vernehmung im Präsidium, als sie über den Mord berichtete, aus dem dann ein Totschlag wurde, weil sie diese Borderline-Geschichte hatte mit ihren unkontrollierten Ausbrüchen, als sie sagte, daß sie bis zum frühen Morgen bei ihm geblieben war und sah, daß das Blut getrocknet war, an ihm und an ihr. Ina wollte die kleine, silberne Schildkröte berühren, die in ihrer Tasche lag, doch dummerweise traute sie sich nicht, als wäre sie magisch oder so was und dürfte nur von ihrem Besitzer gestreichelt werden. Bescheuert, was für Gedanken man so haben konnte.

»Vermißt du dein Leben?« Bescheuert, was für Fragen man so stellen konnte.

Denise sah hoch. »Mein Leben war Bequemlichkeit. Und ein bißchen Ruhm. Ein bißchen Schutz durch einen Mann. Träume von einem anderen Leben. Viele Tabletten, die alle Träume ersticken. Was es jetzt ist, weiß ich nicht. Du fragst das vermutlich, weil du mir sagen willst, sitz die Jahre ab, dann kannst du dein Leben wiederhaben, aber das stimmt einfach nicht, ich will es ja auch gar nicht zurück.«

»So«, sagte Ina. »Hör bitte auf, mir zu unterstellen, welche Absichten ich mit meinen Fragen habe. Wenn ich friedlich mit dir zurückkomme, hast du gute Chancen. Man wird das berücksichtigen.«

»Natürlich. Nur diese Chance, wieder in der Zelle zu landen, jetzt allerdings ohne Aussicht auf vorzeitige Entlassung, ich weiß.«

»Warum bist du hier?« Ina wartete nicht auf eine Antwort, weil Denise vermutlich gar keine hatte. Eine Weile sah sie zu, wie Denise die Finger bewegte, als hätte sie ein Klavier vor sich, die Hände waren ständig in Bewegung, was Ina wahnsinnig machte. »Jetzt pack halt deine Zigaretten aus«, sagte sie, »ich kann das schon ertragen.«

»Ich rauche nicht mehr.«

»Oh. Es heißt, in Streßsituationen soll man gerade nicht auf Entzug gehen.«

»Aber während Schwangerschaften«, sagte Denise.

»Ja, sowieso.« Ina lehnte sich zurück, so weit, daß sie fast nach hinten kippte. »Wie meinst du das?«

Denise sagte nichts.

»Du willst mir doch nicht erzählen – du glaubst, du bist schwanger?«

»Nein, ich glaube es nicht, ich weiß es.«

Ina stand auf und sah nach, ob das Teelicht im Stövchen noch flackerte. Ja. In der Kanne war noch ein Rest Tee. Sie wußte nicht, was sie sagen sollte. »Die Situation ist gerade etwas ungünstig«, murmelte sie schließlich.

»Es ist aber so«, sagte Denise. »Ich habe es an dem Morgen

erfahren, als wir uns das letzte Mal getroffen haben, in Bukarest meine ich, als deine Kollegen ihren Zugriff veranstalteten.«

»Ist es von Dan?«

Denise starrte sie an, mit einem fast komischen Ausdruck ehrlicher Empörung. »Was hast du denn gedacht?«

»Na ja –«

»Ich habe nie mit Schiller geschlafen, falls du das meinst. Und ich habe es auch nicht vor. Ich habe überhaupt –« Sie schüttelte den Kopf. »Ich weiß ja nicht, welche Vorstellung du von mir hast, aber Männer in meinem Leben kann ich an einer Hand abzählen, buchstäblich. Ich halte etwas von Treue.«

»Ich nicht«, murmelte Ina. »Aber du hältst was von Treue, klar. Nur ziehst du den Zeitpunkt schon mal vor, an dem der Tod euch scheidet.«

Denise sah sie nur an, ohne etwas zu sagen.

Ina nickte. »Und Schiller nimmt das so hin?«

»Er ist doch ungeheuer einfühlsam mit Frauen.« Denise schob einen Finger zwischen die Lippen und murmelte: »Ein perfekter Softie. Er quält mit Worten, nicht mit Taten.«

»Weiß Dan es?«

»Ja, einmal konnten wir telefonieren. Es war ziemlich kompliziert. Er wird Bukarest verlassen, wenn Andrei – falls Andrei nach Hause kommt.«

»Weißt du, wohin er geht?«

»Ja. Und ich will zurück zu ihm, Illusionen, ich weiß, ich liege in dieser Absteige herum und weiß nicht, wie ich wegkomme, soll ich ihn vielleicht in dieser Bruchbude zur Welt bringen?« Denise schlug die Fingerspitzen gegeneinander. »Die Realität könnte so aussehen, ich darf vielleicht im Knast mein Kind sehen, wenn es ein so netter Knast ist, zumindest das erste Jahr darf ich es sehen, wenn sie es nicht nach Rumänien schicken, weil sie vielleicht glauben, ein Kind ist im Knast immer noch besser aufgehoben als in Rumänien, ein kleines Kerlchen im Strafvollzug, bis Pflegeeltern ihn kriegen, ich weiß das alles. Aber ich sag dir was« – sie richtete sich auf und saß wie früher da, die unerbittliche Moderatorin vor der Kamera – »Man nimmt mir nie wieder ein Kind weg.«

»Du glaubst, es ist wieder ein Junge?« Ina wußte nicht, was sie sonst fragen sollte.

»Ja, bestimmt, er benimmt sich nämlich genauso anständig wie Andrei damals. Er wird Adrian heißen.«

Adrian, na ja. Adrian hieß der kleine Prinz auf den Bukarester Straßen, der hinkende Junge mit dem Cape, der ihr den dicken Florin vorgestellt hatte, ohne den sie nie auf den blauen Mann gekommen wäre und damit nie auf Vogel und das Dorf und all das. Rädchen, die ineinandergriffen, doch Andrei Bancu blieb verschwunden.

Ina sah auf die Straße, überall war es still. Hinter den Fenstern im Haus gegenüber blaues Fernsehlicht, wie Wetterleuchten. Plötzlich wieder diese Gedanken, die ihr am Magen zogen, wie in diesem Wirtshaus im Dorf, als die Leute an den Tischen saßen, als wären sie mit den Jahren dort angewachsen, diese Angst vor der Vergänglichkeit, kannst du sehen, wie das Leben mir zwischen den Fingern zerrinnt? Kennst du meine Marotte, mir jeden Lebenden als im Dreck liegenden Toten vorzustellen mit diesem letzten Schrecken im Blick? Immer wieder hatte sie sich gewünscht, mit einer ihrer Freundinnen über solche Marotten zu reden, nur war ihr das nie gelungen.

Ina rieb sich die Stirn. »Wie ist das mit Dan nach so vielen Jahren?« Jetzt wollte sie Denise nur noch solche Fragen stellen, um sich der Täuschung hinzugeben, ganz normal mit ihr zu reden, das hatten sie doch noch nie getan. »Ich meine, liebst du ihn noch? Oder wieder?«

»Wieder und anders«, murmelte Denise. »Es ist nicht dasselbe wie früher.«

»Aha.« Ina hätte jetzt selbst eine geraucht, wenn Zigaretten da wären, nur um ihre Hände zu beschäftigen. »Man sieht noch nichts«, sagte sie lahm.

»Es fängt an. Bei Andrei sah man es auch erst im sechsten Monat.« Denise beugte sich zu Jerry herunter, der nachsehen kam, ob sein Napf wieder gefüllt war. Bisher hatte er sich verkrochen, wie immer, wenn Frauen in der Wohnung waren. Sie hob ihn hoch und fing an, ihn zu streicheln, kraulte minutenlang sein weiches Fell, bis sie sagte: »Bitte sag mir, was mit Andrei ist. Du hast doch sicher eine Vermutung und willst sie mir nur nicht sagen.«

Ina schüttelte den Kopf. »Ich weiß es nicht.«

Denise sah sie reglos an. »Nach der Geburt lag er auf meinem Bauch. Nicht lange, aber an das Gefühl kann ich mich noch genau erinnern, an seinen Blick. Er hat so entgeistert geguckt.«

Ina schloß die Augen, sie wollte, daß die Nacht zu Ende ging. Manche mochten kaum in die Welt, als ob sie ahnten, was ihnen da blühte, Andrei Bancu hatte seinen dreizehnten Geburtstag als Knecht verbracht, ohne ein Lachen vermutlich und ohne ein Wort.

»Du kennst ihn nicht«, sagte sie. »Er hat ohne dich gelebt.«

»Aber ich nicht ohne ihn«, sagte Denise. »Auch wenn ich ihn auf der Straße nicht erkennen würde.«

Andi hatten sie ihn im Dorf genannt. Andi aß gerne Sauerkraut, Andi verstand ein bißchen Deutsch, Befehle vermutlich, Arbeitskommandos. Manchmal klaute er und manchmal weinte er, und einmal hatte er versucht, den Mann anzuzünden, der ihn festhielt, Vogels Helfer, doch er hatte es ohne Benzin versucht.

»Ich habe –«, fing Ina an.

»Was?«

»Nein, nichts.« Sie starrte auf den Tisch. Ich habe einen Mann anzünden wollen, nicht richtig, nein, ich habe ihm seine Zigarette in die Hand gebrannt, um ihm Schmerzen zuzufügen, weißt du das? Kennst du, nicht? Raus aus der Welt. Ich habe das gewollt, und ich habe das gemacht.

»Wie alt ist er?« fragte Denise.

»Wer?« Ina blinzelte sie an.

»Jerry.«

»Der, na ja, ich weiß es nicht genau.« Sie hätten so viele Katzen im Tierheim, hatte Ingo Pawlik gesagt. »Den habe ich mal von einem Tatort mitgenommen, da lief er neben der Leiche herum. War sein Frauchen, die Leiche, vielleicht hat er deswegen etwas gegen Frauen.«

»Wirklich?« Denise lächelte sie an, mit diesem seltsamen Ausdruck wieder, mit dem man Doofe bedachte und kleine Kinder, aber vielleicht bildete sie sich das nur ein.

»Natürlich mußte ich ihn zuerst einmal stundenlang baden, weil er ja neben einer Leiche herumlief.«

»Vermutlich ist das der Grund«, sagte Denise. »Was ist mit diesem Mann aus Offenbach?«

»Laß es. Du kannst später alle Fragen beantworten.«

»Welche? Ich kenne ihn doch nicht. Welche Fragen soll ich beantworten, einmal unterstellt ihr mir, ich hätte erst Schiller in Bukarest getötet und dann einen deutschen Polizisten, und jetzt ist es ein Mann aus Offenbach. Ich sollte mir aufschreiben, wen ich wo getötet habe, ich kann mir das so schlecht merken.«

»Hat Schiller einen Wagen?« fragte Ina.

»Ja, einen dunklen.«

»Na, das ist doch was. Einen dunklen hab ich auch.«

»Ich kenne mich mit Autos nicht aus«, sagte Denise. »Er ist dunkelblau oder schwarz. Er hat ihn in Österreich besorgt, bis dahin sind wir in einem größeren gefahren, in so einer Art Campingkutsche.«

»Einem Multivan.«

»Einem was?« Denise kniff die Augen zusammen, wie Jerry. »Wenn du es sagst.«

»Wie viele Türen hat er? Der kleinere, dunkle Wagen.«

Denise ließ ein Seufzen hören. »Ich sitze immer vorne – ich weiß es nicht.«

»Verstehe, du bist immer vorne eingestiegen.«

»Er hat mal das Nummernschild gewechselt.«

»Oh ja, er denkt an alles.«

Wie zur Entschuldigung sagte Denise: »Ich hab ja gar keinen Führerschein«, und Ina erinnerte sich, daß sie ihr das früher schon einmal erzählt hatte; wo gibt's denn so was, hatte sie gedacht, weiß alles besser und kann noch nicht mal Auto fahren.

Denise hielt den seltsam friedlichen Jerry im Arm, als müsse der sie durch die Nacht begleiten. »Er hat mich verarscht«, sagte sie ruhig. »Nur hingehalten. Er fragt, ob ich mit ihm gehen werde, mit ihm und dem Jungen, und wenn ich nein sage, sagt er, daß es eng wird und ich auf Andrei halt noch warten muß, und je länger ich warte, desto größer ist die Gefahr, daß ich geschnappt werde. Er selber hält sich für unverwundbar.«

Ina drückte sich die Fingerspitzen gegen die Schläfen, so ein Flimmern im Kopf. Schiller, clever und cool, schön und brutal, wie dieser Delon, dem er so ähnelte, dem jungen natürlich, dem Engel im Film. Der Racheengel, nein, so nannten sie Denise. Der Engel, der ein Teufel war – *Der eiskalte Engel,* so hieß der Film. Der Todesengel – Schiller war kein schlechter Pfleger, hatten seine Kollegen über ihn gesagt. Aber diese Krankenpfleger hatten doch manchmal einen Knall, nicht wahr, dann wurden sie von den Zeitungen Todesengel genannt, weil sie ihre Patienten barmherzig aus dem Leben spritzten. War er ihr doch einen Schritt voraus oder stolperte er nur herum wie sie selbst?

Dieses Flimmern in ihrem Kopf, es war still hier drin. Denise streichelte Jerrys Kopf und wirkte so sanft wie nie. Racheengel. Von Zeit zu Zeit. Wenn sie Gründe hatte, dann war sie einer. Sie sagte, und es sah aus, als ob sie es dem Kater sagte: »Ich weiß nicht, warum ich hier bin, ich will mich nicht schnappen lassen.«

Wenn du es nicht weißt. Ina sagte nichts. In die Höhle der Löwin gekommen, wie sie es genannt hatte, was lächerlich war, denn die Löwin war zahnlos und blind.

»Wo seid ihr?« murmelte Ina. »Wo verkriecht ihr euch?«

»Ich sag dir nicht, wo.« Denise hob den Kopf. »Da ist eine Frau, die tut alles für Schiller, er hat ihr mal geholfen, außerdem zahlt er gut. Er war immer unterwegs, auf Andreis Spuren, wie er behauptete, dann kam er zurück und brachte Blumen in dieses Drecksloch und fragte, ob ich bereit bin, das Land zu verlassen. Diesen Mantel hat er mir auch gekauft, es wird kalt, sagte er, und dann habe ich den Fehler gemacht, zu sagen, daß der Mantel ja zum Glück ziemlich weit ist und daß ich das bald brauchen kann. Da ist Schiller in sich zusammengesunken, verstehst du, das wollte er nicht hören, er sagte, du hast dir von diesem Proleten noch einen Zigeunerkönig machen lassen?« Denise sah Ina an, wie sie ihre Gäste im Fernsehstudio angesehen hatte, mit diesem durchdringendem Blick das Böse brandmarkend, immer wieder das Böse. »Ja, so war das.«

»Was sagt er?« Ina blinzelte und sah Jerry als schwarzweißes Sofakissen da liegen. »Zigeunerkönig? Wieso sagt er Zigeunerkönig?«

»Für ihn sind alle Rumänen Zigeuner«, sagte Denise. »Dan hat er abwechselnd den Proleten und den Zigeuner genannt.«

Ina stand auf. Martin Vogel, der wimmernde Vogel, der mutwillig von ihr verletzte Vogel sagte über den Mann, der Andrei geholt hatte: »Er behauptete, ich hätte den kleinen, blonden Zigeunerkönig hier. Der kleine Zigeunerkönig hätte eine deutsche Mutter.« Also doch. Aber warum war er mit Taschen und Rollwagen gekommen, als Hausierer, den es längst nicht mehr gab, warum quasselte er blöd herum? Wie hatte er sich älter gemacht und dicker? In Bukarest war er ein unauffälliger Tierschützer gewesen, warum hatte er vor Vogel solche Mätzchen veranstaltet? Und Vogel hatte ihn nicht erkannt, er war so sicher gewesen, daß der Schiller auf dem Foto nicht der Mann war, der Andrei geholt hatte.

»Zigeunerkönig«, flüsterte Ina wieder. So stand sie da, die Hände auf der Stuhllehne, und starrte Denise ins Gesicht.

Denise zuckte die Schultern. »Ich weiß noch nicht einmal, ob er das abfällig meint. Als ich damals in der Klinik war, bekam er Blumensträuße von einem Sinto. Er hatte dessen Frau auf der Station, der ging es immer schlechter, und Paul hat angenommen, daß der behandelnde Arzt die falschen Medikamente gibt, da hat er sie einfach ausgetauscht, und der Frau ging es tatsächlich besser. Schiller muß sich rührend um sie gekümmert haben, diese Blumensträuße kamen über Wochen.«

Ina senkte den Kopf. Unter ihr wellte sich der Boden, und sie setzte sich hin. »Ein Zigeuner«, flüsterte sie.

»Ja, in diesem Fall ein Sinto und seine kranke Frau.« Denise legte den Kopf schief und schien zu überlegen, warum sie sich über so etwas überhaupt unterhalten sollten.

»Zigeuner!« rief Ina entnervt. »Ich sage nun mal Zigeuner, Schluß, aus, Ende. Wir haben ein Kommissariat zur Verfolgung von Straftaten gegen die sexuelle Selbstbestimmung, weißt du so was? So müssen die sich auch am Telefon melden. Ich sage aber Sitte!«

»Okay«, sagte Denise.

»Sitte!« Ina trommelte auf den Tisch.

»Gut, meinetwegen, dann sag's halt«, murmelte Denise.

Ina sprang wieder auf. Schiller hatte den Jungen nicht geholt. Er hatte ihn holen lassen. Was auch bedeutete: Der, der ihn geholt hat, hatte Andrei. Und Schiller wußte es. Und rückte ihn nicht heraus. Der eiskalte Engel – sein ehemaliger Kollege war es gewesen, der Schiller einen Engel genannt hatte, dieser süße Pfleger Mario Kasper, der bei der Arbeit ein Haarnetz trug; Paul wurde zum Engel, hatte er gesagt, wenn er auf Patienten und vor allem auf Patientinnen traf, die ernsthaft leidend waren. Das dankten sie ihm, wie diese Frau, die ihm ihre Absteige zur Verfügung stellte, das dankten ihm die Frauen und manchmal sogar ihre Männer. Dann schickten sie Blumen. Dann hatte er etwas gut. Und machte es sich zunutze.

»Was ist los?« fragte Denise. »Was passiert jetzt?«

Ina sagte nichts. Zwei Uhr nachts, und die Wände sanken herab.

Denise holte Luft, ein mühsamer Atemzug war das, und als sie dann flüsterte: »Ich weiß nicht, was ich tun soll«, schien es, als hätte sie all ihre Worte für diesen einen Satz gebraucht, so viele Anläufe, um es zu schaffen; plötzlich sah sie aus, als ob sie nichts wog, ein Halm nur, der im nächsten Luftzug umknickte.

»Jetzt passiert gar nichts.« Ina verschränkte die Arme und wippte hin und her. »Du kannst hier schlafen. Morgen sehen wir dann weiter.«

Aber sie schliefen nicht, sie sahen beide immer wieder auf die Uhr, und die Nacht kroch dahin, als wäre man krank und allein und merkte, wie sich mit jeder Minute, die man wach war, die Angst zusammenballte. Zeit verging, ohne daß sie redeten, Zeit, in der sie einfach nur herumsaßen und nicht wußten, was werden sollte. Ina wollte die Sonne zwingen hervorzukommen, sie lauerte auf ein Licht, dem sie entgegengehen konnte. Gegen Morgen träumte sie sich ins Fernsehstudio, wo die unerbittliche Moderatorin sie fragte, ob es möglich sei, daß ihr da etwas entgangen war. Sie zog die Jalousien hoch, fahles Licht. Die Frühschicht machte sich auf den Weg, zwei mutlos dahintrottende Männer mit hochgeschlagenen Jackenkragen, deren Schritte hallten. Denise kauerte mit geschlossenen Augen auf dem Sofa. Weißt du, wie ich dich gehaßt habe, damals im Fernsehen? So eine arrogante Kuh.

Leise schloß Ina die Tür und nahm ihr Notizbuch. Fünfmal läutete es, bis die Klinik sich meldete; »guten Morgen«, sagte sie mit künstlicher Munterkeit. »Ist Herr Kasper zu sprechen?«

»Meinen Sie den Kasper vom Pflegepersonal?«

Wie viele hatten sie denn? »Mario Kasper«, sagte sie. »Genau.«

»Der kommt erst – nein, halt, der ist schon – warten Sie mal.«

Sie stieß die Luft aus. Sei da, Süßer, sonst besuche ich dich zu Hause.

»Kasper!« sagte er deutlich und bestimmt, und sie flüsterte unwillkürlich: »Oh ja.«

»Wie bitte?«

»Ina Henkel, Kripo, wir haben bereits wegen Paul Schiller miteinander gesprochen.«

»Haben Sie ihn?«

»Herr Kasper, ich brauche Ihre Hilfe, das ist jetzt wichtig. Schiller hatte einmal eine Patientin, die – wie soll ich sagen – eine – also, es waren Sinti, nicht? Die Frau auch, ich meine, ich kenne jetzt die weibliche Form nicht.«

»Die weibliche Form?«

»Sprachlich. Sinti. Sagen wir so, eine Zigeunerin. Sie war ziemlich krank, und Schiller –«

»Ach die!«

»Genau.«

»Oh Gott«, sagte Kasper, »da ist er zu großer Form aufgelaufen, die war schlimm dran, und dann ihr Mann noch, der hat einen kleinen Schaden, wenn Sie mich fragen, also im Kopf.«

»Ich brauche den Namen«, sagte sie. »Und die Adresse.«

»Ausgeschlossen.«

»Herr Kasper.« Ina schloß die Augen und versuchte so langsam wie möglich zu sprechen. »Das geht alles auf meine Kappe. Sie verstoßen da jetzt in gar keinem Punkt gegen irgend etwas. Es sei denn, Sie behindern meine Arbeit, dann verstoßen Sie allerdings –«

»Ich müßte nachsehen«, sagte er.

»Ja bitte.«

»Sintissa«, sagte er nach einer Weile.

»Der Name?«

»Nein, die weibliche Form.« Er seufzte. »Carmi heißen die. Mit C.«

»Vielen, vielen Dank«, säuselte Ina. »Und die Adresse?«

Mario leierte sie herunter, es lag abseits, in einem öden Industriegebiet am Rande der Stadt. »Sind die jetzt verdächtig?« fragte er.

»Nein, überhaupt nicht. Routinearbeit.«

»Wenn ich das schon höre«, sagte er. »Vor lauter Routine kriegt ihr die Leute nicht. War's das? Ich muß auf die Station.«

»Ja«, sagte sie. »Das war's.«

Sie atmete durch, langsam wurde es hell. Jerry quengelte schon in der Küche. Nach einer schnellen Dusche füllte sie seinen Napf und nahm eine Ritalin, dann ging sie ins Wohnzimmer zurück. Denise schlief tatsächlich und wirkte doch wie auf dem Sprung. Flacher Atem. So merkwürdig hilflos sah sie plötzlich aus, was nicht zu ihr paßte. Ihr Rucksack lag auf dem Boden; fünfzig Euro hatte sie dabei, für was reichte das schon, ein bekritzelter Zettel, Parfüm und ein unscharfes Foto von Andrei. Auf dem Zettel stand: *Es wird dunkel, sagte die Eintagsfliege, der einzige Tag der*

Welt geht zu Ende. Ihre Schrift war das nicht, die Buchstaben waren ordentlicher als auf diesem Brief aus dem Knast, als die Gefangene ihr schrieb, daß sie auf einer Seite standen. Vielleicht hatte Schiller das geschrieben.

Aufschub, Bedenkzeit, irgendwas in der Art. Ina legte eine Nachricht auf den Tisch, *warte hier, in der Küche ist Kaffee, im Bad japanisches Öl.* Sollte sie noch dazuschreiben: Denk an deinen Zustand? Nein, das war zu blöd, erstens war es kein Zustand, zweitens tat sie das ohnehin, sonst wäre sie nicht hier. Noch einen Satz schrieb sie darunter: *Wenn du gehen willst, dann denke dran, ich kriege dich, ich kriege dich immer.*

So. Schlaf einfach. Hast es nötig. Ich bring dir vielleicht deinen Sohn.

Elende Straßen, die immer trister wurden, je länger sie fuhr. Ina starrte durch die Windschutzscheibe, als wäre sie fremd in der Stadt, plötzlich im eigenen Leben fremd. Autofriedhöfe, leerstehende Bürohäuser und ein mit Brettern vernagelter Kiosk, überall Leere, Wohntürme bohrten sich wie Orgelpfeifen in den dunklen Himmel. Das Haus, das sie suchte, lag abseits der Straße in einer Laubenkolonie. Sie ging einen sandigen Weg entlang und sah es da stehen, ein Häuschen, eine Hütte zwischen Schrebergärten, ein wehrloser Zwerg zu Füßen einer Bande von Riesen.

Aber sie hatten ein Schild gemalt, wer immer sie waren, ein Schild mit einem roten Herzchen, das über der Tür klebte: Carmi.

Eine ganze Weile sah sie hin, und es kam ihr vor, als ob sie nichts mehr spürte. Sie wollte es zu Ende bringen, das schon, aber sonst? Machst einen Besuch. Blamierst dich vielleicht, Verzeihung, hab Sie verwechselt, aber das war es dann auch.

Es gab keine Klingel. Es gab dieses putzige Namensschild, aber eine Klingel hatten sie nicht. Sie ging um das Häuschen herum und sah einen Mann hinter dem Fenster. Er war allein, und sie dachte doch bei Zigeunern sogleich an eine ganze Sippe. Es war die Küche, er war beim Spülen, und als er sie sah, grinste er ein bißchen und hob die nassen Hände. Er öffnete das Fenster und sagte: »Na?«

»Hallo«, sagte sie. »Herr Carmi?« Er sah aus, wie Martin Vogel den Hausierer beschrieben hatte, um die Vierzig, nachlässig gekleidet, groß und breit, mit halblangem Haar und Dreitagebart.

»Weil se krank is«, sagte er, »muß ich Abwasch machen.«

»Ihre Frau ist krank?«

»Ja, dauernd.« Er legte den Kopf schief. »Ich muß tun und machen, ist noch so früh.«

»Lassen Sie mich rein?« Sie stellte sich auf die Zehenspitzen. »Dann helfe ich beim Abwasch. Ich bin die gute Fee.«

»Ah komm, was ist los?« Wie ein Wiesel rannte er aus der Küche und ließ sie ins Haus. Es roch nach Kaffee. Auf dem großen Tisch standen vier leere Müslischalen.

»Die Gina ist net da«, sagte er.

»Ihre Frau ist im Krankenhaus?« fragte Ina. In der Ecke lagen Baseballschuhe, das schwarzweiße Muster fing an zu brennen in ihren Augen. Größe 36 möglicherweise, Schuhe für Jungs.

»Nein, die ist da«, hörte sie ihn sagen. »Die Tochter, Gina ist die große Tochter, die ist anderswo, beim Lehrgang. Jetzt sag, was ist?«

»Ist noch jemand im Haus?« fragte sie.

»Wie? Die Puppa ist da, die Frau. Na also, was ist?«

Ina drehte sich um. Er trug Hosenträger und hatte die Daumen darin verhakt. Aus einem dröhnenden Fernseher war Gelächter zu hören. »Herr Carmi«, sagte sie. »Der Junge muß nach Hause.«

»Was?« Er beugte sich vor, als könnte er sie nicht richtig sehen.

»Sein Vater wartet auf ihn. Er geht doch zur Schule, und er hat Freunde zu Hause.« Sie ging auf ihn zu. Gekrümmt stand er da, wie festgefroren, und sie berührte seinen Arm, bereit, ihn nach hinten zu reißen, bereit, aus dem Druck ein Streicheln zu machen.

»Ach komm«, sagte er. »Bist so'n Aas.« Er riß sich los, dann stand er da, starrte sie an und stellte keine Fragen.

»Herr Carmi –«, fing Ina wieder an.

»Jetzt guck«, rief er und rannte aus der Küche. Er stieß die Tür zu einem Zimmer auf, in dem so viele dunkle Möbelstücke standen, daß man die Frau kaum sah, die unter einer Decke auf dem Sofa lag.

»Das ist die Puppa«, sagte er. »Machst der Ärger, isse tot.«

Die Frau richtete sich auf. Ihr langes, dunkles Haar war mit einer Schleife zurückgebunden. Mit der Fernbedienung schaltete sie den Fernseher aus und sagte: »Zucker, Blutdruck und Nieren. Immer, wenn was Schlimmes ist, dann geht er hoch.«

»Der Blutdruck«, murmelte Ina. Das Sofa stand unter dem Fenster, man konnte auf krumme Sträucher sehen und auf ein paar Vögel, die nach Krumen pickten.

»Hundertsechzig zu achtundneunzig«, sagte die Frau.

Ina nickte. So schlimm war das doch nicht.

»Bullerei«, wisperte Carmi wie ein Verschwörer. »Jetzt sagt die was vom Bubi.«

»Nein.« Die Frau zog die Decke halb übers Gesicht. »Nein, nein, hau ab.«

Draußen bewegten sich die Sträucher, dahinter drosch ein Mädchen auf einen Ball ein, ein Mädchen mit langen, dunklen Haaren wie die Frau hier unter der Decke. Sie konnte das, kickte den Ball in die Luft und stoppte ihn mit dem Fuß, mit jenem Teil, den die Sportreporter Außenrist nannten und von dem Ina jahrelang angenommen hatte, es gehöre zum Schuh und nicht zum Fuß. Hinter dem Mädchen tauchte ein Junge auf, der den Ball fing und ihn mit den Fäusten zurück in ihre Richtung stieß. Er war sehr mager und sehr blond. Ina schob einen Fingerknöchel zwischen die Zähne, da bist du ja. Du bist es doch, oder? Du lebst, und ich habe dich gefunden. Sie stolperte rückwärts, und die Frau fing an zu schreien, wimmernd und klagend; »Bubi«, schrie sie, »*Bubi!*«

Ina lief hinaus, hinter ihr die Schreie, und draußen, als sie schon befürchtete, er hätte sich in Luft aufgelöst und sei doch bloß ein Hirngespinst gewesen, sah sie ihn erneut. Er hatte den Kopf in den Nacken gelegt, als warte er auf einen Ball, den ein

Engel aus dem Himmel warf, und als sie sein Lachen hörte, geriet sie ins Stolpern. Andrei?

Sie blieb stehen. Der Junge sah sie an, und einen Moment lang wurden seine Augen größer, dann rannte er weg. Sie folgte ihm und rief seinen Namen, sie lief an Büschen und Beeten vorbei und trat einen Eimer um, was fürchterlich schepperte und sie einen Moment lang aus dem Gleichgewicht brachte. Doch sie kam näher an ihn heran, und als sie ihn eingeholt hatte, griff sie nach seinen Schultern und nannte wieder und wieder seinen Namen.

Er zappelte in ihren Armen. Er trug Jeans, die ihm zu weit waren, und ein dickes Sweatshirt mit Kapuze, er war mager und klein und sah jünger aus als dreizehn. Doch er hatte blondes Haar und graue Augen, taubengrau wie die von Denise.

»Andrei«, sagte sie. »Du kommst nach Hause. Wir gehen hier weg.« Sie packte ihn fester, weil sie spürte, wie er zurückweichen wollte; »nein«, sagte sie, »es passiert dir nichts mehr, kannst du mich verstehen?«

Er hob die Arme, als wollte er sich schützen, dann fing er wieder an zu zappeln und wollte nach ihr schlagen, doch sie hielt ihn fest.

»Andrei, ich kenne deinen Vater. Und deine – deinen Vater, verstehst du mich? Your Daddy, Dan.«

Ein flüchtiges Leuchten in den grauen Augen. Doch er blieb stumm.

»Und du kommst zurück zu ihm, hörst du? Ich war bei ihm, in der Strada Solko, er wartet auf dich. Verstehst du mich?« Ina packte ihn fester, und dann suchte sie nach den rumänischen Brocken, die sie auf dem Flug nach Bukarest gelernt hatte, auch wenn sie kaum mehr wußte, was sie bedeuteten, doch wollte sie ihm etwas sagen, dem er vertrauen konnte, und sie stammelte es hervor: *»Unde este o farmacie.«*

Im selben Moment sah sie ihn lächeln, und da fiel ihr ein, daß sie ihn wohl nach der nächsten Apotheke gefragt hatte. Sie schüttelte den Kopf; »mehr kann ich nicht«, flüsterte sie, »doch, warte – *buna seara.*«

»Gute Abend«, übersetzte er, sie hatte angenommen, es hieße Guten Morgen, und dann kicherten sie beide, und als sie ihn in die Arme nahm und seinen kleinen, dünnen Körper an sich drückte, konnte sie nicht mehr unterscheiden, ob sie nun lachte oder weinte, ich hab dich, ich hab dich.

»Schau her.« Sie nahm die kleine, silberne Schildkröte aus ihrer Tasche, und er nahm sie zögernd entgegen.

»Ich auch«, murmelte er. »So eines.«

»Nein, das ist deine«, sagte sie. »Das ist sie.«

»Meines«, flüsterte er.

Hier war es still, hier hörten sie die Schreie nicht, sie waren zu weit weg vom Haus. Doch der Mann und das Mädchen standen da, stumm und mit anklagenden Blicken.

»Ist das Ihre Tochter?« fragte Ina.

»Ja, was sonst?« Carmi hielt ihre Hand. »Ist die Kali. Ist dreizehn wie er.«

»Ich muß ihn mitnehmen«, sagte Ina. »Er muß nach Hause.« Immer wieder wollte sie den Jungen berühren, und sie wollte Schilder bemalen, um sie der Welt zu zeigen, da ist er, ich habe ihn gefunden.

»Zu kalt.« Carmi deutete auf Andreis Sweatshirt. »Seine Sachen im Haus. Er hat neue Sachen, ham wir besorgt ihm. Winterzeug.«

»Ja«, sagte Ina, »natürlich«, und als sie zum Haus zurückgingen, stampfte er mit dem Fuß auf und rief: »Die Puppa krepiert doch dran. Ist ihr König.«

Zigeunerkönig. Ina sah ihn an; Andrei lief gleichgültig neben ihr her.

Carmi murmelte: »Geht nicht, sag ich der. Will sie net glauben.«

»Sie haben ihn geholt, ja?« Ina sah in seine traurigen Augen, vielleicht hielt er die Tränen zurück.

»Hab ihn befreit«, flüsterte er.

»Ja«, sagte sie, »das haben Sie«, und da sah sie ihn nicken, würdevoll und stolz.

»Der Mann, der Sie in dieses Dorf geschickt hat, Herr Carmi, wo ist der jetzt?«

»Ach komm«, murmelte er. »Sagt, das ist ein Gadje, einer, der kein Zigeuner ist, der ihn gefangen hat wie'n Vieh. Und hat gestimmt.«

»Warum hat er ihn nicht selbst geholt?«

»Kann ich besser.«

»Sagt er das?«

»Ja.«

Carmis Tochter, die noch keinen Laut von sich gegeben hatte, sagte mit munterer Stimme: »Rico kann irre tun. Und brandgefährlich.«

»Rico bin ich.« Carmi tippte sich an die Brust.

»Ah ja«, sagte Ina. »Rico, wo ist Paul Schiller?«

»Ach komm.« Wieder blieb er stehen und starrte sie an. »Babbel, babbel, babbel. Kommst her und willst mitnehmen.«

»Richtig«, sagte Kali Carmi, eines dieser oberschlauen Mädels, die schon als kleine, weise Großmütter zur Welt gekommen sind. »So sehe ich das auch.« Sie paßte fast besser zu Denise als der stille Andrei. Forschend sah sie Ina an. »Welchen Rang haben Sie eigentlich?«

»Ähm – Kriminaloberkommissarin.«

Kali zog die Brauen hoch. »Nur?«

»Ja.« Ina senkte den Kopf, nicht weil sie sich für ihren Rang schämte, damit hatte sie sich abgefunden, sondern weil die Schreie wieder zu hören waren, Frau Carmis langgezogenes, schreckliches Klagen.

»Puppa«, flüsterte Andrei, dann rannte er ins Haus, und Ina ging schnell hinterher, weil sie ihn nie wieder loslassen wollte. Als sie die angelehnte Tür öffnete, sah sie ihn dicht vor dem Bett stehen wie einen besorgten, kleinen Sohn. Ein Mann mühte sich, die Frau zu beruhigen, er hielt ihre Hand, und seine Stimme war sehr sanft. »Keiner tut dir was«, sagte er, »nirgendwo sind Feinde.«

»Die nehmen ihn weg«, schrie sie, »es ist unser Bubi, und nur weil ich krank bin –«

»Du wirst gesund werden«, sagte der Mann. »Und dann weißt du, daß es dem Bubi gut geht. Das weißt du, weil es dir selber dann gutgeht, dann ist die Welt viel heller, Puppa, hörst du?«

Ina hörte zu, was er sagte. Er saß mit dem Rücken zu ihr auf dem Bett und hatte einen Arm um Andreis Hüfte gelegt. »Alles ist gut«, murmelte er.

»Nein!« schrie die Frau. »Keiner ist da.«

»Ich bin doch da.« Der Mann streichelte ihre Wange. »Und Rico ist da, Rico ist immer für dich da. Und Kali und Gina sind da, alles ist gut, Puppa, du bist nicht allein. Du hast keine Feinde. Niemand ist böse, es gibt nur Liebe für dich. Es ist warm, merkst du's?«

»Ja«, flüsterte sie.

»Und es wird immer wärmer.«

»Ja.«

»Alles ist gut«, murmelte er erneut, dann drehte er sich zu Ina um. »Na, Mäuschen?« Seine Stimme blieb so sanft, wie sie war. »Jetzt hast du Angst, daß du einmal genauso enden wirst, du magst ja gar nicht hingucken.«

»Nein«, murmelte Ina nur. Er sah wie dieser Schauspieler aus, so wie er vor dreißig Jahren ausgesehen hatte, der französische Schauspieler, den ihre Mutter für den schönsten Mann aller Zeiten hielt, bloß kam sie jetzt nicht auf seinen Namen. Nicht daß er ihm wie aus dem Gesicht geschnitten wäre, doch fiel der einem ein, wenn man sich mit Schauspielern auskannte, mit den jungen und den alten.

Der Pfleger, der Engel. Ihr Körper wurde schwerer, als sie Paul Schiller ins Gesicht sah, sie hatte ihn sich größer vorgestellt und gemeint, seine Haare wären dunkler. Schwarz sahen sie auf dem Foto aus, aber sie waren nur braun, und seine blauen Augen leuchteten auch nicht. Ein Schönling war er trotzdem, also kein richtiger Mann, wenn man sie fragte, aber wer fragte sie schon. Doch dann glitt ihr Blick über ihn hinweg. Nicht anstarren, alles ist normal, vielleicht wußte er nicht, wer sie war.

Er hielt Andrei umfaßt, hielt ihn fest.

Sie sah sich um. An der Tür standen Rico Carmi und seine

neunmalkluge Tochter, und natürlich ließ Kali ihren Blick zu der Stelle wandern, wo Ina ihre Waffe hatte, obwohl sich da nichts beulte.

»Sie heißt übrigens wirklich Puppa«, sagte Schiller. »Als sie in der Klinik ihren Bogen ausgefüllt hat, haben die Schwestern sich totgelacht, stimmt's, Mädel?«

»Ja.« Puppa lächelte ihn an, den Pfleger, den Engel.

Das war es dann, er erzählte lässig von der Klinik. Ina ging langsam auf ihn zu. Unmöglich, die Waffe zu ziehen, er hielt den Jungen umfaßt, den sie so lange gesucht hatte und nicht wieder verlieren durfte.

Als Schiller aufstand, drückte er ihn noch enger an sich, seine blauen Augen waren ein ruhiger See. Sie nahm Andreis Hand, alles wird gut, doch Schiller riß den Jungen zurück und lächelte sie an.

»Was macht ihr da?« Frau Carmi richtete sich auf.

»Wir gehen jetzt.« Schiller schenkte sein Lächeln auch ihr. »Wir müssen gehen.«

»Bubi«, flüsterte sie.

»Er wird dich besuchen«, sagte er. »Wenn er groß und schön ist, kommt er zurück. Jetzt muß er zu seiner Mami.«

»Das hat er immer gesagt«, rief Kali Carmi, als müßte sie dringend etwas erklären. »Daß der Bubi bleibt, bis seine Mami ihn holt, aber die holt ihn ja nicht.«

»Lassen Sie ihn los.« Ina konnte sein Parfüm riechen, feiner Duft, herbe Note, männlich. »Sie können gehen, Sie kriegen keine Schwierigkeiten.«

»Natürlich nicht«, sagte Schiller. »Mäuschen, du bist schon in Bukarest so unbedarft herumgestolpert, da habe ich gedacht, die muß von der deutschen Polizei sein, die nehmen ja jede und jeden.«

»Lassen Sie ihn los.«

Sie könnte es noch zehnmal sagen. Einfach gegen die Wand reden, einfach so. Die zurechtgezimmerten Verhaltensanweisungen der Polizeipsychologen, ja sicher, gib dem Geiselnehmer das

Gefühl, daß er die Situation bestimmt, wirke in deinem Sinne auf ihn ein.

»Wir würden ihn behalten«, sagte Kali. »Hier anmelden und so. Ich kann mit ihm pauken, Deutsch und Mathe, da ist er nicht so fit, aber er kann gut zeichnen.«

Ina starrte Schiller ins Gesicht. Milder Blick. Andrei guckte auf den Boden, wollte nichts hören und nichts sehen, dauernd passierte etwas mit ihm. Sein kleines Herz; plötzlich meinte sie, es müßte doch sein kleines Herz zerreißen oder etwas in ihm drin, wenn laufend etwas mit ihm geschah. Erst der blaue Mann, der ihn in einen Wagen stopfte, dann Vogel und seine Bauern. In diesem Häuschen hier hatten sie es wohl gut mit ihm gemeint, doch jetzt war Schiller da, und sie wollte mit ihm reden und ihn trösten, er tut dir nichts, ich werde ihn töten. Ich werde nichts empfinden dabei, töten ist logisch und leicht, hat deine Mutter gesagt. Als sie spürte, wie Schiller sie leicht mit dem Fuß anstieß, gingen sie zur Tür wie eine nette Familie, die zu Besuch gekommen war. Rico Carmi, ein Komparse, dem der Regisseur nicht erklärt hatte, worum es geht, sagte: »Mann, er braucht doch seine Sachen.«

Schiller fragte: »Hustet sie nachts noch so stark?«

»Was ist?«

»Puppa. Hustet die noch?«

Carmi nickte. »Jede Nacht, hat wahrscheinlich auch noch Lungenkrebs.«

»Quatsch«, sagte Schiller. »Geh mit ihr zum Arzt und sage dem, er soll ihr andere Blutdrucktabletten verschreiben. So ein Husten kommt oft von diesen Tabletten.«

Carmi sah ihn zweifelnd an. »Der Bubi braucht sein Zeug. Hat neue Wintersachen.«

Schiller sagte: »Er kriegt noch viel mehr.«

»Jetzt spinnst du, Mann.« Carmi hielt Kali im Arm, die aussah, als gucke sie den Film, in dem ihr Vater nicht mitspielen durfte.

»In der Küche liegt noch Geld«, sagte Schiller. »Geh tanzen, Rico, mach's dir nett.«

Ein letztes Mal hörte Ina Frau Carmi nach Bubi schreien, da waren sie schon draußen, und Schiller sagte: »Schließ bitte den Wagen auf.«

Hinter einem Müllcontainer stand ein dunkelblauer Saab. »Du darfst ihn fahren«, sagte er. »Eure Dienstwagen sind etwas mickriger, stimmt's?«

Sie nickte nur. Andrei kletterte auf den Rücksitz, da ließ Schiller ihn los, mußte ihn loslassen, und als sie ihre Waffe zog, meinte sie, es noch niemals schneller getan zu haben, so schnell, daß sie ihre Waffe doppelt sah, die P 2000, in ihrer und in Schillers Hand. »Merken Sie was?« hatte Böhm sie höhnisch gefragt, als er ihr erzählte, mit welcher Waffe Robert Reich erschossen worden war, »die haben Sie auch.« Roberts Waffe. Schiller drückte sie in den Nacken des Jungen.

»Das geht nicht«, sagte er. »Wenn wir uns hier aufplustern, kann das gefährlich werden.«

Andrei bewegte sich nicht, als ob er ahnte, was das war, das sich so kalt und schwer anfühlte im Genick.

»Leg deine Waffe auf den Boden«, sagte Schiller. »Und dein Handy daneben. Und was du sonst noch so hast. Und dann bringen wir den kleinen König hier zu seiner Mami.«

Die nette Kleinfamilie fuhr durch die Stadt, die Frau saß am Steuer, neben ihr der Mann, und auf dem Rücksitz kauerte der Junge mit den Händen zwischen den Knien. Sie fuhren am Bahnhof vorbei und unter Brücken hindurch, an deren Pfeilern Bettler auf ihren Plastiktüten hockten. Es war Mittag und doch wurde alles dunkler, Umrisse von Menschen, Häusern und Bäumen. Im kalten Wind tanzten welke Blätter. Schiller beugte sich vor, um sie zu lotsen, links, dann geradeaus, immer weiter, dann rechts. Vor ihnen die Straßenbahn, an deren Fenster ein altes Männlein stand und winkte. Ina hielt Ausschau nach Streifenwagen, ohne zu wissen, was sie dann tun sollte, doch sah sie keinen einzigen, als hätte der Todesengel auch das arrangiert. Sein Ziel war ein graues, dreistöckiges Haus, in dem sie Sozialwohnungen vermutet hätte. Ein Messingschild klebte auf der Tür, *Haus Daniela.*

Daniela stand an einem kleinen Tresen und sah ihnen mißtrauisch entgegen. Alles paßte, eine graue Straße, ein graues Haus und eine Frau mit grauem, faltigem Gesicht. Bei der Sitte hätten sie sogleich einen Namen für sie gehabt, dürre Daniela oder so, sie schien ein Demonstrationsobjekt für Magersucht zu sein. Doch Schiller behandelte sie wie eine Schönheit, mehr brauchte es nicht, und sie flüsterten miteinander, während Ina sich umsah; was war das hier, ein runtergekommenes Hotel?

»Mach dir keine Sorgen«, sagte Schiller, und Daniela flüsterte, die Frau sei noch nicht zurück, verstehst du? Einfach so auf Tour, die ganze Nacht. Die sah nicht gut aus, als sie ging, sah elend aus und krank.

Schiller reagierte nicht. »Mach dem Bürschlein hier was Schönes zu essen«, sagte er nur.

»Niedlich«, sagte Daniela. »Wie heißt er denn?«

»Bubi«, sagte Schiller lachend. »Oder?«

Der Junge schüttelte den Kopf.

Schiller hatte ihm einen Arm um die Schulter gelegt, in seinem Gürtel steckten die Schußwaffen von zwei Polizisten. Sie gingen durch eine Glastür und dann einen kahlen Flur entlang, es war kalt und still. Eine Tür stand offen, und er blieb stehen. Ein alter Mann saß im Schlafanzug auf einem Stuhl und hielt eine Zeitschrift verkehrt herum. Erwartungsvoll lächelte er ihn an.

»Herr Jensen«, rief Schiller. »Was macht die Kunst?«

»Ja, ja«, sagte der Alte. »Gut, gut.« Zwei weitere Männer lagen in Betten an der gegenüberliegenden Wand, mehr paßten auch nicht herein, einer hielt eine Kaffeetasse in der Hand, der andere war mit einem Gurt am Bett fixiert. Beide guckten sie herüber, als spielten sich außerordentliche Dinge ab, doch es passierte nichts, das Leben blieb, wie es war.

Schiller deutete auf den fixierten Mann. »Er hat Phasen, da will er die anderen schlagen, und man kann ja nicht beliebig die Medikamente raufsetzen, das ist schädlich.«

»Gabi?« rief der Mann. Ein zitterndes Stimmchen, inständig flehend, »Gabi, kommste?«

»Das ist nicht die Gabi. Aber die Gabi kommt bald.« Schiller sah ihn noch eine Weile an, dann zog er die Tür behutsam zu. »Die Gabi kommt nie«, sagte er im Plauderton. »Hier kriegt ja eh kaum einer mal Besuch. 2900 Euro im Monat fürs Waschen und Füttern, 64 Leute haben sie hier reingestopft und kommen zu nichts. Die Absaugschläuche müssen täglich gewechselt werden, das Schlauchsystem muß mit Wasser unter Sog nachgespült werden, aber das machen sie gar nicht, dafür achten sie darauf, daß nirgendwo Kerzen und Streichhölzer herumliegen, damit es nicht brennt.«

»Ja«, murmelte Ina. Das war ein Pflegeheim hier, er hatte Denise in ein Pflegeheim gesteckt und sich selbst ja auch, na schön, sich selbst ja auch. Niemand fand sie hier, wer suchte schon die Pflegeheime ab, wer kam allein schon auf die Idee, die Pflegeheime abzusuchen?

Ina fing an zu frieren und wollte Andrei an sich ziehen, weil sie meinte, der zittere auch. So gingen sie den Flur entlang, ohne daß ein Geräusch zu ihnen drang; geschlossene Türen, Stille überall, 64 Menschen in einem Haus ohne Stimmen.

»Du guckst schon wieder so verdattert.« Schiller schob den Jungen eine Treppe hoch, und als sie oben angekommen waren und er die Tür öffnete, sagte er: »Da hat man so kurz gelebt und stirbt dann so lange, diese Vorstellung schiebt man doch ganz schnell wieder weg.«

Das Zimmer war erbärmlich, ein Bett und ein Regal, zwei Schritte bis zum vergitterten Fenster, zwei Schritte bis zur Tür.

»Das Tobsuchtszimmer.« Schiller lächelte sie an. »Das ist die passende Räumlichkeit für Denise.« Er setzte sich auf das Bett und zog den Jungen neben sich. »Wo ist sie?«

»Woher soll ich das wissen?« Ina blieb stehen. Denise würde zurückkommen, hierher zurück, und dann? In ihrer Wohnung würde sie nicht bleiben, warum auch, sie selbst würde auch in keiner fremden Wohnung bleiben, die von der Mieterin einfach verlassen worden war. Vielleicht dachte sie, daß unten ein Einsatzkommando stand und die Mieterin aus Feigheit gegangen war, sie würde versuchen wegzukommen, so oder so, und dann hatte sie nichts außer diesem Zimmer hier, dem Tobsuchtszimmer, in dem sie herumlag, Tag und Nacht, mit einem Baby im Bauch. Sie sah sich um. Der Knast bot natürlich mehr Komfort, in dem Regal lagen ein paar Klamotten, und auf der Fensterbank stand eine Flasche Duschgel, sonst gab es nichts. Eine Art Bleibe, hatte sie gesagt. Ja, sie würde zurückkommen und dann?

»Ich kampiere unterm Dach«, sagte Schiller. »Habt ihr sie geschnappt?«

»Keine Ahnung.« Sie sah Andrei an, wie er klein und stumm dasaß, und da meinte sie, es nehme ihr die Luft zum Atmen. Er starrte vor sich hin und wippte ein bißchen vor und zurück.

»Sie hat dich also gebeten, den Zigeunerkönig zu suchen«, sagte Schiller. »Warum traut sie mir das nicht zu?«

»Mir schon überhaupt nicht«, murmelte Ina. Sie setzte sich auf den Boden und lehnte den Kopf gegen die Wand. Hilflose Frauen. Sie müssen ihm das Gefühl geben, hatte Mario Kasper gesagt, daß er gebraucht wird. »Ich packe doch nichts, der Polizeipsychologe sagt, es wäre Lebensangst.«

Er legte den Kopf schief. »Wie äußert sich das?«

Arschloch. »Herzrasen«, sagte sie. »Und so'n Zeug halt. Und daß ich immer alleine bin. Ich will zwar – aber ich kann irgendwie nicht.«

»Gib 'ne Kontaktanzeige auf«, sagte er. »Bist doch ein ausgesprochen süßes Mäuschen.«

Sie sah zur Decke. »Es sind die Gespenster. Nachts stehen sie da, all diese Toten. Ich will dann schreien und kann nicht, ich trau mich noch nicht einmal, Schluß zu machen, dabei würde ich gern.«

»Würdest du?« Er kreuzte die Beine, ganz entspannt saß er da. »Das erste, was Denise in der Klinik zu mir gesagt hat, da war sie gerade wieder bei Bewußtsein, war sinngemäß: Mein Sohn ist vielleicht tot, und ich hab ihn so viele Jahre nicht gesehen.« Er nickte vor sich hin. »Dann hat sie stundenlang gar nichts gesagt, und dann bat sie mich, ihr etwas zu geben. Sie bat mich um eine Art Sterbehilfe, dabei hatte sie doch gute Chancen durchzukommen. Ich habe ihr das schnell ausgetrieben, und weißt du auch, warum?« Er beugte sich vor. »Ich habe so viele schwerkranke Menschen gesehen, die sich ans Leben klammern und jeden einzelnen, gottbeschissenen Tag als Geschenk begreifen, daß ich nichts mehr hasse als Selbstmörder. Ich hasse sie einfach.«

»Gib auf«, sagte Ina leise. »Du hast dich verrannt. Du bist kein schlechter Mensch, ich kann –«

»Nein, du kannst nichts.« Er schlug Andrei auf die Schulter. »Knobeln?«

»Ja.«

»Das hat er mit Kali immer gespielt«, sagte Schiller, und dann waren sie eine kleine Ewigkeit mit diesem Fingerspiel beschäftigt, eins, zwei, drei, Papier wickelt Stein ein, Stein schleift Schere, Schere schneidet Papier. Wenn Andrei gewann, nickte er und klatschte einmal kurz in die Hände. Sie spielten, bis die dürre Daniela Andrei einen Teller Suppe brachte, die löffelte er aus, und dann spielten sie weiter.

»Bei den Carmis hat er vier Pfund zugenommen«, sagte Schiller. »Als er da ankam, sah er wie das Leiden Christi aus, der mußte erst einmal aufgepäppelt werden. Ich bezweifle, daß Denise das gekonnt hätte, die hatte doch in ihrem Leben mit Kindern nichts zu tun. Die Carmis haben ihn geliebt, vom ersten Moment an, die haben selber keinen Sohn, und dann hat die übergeschnappte Puppa noch ein Zeichen darin gesehen, daß er so schön hell ist.«

»Da waren noch zwei weitere Jungs im Dorf«, sagte Ina. »Die waren dir egal, nicht?«

»Ja«, sagte Schiller nur. »Ich habe ihr nicht gesagt, daß ich ihr drei Bubis bringe, nur den einen hier.«

Andrei ließ die Arme hängen. Er gähnte, und die Augen fielen ihm zu.

»Andrei«, murmelte Ina. Er sah sie an.

»Es ist nicht schlimm.«

»Aber das kann es werden«, sagte Schiller. »Und aus dem Chaos sprach eine Stimme zu mir: Lächle und sei froh, es könnte schlimmer kommen. Und ich lächelte und war froh, und es kam schlimmer.«

Sie beachtete ihn nicht, sah dem Jungen in die Augen. So schöne graue Augen, aber stumpf jetzt, und leer. Dauernd passierte etwas, und er konnte sich nicht wehren. Sein blondes Haar, kurzgeschnitten auf dem Foto, das sie bei sich trug, war ihm über die Ohren gewachsen und ringelte sich am Kragen, und wenn er es richtig wachsen ließ, würde er Locken haben wie Denise. »Andrei«, murmelte sie erneut. »Alles wird gut.«

Der Junge nickte, doch war sie nicht sicher, ob er sie verstanden hatte. Irgendwann döste er ein, und Ina wußte nicht, wieviel Zeit vergangen war. Denise würde zurückkommen und dann?

Schiller lächelte sie an, mild und nachsichtig wie ein Vater seine bockige Tochter. »Du kannst dazu beitragen, daß es gut wird. Aber du mußt dich schon benehmen.«

»Was willst du?« fragte sie. »Was hast du vor?«

»Abreisen«, sagte er nur. »Es gibt keinen Grund, uns zu jagen.«

»Ah so.« Das merkwürdige Gefühl plötzlich, wenn du ihn nach Robert und nach Pawlik fragst, wenn er dir das sagt, muß er dich töten. Ina rückte noch enger an die Wand. Andrei döste vor sich hin, und sie betrachtete ihn wie ein Bild, konnte nichts denken, nichts planen, nur warten. Als hockte sie beim Zahnarzt, um auf die Spritze zu warten, dieses Gefühl war es, Angst und Hoffnung, es wird schon nicht so schlimm. Sie starrte die Tür an, dann den Jungen und dann wieder die Tür. Sie konnte sich kaum bewegen, sie hockte nur herum. So wie die Leute in psychiatrischen Kliniken, die vor sich hinstarrten und dabei vor- und zurückschaukelten, stundenlang. Oder Gefangene in der Zelle, oder Leute in Pflegeheimen, genau, wie die Leute hier, nur warten, immerzu warten, auf das Mittagessen, auf das Abendessen, auf den Tod. Irgendwann, als eine Stunde vergangen war oder ein Jahr, hörte sie das Geräusch auf der Treppe. Nicht laut, aber es kam näher, es war das Geräusch langsamer Schritte. Müde Schritte, schwer, einer nach dem anderen, nicht so, als wolle man unbedingt nach oben, eher so, als müsse es halt sein. Denise kam zurück. Schiller legte einen Arm um die Schulter des Jungen.

Stille, als müsse sie verschnaufen, die Treppe war doch nicht so hoch. Stille, bis es weiterging, zwei Schritte noch, bis sich die Klinke bewegte, und dann stand sie da wie ein Geist in der Tür, ausgesetzt in eine fremde Welt. Keiner sprach. Andrei hob den Kopf, sah gleichgültig hin und sah wieder weg, und Denise starrte ihn an, seine Finger, die immer noch ein bißchen Knobeln spielten, Schere, Stein und Papier.

»Das wurde aber Zeit«, sagte Schiller. »Hast du die Stadt vermessen?«

Sie sagte immer noch kein Wort.

»Willst du dich hinlegen?«

Sie reagierte nicht, sah Andrei an, der noch einmal blinzelnd den Kopf hob und vielleicht dachte, da ist schon wieder so 'ne Blöde.

»Dann setz dich neben das Mäuschen da.« Schiller nahm das Kopfkissen vom Bett und warf es in Inas Richtung. »Setz dich da drauf.« Seine Gelassenheit schwand, aus schmalen Augen starrte er sie an, und als Denise sich neben Ina auf den Boden setzte, murmelte er: »Ihr seid doch dumme Schnepfen.«

Komisch, nicht? Ina wandte den Kopf. Vier stille Leute in einem kleinen Tobsuchtszimmer, das hat man auch nicht alle Tage. Sie wußte nicht, was sie zu Denise sagen sollte, schau doch, hier ist er, warum sagst du denn nichts? Andrei ist da, und ich habe ihn gefunden, so doof bin ja nun nicht, wie du vielleicht meinst, und ja, dieser Scheißkerl hier, der hat ihn wohl vor mir aufgespürt, aber was heißt das schon, ich meine – was?

Hatte sie etwas gesagt? Nein, es war still, Schiller glotzte herüber, und Andrei guckte auf seine Hände. Es dauerte ewig, bis Denise endlich mit ihm sprach, weil sie wohl nicht wußte, was sie ihm sagen sollte; »Andrei«, flüsterte sie. »*Imi pare rau.*«

Ein wenig erstaunt guckte Andrei sie an, dann nieste er laut.

»Hm«, sagte er und legte eine Kunstpause ein, und dann brummte er etwas vor sich hin.

»Was ist?« fragte Schiller. »Was faselt er?«

»Er muß pinkeln«, sagte sie.

Schiller sah sich um, als suche er tatsächlich ein Klo in diesem Loch. Er stand auf, zog den Jungen mit sich und blieb an der Tür wieder stehen. Am Ende des Flurs, hörte Ina ihn sagen, die letzte Tür, und dann stand er da, als spiele er in einem bescheuerten Western mit, zog eine der Waffen aus dem Gürtel, ihre Waffe oder die des toten Robert Reich, und beobachtete den Flur und das Zimmer.

Seine Stimme wurde etwas heller, als er sagte: »Paul, mach doch mal, das ist der ganze Grund. Nur weil diese dummen Schnepfen alleine nichts auf die Reihe kriegen, Paul, mach doch mal.« Denise starrte ihn an, und er starrte zurück. »Du hast ihn noch nicht einmal begrüßt«, sagte er. »Geht so eine Mutter mit ihrem Sohn um? Was hast du ihm gesagt? Pack nicht deine paar Brocken aus, rede deutsch mit ihm, das muß er schließlich lernen.« Er wartete. »Na? Was hast du ihm gesagt?«

»Daß es mir leid tut.«

»So?« Er zielte auf sie. »Es tut dir leid? Du flehst mich an, den zu suchen, mach mal, Paul, mach doch, und dann tut es dir leid? Es tut dir leid?«

»Quäl ihn nicht«, murmelte sie. Sie wirkte zerstreut und abwesend, als begreife sie das alles nicht, und ihre Finger zitterten, nur die Finger. Klein und allein sah sie aus, als wäre sie jemand anders.

»Wo warst du?« fragte er.

»Spazieren.«

»Ach nee. Die ganze Nacht?«

»Ja.«

»Oder hat's dich wieder überkommen und du mußtest einen Proleten haben?«

»Nein.«

»Man sollte nicht herumvögeln, wenn man trächtig ist.« Er hielt den Lauf der Waffe in Inas Richtung. »Die hat schon wieder was im Bauch.« Sein glattes Schönlingsgesicht sah beleidigt aus, das reiche Kind, das gerne spielen möchte und sehen muß, daß all die armen Kinder ihre Kumpels haben, bloß er nicht, bloß er bleibt allein.

Als Andrei zurückkam und sich an ihm vorbeischieben wollte, umschlang er ihn mit einem Arm und holte aus seiner Hosentasche eine kleine Schere; Schiller hatte schöne Hände, vermutlich hatte er alles für die Maniküre dabei.

»Es wird eng«, sagte er. Andrei duckte sich und machte sich klein, doch es half nichts, Schiller packte ihn fester und schnitt ihm ein Haarbüschel ab. »Das ist erst einmal alles.« Er warf es herüber zu Denise, helle, durch die Luft zitternde Späne. »Wenn du deinen Kram gepackt hast, darfst du ihn streicheln.«

Andrei stieß einen Laut aus, der sich wie *Ho* anhörte, und Schiller lachte; »Ho!« äffte er ihn nach. »Was heißt das?«

»Das heißt aufhören.« Denise hatte es sehr langsam gesagt, jede Silbe betonend, und als sie sich vorbeugte, waren ihre Finger zur Faust geballt. So wie man ein Messer hält, so sah das aus, ein großes, scharfes, bestialisches Messer.

»Ho, ho.« Schiller zog den Jungen noch fester an sich. »Du mußt dich entscheiden, Engel. Bis zum Abend können wir weg sein, und alle haben Ruhe. Dann kriegst du deinen Zigeunerkönig unversehrt und das Polizistenmäuschen darf aufs Revier zurück.« Fast entschuldigend sah er Ina an. »Wir brauchen halt nur Vorsprung. Wir sind keine richtigen Kriminellen, mach dir keine Gedanken.«

»Er muß nach Hause«, sagte Denise. »Er muß nach Hause, er muß –«

»Ist ja gut.« Schiller strich mit der Spitze seiner Schere über Andreis Wange. »Dann wirst nur du mich begleiten. Wir sind ja dann eh bald zu dritt.«

»Nein.«

»Es gibt noch eine letzte Möglichkeit.« Er nickte vor sich hin. »Du gibst mir das ganze Geld zurück, das ich dir gegeben habe, dann lass' ich dich in Ruhe.«

»Das habe ich nicht mehr.«

»Nein? Dann laß dir bitte durch den Kopf gehen, was ich für dich getan habe. Was bist du denn ohne mich? Eine hilflose Mörderin, dich schnappen sie doch sofort.« Er lächelte Ina an. »Eine arme Offenbacher Schwuchtel hat sie glatt erschlagen, nur weil ich einmal nicht aufgepaßt habe, guck mal in euren Unterlagen nach.«

Ina sagte nichts.

»Schau in die Obduktionsunterlagen«, sagte Schiller. »Da steht doch sicher, daß der Täter Linkshänder war, so was kann man heutzutage feststellen.«

»Nein«, murmelte Denise teilnahmslos. »Das hängt er mir an.«

Laß ihn reden, wollte Ina sagen, hör nicht zu. Er weiß nicht weiter, hat sich das alles einfacher vorgestellt, hat doch gemeint, du kniest vor ihm nieder, weil er dir Andrei bringt, und gehst mit ihm bis ans Ende der Welt.

Doch ihre Worte würden Denise nicht erreichen, Denise saß da und starrte den Jungen an, seine kleine, gekrümmte Gestalt. Sie starrte weiter hin, als Schiller eine der Waffen nahm und mit dem Lauf über Andreis Nacken strich, immer wieder, immer wieder, sie saß da und starrte den Jungen an, ihren Jungen, sein verängstigtes Gesicht. Aber ihre Hände, die bewegten sich, zwei Fäuste, zwei Messer, gleich zwei.

Ina legte eine Hand auf ihren Arm, umschloß ihr Handgelenk und spürte ihren rasenden Puls. Du willst es tun, ich weiß, du willst ihn töten. Der Film mit diesem dicken Anwalt, als Marlene den Mann ersticht, und er sagt: Sie hat ihn gerichtet. Ja. Tu es, tu es wieder, tu es für mich, du hast es doch schon einmal getan, da war es richtig, damals doch auch.

Der Puls. Kam man nicht nach mit dem zählen, kam man glatt aus dem Takt. Der Pulsschlag, hatte sie auf einer Fortbildung gelernt, konnte gefährlich werden, das hieß dann Tachykardie. Das rasende Herz. Die kritische Grenze war 220 minus Lebensjahre, oberhalb dieser Grenze klappst du zusammen. Das Herz.

Ina streckte die Beine aus. Losbrüllen würde sie, wie weh es tat, hecheln, keuchen, dann auf den Rücken rollen, weil das Kämpfen auf dem Rücken liegend besser gehen würde, und wenn sie da so schreiend liegen würde, dann mußte Schiller kommen, und dann würde sie ihn kaputt treten. Kümmern mußte er sich um sie, mußte nachsehen und den Jungen loslassen, anders ging es doch nicht. Und dann treten, treten, sie wußte doch, welchen Schwung man hatte, wenn man das auf dem Rücken liegend tat, gelernt war gelernt, sie konnte das doch. Komm her. Bist doch ein Lieber, bist ein guter Pfleger, nicht wahr? Ich mach dich kaputt. Sie rückte ab von Denise, rutschte ein Stück an der Wand herunter und hörte Schillers Stimme: »Sag ihr, sie soll packen. Viel ist es ja nicht.«

Ina preßte sich die Hände auf die Brust und murmelte: »Keine Luft. So – ein – Ring.«

»Schmerzen?« fragte Schiller. »Wo, links, rechts, Mitte?«

Überall, wollte sie wimmern, überall, doch da sagte Schiller etwas Schwachsinniges, er sagte: »Wilhelm? Kommen Sie rein.« Sie sah, wie er die Waffe unter Andreis Sweatshirt schob, und dann sah sie auch den Mann, der in der Tür stand mit einer großen Rose in der Hand. Hosenträger, die gar nichts hielten, denn die Cordhose war ihm auf die Hüften gerutscht, dazu ein Unterhemd und Hausschuhe, das war ein Pflegeheim hier, fast hatte sie es vergessen, im Pflegeheim waren solche Leute.

»Die Maria«, sagte der Mann, »hat dem Gerd einen Blumenstrauß gebracht.«

»Das ist nett«, sagte Schiller. »Aber wir brauchen nichts. Gehen Sie auf Ihr Zimmer.«

»Kommen die Diebe«, murmelte er.

»Nein, bestimmt nicht«, sagte Schiller. »Niemand stiehlt Ihnen etwas.«

»Man hat mich immer nur bestohlen«, sagte er. »Fing ganz früh schon an, wie ich in der Fabrik war, die Seife.«

»Gehen Sie aufs Zimmer«, sagte Schiller. »Nachher komme ich, und wir quatschen ein bißchen, ja?«

»Ich hatt' meine eigene Seife in der Fabrik«, sagte der Mann, »wir sind doch so dreckig geworden. Die ganze Lunge ist dreckig von der Arbeit, so viel giftiges Zeug.« Er kratzte sich. »Kannst die Seife ja net fressen.« Er räusperte sich. »Ihrer jungen Frau hier wollt' ich eine Rose schenken.«

»Ja«, sagte Denise. Sie stand auf, sie sah aus, wie Schlafwandler aussehen, wenn sie sich auf den Weg machen und kein Mensch es wagt, sie anzusprechen. So ging sie auf den Mann zu, Schiller rief: »Setz dich, setz dich hin.«

Denise nahm die Rose und bedankte sich höflich, dann drehte sie sich zu Schiller um und sagte: »Ich komme mit, laß ihn bitte los.« Zerstreut sah sie aus, irgendwie nicht ganz beieinander. Ina setzte sich gerade hin und zog die Beine an. Aber Schiller sah nicht hin, darum stand sie langsam auf.

»Nu ja«, sagte der Mann an der Tür. »Wie's halt so geht, nicht?«

»Möchten Sie jetzt aufs Zimmer?« Schillers Stimme blieb sanft. »Legen Sie sich hin und träumen Sie von schönen Frauen.«

»Nu ja«, sagte der Mann. »Wie's halt so kommt.« Er zog an seiner Hose und kratzte sich am Kopf, bevor er ging.

Denise stand vor dem Bett, mit dieser Rose in der Hand, und sagte: »Wir gehen dann.«

Schiller lächelte sie an, es war nur ein kleines, klagendes Lächeln. »Sag der Polizistin, sie soll sich wieder hinsetzen, sie hat doch angeblich einen Herzinfarkt.«

Denise drehte den Kopf. Ina versuchte ihren Blick festzuhalten, doch sie sah an ihr vorbei, als würde ein Licht sie blenden.

»Was willst du mit der Rose?« Schiller schüttelte den Kopf.

Denise setzte sich an das Kopfende des Bettes und hielt ihm von dort aus die Rose entgegen, damit er daran schnupperte. »Fahren wir mit dem Zug?«

»Soll ich das etwa ausplaudern?« Seufzend zog Schiller seinen Arm unter Andreis Sweatshirt hervor und legte die Waffe neben sich. »Das hat so lange gedauert mit dem Zigeunerchen, weil ich noch einen Paß für ihn brauchte. Er heißt jetzt Adrian, gewöhn dich dran.«

Andrei rutschte bis zum Fußende; »bleib sitzen«, sagte Schiller, und da zog der Junge den Kopf ein und machte sich klein.

»Nein«, murmelte Denise. »Adrian heißt er nicht, so heißt sein Bruder.« Ihr Arm zuckte hoch und ließ seine Augen bluten, sie schlug ihm die Dornen der großen Rose ins Gesicht, immer wieder, als züchtige sie ihn mit einer Rute.

Ina sprang auf das Bett, bekam aber den Arm, mit dem Denise zuschlug, nicht zu fassen, und so schlug Denise ihm weiter die Dornen in die Augen, bis der dicke Stiel brach. Ina gab Denise einen Stoß mit dem Ellbogen, dann packte sie Schiller an den Oberarmen. »Lauf«, schrie sie, »lauf, Andrei, lauf«, und als sie aus den Augenwinkeln sah, wie er nach ein paar tapsigen Schritten direkt in die Arme seiner Mutter lief, verlor sie ein wenig den Faden, weil das so schön aussah, so, wie es sich gehörte.

Ina atmete, als wäre sie gerannt. Schiller lag halb unter ihr, mit blutenden Augen. Sie hatte ein Knie auf seiner Brust und umklammerte seine Arme, doch sie brauchte keine Kraft. Sie zog ihn hoch, und fast kam es ihr vor, als ob er ihr dabei half; sie zog an ihm, bis er saß, dann schlug sie seinen Kopf gegen die Wand. Zweimal schlug sie, dreimal, vielleicht öfter, denn sie wollte ihn töten. Sie schlug so oft, bis Denise sagte: »Hör auf«, da hörte sie auf.

Schiller versuchte die Augen zu öffnen, und sie half ihm dabei, schau mich an. Sie riß seine Lider hoch und hörte ihn stöhnen, doch sein Blick war stumpf und flehte um nichts.

»Hol meine Tasche«, sagte sie zu Denise. »Da sind Handschellen drin.« Als sie ihn am Kopfende des Bettes fesselte, war Andrei neben ihr, wie Rumpelstilzchen hüpfend.

»*Politie?*« fragte er.

Sie nickte.

»Aaah.« Mit glänzenden Augen sah er sie an.

Die zweite Waffe steckte in Schillers Gürtel. »Welche ist das?« fragte sie. »Die von Robert Reich? Weißt du noch, wer das war?« Sie packte sein Haar und zog seinen Kopf näher heran, und sie blieb so, bis er flüsterte: »Das ist immer aus Versehen passiert.«

»Schwätzer.«

»Nein«, wisperte er, »oh nein. Dieser Polizist hat sich wieder auf mich gestürzt, als ich schon seine Waffe hatte, wir haben bloß gekämpft. Aber da ist das Ding losgegangen, ich weiß doch überhaupt nicht, wie man damit umgeht. Und die Schwuchtel aus Offenbach klappt plötzlich zusammen, Exitus, kein Puls mehr, nada.«

»Schwätzer«, murmelte sie erneut.

»Die haben sie in Bukarest den blauen Mann genannt«, flüsterte Schiller. »Die Offenbacher Schwuchtel, hast du das gewußt? Der blaue Mann holt Kinder.«

Ina sprang vom Bett, da waren Denise und der Junge. Ziellos drehte sie sich und fing an zu heulen.

Denise hatte blutige Handflächen, von der Rose, von den Dornen, aber sie merkte es nicht und legte ihr eine Hand auf die Wange. Eine Weile standen sie so da, als müßten sie üben, gemeinsam zu atmen, bis Andrei wieder anfing zu hüpfen. »Okay«, sagte er. »Jetzt Puppa zurück. Und Rico.«

»Was meint er?« fragte Denise.

Ina schüttelte den Kopf.

»Er muß nach Hause.« Denise, noch immer verträumt wie eine Schlafwandlerin, guckte ihn an, doch Andrei hatte den Blick auf Schiller gerichtet.

»Er muß untersucht werden«, sagte Ina. »Und er muß eine Aussage machen, dann kommt er zu seinem Vater.«

»Bitte bringt ihn zurück«, sagte Denise. »Ich möchte ihn dauernd streicheln, aber ich trau mich nicht.« Sie nahm den Blick nicht von ihrem Sohn und sagte ihm etwas, das keiner verstand, Andrei wohl auch nicht, denn er fragte: »Hä?«

Ina packte Denise an der Schulter. »Setz dich da hin und rühr dich nicht. Gib mir die Schlüssel.«

»Es gibt keine«, murmelte Denise. »Es ist immer offen, einmal ist nachts so ein Lustgreis gekommen.«

Ina sagte nichts. Sie nahm Andrei am Arm, der auf dem Weg nach unten unaufhörlich redete, als hätte er viel zu lange in sprachloser Stille gelebt. Doch sie verstand ihn nicht; »*Politie*«, hörte sie zweimal und dann: »Miss Marple.«

Sie blieb stehen. »Hör mal.«

Er nickte.

»Rein optisch gibt es da einen kleinen Unterschied«, sagte sie. »Findest du nicht?«

Er lachte, verstand kein Wort, aber er lachte, und als sie ihn umfaßte, fand sie, daß er so klein gar nicht war. In zwei Jahren hast du deine erste Freundin, mein Lieber, weißt du das?

In einer schmutzigen Küche standen zwei alte Frauen und guckten zu, wie in einem Kessel Wasser zu kochen begann. Ina befürchtete plötzlich, sie könnte sich hier etwas einfangen; wenn sie eine frische Leiche hatte, glaubte sie das auch immer, obwohl sie da Handschuhe trug. Sie nahm Cola aus dem Kühlschrank und legte fünf Euro auf den Tisch, eine der Frauen berührte sie am Arm und sagte: »Sie sind aber nett. Sind Sie neu?«

Ina drehte sich um. »Sie bluten«, sagte die Frau.

»Nein.«

Ina schob Andrei hinaus, weil sie nicht wollte, daß er hier herumstand und guckte. Bei Vogel im Dorf hatte er einen Mann waschen müssen; der Andi, hatten sie gesagt, war ein bißchen langsam, aber gründlich. Sie hatte immer noch Lust, Martin Vogel zu quälen, das hörte überhaupt nicht mehr auf. Und sie wollte Paul Schiller da oben liegenlassen, bis er um sein Leben flehte, sie mußte den Dienst quittieren, sonst hörte das nie wieder auf. Andrei hockte sich in eine Ecke, um seine Cola zu trinken, sah müde aus und ein bißchen allein.

»Warte«, sagte sie. »Ich komme gleich wieder.«

Er nickte.

Langsam ließ das Rauschen in den Ohren nach. Mußte er nicht erfahren, wer seine Mutter war? Ihm das zu sagen, stand ihr nicht zu, seine Mutter war da oben mit dem gefesselten Mann allein. Einen Moment lang blieb Ina die Luft weg, dann flog sie die Treppe hoch, zwei, drei Stufen auf einmal nehmend, riß die Tür auf und hatte für einen Moment Mühe, das Gleichgewicht zu halten. Denise saß am Kopfende des Bettes und wischte Schiller das Blut aus den Augen, sie saß bei ihm, wie sie damals im Park bei diesem anderen Mann gesessen hatte, bis zum Morgengrauen, bis das Blut getrocknet war, an ihm und an ihr. Eine Schultertasche stand neben der Tür. Schillers Augen waren geschlossen, es hatte sich nichts verändert. Ina nahm die Tasche und sagte: »Komm raus.«

»Das ist doch deine?« fragte sie draußen.

»Ja.« Denise in ihrem schwarzen Mantel sah aus wie ein Gespenst in der Nacht. »Ich werde Andrei nie wiedersehen, wenn ich bleibe.«

Er kann dich besuchen, wollte Ina sagen, der Sohn seine ferne, fremde Mutter im Knast, irgendeinen Unsinn konnte man faseln.

»Paul hat gewußt, daß es nicht klappt«, sagte Denise. »Er hat gewußt, daß ich nicht mitgehe, aber er hat das alles trotzdem gemacht.«

»Schön«, sagte Ina. »Wahrscheinlich wollte er auch noch erschossen werden.«

»Ja.«

»Hast du Geld?«

»Für eine Fahrt«, sagte Denise. »Und für ein paar Tage danach. Das ist der Rest.«

»Ich rufe jetzt einen Krankenwagen und die Kollegen. Dann kommen die richtigen Polizisten, verstehst du?« Ina gab ihr einen Zettel. »Das habe ich noch nie gemacht, aber bei diesen Leuten habe ich etwas gut. Sie vermieten Zimmer, da könntest du theoretisch hingehen und schöne Grüße von mir ausrichten, die werden dich eh nicht erkennen. Es ist ein bißchen laut da, das ist ein Puff. Du könntest die Nacht über bleiben, ausruhen, schon wegen dem Baby. Morgen könntest du dann gucken, ich meine, dann sind wir wieder getrennte Leute.« Ina hob die Schultern. »Warum soll ich nicht mal einen Gefallen einfordern, ich höre ja eh auf. Auf dem zweiten Zettel steht eine Handynummer, das ist ein Kartenhandy, die Nummer haben sie nicht, das können sie auch nicht abhören. Sag mir Bescheid, falls du irgendwo angekommen bist.«

»Hör nicht auf«, sagte Denise. »Das ist doch dumm.«

»Dumm ist, was ich gerade mache.«

»Eine Busfahrt«, murmelte Denise. »Lauter Leiharbeiter, man guckt diese Busse nicht so an wie die Züge.«

Ina ging zur Treppe. Unten rannten zwei Pflegerinnen herum, die jemanden suchten. »Der war wund«, schrie die eine. »Der kann doch gar nicht laufen.«

»Du mußt was essen«, sagte Denise.

Ina schüttelte den Kopf. »Ich esse hier nichts. Da unten packen sie sich Käse aufs Brot, der ist jenseits von gut und böse.«

»Meine Güte, bist du zickig«, sagte Denise. »Zu Marie-Antoinette haben die Höflinge mal gesagt, Majestät, das Volk hat kein Brot. Majestät sagte, dann sollen sie doch Kuchen essen.«

»Ja schön.« Ina tänzelte hin und her. »Ein kluger Spruch zum Abschied hat mir noch gefehlt. Gut, ich rufe jetzt an und hole Andrei. Wenn ich wiederkomme, bist du vielleicht weg. Oder auch nicht.« Sie machte ein paar Schritte, bis sie Denise ihren Namen sagen hörte, aber sie wollte sich nicht mehr umdrehen und ging weiter. Auf dem Weg zurück, Andreis Hand haltend, rief sie den Oberfahnder an und sagte: »Herr Böhm, ich hab den Schiller hier. Und den vermißten Jungen. Wir sind in einem Pflegeheim.«

Böhm war als letzter gekommen, atemlos, mit rotem Gesicht. Auf der Treppe wirkte der dicke Mann mit der merkwürdig hellen Stimme geschmeidig wie eine Katze, doch vor der Tür sackte er wieder ein bißchen in sich zusammen. Auch ein Rudel Polizisten schaffte es nicht, die eigentümliche Stille aus diesem Haus zu vertreiben; vereinzelt kamen ein paar alte Leute und guckten und gingen wieder weg. Als Böhm auf das Bett zuging, in dem Paul Schiller von Sanitätern versorgt wurde, sagte er: »Herr Schiller, für ein Pflegeheim sind Sie noch etwas zu rüstig.«

»Sie tötet jeden«, flüsterte Schiller. »Sie hat den Polizisten erschossen und die Schwuchtel erschlagen und mich.«

»Sie sind doch noch ganz gut beieinander«, sagte Böhm.

Ein Sanitäter richtete sich auf und murmelte: »Halb blind isser aber schon.«

»Ich habe eine andere Aussage von ihm.« Ina klopfte auf ihr Notizbuch, obwohl da nichts stand.

Böhm zog sie aus dem Zimmer, sein Gesicht wurde immer röter, der Blutdruck vielleicht. »Quer durch die Stadt«, japste er, »suchen wir seit Stunden einen dunkelblauen Saab mit drei Personen. Oder einen abgestellten dunkelblauen Saab, was für die Mitbürger, denen so eine Kutsche gehört, sehr ärgerlich ist.« Er drückte sie gegen die Wand. »Es hat ein Mädel angerufen, eine Carmi Kali, die sagte, ein Herr Paul Schiller, der vermutlich Arzt sei, hätte einen Jungen namens Andrei entführt, der möglicherweise auch auf den Namen Bubi höre, und sei mit einer Oberkommissarin, deren Name und Dienststelle sie nicht kenne, in einem dunkelblauen Saab unterwegs.« Kurzatmig setzte er hinzu: »Wie finden Sie das?«

»Die ist ausgekocht«, sagte Ina. »Sie heißt Kali Carmi, so herum.«

»Interessant.« Böhm stand so dicht vor ihr, daß sie glaubte, sein Herz schlagen zu hören. »Was war mit Ihrem Handy?«

»Schiller hat die SIM-Karte zerschnitten. Der Ersatz geht jetzt aber nicht auf meine Kappe, ich meine, das bezahle ich nicht.« Sie versuchte, ihn wegzuschubsen, was ihr nicht gelang. Weiter weg stand Andrei, den eine Sanitäterin mit Süßigkeiten fütterte. Interessiert guckte der Junge zu ihnen herüber, was mußte er denken, der Dicke knallt die jetzt vor allen Leuten? Tausend Gedanken, keiner ließ sich zu Ende denken, jeder einzelne blöder als der davor.

Böhm hob ihr Kinn an. »Wo ist die Berninger?«

»Sie war hier.«

»Das weiß ich. Wo ist sie jetzt?«

Ina seufzte laut. »Ich mußte mich um Schiller kümmern, ich mußte ihn überwältigen, ihm Handschellen anlegen, ich mußte mich um den Jungen kümmern, den hat er terrorisiert, ich mußte mich um die Berninger kümmern, ganz recht, aber kriegen Sie mal drei solche Gestalten unter einen Hut, ich meine, irgendwann war die weg. Und nein, ich habe ihr keine Handschellen angelegt, weil ich keine mehr hatte, das Problem ist doch nachvollziehbar, oder? Schiller war der Täter, *er* –«

»Aber ja«, sagte Böhm.

»Ich kann's doch nicht ändern«, flüsterte sie. »Ich war auf mich allein gestellt.«

»Pflegeheim«, zischte er. »Wo versteckt die sich denn jetzt, in einer Aussegnungshalle?«

»Schiller hat mir gegenüber ausgesagt, Robert Reich und den Pawlik getötet zu haben.«

»Aber Sie waren doch auf sich allein gestellt, vielleicht haben Sie ihn mißverstanden.« Böhm kam noch näher heran. »Wer hat ihn verletzt? Dem wurden doch fast die Augen ausgestochen.«

»Er hat den Jungen mit einer Waffe bedroht, er hat ihn mit einer Schere verletzt. Sie hat mir geholfen, ich meine, ohne sie hätte ich nicht geschafft, ihn zu überwältigen.«

»Was hat die denn benutzt, seine Schere?«

»Eine Rose.«

Böhm schnappte nach Luft.

Ina murmelte: »Diese großen Dornen sind wie Widerhaken.«

»Er hat auch eine Gehirnerschütterung«, sagte er.

»Ja und? Das war ich, das kann passieren.«

»Der Herr Vogel aus Rheinhessen hat über seinen Anwalt mitteilen lassen, eine Polizeibeamtin hätte an ihm Foltermethoden angewandt, waren Sie das auch?«

»Was für Methoden? Wenn mir seine Kippe aus der Hand fällt?«

»Sie können es abstreiten«, sagte Böhm schnell.

»Nein.« Endlich schaffte sie es, unter seinem Arm hindurchzuschlüpfen. »Das ist doch jetzt gar nicht das Thema.«

»Doch, Ina.« Böhm blieb an der Wand stehen, mit hängenden Armen. »Das wird ein Thema sein.«

Noch eine Weile drückte er sich so herum, immer an der Wand

entlang, alles beobachtend, die Sanitäter, die Schiller nach draußen trugen, und die Kollegen, die ein Chaos anrichteten, auch im Innern alles durcheinanderbrachten.

Als sie das *Haus Daniela* endlich verließen, wirbelte Laub über die schwarze Straße, und die Menschen führten Pantomimen auf. Sie stemmten Schirme gegen den Wind und verloren den Kampf, ruderten hilflos mit den Armen, und ihre Münder bewegten sich, als verfluchten sie das ganze Leben. Ina saß neben Andrei im Streifenwagen und sah in seine leuchtenden Augen. Als der Fahrer die Sirene anstellte, schien er beim Blick aus dem Fenster ein bißchen zu wachsen. Im Präsidium erzählte der Junge, wie er in Ingo Pawliks Transporter wach geworden war, er meinte, er hätte geschlafen nach einer wüsten Prügelei. So war er nach Deutschland gekommen. Ingo war nett, sagte er, aber flatterig wie ein Weib, denn der hatte dauernd Angst gehabt, die Kinder könnten ihn mit Krankheiten anstecken oder hätten Läuse nach Deutschland mitgebracht und all das.

»Er hat uns nichts getan«, sagte Andrei. »Da war es nicht so schlimm.«

Eine rumänische Dolmetscherin übersetzte schnell und mit gedämpfter Stimme, sie nahm nur jedesmal ihre Brille ab, bevor sie Deutsch sprach, und setzte sie, Rumänisch sprechend, wieder auf. Es war auch noch ein Psychologe dabei, der bereits in den ersten zwei Minuten den Haß Böhms auf sich zog, als er sagte, man müsse bedenken, der Junge sei traumatisiert.

»Was glauben Sie«, schrie Böhm, »warum Sie hier mitspielen dürfen?«

Vogel, sagte Andrei, war ein böser Mann, er sagte es auf deutsch: »Bese.« Dirk auch, bei dem sie wohnen mußten, Nicu Bindea, Marius Petrescu und er, da waren sie einfach nicht weggekommen. Die Arbeit war schmutzig und hatte ihm weh getan, und er hatte manchmal geglaubt, daß er schlimm träume. Das war ein riesiges Gefängnis, weißt du, und er meinte, er würde für etwas bestraft, von dem er nicht wußte, was es war, und nie kamen sie weg, weißt du, nie, nie, nie.

»Wir wollten alles abbrennen«, sagte die Dolmetscherin. »Wir haben überall nach Benzin gesucht, aber es war nix da.«

Sein Glück, erzählte Andrei, hatte begonnen, als Rico Carmi kam. Rico war ein bißchen verrückt am Anfang, er hatte ihn geholt und ihm aus einem Leiterwagen alles mögliche angezogen, dickes, häßliches Zeug, und dann hatte er ihm noch eine Decke umgelegt, als wäre er schwer krank. Er hatte gleich gesehen, daß Rico ein Zigeuner war, und sich gedacht, jetzt sei der Ofen endgültig aus. Aber dann war es immer besser geworden, er hatte es gut gehabt bei den Carmis zu Hause, und die Tage waren federleicht, weil er machen durfte, was er wollte, zeichnen, Fußball spielen und tanzen zu lauter Musik.

»Sehr gute Musik«, sagte er auf deutsch, »mit Gitarre und Blasen.«

Es gab auch immer etwas zu essen, das schmeckte, im Dorf gab es abends nur Brot. An einem Sonntag waren sie mit vielen Leuten auf dem Friedhof gewesen und hatten am Grab des Zigeunerkönigs getanzt und getrunken.

»Wie bitte?« fragte Böhm.

»*Duminica*«, sagte Andrei.

»Sonntag«, sagte die Dolmetscherin.

Böhm seufzte, dann faltete er die Hände und fragte nach Schiller. Ein Dutzend Leute saß um Andrei herum, der schaukelnd auf seinem Stuhl saß, die Hände unter die Oberschenkel geklemmt. Dieser Mann, ja, er hatte nur gesagt, sein Name sei Paul. Und er war jeden Tag vorbeigekommen, um mit Rico und Puppa zu sprechen und manchmal auch, um Puppa zu heilen, denn die war ja nun krank. Mit ihm selber hatte Paul überhaupt nicht geredet, ihm nur mal auf die Schulter geklopft, mehr nicht.

Kali hatte ihm erzählt, daß Paul ihn schon wieder woanders hinbringen wollte, das hätte sie zumindest erfahren, als sie ihre Eltern belauschte, aber Andrei hatte das nicht geglaubt, weil Paul doch nie mit ihm sprach. Und dann hatte er es doch getan, ihn weggebracht und eine Pistole auf ihn gerichtet. Leise fing Andrei an zu weinen, und der Psychologe bat um eine Pause. Sie brachten ihm Käsetoast und Orangensaft, und der Junge aß alles auf, während der Psychologe neben ihm saß und kein Wort mit ihm sprach. Dann ging es weiter, Andrei deutete auf Ina und strahlte sie an. Diese Polizistin war stärker gewesen als der Kerl, der Paul, die hat ihn mit Handschellen gefesselt, bumm bumm, zack zack, und diese andere Frau hat geholfen, mehr hatte er nicht sehen können.

»Welche andere Frau?« fragte Böhm mit zuckersüßem Lächeln.

Andrei lächelte zurück. »Die geile Blondine«, übersetzte die Dolmetscherin seine Worte.

»Oh Gott«, murmelte Ina. Das geht nicht, wollte sie ihm sagen, Andrei, das gehört sich nicht.

»Wo ist sie denn hin?« fragte Böhm heiter. »Die – also die andere Frau?«

»Ich weiß nicht«, sagte Andrei. »Sie war nicht mehr da. Sie konnte etwas Rumänisch, sie hat gesagt, daß es ihr leid tut, aber geholfen hat mir das nicht.«

Böhm ließ allen Anstand fahren, so kam es Ina vor, und fragte den Jungen: »Hat die Polizistin hier der anderen Frau geholfen wegzugehen, hast du so etwas vielleicht gesehen?«

Die Dolmetscherin sah ihn blinzelnd an, als hätte sie nicht richtig gehört, dann setzte sie mit Schwung ihre Brille auf.

Andrei schüttelte den Kopf. »Sie war nicht mehr da. Vielleicht hat sie sich versteckt. Vielleicht ist sie krank geworden und liegt irgendwo. Ich bin auch einmal krank geworden bei der Arbeit im Stall, da habe ich eine schwarze Wand vor den Augen gesehen, und nachher lag ich auf dem Boden und neben mir lag eine Ziege.«

»Wer?« fragte Böhm.

»Eine Ziege«, sagte Andrei.

»Er meint schon das Tier«, sagte die Dolmetscherin spitz.

Als sie endlich mit ihm fertig waren und er ausruhen durfte, als Böhm ohne ein Wort das Zimmer verlassen hatte, ging Ina hinterher und sagte: »Sie müssen sich keine Gedanken mehr darüber machen, welchen Straftätern ich so zur Flucht verhelfe, ich höre eh auf.«

Böhm blieb stehen. »Vorher werden Sie eventuell noch suspendiert.«

»Ach nein. Da finde ich drei vermißte Kinder, schleppe Ihnen den Schiller an, obwohl das überhaupt nicht zu meinen Aufgaben –«

»Eben!« schrie Böhm.

»– und Sie quasseln dumm.«

Böhm sah vor sich auf den Boden. »Herr Vogel ist ein veritables Stück Scheiße. Es ist trotzdem untragbar, was Sie da unter Umständen getan haben. Sollten sich seine Vorwürfe bewahrheiten –«

»Ja«, sagte Ina. »Das war so, ich habe die Nerven verloren.«

»Der Mann sagt, Sie wären ganz ruhig gewesen. Kühl und überlegt, sagt er.«

»Gut, meinetwegen. Ich gebe es zu, was wollen Sie noch, Reue?«

»Wo ist die Berninger?« Böhm starrte ihr so fest in die Augen, daß sie meinte, er schielte. »Wo Sie schon mal beim Bekennen sind.«

»Sie war weg.« Ina hob die Schultern.

»Zum dritten Mal. Wenn Sie das mal jemandem erzählen –« Böhm stieß einen Laut aus, der sie an Jerrys Protestgemaunze erinnerte, wenn sie vergessen hatte, das Katzenklo zu säubern, und genauso entfernte er sich auch, leise und geschmeidig wie eine Katze.

Spätabends lag sie neben Benny auf dem Sofa und meinte, daß er sie nicht festhalten konnte, keiner. Kannst mich berühren, streicheln und all das, jeden Tag und jede Nacht, aber dann ist es doch so wie früher, als ich zum ersten Mal auf dem Fahrrad saß. Rad ohne Stützen, weißt du, nicht allzuviel Schutz. Hinten mein Vater, der schob, was konnte da schiefgehen? Da radelst du so die Straße entlang und meinst, er hält dich noch immer, aber dann siehst du ihn von weitem grinsen und fährst ganz allein.

Sie küßte seine Nasenspitze. »Bist du mit deinem Hähnchenwagen glücklich?«

»Wieso?« Er gähnte und hätte auch fragen können: Wieso denn nicht?

»Ich meine, du kochst so gut und hast ein Händchen für das alles, was hältst du davon, wenn wir eine Kneipe aufmachen?«

»Wir?« Er richtete sich auf. »Wie willst du denn das auch noch machen?«

»Ich höre auf, und wir machen das.«

»Aufhören?« Er starrte sie an. »Bist du denn bescheuert? Du bist Beamtin.«

»Am schlimmsten fand ich damals diesen Ausdruck *Beamtin auf Lebenszeit*«, sagte sie. »Ist das nicht grauslich?«

»Du kannst doch nicht einfach aufhören.«

»Hier ist ein Spruch, hab ich ausgeschnitten.« Sie hatte ihn schon bereitliegen. *»Man muß etwas Neues machen, um etwas Neues zu sehen.«* Sie nickte. »Georg Christoph Lichtenberg, ich weiß zwar nicht, ob man den kennen muß, aber er hat recht.«

»Als gäbe es keine Kneipen«, sagte er. »Als hätten die Leute Geld.«

»Paß auf, es könnte eine besondere Kneipe sein, da muß man schon was bieten. Vielleicht eine Noir-Kneipe.«

»Was bitte?«

»Ich meine diese schönen, alte Filme«, sagte sie. »Vielleicht kommen Polizisten als Gäste. Wir hängen Plakate von alten Schwarzweißfilmen auf, *Der dritte Mann, Zeugin der Anklage, Frau ohne Gewissen* und so, und hin und wieder könnten wir Veranstaltungen machen, dann gibt es Krimi-Lesungen.«

»Du liest doch gar keine Krimis.«

»Nö, bis jetzt bin ich ja drin vorgekommen, ich lese doch keine Ausgeburten darüber, wie man sich Polizeiarbeit vorstellt. Aber wenn ich aufhöre, könnte ich damit anfangen.«

»Du könntest überhaupt mal damit anfangen, Bücher zu lesen.«

»Ja eben.« Sie streichelte sein Haar. »Ich könnte mit etwas ganz anderem anfangen.«

Diese Vorstellung trug sie durch die nächsten Tage, etwas Neues machen, um etwas Neues zu sehen, aufhören, um anzufangen. Ihr Chef erzählte ihr dasselbe wie Böhm, Aufgabenbereich übertreten auf eigene Faust, und sie sagte, schön, aber jetzt habt ihr den Schiller, nicht wahr, den Schiller und drei vermißte Jungs noch dazu, *buy one, get four,* was für ein Schnäppchen.

Hauptkommissar Stocker sah sie an wie ein krankes Tier und warf ihr ein paar Akten auf den Tisch, bitte in Ordnung bringen, Spuren abgleichen, ein Mann hatte seine Frau erschlagen und erklärt, es war die hohe Leiter, da stand sie und putzte, und dann stand sie nicht mehr da. Ina glich die Spuren ab, während sie jeden Tag damit rechnete, daß sie Denise schnappten. Aber es tat sich nichts, und schließlich rief sie doch in jener Pension an, deren Inhaber ihr einmal geschworen hatte, er täte ihr jeden Gefallen der Welt. Sie hörte ihn über die ganze Welt plaudern, und als sie schließlich fragte, ob diese Person, die sie ihm letztens geschickt hatte, wieder abgereist war, fragte er: »Welche Person?«

Die machte doch immer, was sie wollte. Aber sie kam damit durch.

Was mit Andrei geschah, erfuhr Ina nur am Rande. Der Junge war untersucht worden, und auch bei ihm hatten sie Schäden an der Wirbelsäule festgestellt, was logisch war, denn obwohl er noch nicht ausgewachsen war, hatte er die Arbeit eines Mannes machen müssen. Sie wollte sich unbedingt von ihm verabschieden und das dünne Kerlchen, wegen dem so viel geschehen war, noch einmal umarmen, doch dann kam Böhm und sagte, er sitze bereits im Flugzeug. Sein Vater hätte vor Freude geweint, so sei es recht, allerdings hatte er kein Geld, ihn abzuholen, na so was; »Staatskasse«, zischte Böhm, als sei es ein Fluch, Staatskasse. Dabei hätte Andrei noch bis zuletzt gequengelt, er könnte doch auch zu den Carmis zurück; »ja, die kleinen Rumänen«, sagte

Böhm. »Kaum sind die in Deutschland, wollen sie trotz allem nicht wieder weg.«

Und sie suchten seine Mutter, sie suchten mit verbissener Wut. Sie fahndeten auf Bahnhöfen und in Hotels, guckten sich Listen der Fluggesellschaften an und vernahmen noch einmal ihre einstigen Küßchen-links-und-Küßchen-rechts-Bekannten, die sich pikiert gaben, aber nein, die nehmen wir nicht auf. Sie erneuerten das BKA-Fahndungsfoto und baten die Rumänen, sich bei Dan Bancu umzusehen, und als die Rumänen berichteten, bei diesem Mann gebe es nicht den Hauch eines Hinweises, verfluchte Böhm über den ganzen Flur hinweg diese Scheißrumänen.

Inzwischen tauchte Schiller in der Presse als ihr festgenommener Helfershelfer auf, ein hilfloser, höriger Mann, worauf sie im Fernsehen wieder anfingen, die schöne, kalte Exkollegin zu begrübeln, die Verbrecher gejagt hatte und dann selbst so schlimm gestrauchelt war.

In einem Magazin berichtete ihre ehemalige Sekretärin, die Berninger hätte ihre Moderatorentexte zwar immer selbst geschrieben, dabei habe es sich allerdings sehr oft um Kopf-ab-Prosa gehandelt, die der leitende Redakteur gleich wieder zerriß.

Tausend Stimmen von irgendwoher. Kollegen schlossen Wetten ab, in welchem Zustand man sie finden würde, auf eine Schwangerschaft kam keiner, und ein Kriminaldirektor erzählte in der Kantine, überdrehte Beamte hätten den Bogen überspannt und in Köln einen fünfzigjährigen Transvestiten festgenommen, der erst auf dem Revier seine falschen Locken gelupft habe. Am nächsten Morgen kam er groß raus: »Ich war die Berninger für einen Tag«, schrieb die örtliche Boulevardzeitung unter sein lächelndes Gesicht.

Paul Schiller hatte schwere Verletzungen an beiden Augen. Er widerrief sein Geständnis und sagte aus, die Waffe des toten deutschen Polizisten habe er Denise abgenommen, und den Tod Ingo Pawliks habe sie ihm auch gestanden. Dummerweise waren in Pawliks Wohnung aber Spuren gesichert worden, die bewiesen, daß Schiller sich dort aufgehalten hatte; natürlich, sagte Schiller, schließlich habe sie ihn von dort aus angerufen und ihn angefleht, ihr zu helfen, er habe immer nur helfen müssen, sein ganzes beschissenes Leben lang.

Ina wußte nicht, ob die Kollegen ihm glaubten, sie sagten es ihr ja nicht. Cool fanden sie ihn und geschmeidig, und einer gab sich erstaunt darüber, wie Schiller seine kaputten Augen einfach wegstecke, was sie ziemlich komisch fand, weil sie sogleich ein Bild dazu sah, Schiller, der sich seine Augäpfel in die Hosentasche schob.

Ständig sah sie Bilder, sie kamen aus der Erinnerung oder enthüllten ihre bösen Träume, tote Obdachlose im Park und später einer der Schuldigen, der Mann mit seinen elf Messerstichen. Der Weg den langen Flur entlang, nachdem sie Denise festgenommen hatte, Andrei Bancus verängstigtes Gesicht und die brennende Wunde auf Martin Vogels Haut. Gegen Vogel wurde wegen Kindesentziehung ermittelt, gegen die Carmis auch.

»Suspendierung fällt flach«, sagte Stocker eines Morgens. »Sie haben die unselige Geschichte ja schon zugegeben. Wir können, wenn wir uns verbiegen, zu Ihren Gunsten annehmen, Sie hätten da einen Unfall gehabt mit dem Vogel, das Gegenteil kann er nicht beweisen.« Wieder bedachte er sie mit einem Blick, als wäre sie krank. Nervenkrank irgendwie. Beschränkt. »Sie kriegen ein Disziplinarverfahren.«

»Ja«, sagte Ina.

Sie wußte nicht genau, was das war, aber eine Stunde später bekam sie es schriftlich, Dienstvergehen, Verdacht auf Vernehmung unter Zwang, und es wurde ihr freigestellt, sich mündlich oder schriftlich zu äußern, doch tat sie weder das eine und schon gar nicht das andere.

»Ich warte ab«, sagte sie, und Stocker meinte, sie könnte geltend machen, daß sie kurz vorher von dem Schicksal dieser rumänischen Kinder –

»Ich mache gar nichts geltend«, unterbrach sie ihn. »Ich habe eh verloren, ich meine, ich habe sicher Herrn Vogels Menschenwürde verletzt.«

»In der Tat«, sagte Stocker.

»Man kann sicher auch behaupten, der Hitler hätte 'ne Menschenwürde gehabt, so weit kann man es treiben.«

»Werden Sie nicht albern«, sagte er.

»Ich sage Ihnen was.« Ina stand auf und wußte nicht, warum, sie stand einfach vor ihm wie eine Schülerin, die ein Gedicht aufsagen mußte. »Ich habe Kollegen gesehen, die haben Kindermörder vernommen, nicht? Erfahrene Kollegen, gestandene Kerle, die habe ich anschließend in der Küche Rotz und Wasser heulen sehen.« Jedes Wort betonend, tippte sie gegen seine Brust. »Was glauben Sie, was die denken?«

»Ich weiß, was die denken«, sagte Stocker. »Wir denken alle dasselbe, aber wir müssen es für uns behalten. Für die Glücklichen unter uns gibt es Supervision.«

Daß es längst nicht das einzige Dienstvergehen war, könnte sie ihm ja auch noch sagen, doch vielleicht ahnte er es ja, wie sie alle. Sie saß an ihrem Schreibtisch und starrte aus dem Fenster. Alle Bäume kahl, und die Luft roch nach Schnee, sie konnte sich an den Sommer nicht mehr erinnern. Der Vorgang auf dem Tisch listete die blauen Flecken jener Frau auf, die laut Aussage ihres Ehemannes von der Leiter gefallen war, Male auf der Haut, die schon viel älter waren und von denen der Mann sagte, sie stammten von ihrer Dusseligkeit, sie hätte sich halt immer und überall gestoßen. Immer wieder, und es hörte nie auf, ich weiß doch nicht, ich hab doch nicht, ich kann das doch gar nicht gewesen sein. Diese Gesichter, wenn sie es sagten, so kalt und so blöde zugleich, Gesichter wie das ihre vielleicht, als sie die Kippe auf Martin Vogels Hand fallen ließ.

Was hat die Berninger denn für ein Gesicht gemacht, hatte Böhm wissen wollen, als sie ihr Bübchen sah? Sie hätte nicht darauf geachtet, hatte Ina gesagt, aber nur, weil sie nicht wußte, wie sie das beschreiben sollte, diese Starre und Betäubung und das Wissen darum, daß das jetzt kein Glück war, sondern etwas anderes, etwas das Schmerz bringen würde, wie jede unerfüllte Liebe.

Ina schob die Akte weg. Am Abend zuvor hatte sie ein teures Notizbuch mit Lesebändchen gekauft und auf die erste Seite diesen Spruch geschrieben: »*Man muß etwas Neues machen, um etwas Neues zu sehen. Lichtenberg.*«

Wer war das überhaupt? Sie guckte bei google nach und wunderte sich: 1742–1799, sieh mal an. Sie müßte wirklich viel mehr lesen und vielleicht einmal anfangen, ihre eigenen paar Gedanken zu notieren, nicht diese Anmerkungen zu Leichenfunden und Verwesungsgraden und den lächerlichen Aussagen der Mörder.

Erst am Wochenende erzählte sie Benny davon, als sie durch den Park gingen, ein paar scheuen Sonnenstrahlen hinterher, sie erklärte ihm, was ein Disziplinarverfahren war, und Benny, der es für einen Witz hielt, fragte erst viel später: »Du meinst das ernst? Du?«

»Ja sicher.«

»Dienstvergehen kapiere ich ja noch«, murmelte er. »Aber doch nicht wegen Zwang und Gewalttätigkeit, du kannst doch noch nicht mal –«

»Doch, ich kann«, sagte sie. »Das ist ja das Schlimme. Man weiß es selber nicht immer, es kommt dann so.«

»Kommt dann so.« Er schüttelte den Kopf. »Meine Güte.«

»Du siehst, ich muß Schluß machen«, sagte sie. »Es ist zuviel Widerwille, ich meine, ich kann die Leichen nicht unbedingt sehen, das war schon immer so, ich krieg dann irgendwie zuviel. Und diese Täter, ich meine, wenn du sie siehst und mit ihnen redest, wenn die alles abstreiten, und dann gibt es Auftraggeber, die lassen nur mal eben den Müll wegräumen, da kommst du kaum ran, die haben tolle Anwälte und Einfluß, all das.«

»Aber du kannst doch nicht einfach alles hinschmeißen«, sagte Benny. »Millionen suchen Arbeit, und du kommst an und wirfst alles hin.«

»Ich will ja arbeiten. Mit dir. Hör dich doch mal um nach einer Pacht, du kennst doch tausend Leute.«

»Nachher kriegste wieder einen Rappel«, murmelte er, »und schlägst mir den Laden kaputt.«

»Unseren Laden«, sagte sie, und als das Handy in ihrer Jackentasche zu vibrieren begann, fiel ihr ein, daß sie ihm unbedingt diese Geschichte von den panischen Postbediensteten erzählen mußte, die wegen eines merkwürdig tönenden und vibrierenden Paketes die Polizei gerufen hatten. Drinnen lag eine außer Rand und Band geratene Sexpuppe, die sich beim Transport von selber eingeschaltet hatte und sich nun nicht mehr abstellen ließ. Polizeiarbeit konnte auch manchmal lustig sein, das schon.

»Hallo Ina«, sagte Denise.

Ina legte den Kopf zurück. Die Sonne blendete, und sie ging ein paar Schritte schneller. »Wo steckst du?«

»Ich bin fast zu Hause. Es hat gedauert.«

»Ja, das habe ich gemerkt.«

»Ich war nicht in der Pension.«

»Habe ich auch gemerkt.«

»Da stand ein Bus«, sagte Denise, als wäre sie mal eben ins nächste Einkaufszentrum gefahren. »Der fuhr dann auch gleich los. Und dann noch einer und noch einer.« Ihre Stimme war sehr leise und sehr weit weg. »Ungarn, Slowakei, lauter Umwege, aber jetzt bin ich da.«

»Ja«, sagte Ina. »Andere vielleicht auch.«

»Nein, ich bin nicht in Bukarest. Habe ich dir nicht erzählt, Dan wird Bukarest verlassen?«

»Hast du.« Ina räusperte sich laut, um Benny zu vertreiben, aber Benny ließ sich nie vertreiben und ging stur neben ihr her. »Ob das viel nützt?«

»Ich warte auf ihn«, sagte Denise. »Auf ihn und Andrei. Dan sagt, du bist die beste Polizistin der Welt. Komischerweise hatte ich überhaupt keine Angst während der Fahrt, obwohl ich bei jedem Halt gedacht habe, die holen mich jetzt raus. Aber ich bin bald geplatzt von diesem Gefühl, daß ich Andrei gesehen habe – dieses Glück, daß es ihn gibt.«

»Hast ihn dir anders vorgestellt, nicht?« Weibergewäsch, würde Benny nachher wieder sagen.

»Ich habe ihn mir überhaupt nicht vorgestellt. Er war nur die ganzen Jahre über da.«

»So, aha. Na und jetzt?«

»Es gibt ein Häuschen, da können wir zusammen leben«, sagte Denise. »Ein Teil von Dans Sippe wohnt in der Nähe, der ist mit dem anderen Teil verfeindet. Das ist der Teil, der, sagen wir mal, es mit dem Gesetz nicht ganz so genau nimmt, den Dan immer abgelehnt hat. Aber wenn er mit mir leben will, muß er sich an so etwas gewöhnen. Sie haben Papiere für mich, falls ich sie brauche.«

»Wo ist das?«

»Du wirst es sehen«, sagte Denise. »Es wäre sehr schön, wenn du kommst. Wenn Adrian da ist, was meinst du?«

»Wie geht's ihm?«

»Er wird munter. Morgens um fünf macht er Übungen.« Ein Rauschen, eine Pause, dann sagte Denise: »Ich habe noch nie allein eine Reise gemacht. Und dann so eine, und ich habe es tatsächlich geschafft.«

»Du warst doch auch jetzt nicht allein.« Ina zog Benny am Gürtel, zog ihn heran und schubste ihn wieder weg. »Weißt du was, ich habe ein neues Lebensmotto, von Lichtenberg, kennst du vielleicht, der Philosoph und Wissenschaftler, 1742 bis 1799. Kennst du ihn?«

Pause, dann sagte Denise: »Äh – ja.«

»*Man muß etwas Neues machen, um etwas Neues zu sehen.*«

»Es gibt noch einen besseren von ihm«, sagte Denise. »*Wer nur etwas von Chemie versteht, versteht auch die nicht recht.*«

»Natürlich.«

»Hör nicht auf«, sagte Denise. »Du kannst dich doch versetzen lassen, du mußt doch nicht bei der Mordkommission bleiben.«

»Wie siehst du aus?« fragte Ina.

»Furchtbar.«

»Das ist gut, sie suchen –« Ina fing an zu husten; sie suchen immer noch die perfekte Blondine, wollte sie sagen, aber das war nicht so toll, wenn Benny lauschte.

»Ist Benny da?« fragte Denise.

»Ja, er ist da.«

»Schöne Grüße!« schrie Benny.

»Ina?«

»Was noch? Es wird teuer.«

»Ich sage nicht, ich schulde dir was«, sagte Denise. »Das ist Kleinkriminellen-Jargon, nicht?«

»Igitt, ja.« Ina unterdrückte ein Kichern. »Mit so was hast du ja nichts zu tun.«

»Ich verdanke dir mein Leben.«

»Na komm.«

»Nein, du. Wirst du kommen?«

»Ich weiß noch nicht. Vielleicht.«

»Weißt du, wie oft du *vielleicht* sagst? Entscheide dich doch mal.«

»Ja, mach ich. Mach's gut.«

»Was war denn das für ein Gefasel?« fragte Benny, als Ina das Telefon wegsteckte.

»Na, wie nennst du das?« Sie legte den Arm um seine Hüfte. »Weibergewäsch?«

»Aber hallo«, sagte Benny. »Hoch drei.«

7

An einem Morgen, als das erste Schneerieseln einsetzte, hielt ein Streifenwagen vor Bennys Imbißstand. Benny trug eine Wollmütze und pustete sich die Fingerspitzen warm; Ina hatte ihn begleitet, und wie jeden Morgen fand sie den Absprung kaum, sah zu, was er machte und trödelte herum. Die Streifenbeamten stiegen aus und guckten ins Innere des Hähnchenwagens, als müßten sie etwas kontrollieren, ein Ausdruck, der sich mit jedem Dienstjahr nachhaltiger in ihre Augen geschlichen hatte.

Benny schien ihn zu kennen, diesen Ausdruck. »Guten Morgen«, sagte er nur.

»Gibt's denn auch Kaffee?« fragte der eine Beamte.

»Immer.« Benny goß zwei Becher voll, und dann standen die Beamten da und nahmen kleine Schlucke, und als sie leise miteinander sprachen, ging es um den verdrehten Körper eines überfahrenen Menschen. So, sagte der eine, hätte er es ja noch nie gesehen, diese verrenkten Glieder und die Augen, die immer noch guckten, dieser Blick, der um Hilfe bat, wo doch alles verwüstet war, und der andere murmelte: »Laß, hör doch auf.«

»Ich gehe jetzt«, murmelte Ina. Die Beamten guckten sie an, als wollten sie sagen: Wenn du wüßtest, aber sie wußte es doch. Sie holte sich noch einen Schokoriegel aus Bennys Wagen, und Benny flüsterte: »Kennst du die?«

Sie schüttelte den Kopf, nein, nicht direkt. Sie kannte sie nicht und kannte sie doch. Ihre schweren Träume am Abend, die schon. Die Farbe ihrer Angst, grau und fahl.

Am selben Tag wurde die Disziplinarmaßnahme verhängt, Gehaltskürzung für die Dauer eines Jahres. Im Monat ein Paar Schuhe weniger, sagte ihr Chef.

»Die Gehaltskürzung«, las sie, »zieht ein Beförderungsverbot für ihre Zeitdauer nach sich.« Komischer Satz, darunter drei Paragraphen.

Ina machte ihre Arbeit und desertierte in ihren Träumen. Manchmal suchte sie in Annoncen nach einer zu verpachtenden Kneipe, doch dann kam die Furcht vor dem, was alles schiefgehen könnte, und die Schreckgespenster tanzten ihr auf der Nase herum. Sie würde ja noch nicht einmal Arbeitslosengeld bekommen, falls es schiefging, als Beamtin hatte sie doch niemals eingezahlt. Benny zog ohnehin nicht mit; du bist Beamtin, sagte er immer wieder, das ist mal sicher.

»Sicher ist der Tod«, sagte sie dann. Sie nahmen den Mann fest, der seine Frau erschlagen hatte, doch bei der Vernehmung ließ Stocker sie außen vor. Hin und wieder klopften Kollegen ihr auf die Schulter und brummten, wird schon wieder, und dann fragte sie: *Was?*

Na, so halt, sagten sie dann, die nächste Beförderung und so, irgendwann kommt die auch.

Böhm fragte sie mehrmals nach der Beute. »Wenn der Schiller Ihnen angeblich die beiden Tötungsdelikte gestanden hat«, sagte er einmal, »muß er doch auch etwas über die Beute gesagt haben.«

»Die Beute«, sagte Ina, »war weder Folge des einen noch des anderen Tötungsdelikts, das war die Geschichte Lambert, wie Sie wissen. Und er hat mir die beiden Tötungsdelikte auch nicht *angeblich* gestanden.«

»Ja sicher«, sagte Böhm. »Robert Reich läßt sich entwaffnen, und im Kampf mit ihm hat sich ein Schuß gelöst. Der Pawlik ist ihm weggestorben, ohne daß er ihn groß geprügelt hat.«

»Stimmt mit dem Obduktionsbefund überein«, sagte sie. »Herzversagen.«

Böhm rieb sich die Hände. »Schiller erklärt, daß die Berninger ihm das alles gestanden hat. Er ist hartnäckig. Er läßt sich nicht aus der Ruhe bringen.«

Schiller blieb bei seiner Aussage. Denise hatte den Großteil der Beute, Denise hatte getötet. Er hatte saubergemacht, das tat er immer, er machte hinter den Frauen sauber.

Inzwischen wurde Denise auch wieder gesehen, von diesem und jenem Touristen, in Paris und auf Mallorca, von wo der entsprechende Hinweis tatsächlich per Postkarte kam. Es war schön warm auf Mallorca, während sie hier durch einen Winter schlitterten, der die Temperaturen alle zwei Tage neu würfelte, kalt, zu warm, eiskalt. Die Leute sagten: »Mein Kreislauf«, ohne das genauer auszuführen, oder sie erinnerten einander an Kindheiten, als die Schneemänner am Leben blieben. Böhm schien dünner zu werden. Eines Tages fiel ihm ein, daß das ehemalige Milieu der Berninger vielleicht doch noch ein paar loyale Mitglieder bereithalten könnte, diese linksliberalen Spießer mit Geld, nicht? Hatten Häuschen in der Toskana, die sie nur im Urlaub bewohnten, wollten womöglich einmal im Leben aus sich heraus, suchten den Kitzel und gaben ihr ein Obdach unter Olivenbäumen. Böhm ließ fast die ganze Toskana abklappern, zumindest jene Teile, die von Deutschen gekapert worden waren. Als er mitbekam, daß Dan Bancu und sein Sohn Andrei nicht mehr in Bukarest lebten und die Rumänen erklärten, es gebe keinen Grund, einen ihrer Staatsbürger, gegen den nichts vorlag, im eigenen Land zu suchen, sagte er wie ein trotziges Kind: »Das zahle ich ihr heim.«

»Ich weiß nicht, wo sie ist«, sagte Ina, weil es die Wahrheit war und Böhm ihr leid tat, denn der Druck, unter dem er stand, zeichnete ihm Kummerfalten ins Gesicht. Er wurde tatsächlich dünner.

Sie wußte es nicht, und manchmal, wenn sie nicht schlafen konnte, überlegte sie, ob Andrei Bancu böse Träume hatte, wo auch immer er jetzt lebte. Er hatte ihren Willen beherrscht, so sehr, daß sie einen Mann verletzt hatte, doch sie hatte ihn tatsächlich gefunden. Zwar sagte kein Mensch, daß das gute Polizeiarbeit war, aber sie hatte ihn gefunden. Mehr zählte doch nicht, sie hatte sein Lachen gesehen, als er sie Miss Marple nannte.

Vielleicht ging es gut aus. Andrei Bancu lebte irgendwo mit seinen Eltern.

Wie kalt ist es bei euch? Gern hätte sie angerufen, um Denise das zu fragen, so wie man mit gewöhnlichen Menschen gewöhnliche Telefongespräche führte, wie sind denn eure Stromkosten, kassieren die Blutsauger euch auch so ab? In der Einzimmerwohnung eines Mannes sah sie eine Stromrechnung auf dem Tisch, die einem glatt die Luft abschnürte; ihr Kollege sagte, der wäre am Schreck gestorben, als er sie las. Die Heizung lief, doch es war kalt, Zugluft kam durch Fenster und Türen, und hinter dünnen Wänden hörte man Kinder schreien. Neben der Rechnung eine aufgeschlagene Fernsehzeitung, das Datum war acht Tage alt, auf dem Boden leere Bierflaschen und verschimmelte Essensreste. Der Mann lag im Flur und trug einen Schlafanzug. Nichts sprach für Fremdeinwirken, er war einfach so gestorben, vielleicht auf dem Weg zu Klo, wie ihr Kollege sagte. Ina blickte von oben in sein Gesicht; totgesoffen, sagte der Kollege, guck dir die Nase an, die ist ja immer noch rot. Sie streifte Handschuhe über und tastete sich den toten Körper entlang, dann sah sie seine Habseligkeiten durch, doch da gab es keinerlei Hinweise, er war einfach nur gestorben.

»Kein Geld«, murmelte sie, »Kälte, da sterben sie früher.«

»Ach was«, sagte ihr Kollege. »Totgesoffen hat er sich.«

»Ist doch dasselbe.« Was hatte sie denn getrieben in den letzten Tagen? Im Kino gewesen, ihre Mutter besucht und vor dem Fernseher gegammelt, Streit mit Benny, Sex mit Benny, während dieser Mann hier in der eigenen Wohnung begraben lag. Als ihr Telefon klingelte, ging sie zum Fenster und guckte auf ein verrostetes Fahrrad, das wie eine Skulptur in einem kahlen Hinterhof stand. Es war Dan, ein sehr aufgekratzter Dan Bancu, der rief, daß es angekommen war, *you know,* das Baby war da.

»Hey«, murmelte sie. »Wie schön – congratulations, Daddy.«

»Can you hear me?« rief Dan.

»Yes.« Sie sah nach, was der Kollege machte. »Adrian, stimmt's?«

»Elena!« schrie Dan. »Five pounds, no hair, blue eyes!«

»Elena«, wiederholte sie feierlich, obwohl ihr der Name nicht gefiel. Andrei hatte eine Schwester, selbst Denise konnte sich täuschen, nicht wahr?

»She wants to meet you«, rief Dan. »We all want you, Mutter, Vater, Andrei, Elena. Maramuresch, in Dorf.«

Ja, sagte Ina, bald. Im Frühling, wenn alles besser ging, dann schon. Geht es euch gut, wollte sie noch fragen, doch sie traute sich nicht, weil der Kollege in der Nähe war. Bald, sagte sie, wenn es wärmer wird.

»Yes«, rief er. »Guten Tag!« Dan war sehr glücklich, das hörte man.

Lärm, als die Totenträger kamen, die in der engen Wohnung mit dem Sarg überall anstießen. Ein Mann mit Mozartzopf, der sie durch fast jeden Todesfall begleitete, fragte: »Kann er weg?«

Sie nickte. So war es richtig, Elena war nicht im Knast geboren worden, vielleicht ging es gut aus.

Der Totenträger mit dem Zopf hob den Toten an den Beinen an und sagte: »Bei dem Glatteis draußen fliegt er uns womöglich aus dem Sarg.«

Auf dem Weg zum Wagen erzählte ihr Kollege von einem Unfall, als ein Leichenwagen mit einem Laster kollidiert war und der Sarg samt Inhalt die Kreuzung schmückte. Lebenslang unfallfrei gefahren, dachte man, und dann kam die letzte Fahrt.

Zu Hause guckte sie in ihren alten Schulatlas. Maramuresch war keine Stadt, sondern eine Region in den Karpaten, so weit wie möglich von Bukarest entfernt. Dan Bancu war ans andere Ende des Landes gereist, nach Transsilvanien, sieh an, das war doch auch die Heimat des Polizisten Stefan Hudek, dessen Gattin Ärztin war. Der hilfsbereite Hudek könnte Denise ein Alibi geben, zumindest für den Mord an Robert Reich, doch das ließ er sein.

Ina blätterte den Atlas durch und fing an zu träumen, während sie blind irgendwohin deutete, nach Süden, nach Norden, überallhin.

Nachts stand sie manchmal am Fenster und sah den Lichtern hinterher, Scheinwerfern, wie sie durchs Dunkel glitten. Kleine Eismuster auf der Fensterscheibe und vor der Laterne ein paar schräg fallende Flocken. Denise hatte drei Wochen nach Dan angerufen, Elena war schön und gefräßig und lächelte im Schlaf. Andrei staunte sie an, erzählte sie, manchmal stand er vor der Wiege, um mit ihr zu reden. Er ging wieder zur Schule, fuhr jeden Morgen mit dem Bus in die nächste Stadt, und wenn er nach Hause kam, begrüßte er seine kleine Schwester, als hätte er Angst gehabt, sie sei nicht mehr da. Ein Jahr hatte er verloren und mußte eine Klasse wiederholen, und die Schule gefiel ihm auch wieder, doch konnte er kaum noch Fußball spielen, weil sein Rücken schmerzte. Denise erzählte viel von Andrei und beschrieb ihn, als hätte Ina ihn niemals gesehen.

»Komm doch«, sagte sie. »Du kannst zugucken wie Elena wächst, hab ich schon gesagt, wie gefräßig sie ist?«

»Ja«, sagte Ina. »Ich warte auf den Frühling.«

Denise sagte, daß es ihr unheimlich war, zu telefonieren. Als ob doch jemand lauschte, und dann gab es Tage, da warte sie auf die Herren, die kamen, um sie abzuführen. Dan machte sich keine Gedanken, sagte sie, für ihn war endlich alles gut.

»Was macht er?« fragte Ina.

»Er ist wieder Schmied«, sagte Denise. »Kannst du dich erinnern? Das mit den Pferden.«

Ja, sagte Ina. Und das mit den Eisen im Feuer und das mit dem Glück.

Nachts, wenn sie am Fenster stand, wollte sie auf die Scheibe schreiben, daß es gut ausging, ganz bestimmt. Ab und zu Geräusche, wenn einer sein ganzes Leben herausbrüllte auf einer leeren Straße, mitten in der Nacht. Der Metzger hatte das auch gemacht, erzählten seine Nachbarn, der ging nachts auf die Straße, um zu schreien.

Der Metzger hatte seine Arbeit verloren, weil sein Betrieb auf polnische Billigarbeiter setzte, die nach einer Zwölfstundenschicht am Monatsende 450 Euro verdienten. Eines Abends war er in das Wohnheim eingedrungen, in dem die Polen hausten, und hatte einen von ihnen erstochen. Bei der Vernehmung erzählte er von dem Massaker, das er anrichten wollte, so ein richtig schönes Massaker, mit Blut, viel Blut, bloß hatten die Pollaken ihn festgehalten, als erst einer von denen am Boden lag. Der Metzger saß ihr gegenüber und sagte: »Ich heiße Koch, finden Sie das lustig?«

»Nein«, sagte Ina. Er war so ein schmales Kerlchen, der Metzger namens Koch, einer mit dünnem, blonden Haar, der aussah, als fege ihn der Wind gleich hinweg. Später sagte er, daß der Chef des fleischverarbeitenden Betriebes, der ihn gefeuert und die billigen Polen geholt hatte, gar kein Metzger war, aber Hackmann hieß, und er fragte: »Finden Sie das denn wenigstens lustig?«

»Nein«, sagte sie wieder.

»Was sind Sie denn für ein Mensch«, fragte er, »wenn Sie noch nicht einmal lachen können?«

Nachts fingen die Träume wieder an, sie fiel aus großer Höhe und landete im Dreck, und all die armen, kleinen Schweine streckten ihre Klauen aus und riefen: Hat doch alles keinen Zweck. Am Tag sortierte sie ihre Akten, schrieb ihre Berichte und wartete auf die Wärme. Benny erzählte von einer richtigen Snackbude, die er in Aussicht hatte, also raus aus dem Imbißwagen und rein in die warme Stube mit der Aussicht auf ein viel besseres Geschäft.

»Die können wir aber nicht zusammen führen«, sagte er, »so groß ist die nicht. Falls du wieder deinen Kündigungsrappel kriegst«, und sie sagte: »Ich will auch keine Würstchen verkaufen, bilde dir bloß nichts ein.«

Sie stritten oft, und dann wartete sie auf die Versöhnung, die ihn hübscher werden ließ als jemals zuvor. Wenn sie essen gingen, achtete sie darauf, daß sie redeten, weil sie nichts mehr fürchtete, als daß sie einander wortlos gegenübersaßen wie diese Leute in Vogels Dorf, die so verloren im Wirtshaus hockten, um einem Zug hinterherzublicken, der längst abgefahren war.

»Irgendwann bin ich vierzig«, sagte Ina ihm einmal, »und dann gucke ich vielleicht und denke, was ist denn eigentlich gewesen?«

»Ja und«, sagte er. »Besser, als wenn laufend was passiert.«

Und dann stand sie eines Tages in einem abbruchreifen Haus und erinnerte sich an diese interessante Geschichte, die sie einmal gelesen hatte, eine Theorie aus der Chaosforschung, wonach bei bestimmten Wetterbedingungen der Flügelschlag eines Schmetterlings einen Orkan auslösen kann. Ein alter Mann mit gebrochenen Armen. Seit dreißig Jahren wohnte er in dem Haus, doch der Hausbesitzer wollte sanieren. Am Morgen waren zwei maskierte Kerle gekommen, die damit begonnen hatten, das Treppenhaus zu verwüsten, als der Alte sie mit seinen dürren

Greisenärmchen aufhalten wollte. Am Mittag sprach Ina mit dem Hausbesitzer, der von nichts wußte und dauernd *Ich bitte Sie* sagte, und sie ahnte, daß sie keinen Beweis gegen ihn hatte, so wie sie auch damals keinen Beweis hatte gegen den Mann von Denise und seine Bosse. Abends ging sie zu Stocker und sagte: »Ich bitte um meine Versetzung. Ich mache das auch schriftlich.«

»Ach was«, sagte er.

»Mir ist egal, wohin.«

»Tatsächlich?«

»Ich mache es schriftlich«, sagte sie, und am nächsten Tag machte sie es schriftlich und wartete ab. Stocker kam zwei Wochen später und sagte, da wäre in der Tat eine Stelle, bloß wollte da niemand hin.

»Ich nehme sie«, sagte Ina.

»Überlegen Sie sich das gut. Man weiß, daß Sie noch jung sind und einmal gut gearbeitet haben und sich durchaus wieder bewähren können.«

»Nein«, sagte sie. »Ich nehme diese Stelle.«

»Technik, Logistik und Verwaltung«, sagte er.

»Ja, sehr gut.«

Abends erzählte sie Benny davon, und Benny blieb stumm. »Meine Arbeit ist dann die Planung und Beschaffung von Ausrüstung«, sagte sie. »Also Bekleidung, Fahrzeuge, Waffen und Gerät.«

Endlich fragte er: »Echt?«

»Ja, echt. Außerdem kümmert man sich da um die Computer und IT-Netze und hat die Fachaufsicht über alle Informations- und Kommunikationssysteme.«

»Also Technik«, sagte er. »Reine Technik.«

»Ja klar«, sagte sie. »So heißt das ja auch, Technik, Logistik und Verwaltung.«

Er lachte.

»Was ist daran komisch?«

»Na, ich weiß nicht«, sagte er. »Ist das noch Polizeiarbeit?«

»Ich mache das«, sagte sie. »Das ist schon okay.«

Zwei Wochen später fing sie an, ihren Schreibtisch auszuräumen. Die neue Stelle war erst in zwei Monaten frei, aber sie hatte noch ihren Jahresurlaub. Mit Benny konnte sie nicht verreisen, weil er sein Geld für die neue Snackbude brauchte und von morgens bis abends mit der Renovierung beschäftigt war. Siehst du, sagte sie ihm, wir fangen beide etwas Neues an, und dann kriegen wir auch etwas Neues zu sehen.

Sonst blieb alles beim alten. Kindesentziehung und Unterbringung zum Zwecke der Ausbeutung waren die Anklagepunkte gegen den Weinbauer Martin Vogel, der aber geltend machte, daß die jungen Rumänen sich nachgerade darum gerissen hätten, hier ein wenig zu verdienen, wie so viele, wie so viele andere auch. Sie hatten Andrei Bancus Aussage, die er im Polizeipräsidium gemacht hatte, aber zu einem Prozeß würde er nicht erscheinen, weil sein Vater mit ihm verschwunden war. Möglich, sagte ein Kollege, daß der Vogel nur eine Geldstrafe kriegt, und abends sagte sie zu Benny, Technik, Logistik und Verwaltung, mehr wolle sie nicht mehr.

Oberfahnder Böhm nahm wieder zu, doch seine Kummerfalten blieben. Ermittelt werde gegen beide, sagte er tapfer, Schiller und Berninger, wegen gemeinschaftlich begangenen Mordes, wegen Täterschaft und Beihilfe, Sie verstehen? Dann kriegt die Schöne noch ein paar neue Jährchen zu den alten.

»Wo gehen Sie hin«, fragte er, »Logistik?«

Ina nickte nur, auch als er sagte: »Da rennen Sie nicht mehr in Gegenden herum, die Sie nichts angehen und lassen auch hoffentlich keine Zigaretten mehr fallen.«

Als sie bei der Mordkommission ihren Ausstand gab, verdunkelte ein elender Regen die Stadt, doch der Tag vor ihrer Abreise war sonnig und warm. Morgens lag sie im Bett und hörte den Vögeln zu und eine Weile später auch Benny, der sagte: »Ich kenne diese Tussi überhaupt nicht.«

»Sie ist keine Tussi«, murmelte Ina. »Die ist anders, mit der kann man auch über andere Dinge reden als über – na, was ich halt sonst so rede. Es gibt doch Sachen, über die man nachdenken kann. In welchem Zusammenhang sie stehen, meine ich. In der Politik und in allem. Ich hab einfach was gelernt.«

»Aha«, sagte er. »Und jetzt willste lernen, wie man Kinder wickelt?«

»Warum nicht?« Sie gähnte und schloß die Augen. Geheimniskrämer, Lügner, das wird aus Polizisten wie mir. Daß sie eine Freundin in Österreich besuchen wollte, um deren Baby zu sehen, hatte sie ihm erklärt, und daß sie niemanden sonst kannte in Österreich und auch niemanden kennenlernen wollte. Klar war die Reise teuer, aber sie hatte ein kleines Konto, von dem sie sich ab und an etwas gönnte, da wollte sie jetzt endlich einmal ran.

»Sobald wir richtig auf der Reihe sind, du mit deiner Snackbar und ich mit meinem neuen Job, fahren wir zusammen irgendwohin.« Sie streckte den Arm aus und berührte sein Haar. »Wirst schon sehen.«

Sie kann dich töten, hatte Robert Reich gesagt, das war seine Begrüßung gewesen. Frühmorgens flog Ina nach Bukarest, die Stadt, in der er gestorben war. Beim Anflug auf den Flughafen Otopeni schloß sie die Augen, dann saß sie ruhig da und wartete auf den Weiterflug. »Dan erwartet dich in Baia Mare«, hatte Denise gesagt, »anschließend seid ihr noch ein Weilchen unterwegs.«

Mal sehen. Sie schob die weißen Stecker in die Ohren und ließ Springsteen singen, *no retreat, no surrender*.

Mit der rumänischen Airline ging es nach Baia Mare, ein Flug, der fast genauso lange dauerte wie der nach Bukarest. Ihre Lieblingsmusik im Ohr, beobachtete sie einen hübschen Flugbegleiter, der ein Gesicht zog, als müsse er alle Passagiere gleich darum bitten, die Sauerstoffmasken anzulegen. Doch einmal lächelte er, und als sie zurücklächelte, schnippte er mit den Fingern wie einer, der tanzen wollte.

Dan Bancu stand fast vor der Gangway. Er trug einen dunklen Anzug, und sein dichtes Haar war ordentlich zurückgekämmt. Neben ihm, mit zwei Armen wie ein Bodenlotse winkend, Andrei. Ina umarmte den Jungen, der in einem fort redete und schließlich sagte: »Schulfrei. Wegen Wichtigkeit.«

Dan legte ihr die Hände auf die Schultern und sagte feierlich: »*Bine ai venit,* willkommen«, und als er ihr ein großes Stück Sandkuchen reichte, das Denise gebacken hatte, meinte sie, daß das Licht am Ende des Tunnels tatsächlich ein Licht sein konnte und nicht der Zug, der immer näher kam.

Es war warm, die Luft roch nach Gras. Vater und Sohn erzählten so viele Geschichten, und es war Zufall, wenn sie eine davon verstand. Immer wieder legte Andrei ein Handgelenk übers andere, um zu demonstrieren, wie sie Schiller gefesselt hatte; *»prietena«,* sagte er dann, *»politie«,* meine Freundin von der Polizei. Das Weilchen, von dem Denise gesprochen hatte, war eine dreistündige Busfahrt durch wilde Täler und an Wiesen vorbei, auf denen Pferdewagen standen. Dan deutete mit dem Daumen nach hinten. »Baia Mare. *Disaster.*«

»GAU«, rief Andrei.

Dan nickte. *»In year 2000 Gift in water.* Tiere kaputt, Fische alle tot.« Er zog die Schultern hoch, Zyanid überall, aber sie waren weit genug weg in ihrem Dorf, das machte den Kindern nichts, schau her. Aus seiner Jackentasche nahm er einen Packen Fotos und zeigte Ina Elena, eine schlafende, gähnende und lächelnde Elena; nie, sagte er, durfte man Babys fotografieren, wenn sie weinten. Auf einem Bild waren sie alle zu sehen, Denise mit dem Baby in den Armen auf einer Treppenstufe sitzend, dahinter Dan und Andrei, und Ina sah es lange an, bevor sie eine Hand auf Andreis Arm legte und murmelte: »Alles ist gut, siehst du?«

Er blinzelte sie an. »Hä?«

»Ja, wenn sich so ein Kreis schließt, meine ich. Deine Eltern habe ich doch schon einmal so gesehen, auf einem alten Foto, da warst du so winzig wie Elena, bloß hattest du mehr Haare.«

Sie lehnte sich zurück und sah ihn an. Immerzu wollte sie ihn ansehen, diesen Jungen, der endlich zu Hause war. Eines Tages wollte sie Benny alles erzählen und wußte doch, daß es nicht möglich war. Sie wollte ihm die Landschaft beschreiben, durch die sie fuhren, mit ihren Felsen, Tälern und unendlichen Wäldern. Von Andreis Fröhlichkeit wollte sie berichten, von diesem ächzend dahinkriechenden Bus, dessen Fahrer manchmal leise sang, und von dem Dorf, dem Ziel ihrer Reise, als sie in die Stille fuhren, als Dan lachend sagte, daß er den Wagen hole und der Wagen ein Pferdegespann war.

Flick und Flack nannte Andrei die Gäule, die über sandige Wege trabten, an Höfen vorbei, deren Holztore mit Schnitzereien verziert waren, und an alten Frauen, die auf Stühlen vor den Toren saßen. Spinnende alte Frauen, Benny, ja genau, sie spinnen die Wolle. Und dann, als sie am Ende des Weges das aus Lehmziegel gebaute Häuschen sah, wollte sie Benny sagen, hier, glaub mir, findet sie kein Mensch. Niemand sucht hier, weil es stiller als alles ist, was wir kennen. Endlich spürte sie wieder etwas, von dem sie geglaubt hatte, es sei verschüttet, begraben mit all diesen Toten, diese Lust, etwas zu sehen und zu staunen. Das ist ein Ding, nicht? Wir sind Komplizinnen.

»Du kannst ja backen«, sagte sie, als Denise aus dem Haus kam. »Der Kuchen war gut.«

»Langsam lerne ich auch zu kochen.« Denise umarmte sie so lange, bis Andrei an ihr zerrte und »Miss Marple« rief, »come on.«

»Baby.« Dan lachte. »Immer zeigen.«

Das Baby lag in einer richtigen Wiege, so ein strampelndes Bündel mit rudernden Ärmchen, das ihr unvermutet ein zahnloses Grinsen schenkte. Ina sah es lange an und überlegte, ob man etwas sagen könnte, was nicht alle Leute sagten, wenn sie so einen kleinen Menschen sahen, wie winzig, wie süß, doch es fiel ihr nichts ein. Ganz die Mama, Elena wurde blond. Stumm sah sie zu, wie die kleinen Finger sich bewegten, als rechne das Baby etwas aus.

»So haben wir aufgehört damals.« Denise nahm sie hoch. »Dann diese lange Unterbrechung.«

8

Nach Mitternacht fing sie damit an. Sie saß am Fenster ihres alten Zimmers in der Mordkommission und versuchte zu schreiben. Niemand war hier, der Schreibtisch war leer, selbst der Papierkorb quoll nicht über wie sonst. Im Hof brannte ein trübes Licht, das der Schatten eines Falters wie eine Traumgestalt umflog. Sie sah immer wieder hoch und wartete auf Geräusche. Von weither, wie ein Echo, drangen die Gesänge lustiger Leute zu ihr vor, sonst nichts.

»*Hör zu*«, schrieb sie schließlich, das waren die ersten Worte, und sie würde das alles nicht wieder zerreißen, auch wenn Denise vielleicht mit hochgezogenen Brauen auf diese ersten Worte sah, denn es ging ja nicht ums Zuhören, es ging doch ums Lesen.

Es war in dieser Nacht gewesen, als Dan sie in die einzige Kneipe des Dorfes geführt hatte und sie ein wenig benebelt waren vom Wein. Die Kneipe war ein schön geschmückter Raum mit drei Tischen und zehn Stühlen, und die ganze Zeit lief diese rasende Musik, die sie schon in Bukarest gehört hatte, Blasinstrumente, die einander jagten. Andrei mußte seinen Wein mit viel Wasser verdünnen; »Schorle«, sagte er stolz. »So in deutsch.«

»Bei mir zu Hause sagen sie *Gespritzter.*« Ina hörte zu, wie er übte und fand ihn so süß, daß sie ihn dauernd umarmen wollte. Ihr kleiner Held, heimgekehrt von einer langen, bösen Reise. Er redete viel, doch niemals über Vogel und die Bauern und dieses andere Dorf, nur einmal sagte er: »Soll sterben.« Manchmal sprach er von den Carmis, wie sie mit ihm tanzten, und daß Kali Carmi ein so schönes Mädchen war.

»*Frumos*«, sagte er und deutete auf das Baby, das in seiner Tasche lag und sich kein bißchen störte an der lauten Musik.

»Sie ist auch schön«, übersetzte Denise. »So schön wie ihr Bruder, aber das hat er nicht gesagt.« Sie legte ihm noch ein paar

Tomaten auf den Teller, und Andrei sah zu, dann schob er den Teller weg. Ein herrenloser Teller mitten auf dem Tisch. Ina räusperte sich und fragte nach dem Wort für Tomaten, und Denise sagte: »*Roschie.* Die Roten.«

In dieser Nacht war sie aufgestanden, um noch ein Glas Wasser zu trinken, und sah Denise mit Elena in der Küche sitzen. Sie stillte das Würmchen, das dabei schnaufte, als sei es harte Arbeit, und sie hatten noch Witze darüber gemacht, ob auch sie jetzt von dem Wein etwas abbekam, als Denise plötzlich fragte: »Warum hast du mir nie geschrieben? Ich habe verdammt noch mal darauf gewartet im Knast.«

»Weil ich das nicht kann«, hatte Ina gesagt. »Ich meine jetzt nicht die Rechtschreibung, ich meine das andere.«

»Was?«

»Na ja, ich kann mich nicht so gut ausdrücken, das hab ich dir aber schon einmal erklärt.«

»Das ist doch scheißegal«, hatte Denise gesagt.

Na gut, dann war es halt egal.

»Hör zu«, schrieb Ina, *»ich muß dir noch etwas sagen.«*

Wie still es bei ihnen war, schrieb sie, fast zu still, so ein friedlicher und freundlicher kleiner Ort. *»Es war schön«*, schrieb sie. *»Bis zur Rückfahrt, bis Baia Mare war es schön.«*

Als sie durch das Dorf gegangen waren, sah sie die alten Frauen wieder, mit ihren unterm Kinn gebundenen Kopftüchern, die würdevoll nickten, wenn sie »buna sia« sagten. Sie sah Männer die Wiesen mit der Sense mähen, auf ihren Feldern standen Ochsenkarren. Die schroffen Felsen in der Ferne mußten diese kleine Welt beschützen; hier sind die guten Geister, sagte sie, als Denise ihr die aus Holz gebaute Kirche zeigte, ein Funke würde doch genügen, nicht? Aber sie steht, sagst du, seit einer kleinen Ewigkeit. Gute Geister in der Stille, überall.

Dan hatte seinen dunklen Anzug mit den blauen Arbeitsklamotten vertauscht und schmiedete Eisen in der Sonne. Er ist zu Hause, sagte Denise, er ist mit seinen Leuten zusammen.

»Und du?« fragte Ina.

Ja, sagte Denise, nur daß sie die Sprache richtig lernen mußte, weil sie ihr manchmal auf dem Markt etwas erzählten, das sie nicht verstand.

Die alten Frauen strahlten das Baby an, während sie Denise mit einem zurückhaltenden Lächeln bedachten, weil ihnen Dans Frau noch nicht geheuer war. Unsere Jungen gehen weg, sagten sie, und sie kam her. Ob sie wohl auch einmal so herumlaufen werde, hatte Ina gefragt, mit Kopftuch und allem? War das Kopftuch religiös? Nein, nur Tracht und Gewohnheit. Und natürlich mußte sie fragen: »Ob du auch eines Tages vor dem Haus sitzt und spinnst?«

»Ich spinne doch schon von Amts wegen«, sagte Denise. »Lies meine Akte.«

»Habe ich getan. Mehrmals.«

»Bin ich das?«

»Ich weiß nicht«, sagte Ina. »Manche begreift man nie so ganz.«

Gleich am zweiten Tag waren Dan Bancus Verwandte gekommen, ein Onkel und ein Cousin, wichtige Leute im Dorf, mißtrauische Männer, die doch dafür gesorgt hatten, daß kein Besuch aus Deutschland kam, und nun war Besuch aus Deutschland da, was tun? Dan war nirgendwo gemeldet, erst recht nicht die Mutter seiner Kinder, und ihnen war daran gelegen, daß alles so blieb, wie es war.

Ja, hatte Ina nur gesagt und noch hinzufügen wollen, wir sind doch Komplizinnen, wißt ihr das nicht? Macht euch mal wegen mir keine Sorgen, denn wir sind zusammen einen weiten Weg gegangen, und jetzt sind wir am Ziel.

Denise hatte hin und wieder etwas übersetzen müssen, ansonsten saß sie mit Elena in der Zimmerecke und sagte kein Wort. Der Onkel predigte und scherzte mit dem Baby, und Ina nickte zu seinen fremden Worten. Als er ihr die Hand zum Abschied reichte, sah er ihr lange in die Augen, bevor er mit leiser Stimme sagte: *»Pina nu faci foc, nu iese fum.«*

»Solange du kein Feuer machst«, übersetzte Denise, »kommt auch kein Rauch.«

Sie bewegte sich so leise, daß man sie fast nicht hörte, Reflexe von einem Leben auf der Flucht. Sie schien immer wach zu sein. Morgens um fünf hatte sie Elena auf der Schulter und kochte Kaffee für Dan. Sie schmierte Schulbrote für Andrei, der sie gewöhnlich vergaß; damals, sagte sie, wollten sie drei Kinder.

»Und heute?« fragte Ina.

»Wieder.« Denise blies über Elenas Köpfchen. »Oder nein, noch immer.«

Sie gingen jeden Tag zum Markt, und dann lächelten die alten Frauen das Baby an. Denise kochte und deckte den Tisch in einem engen Raum, der zugleich Eßplatz und Wohnstätte war, und wirkte ein bißchen merkwürdig darin, eine Frau in Jeans und Bluse zwischen einem großen, dunklen Schrank und einem dunklen Tisch vor einer Wand mit Heiligenbildern. Vier kleine Zimmer hatte das Haus und eine Kammer, die jetzt als Gästezimmer diente.

»Ich sehe dich noch in deinem Büro sitzen.« Ina schnitt die Tomaten und sah zu, wie Denise das Fleisch zerteilte, sie tat es mit der rechten Hand. »Die Wände im Sender waren voll mit deinen Postern. Und dann haben sich die Kollegen mal darüber unterhalten, ob du viel Maske hast im Fernsehen, na ja, wie sie halt reden. Und deine Wohnung, ich meine, früher, das alles.« Die riesige, zweistöckige Wohnung, die sie einmal stundenlang durchsucht hatte, überall Licht, überall Designerkram. Sie seufzte. »Oder deine Opern, deine Sinfonien.«

Denise drehte sich um. »Ich brauche dringend eine vernünftige Waschmaschine, Dan will schon seit Wochen eine besorgen. Und ich hatte eine Tonne Maske im Studio, das lag daran, daß ich so viel schwarz getragen habe, weil ich das als Fernsehdomina tun mußte, in schwarzen Klamotten siehst du ohne drei Schichten Kleister nämlich aus wie seit drei Tagen tot. Sie haben mir immer vorgeschrieben, was ich zu tun hatte. Und die Musik – nein, hier gibt es keinen Schumann, dafür Doina. Das ist nicht das, was sie in den Lokalen spielen, das spielen sie manchmal nur für sich, Doina ist der rumänische Blues.«

»Aber hier findet dich keiner«, murmelte Ina.

»Doina ist eine wunderschöne Musik«, sagte Denise. »Sie hört nie auf.«

Ina guckte das Baby an, die kleinen Finger, die immer in Bewegung waren. »Ich meine, wenn dir hier der Himmel auf den Kopf fällt, kannst du sagen, ich bin in Sicherheit.«

Elena fing an zu schreien. Denise legte sie an die Brust und sagte: »Ich schau ihr beim Leben zu.«

»Sie lächelt wirklich im Schlaf«, sagte Ina. »Gestern hab ich es gesehen.«

»Andrei hat das auch gemacht.« Eine Weile war es still, sie hörten nur Elenas leises Schnaufen, bis Denise fragte: »Wie geht es Hauptkommissar Böhm?«

»Der dreht am Rad.«

»Ich war ein Pin-up-Girl für Streifenbeamte«, sagte Denise. »Die höheren Beamten konnten mich nicht ausstehen. Böhm hat mich intern mal eine halbfaschistische Wühlmaus genannt, jetzt muß er nicht mehr hinterm Berg halten mit seiner Meinung.«

»Warst du dabei, als mein Kollege erschossen wurde?« Ina sah aus dem Fenster. »Und der Mann aus Offenbach?«

»Nein«, sagte Denise. »Aber du wirst niemals sicher sein.«

Draußen ging ein Mann vorbei, der eine Sense auf der Schulter trug. Ina sah nicht mehr hin. »Hast du die Makarov noch?«

»Dan hat sie. Er möchte uns verteidigen.« Denise hielt Elena in die Höhe, und das Baby quietschte laut. »Schiller hat auf dem Weg nach Deutschland irgendwo angehalten, um die Patronen aus der Waffe des Polizisten zu nehmen, er wußte aber nicht, wie es geht. Er sagte dauernd, ich muß sie doch entschärfen, die geht einfach los.«

»Damit willst du sagen, er hat Robert Reich tatsächlich aus Versehen erschossen? Der berühmte Schuß, der sich gelöst hat?« Ina verschränkte die Arme. »Es spielt keine Rolle.«

»Du hast doch auch Bilder, die du nie los wirst, nie. Sonst hättest du nicht aufgehört bei der Mordkommission.« Denise streichelte Elenas Wange und schloß die Augen dabei. »Das Bild, wie er die Pistole in Andreis Nacken hatte. Wie ich gebetet habe, zum ersten Mal in meinem Leben richtig gebetet, daß er jetzt damit umgehen kann. Ich war mir sicher, daß er ihn nicht töten wollte, er wollte nie jemanden töten. Nur die Angst, daß sie ihm wieder losgeht. Was machen seine Augen?«

»Er sieht nicht mehr besonders gut.« Ina schüttelte den Kopf. »Der arme Pfleger wollte nur helfen und nie jemanden töten.«

»Im Gegensatz zu mir«, sagte Denise. »Ich habe es gewollt, damals im Park. Und weißt du, woran ich manchmal fast ersticke? An meinen Eltern, ich wache auf und will sie töten, weil sie mir Andrei weggenommen haben.«

Das trübe Licht, das im Hof des Polizeipräsidiums brannte, warf merkwürdige Schatten, oder bildete sie sich das ein? Schatten, wie in diesem alten Film, als eine Stadt einen Mörder suchte, erst kam sein Schatten, dann der Mörder. Ina sah immer wieder hoch, bekam die Worte kaum aufs Papier. *»Du hast einen erstochen«*, schrieb sie, *»und ich habe einen Mann mutwillig verletzt. Da gibt es einen Unterschied, sagst du, aber das Gefühl muß ähnlich gewesen sein, dieser Haß und der Wille zu zerstören.«*

Schatten. Im *Dritten Mann*, da gab es ihn auch, in der Szene, als das Kind auf der Straße war, ein Junge, der hinter dem Helden hergeht und einen bedrohlichen, schwarzen Schatten wirft.

»Ich weiß nicht, was passiert, wenn sie kommen«, hatte Denise gesagt, als sie Elena schlafen legte. »Wenn sie mich von ihr trennen, wenn sie mich wegholen, wenn sie es noch einmal tun.«

Abends teilte Dan das Fleisch und gab Ina das größte Stück. Beim Essen blieb er stumm, dafür redete Andrei um so mehr. Die Schule war okay, sagte er, nur im Sport war Pause, weil sein Rücken nicht gesund war. Mehr sagte er nicht, weil er nicht darüber reden wollte, über seine Schufterei in Martin Vogels Dorf.

»Hier ich kaufe Hof«, sagte er. »Großer Hof. *Cu catel si purcel.*«

»Was sagst du?« fragte Ina.

»Mit Kind und Kegel«, sagte Denise. »So ähnlich.« Sie reichte ihm die Schüssel mit Bohnen, doch Andrei stieß ihren Arm weg und sagte: »Ich heirate ein Mädchen.«

»Anzunehmen.« Ina sah von ihr zu ihm. »Du hast aber noch Zeit.«

»Hier.« Er hielt einen Finger in die Luft. »Schule. Mädchen.«

»Hey, du kennst ein besonderes Mädchen?«

Er nickte ernst. »Verliebt. Numero zwo.«

»Wie, du bist schon zum zweiten Mal verliebt?«

Er sagte: »Oh ja«, und sie überlegte, ob das erste Mädchen Kali Carmi war.

Dan schüttelte den Kopf und erzählte seinem Sohn etwas, das Ina nicht verstand. Sie sah nur Andreis verächtliche Miene.

»Ich«, sagte Dan und tippte mit einem Finger gegen seine Brust, »einmal *in love*, einmal gut.« Er deutete auf Denise, die mit dem Baby in die Küche ging, um es zu stillen; Dan wollte nicht, hatte sie erzählt, daß sie das vor Andrei oder anderen Leuten tat.

»Ja«, murmelte Ina. Sie sah Andrei an, der sich noch einmal Bohnen nahm. Sie wollte etwas sagen, aber sie wußte nicht, was.

»Frauen okay«, sagte Dan. »Aber nicht mit jede *in love*.«

»Nein«, murmelte sie.

In dieser Nacht schlief sie kaum. Es war so still. Schräg über ihr der Mond und ein fernes Licht, das von den Bergen kam. Nach dem Essen waren sie durchs Dorf spaziert, es war warm, und die Luft roch nach gemähtem Gras. Andrei nahm Inas Hand, sobald sich Leute näherten, denen er sie noch nicht vorgestellt hatte; »*prietena*«, sagte er dann, »*prietena, politie*«, Freundin von der Polizei. Dan trug Elena und sah wie ein glücklicher Mann aus, an einem Samstagabend in seinem kleinen Stück von der Welt.

Am nächsten Morgen glaubte Ina die erste zu sein. Gegen vier hatte sie Elena schreien gehört, doch jetzt war es wieder so ruhig wie in der Nacht. Als sie in die Küche kam, sah sie Andrei auf dem Tisch kauern, hinter ihm Denise, die seinen Rücken mit etwas einrieb, das nach Kampfer roch. Die freie Hand hatte sie in seinem Nacken. Andrei hielt den Kopf gesenkt, sein magerer Oberkörper war gekrümmt. Es herrschte völlige Stille.

Ina wollte wieder gehen, doch da sah er sie und rief: *»Buna!«* Er sprang vom Tisch und erzählte ihr etwas, das sie nicht verstand. »Doktor«, sagte er schließlich und deutete auf die Salbe, die auf dem Tisch lag.

»Gut geschlafen?« Denise küßte sie auf die Wange, das hatte sie noch nie getan. »Er kommt am Rücken nicht überall selber dran. Ich glaube ja nicht, daß so ein Zeug hilft, aber man kann ihn ja nicht mit Spritzen vollknallen.«

Ina drehte sich um. Andrei war verschwunden.

Denise packte die Salbe weg. »Was haben sie ihm angetan.« Es klang nicht wie eine Frage. »Kinderarbeit, Kindesentziehung, nicht? Maximal fünf Jahre oder Geldstrafe, ja.«

Ina räusperte sich. »Was ist eigentlich los?«

»Gehst du mit in die Kirche?«

»Ich? Na ja –« Ina sah nach, was auf dem Herd stand, es war ein Topf mit Brei.

»Sonntags gehen wir in die Kirche«, sagte Denise. »Und als Sonntagsfrühstück gibt es *Mamaliga.*«

Ina sah noch einmal in den Topf. »Das da?«

»Das da ist Mamaliga, ein Maisbrei. Denk an Polenta, so ähnlich. Und denk an Dans Zähne.«

»Was ist los?« fragte Ina. »Mit dir und Andrei?«

»Das siehst du doch jeden Tag.« Denise nahm den Topf vom Herd, sie ließ sich Zeit. »Wir kommen nicht besonders miteinander klar. Er mag mich halt nicht.«

»Aber das gibt sich doch. Ich meine« – Ina hob die Schultern – »er kann ja nicht gleich in die Luft springen, nur weil er es weiß.«

»Aber Elena liebt er«, sagte Denise. »Wenigstens redet er mit ihr. Und wenn er vielleicht noch einen Bruder kriegt, wird er den auch mögen. Oder eine Schwester. Seine Babys.« Sie füllte den Brei, der Mamaliga hieß, in eine Schüssel und murmelte: *»Pitic.«*

»Däumling«, sagte Ina. »Nicht?«

Denise nickte. »Ich habe diese Jahre anders an ihn gedacht als er an mich.«

»Er braucht Zeit«, sagte Ina. Was sollte man sagen?

Denise wirkte fast heiter. »Er hat nicht viele Pläne, aber ein paar ganz konkrete. Er kauft einen Bauernhof, heiratet ein Mädchen. Für Dan ist alles in Ordnung, endlich ist alles gut.«

Als Dan seine kleine Familie in die Kirche führte, wurde er mit einem Grüßen und Nicken überall empfangen, und den Kindern flog ein Lächeln zu. Ina lauschte den Gebeten und den Liedern und hatte Mühe, nicht wieder einzuschlafen, weil ihr der Maisbrei schwer im Magen lag. Die Inbrunst der Gläubigen vermochte sie nicht zu begreifen; nutzt nichts, wollte sie sagen, hat doch keinen Zweck. Als sie den Kopf drehte, sah sie Denise so reglos wie eine Statue dasitzen, ihr schlafendes Baby fest im Arm. Sie hörte nicht zu und sah nirgendwo hin; wie damals, als sie ohne Handschellen den langen Flur des Präsidiums entlanggingen, war ihr Blick auf einen Punkt gerichtet, den nur sie alleine sah.

Der Schatten, sie wurde das Bild nicht mehr los, der Schatten des Jungen in dem Film vom dritten Mann. Wie er sich nähert. Wie er alles verschluckt. Ina überlegte, ob sie das schreiben sollte, doch dann schrieb sie: *»Was Dans Onkel gesagt hat, erinnerst du dich? Das mit dem Feuer und dem Rauch.«*

Am Tag vor ihrer Abreise hatten sie die Wiesen und Felder durchstreift, liefen Schmetterlingen hinterher und atmeten die Sonne ein. Ina sagte, daß es komisch wäre und sie ein anderes Bild von ihr hatte als jenes, das sie jetzt sah, und Denise meinte, man trug doch immer Bilder mit sich herum, von anderen und manchmal von sich selbst, und so viele Bilder logen.

»Komm wieder«, hatte sie noch gesagt. »Bring Benny mit.«

»Das ist nicht so einfach«, sagte Ina. »Komplizinnen haben Heimlichkeiten.«

Als Andrei aus der Schule kam, ging Ina in sein Zimmer, in dem Landschaftsbilder hingen und Poster von Fußballspielern, die sie nicht kannte.

»Weißt du, warum ich dich damals gleich erkannt habe?« fragte sie. »Weil du aussiehst wie deine Mutter.«

»Hä?«

»Wirklich.« Sie lehnte sich gegen die Tür, und er erklärte ihr, wer die Fußballer waren.

»Blond«, sagte er im Bus nach Baia Mare und strich sich über den kurzgeschorenen Kopf. »Puppa Carmi sagt, blond sehr gut.«

Er hatte darauf bestanden, sie mit Dan zurück zum Flugplatz zu begleiten, denn seine Freundin von der Polizei brauchte Geleit. Ina sah aus dem Fenster. Hirten im Tal, die winkten; alles ist sicher, siehst du?

In Baia Mare reihte Dan sich in eine Schlange ein, um ihr eine deutsche Zeitung zu kaufen. Bis zum Abflug war noch Zeit, sie saß neben Andrei auf einer Bank und blinzelte in die Sonne.

»Fragen«, sagte Andrei. »Ja? *Politie*, du weißt.«

»Klar, frag mich was.«

»In Deutschland.« Er hielt ein kleines, schwarzes Notizbuch in der Hand, blätterte ein paar Listen durch und sagte langsam: »Belohnung. Ja? Wie viele?«

»Belohnung für was?« Ina setzte ihre Sonnenbrille auf.

Andrei rieb Daumen und Zeigefinger gegeneinander. »Wenn dann in Gefängnis. Belohnung. Wie viele?«

»Was?« Ina nahm die Sonnenbrille wieder ab und sah zu, wie er eifrig seine Listen durchsah. Mit sauberer Schrift war alles notiert, Vokabeln, Rumänisch-Deutsch, und noch etwas anderes. Sie rückte näher und legte eine Hand auf seinen Arm, als sie versuchte zu lesen: Deutsche Botschaft Bukarest, Adresse, Telefon. Bundeskriminalamt Wiesbaden, Kriminaldauerdienst, Adresse, Telefon.

»Was soll das?« fragte sie. »Was willst du damit?«

»Wenn ich sage.« Er tippte auf das Buch und dann gegen seine Brust. »Was mir geben, was Geld?«

Sie sagte nichts, starrte ihn nur an.

»Weil sie geht Gefängnis«, sagte er. »Hier falsch, in Romania. Belohnung, wenn gefangen.«

»Du kleiner Mistkerl.«

»Ja«, sagte er. »Wird gefangen.«

»Nein«, sagte sie. »Nein.« Sie sah sich um, als wären sie umzingelt. Überall stille Geschäftigkeit, sonst nichts.

»Ja«, sagte Andrei. »Ich fange, und sie Deutschland. Gefängnis.«

»Nein.« Ina griff nach seinen Schultern. Ihre Worte versickerten, es war nicht ihre Schuld, wollte sie sagen, daß ihr euch so lange nicht gesehen habt. Und Elena, wie soll sie denn leben ohne sie; ach, wirst du sagen, das hab ich doch auch gekonnt.

»Sie ist deine Mutter«, flüsterte sie nur.

»Bah«, sagte er. »Wenn vierzehn, ich darf reisen. Jetzt Telefon.«

»Du kriegst keine Belohnung«, sagte sie.

»Bah.« Er steckte das Buch wieder ein. »Aber wenn Bandit, muß Gefängnis. Sage ich alles. Fange sie.«

»Sie ist kein –« Ina lehnte sich zurück. Dan stand in einem Kreis aus Licht, als er ihr die Zeitung gab, Dan Bancu war ein glücklicher Mann. Sie hatte so viele Worte, doch diese Worte blieben kleben, zwischen Gaumen und Zunge oder sonst irgendwo.

Als Andrei sie zum Abschied umarmte, spürte sie es kaum. Der blaue Mann, an den erinnerst du dich doch, dieser Trottel, der dich mit einem Straßenhund verwechselt hat, der blaue Mann hat dich halsstarrig genannt. Und deine Mutter, wie oft habe ich das gesagt, macht doch auch immer, was sie will.

Sie lächelten zum Abschied, Vater und Sohn, und sie winkten. Andrei schob eine Hand in die Hosentasche, wo sein Notizbuch steckte mit diesen sauber geschriebenen Listen.

Baia Mare – Bukarest, ihre Gedanken bewegten sich wie verschreckte Vögel, hin und her, kreuz und quer. Sie starrte vor sich hin wie damals, als sie zum ersten Mal nach Rumänien flog und die nette Frau neben ihr sich erkundigt hatte, ob sie an Flugangst litt. Auf dem Flughafen Otopeni lief sie wie eine aufgezogene

Puppe den Leuten hinterher, eine schlaue aufgezogene Puppe, die das richtige Flugzeug fand. Bukarest – Frankfurt, da hörten alle Gedanken auf.

Sobald sie nach Hause kam, wollte sie es hinter sich haben, sie mochte Bennys Fragen nicht hören, warum sie denn auf einmal Briefe schrieb. Hier war es zu Ende, in einem Zimmer der Mordkommission, das nicht mehr ihr Zimmer war, weil sie etwas Neues anfangen wollte, um etwas Neues zu sehen. Oder so: nicht mehr das Alte sehen, einen Strom aus Blut und Tränen.

»Hör zu«, schrieb sie, *»kannst du dich erinnern? Solange du kein Feuer machst, kommt auch kein Rauch. Andrei macht Feuer, das wollte ich dir sagen, paß auf ihn auf.«* Sie lehnte sich zurück und sah, daß ihre Schrift immer kleiner geworden war. Aber Denise würde es lesen können. Wenn sie doch bloß ans Telefon ging, bei sich zu Hause, aber das tat sie ja nie, ließ es klingeln mit diesem verschreckten Ausdruck, als verwandele sich ein ruhiger Bach urplötzlich in einen reißenden Strom.

Aber das werden wir doch schaffen, wollte sie schreiben, wir haben soviel geschafft, da kann doch nicht so ein kleiner Mistkerl kommen – nein, das schrieb sie nicht. Sie malte einen Strich an den Rand, er sah wie ein Lesezeichen aus. *Paß auf*, schrieb sie. *Paß auf deinen Jungen auf.*

PIPER ORIGINAL

Astrid Paprotta

Die ungeschminkte Wahrheit

Kriminalroman. 333 Seiten. Klappenbroschur

Das Opfer sah sie aus starren, blicklosen Augen an. Aber Kommissarin Ina Henkel kannte die Augen Ermordeter. Beunruhigender war für sie die Tatsache, daß in dem Gesicht des Obdachlosen alles glänzte: Tusche, Lidschatten, Lippenstift und Rouge, alles zu dick aufgetragen, als sei es für die Ewigkeit gedacht. Was hatte das zu bedeuten? Und weshalb trug der Tote einen dreimal gefalteten Zettel bei sich, auf dem ein einziges Wort geschrieben stand? Eine Spur führt zu der beliebten TV-Moderatorin Denise Berninger. Doch bevor Ina Henkel mit ihren Ermittlungen vorankommen kann, geschehen weitere Morde – und alle Opfer sind grell geschminkt …

04/1034/01/L